幻象文库

柯罗诺斯的奇迹

クロノス・ジョウンターの伝説

Kajio Shinji

[日] 梶尾真治——著
袁舒——译

新 星 出 版 社 NEW STAR PRESS

目录

1 吹原和彦的轨迹
78 栗塚哲矢的轨迹
104 布川辉良的轨迹
187 铃谷树里的轨迹
267 你存在的时间 我要去的时间
341 野方耕市的轨迹
407 朋惠的梦想时间
442 解 说 / 辻村深月
附 柯罗诺斯旅行机年表

吹原和彦的轨迹

2058年　在科幻博物馆

我第一次见到他，是在馆长办公室。

那天，为了筹备新书，我在办公室收集、整理资料，不知不觉就到了深夜。这大概是我的性格使然，一旦投入一件事情中去，就会完全失去时间的概念。

从我受命担任这座博物馆的馆长起，已经过去了三年。我的专业并不是博物学，我只不过是一介爱好者罢了。科幻博物馆的老板见我从年轻时就酷爱异端博物学，虽是外行但还写过几本异端科学的科普读物，便向我抛出了橄榄枝，使我得以上任这个职位。

科幻博物馆是个私人博物馆。老板机敷野老先生终身未娶，以收集这些展品为毕生使命。这里便是他从世界各地收集来的"机敷野珍藏品"的展示厅，这么说可能更好理解一些。是的，陈列在这儿的各种稀奇古怪的设备、装置、机器、工具等物品，都属于那种绝对不会在其他博物馆展出的东西。

老板机敷野风天把自己的发明取得的专利费当作资金，疯狂地收集那些还未被大众社会所认同就消失掉的、异端科学所孕育出的小玩意儿。他的藏品并不是按照某种体系来收集的，他甚至给人一种，总是根据一些碰巧得到的信息，完全没有规划地，仅凭一时的冲动就集齐了这些物件的印象。

只有一次，我通过他的代理人，简短地见过一次已经衰老的机敷野先生。无论是当初邀请我赴任馆长一职，还是平时有关博物馆的运营上需要征求机敷野先生的意见，都是通过他的代理人。我与他见面时，总共也没说上几句话，因此我对那个场面已经没什么印象了。我也明白，只通过短时间的会面和他的外表，想要摸清他这个人的本质，几乎是不可能的。

然而，我却清楚地记得，当我第一次得知这个展厅里的展品时那种强烈的感动。这里，充满了那种私人博物馆才有的有趣的理念。

那么我就来介绍一下这里的展品吧。

古代的跳板式飞行装置、模仿鸟儿做的巨大翅膀、炼金术中会用到的各种装置和坩埚、各式各样的永动机、信息捏造器、空间传送器、次元挖掘机、自由能提取机、人体磁性改变装置，等等。

所有这些展品，都是隐藏在正统科学史的阴影之下得不到普及的，即便登上大众舞台也被人们不断诟病并最终忘却的东西。

没错，这里就是那些在科学史的阴影中诞生的“畸形儿”的镇魂之处。实际上，机敷野老先生说过，他就是为了给那些失意的创造物一个安息之地，才建了这座博物馆。有光明的地方，必然会有阴影。这些都是绝不会有机会曝光在大众视野中的科学发明。至于这些装置和机器为什么得不到普及，原因也是五花八门。有些是无法实现最初的设计目的和功能的残次品，但有些则是完全可以正常发挥它的功能的完成品。

有的受制于它被发明时所处的时代大背景。有些太过于危险的发明……没错，它们存在于那些人类本不该涉足的领域，而有的则是单纯因为生产成本的问题而被埋没；有的是在与同种功能的其他机器的竞争中被淘汰掉的，还有的是因为，发挥功能所伴随的副作用太过巨大。

在那个水的成本约等于零的年代，有人发明了把水分子进行分解后转化为能量的装置。这个装置如今也收藏在我们馆，也同样不被人们知晓就退出了历史舞台。并且，它的发明者已经被肃清。理由很简单，那个年代，所有的能源供给都被国际石油资本所垄断，统治者担心更为廉价的新能源将对此构成威胁。我不禁感慨，这台机器能出现在这里可真不容易。我猜测，这是那些杀手作为证据带回来的，后来因为某些原因，以古董的性质流落到偏僻的地方，被我们老板收了回来。

我们馆收藏的都是些稀奇的玩意儿，可是观众却少得可怜。主要是因为我们并不对外界大肆宣传，且本身也不以营利为目的。这也是机敷野老先生的意思。他认为，基于兴趣或者好奇心来观赏这些展品，本身对展品就是一种亵渎。我甚至觉得，像我这种极度迷恋这些展品的人被放在馆长的位置，说明他把我也当作他的收藏品之一了。

这里的工作人员只有几个。我、一个接待观众的前台、两个不领薪水的研究员，还有一个晚上也住在这里的保安兼维修人员，这就是这座博物馆的人员构成。营业时间是上午 10 点到下午 4 点半。

然而，包括我在内，所有工作人员想在这里待多久都可以。这里的工作，一旦开始就很容易忘却时间。

那天，保安中林给我的办公室打电话来的时候，已经过了夜里12点。

他说馆里进了一个可疑人员。他已经用警棍将那个人电晕在地，问我要不要移交给警察。

我再三叮嘱他千万不要这么做。在我接任馆长时，代理人特意嘱咐过我的。理由很简单。如果警察在调查案件的过程中问起这些展品的入手渠道，那么保不齐会给机敷野老先生带来一些麻烦。老先生入手这些物件时，都支付了相应的报酬。但卖家是否也是这种路数，那就不好说了。

“但是……”

我打断了正在纳闷的中林的话，让他将那个可疑男子抬到了馆长办公室。

那个人似乎还没有完全从电击的昏迷中清醒过来。一个普通人，从被电击到完全苏醒需要半个小时到一个小时。

季节已是深秋，但那个人只穿了一条单裤和一件单薄的衬衫。而且，他身上的白衬衫，我也只能推测那曾经应该是一件纯白色的衬衫，事实上已经脏得看不出本来的颜色，看上去像是穿了很久却从来都没洗过的样子。为此，中林甚至有些犹豫要不要把这个男人放到沙发上。

“你掌握了他的身份没有？他是什么人？”

我如此询问中林，但他只是否定地摇了摇头。

“不知道。他好像没带‘卡片’。”

真让人难以置信。在这个年代，竟然还有人敢不带比自己性命都重要的“卡片”出门。他是怎么活下来的？这个年代，每个人从出生的那一刻起，都要随身携带一张个人信息卡片。卡片的持有者无法离开卡片而生活，卡片就是这个人一生的“履历表”。持有者的所有资产都会被数据化保存到这张卡片里面。生活费的领取和支出都会记录在内。还有这个人的体质、病例，甚至是口味的偏好以及在聚会场合挑选交流对象时候的喜好和倾向等等。是的，这张卡片里记录着关于持有者的一切。即便是再古怪的人，也不能不把它带在身上。

不带“卡片”，意味着被所有的信息机器拒之门外。也就是说，这个人将会饿死在这个时代。我以不带“卡片”出门这种令人难以相信的情况为前提重新审视昏迷在沙发上的这个男人，终于明白了他的穿着有些不协调的原因了。

他的着装，和这个年代非常不符。

从他的衬衫和裤子上都能看出岁月的痕迹。我不是那种对流行很敏感的人，但我能看出他的穿着和我平时看惯了的不一样。

“他从闭馆前就藏在馆里了。”

中林说。

“他是要偷什么东西吗？”

对于我的提问，中林有些困惑。

“好像也不是……我发现他的时候，他在一楼 D 厅的机器前面。”

“一楼 D 厅……那间展厅只有一台机器吧。长得跟火车头似的……”

一层的 D 展厅比其他房间都要大个两圈，天花板的挑高也更高。那里展示的是……柯罗诺斯旅行机。

“他在那干什么？”

“他……”中林使劲吞了口口水回答道，“他想启动那台机器。”

我和中林同时看向沙发上的男人。

男人发出了呻吟声，渐渐开始恢复意识。

男人抬了抬头。

直到这时，我才仔细地看了看这个男人的相貌。

他脸上的大部分面积都被又黑又短的胡须覆盖。五官长得很立体。不只是因为受到了电击，从他两颊的消瘦程度可以看出，这个人一直处于一个极度焦躁的状态。

他应该是一个有文化素养的人。即便还未完全恢复意识，但从他端正的相貌，可以窥见这个男人的本性。就算他浑身脏兮兮的，这一点也应该没错。

我的直觉告诉我，一定有什么重大的原因。

这个男人并不是真正的坏人，一定是因为一些迫不得已的原因，他才潜入博物馆。男人又一次发出微弱的呻吟声，渐渐睁开了眼睛。

中林见他即将苏醒，准备再给他一击。我连忙制止。

“中林，接下来就交给我吧。我想跟他聊聊。”

“可是……”中林面露不安。但他对我的偏执和顽固也有着充分的了解，也就没再和我争辩。

我点了点头，他无力地耸了耸肩，表示没有办法，走出了我的办公室。

馆长办公室只剩下我和可疑男子两个人。

明明已经快入冬了，远方却传来打雷的声音。一阵风从窗外吹进屋里。像是以这阵风为信号似的，屋外开始传来什么东西砸下去的巨响。那是霰或者冰雹砸落在屋顶的声音。

突然附近发生了雷击。

和一道刺眼的闪电一起，男人从沙发上跳了起来。

这时，一个小小的金属制品从他的右手掌心滑落。我把它捡起，又递回了他的手中。

屋里的灯都灭了。这说明刚刚的雷电离我们非常近。

现在，他的手里握着的是……

黑暗之中，我能感觉到男人正在环顾四周。他已经恢复了意识。不一会儿，照明再次亮了起来。在这个博物馆，只要遇到停电，我们的展品之一——永久能源装置就会开始发电，供博物馆使用。

男人用大梦初醒般的声音说：

“刚刚的那束光……不是柯罗诺斯旅行机啊。”

我从书架的后面掏出珍藏已久的白兰地，分别倒入两个酒杯，把其中一个伸到男人面前。

“这酒的味道是我很喜欢的，它还有镇定精神的作用。请别客气，我就是这里的负责人。”

我坐到了正对着男人的沙发上，把自己杯中的白兰地一饮而尽。男人也学着我喝了一口酒。他似乎刚刚弄清目前所处的状况，长长地叹了一口气。

“您为什么要潜入我们博物馆？没关系，您不用紧张。我只是非常好奇。我们这里并没有收藏什么值钱的东西，但您还是这么做了……我并不认为您是想偷东西。我也很抱歉受到惊吓的安保人员对您采取了过度防卫的举措。

“只是，我想知道原因。

“您刚刚提到了柯罗诺斯旅行机。您和那台机器又有什么关系呢？”

男人没有回答我的问题，而是又喝了一口白兰地。

“如果我说了……您能帮帮我吗？不，您可以不帮我。您能当作什么都没看见，然后放过我吗？”

男人突然像决了堤一样开始滔滔不绝。

“这……还要看您说的是什么。对于现在的我来说，没有任何能够做出判断的信息嘛！”

男人无力地垂下了头，抱住自己的脑袋，沉默了。

远方的雷声还在继续，那声响像是在震动大地。

我耐心地等待着男人的反应。

“好吧。”男人把心一横，说道，“我不知道您对柯罗诺斯旅行机有多少了解……您不知道我为了找到这台机器花了多少心血。

“无论您相信与否……不，即便我说了也……虽然这么说有点奇怪，但我总觉得您不会相信我说的话。”

我听他继续往下说。

男人断断续续地讲了起来。

1995 年 秋天

1

11 月，马上就要入冬了。

吹原和彦站在交叉路口，阴凉的北风掠过他的肩颈。

和彦拉紧了绣着公司名称的夹克领子，缓缓地从斑马线上走过。

这里到下一个路口之间大约有 80 米的距离。

和往常相同的时间。

一边的国道上不断有巨型卡车驶过，与此同时发出爆炸声一般震耳的排气音。车上满载着化学药品。同时，贴着“可燃物”标识的油罐车也一辆接着一辆，伴随着刺耳的刹车声和鸣笛声驶过。

这些都是和往常一样的光景。

他看向挂在右手边综合大楼五楼的时钟，确认时间。

和彦正在前往他的工作地点P.弗雷克股份有限公司——一家只承包母公司住岛重工研发业务的子公司。

从车站到公司有两公里左右的路程，从周一到周五，和彦每天走着去上班。这能折合成他大约2000步的运动量。这是他每天都在坚持做的事情。

对于和彦来说，这也是他一天之中最幸福的时间。

自从他入职的那天起，每天走这两公里的路程，他勤勤恳恳坚守了七年，从未间断。但这个过程变得光芒四射是从两年半以前开始的。

从车站到公司，一共要经过五个交叉路口。在第三个路口的左手边，有一家花店。

两年半前，和彦在这里，第一次遇见了她。

他并不是在花店“Chic · Bouquet”的店内见到她的，而是在她给橱窗外的小盆花草浇水时见到的。

她被一些不知名的小花小草包围着，有红的、粉的、蓝的、紫的。她身着一条牛仔裤，围着绿色的围裙。

直到路过她身边的前一秒，和彦都没有察觉到什么。然而，就在那一瞬间，突然地，仿佛获得了神的启示一般，他发现了她的存在。

她手里拿着塑料喷壶，像是要甩开眼前碍事的刘海儿一样，看向了马路一边。

那一刹那，和彦的全部视线都被这个女人吸引了过去。他只能直勾勾地盯着她，眼神无法从她的身上移开。他甚至停下了前进的脚步。

他继续往前走着，但不知为何，脚步不自觉地加快了许多。

那个女人的表情已经烙印在了他的心里。女人顺滑的头发在他心中随风飘扬，细长清秀的眼眸中充满了温柔，还有线条清晰的鼻梁和薄薄的嘴唇，这一切都以一种绝妙的平衡搭配在一起，她的眉眼长在还能看出小孩子模样的脸部轮廓之中。

那一天，她的表情在和彦的脑海中无数次地重现。和彦甚至怀疑那一抹微笑已经在他身上发生了印记作用。就在那个街角，那一刹那。

但是，这种令人坐立不安的冲动到底是什么，和彦并不知道。他第一次有这样的感觉。

那天傍晚，他用心观察着情况路过花店的门前。但却没能看到她的身影。她应该已经下班了。店里面只有一个看上去像是店长的、微胖的、看上去很和善的中年女人。

这就是他发现了“她”的第一天。

和彦确信：当天他被她吸引，并不是一件偶然发生的事情。他觉得，一定是因为他每天都重复地走过这条路，并且在这个路口准能看见她，在这个过程中慢慢被她吸引的。

和彦第二次见到她，是第二天的同一时间。

和彦在花店的门前伫立了一会儿。随后，他的期待变成了现实。

和前一天一样，在早上的 8 点 40 分，她拿着塑料喷壶，从店里走了出来。

和彦继续向公司走去。

就这样，这种单方面的、一瞬间的约会，持续了一段时间。

和彦的工作由一个小组的人共同完成。

P. 弗雷克公司由大约 50 名技术人员构成。每当接到母公司的研发委托，四个开发部门中的一个便开始执行这个任务。如果母公司住岛重工方面没有具体的研发任务，技术人员就会进行自主研发。

和彦是从住岛重工借调到这里来的，P. 弗雷克的绝大部分工作人员都是如此。社长由住岛重工的技术开发部门部长兼任，所以在这里基本见不到他。实际负责指挥工作的是从母公司派来的常务，随着人事的调动，两年一换。

和彦一入职就被总公司派到了 P. 弗雷克。所以他有预感，在不久的将来，他将被召回本部。

然而，他对这种人事方面的事情完全不感兴趣。因为他十分享受在 P. 弗雷克公司从事的研发工作。

就在这时，刚刚上任的常务在公司的实验室受了伤。是骨折。并不是什么实验装置爆炸之类的重大事故，而是常务在视察实验室的时候踩到了不小心洒在地板上的少量机油，一个寸劲儿就摔倒受了伤。

当时，和彦正好就在事故现场。当然，责任不在和彦身上。但是，常务的伤势需要几个月的住院治疗。各个部门都在商量派几名代表去医院慰问一下常务。就在这时，和彦忍不住提了一个建议。

“我觉得只带那一点慰问款去好像差了点意思。买束花过去怎么样……我在花店有熟人。”

说完，和彦都惊讶于自己的提议。他的同事们也是如此。

大家都无法想象，和彦竟然会提出“买花”的想法。

在和彦心里，一直挂念着街角花店“Chic · Bouquet”的她。她的影子就这样在他的脑海中挥之不去。

对于买花的建议，没有人提出反对意见。也没有人对“从和彦熟人的花店买花”这件事有什么其他的意见。

最后决定由和彦去花店买花。自从得出这个结论后，和彦就感觉到自己的心脏开始不停地悸动。

午休时间，和彦跑着前往“Chic · Bouquet”。他在花店门前停下来，掏出手绢擦了擦汗。此时的他汗如雨下，紧张至极。

她就在店内。连名字都不知道的，她。

和彦深吸一口气，走进了花店。长发的她，正面对着一个花篮，做着一副大型花艺。她的右手拿着一朵花瓣硕大的白色百合……好像是叫卡萨布兰卡……

花店的门铃响起，她回眸说道：

“欢迎光临。”

她露出了微笑。看到她笑容的那一刻，和彦整个人愣在了那里。因为那是他一生中见到过的最美好的笑容。他感觉自己已经深深地沦陷在这迷人的笑容里。那一刻，他甚至忘却了自己为什么站在这里。

她有些疑惑地看着这位呆站在门边的顾客。“呃，那个……”和彦好不容易恢复镇定，挤出了几个字。

此时的和彦，穿着工装夹克。

“您好。幸会。”

和彦脱口而出。

“啊？”

她反问。花店的顾客对店员说“幸会”，可不是常见的事情。和彦回过神来，发现自己说得不对，慌里慌张又说了一句“您好”。

“花，请帮我准备一束花，看病人用的。”

此刻的和彦面相狰狞，几乎是吼着说的。

她又露出了笑容。

“好的，您稍等。”

接下来，她询问和彦的预算和对于花材的偏好。虽然预算很好回答，但和彦对于花的品种实在是没什么知识储备。

“交给您了。”

只能这么说。

“我可以帮您搭配您喜欢的花。您是要探望住院的人吧。是长辈还是年轻人呢？先生还是女士？”

她一边看着插在桶状器皿里的各式花材，一边像唱歌似的询问着。

干净透明。这是她的声音给和彦留下的印象。

她稍微想了一下，一枝接着一枝地挑出那些和彦连名字都说不上的花材。

和彦觉得应该趁这个时间对她说点什么，但脑袋一片空白，什么都想不出来。在和她说话这件事上，他可能本来就没什么缘分。

和彦低头看向桌面。那里放着一本词典和一本英文书，还有一本笔记本。压在最下面的那本笔记本上写着：Kumiko Fuki。

“您读这么厉害的书呢！”

和彦惊讶于英文书的厚度，脱口而出。与此同时，他在思索 Kumiko Fuki 对应的是什么汉字。

她略显羞涩地咬了下嘴唇。

“我在上夜校。快考试了，我就把参考书带到店里来抽空复习。临阵磨枪呢！”

“这么用功啊！”

这是他发自内心的话。

“谢谢您。”Kumiko 有些不好意思地回答。这时，和彦看到她围裙的一角挂着一个小小的名牌。

上面用毡尖笔写着一个“蕗（Fuki）”字。在名牌的右下角小小地写着“来美子（Kumiko）”三个字，旁边还有一朵手绘的小花。

“好了。您看这样可以吗？”

来美子露出了发自内心的笑容，开始包装花束。

眼看就要包好了，必须得赶紧说点什么。约她。但，邀请她去约会是不可能的。必须得说点什么……

“让您久等了。”

“啊！”

她伸出一大捧包装得精美的花束。和彦放弃继续寻找搭讪的理由，转身去结了账。他不再有任何理由继续待在这里，虽然这很遗憾。

来美子微笑着说：“非常感谢。欢迎再次光临！”

“我会再次……光临的。”和彦说罢准备离开花店，又突然站住，回头对她说，“每天……早上我都会路过这条街。每次都觉得很美……啊，这花店很美。”

来美子忍不住笑了出来。不知为何，和彦觉得此时的自己无地自容，跑着离开了“Chic · Bouquet”。

2

第二天早上，走在上班路上的和彦正在为要不要从来美子的花店前经过而踌躇。

有很大的可能，来美子今天早上也会在“Chic · Bouquet”门前打理花草。但自从前一天去花店包了一束花之后，即便回到家，和彦都会像强迫症一样不停地回想起这件事，觉得自己是不是做了什么不妥当的事情。虽然他自己也知道这很奇怪，但无法控制自己不去这么想。和彦不是不想见到她，相反，他恨不得现在立刻就见到她。但是，他还是踌躇不定。这两种矛盾的、相悖的情感在和彦的心中同时存在。

也许，那个叫来美子的漂亮女人，早就忘了昨天有哪些人去过她的店里呢。装作若无其事地路过“Chic · Bouquet”就可以了。

和彦如此暗下决心，快速朝着花店的方向走去。路过花店时，他没有多余的时间去窥探店内的情况，那个叫作来美子的女人今天并没有出现在门前。放松的感觉和遗憾的情绪在和彦的心中交织在一起。

他马上就要走过花店了。

“早上好！”

和彦的背后传来了女人的声音。

和彦回头。

穿着牛仔裤的来美子站在那里。

“啊！”和彦说不出话来。他没办法随机应变地说出那些该说的话。

来美子鞠了个躬。“昨天谢谢您的光临。”然后露出了她标志性的灿烂微笑。

“早、早上好！”

和彦下意识地挠了挠头，也鞠了个躬，然后说了句“加油”，转身继续向公司走去。

为什么是“加油”，和彦也不知道自己为什么会这么说。对继续往前走的和彦，来美子从背后回了一句：“我会努力的！”

来美子向他挥了挥手。终于，和彦的脸上也有了笑容。他回头冲着来美子挥了挥手，继续朝着公司走去。

从那天开始，和彦和来美子每天早晨都会互道早安。

在这一年多的时间里一直如此。

两个人的关系没有变得更加亲密，也没有变得疏远。

这就是和彦的处事风格吧。他想和来美子有更多的交流，也想共度一段美好的时间。虽说心里有这种愿望，但他不会主动去推动两个人的关系更进一步。在一年多的时间里，有很多情感在和彦心中交织，但结果就是现在这样。他没有约过她一次，只是本本分分地期待着每天早上那简短的见面时间。

是的，每天早上的那一点点时间，成了和彦生活中最有意义、最光芒四射的时间。

离花店越来越近了。然而这一天有着和以往的每一天都不同的意义。

和彦的右手攥着一个小小的盒子。

来美子站在那里。

“早上好。”

来美子用她那清澈通透的声音向和彦打了招呼。

“早啊！”和彦一边回答，一边走向来美子站着的地方。来美子看起来有些惊讶。

“昨天是我们公司的周年庆。聚餐的时候玩了宾戈游戏，我一不小心还中了个奖。”

说罢，和彦举起手中的小盒子。来美子似乎还没搞清楚情况，瞪着圆圆的眼睛。和彦也没有等来美子的回应，也不给自己喘息的时间，继续说下去。

“回家打开之后发现是我用不到的东西。我也没有什么适合用这个的朋友。然后就想到了蕗小姐您，觉得您用一定很合适。”

来美子的围裙上每天都挂着名牌，所以和彦能够说出她的名字也不奇怪。比起这件事，和彦更担心来美子会给出什么样的反应。

来美子乖乖接过那个没有包装的小小盒子，打开盒盖。

“哇，真漂亮！”

来美子下意识地感叹。盒子里面躺着一个银质的小青蛙胸针。青蛙伸出一只腿，正在往银色的叶子上爬。

如和彦所说，他确实是在公司的聚会上得到的这个胸针，这并不是谎言。而且在他心中，没有人比来美子更加适合这个胸针了。

来美子把胸针在胸前比了比，脸上有发自内心的喜悦。

“好看吗？”

“当然了，很适合你。”

但来美子的脸上又闪过一丝担忧。“可是……这是纯银的，一定很贵吧。”

“没有的事！”和彦连忙摇头，“对我来说，这就是天上掉馅饼砸到我手里的。而且，放在我手里的话，这只小青蛙太可怜了。它应该戴在最适合的人身上。这和贵不贵没有关系。我只是觉得来美子小姐一定最适合……”

来美子明显有些惊讶。

“您知道我的名字？”

和彦下意识地咬住了嘴唇，心想坏了。

“上次买花的时候我看您的笔记本上写着名字。而且虽然很小，但名牌上也写着呢……”

“哦，是啊。只是，很少有人完整地叫我来美子……”

她也没有在意更多。

“谢谢您。那我就收下了。但是……我还不知道客人您的名字呢！”

“我叫吹原……和彦。”

“好的，”来美子把小青蛙的胸针别到衬衫上，说道，“吹原先生，谢谢您。我会好好爱惜它的。”

那一刻的喜悦，是和彦一生中任何时刻都无法比拟的。

“但是平白无故收您的礼物，我也怪不好意思的。”

来美子又露出了担忧的表情。

“不要在意这些。这个胸针真的很适合你。”

来美子忽然想到了一个好主意。“这个月末我就发工资了。虽然那些贵的东西我请不起，但是我想请吹原先生您……吃顿饭。就当是我的还礼了。”

和彦怀疑自己是不是听错了。他难以相信，来美子在邀请他共进晚餐。

“谢谢，但是请客就不要了吧。或者让我来请您吃饭怎么样？”和彦连忙说道。

“但是这样我觉得太过意不去了。”

来美子有些固执。最终，和彦还是接受了来美子的提议。当然，这对于和彦来说，是求之不得的事情。

来美子说，等她定好时间和地点，第二天早晨再告诉和彦。她应该会用心挑选合适的餐厅吧。30 号也就是三天后。来美子还问和彦那个时间是否方便。但对和彦来讲，不管那时有什么事情，他都准备推掉，优先安排这顿饭。

就这样，那天早上的寒暄时间结束了。

“真的，特别适合你。”和彦再次看了看来美子胸前的小青蛙胸针说道。来美子故意调皮地挺起胸膛，向和彦炫耀了一下。

和彦一路小跑前往 P. 弗雷克。

那一天，对于和彦所在的部门——研发三科来说，也是一个特别的日子。加上早上和来美子定下的约定，和彦的情绪异常高涨。

和彦一早就来到了实验室。

为的是对新开发的装置进行最后的微调试。

虽说是实验室，但这里并不是一个狭小的空间。这个实验室足足有一个小型体育馆那么大。这里是供各个开发部门使用的共用实验室，摆放着许多实验装置和试运行的仪器。

目前，在这个空间里最占地方的是研发三科和四科联合研发的一款巨型装置。

不知道该称之为装置还是机器。虽然实验室的挑高相当高，但仍然给人感觉有点装不下这台机器。

那是一个反着黑光的巨大炮台。在原本炮筒的位置，取而代之搭载了一架非常古老的蒸汽式火车头。

它就是柯罗诺斯旅行机。

命名者是执掌研发三、四科的主任野方耕市。这个名字准确地反映了这台机器的用途。

柯罗诺斯，是掌管时间的神。而野方本人，则是旧时代的科幻爱好者。

“你们知道什么是 Jaunte 吗？和 Kwim 是一个意思。表示从一个空间跳到另外一个空间的状态。Kwim 这个词在 Fredric Brown 的 *Martians, Go Home* 中被使用，Jaunte 则出现在 Alfred Bester 的 *Tiger! Tiger!* 里面。这个机器也有跟它们一样的功能，所以我命名它为柯罗诺斯旅行机。是不是很好听啊。”

于是，这个机器便有了名字。

它的正式名称叫作“物质逆时输送机”，是一款应用了时间轴压缩理论的、具有划时代意义的装置。设计者的名字没有被公开，P. 弗雷克有限公司负责的是按照设计图纸完成试验品，以及对其进行试验。

“柯罗诺斯旅行机的试验和第二次世界大战的费城计划一样，都是脱离常规的动作。但，这类机器属于科学怪人领域的内容。”

野方非常巧妙地说道。

在开始制作试验品的阶段，和彦就和其他小组成员一起听取了相关的说明。

“关于这台机器到底是个什么东西，大家这样联想一下应该比较明了。有一部非常著名的科幻电影。讲的是未来，在机器人和人类之间发生了一场战争。机器人一方为了抹杀掉人类领导者的母亲，将一个智能机器人杀手传送到了过去，因为只要杀掉人类领导者的母亲，人类的领导者就不会出生。就此历史将被改写。

“在这部电影中，关于机器人如何将杀手机器人传送到过去的细节没有写出来。但是，如果传送的工作需要一台机器来完成的话，那么那台机器和柯罗诺斯旅行机就是同一个东西。”

也就是说，这是一台可以把目标对象传送至过去某一时间点的装置。

通过压缩那个时间点到现在之间的时间轴，拉近与过去某一时间点之间的距离。将目标物体投放到被拉近的那个时间点后，被压缩的时间轴就会复原。在理论上，无论是投向3分钟之前，还是投向10年前，运行柯罗诺斯旅行机所需要的能量都是一样多的。

前些天，使用小物体进行的投射试验已经取得了成功。

野方主任的自动铅笔成了投射试验的对象物。在蒸汽火车头大炮底部的“发射室”中央有一个50厘米见方的小台子，在那里放上了准备投射出去的自动铅笔。

这次试验没有出现任何失误。虽然留下了几个疑问，但这些疑问都是关乎“时间”这个看不见摸不着的存在的性质，大家认为只要反复进行试验，在这个过程中自然就会得到答案。

比如，把自动铅笔投射到过去后它再回到现在的问题。

被放置在大炮底部并投射出的对象物，会出现在大炮最前端下面的被拱形透明遮光罩包裹着的碟状台子上面。

当时，自动铅笔以10分钟前为目标射出。关于这一点，成员们在试验前讨论过几个悖论。比如有一种观点认为，如果自动铅笔被投射到10分钟以前，那么试验开始的10分钟前，人们就应该看到自动铅笔出现在那个台子上。那么如果没出现的话，也就意味着10分钟之后的试验在未来是失败的。

但这种观点是基于历史以及时间的前进是不可改变的想法。

如果在试验之后自动铅笔真的穿越到了过去，那就说明没有接收到自动铅笔的过去被接收到了自动铅笔的过去所覆盖。也就是说，历史上发生的事情发生了改变。

当然，不实际操作，无论是哪种观点，无非都是纸上谈兵。

然而现实情况是，放置在柯罗诺斯旅行机的野方主任的自动铅笔，确实朝着过去的某一时间点成功射出。

10 分钟前的过去。

自动铅笔从大炮底部的发射室内消失了。

但是，人们没有在拱形外壳内的台子上看到自动铅笔。这不应该。穿梭到 10 分钟之前的自动铅笔，只要没有人为地去移动，理论上应该一直存在于碟状台子的上面。

然而，现实是，自动铅笔消失了。

在自动铅笔射出的 12 分钟后，自动铅笔突然出现在了台子上。

这意味着这中间存在着 12 分钟的空白。

出现这种状况的原因是一个谜。

也许，柯罗诺斯没有将自动铅笔发射到过去，而是发射到了 12 分钟之后的未来……仅根据目前的状况来推测的话，也可以这么解释。

无论是自动铅笔的性能还是外观，都没有什么明显的变化，和试验之前没有区别。

在发射物体这一功能上，柯罗诺斯可以说是正常发挥了它的作用。虽然如果换成活体试验，谁都不能保证没有影响。

然而，对于今天的和彦来说，这些问题都是不足介意的。现在，占据着他所有脑容量的都是在花店门前，被花草簇拥着面带微笑的来美子的样子。

一定是的。一定是来美子感受到了自己的心意。他不禁觉得，自己真是一个幸运儿。早上发生的事，需要和彦鼓足勇气来完成。和彦把胸针递给来美子的时候的心跳，令他永生难忘。就好像是面对一张鼓一通乱敲。

明天早上，她说好了会告知吃饭的地点。哪里都好，再难吃的餐厅也无所谓。只要能和她一起共度一段时光。

接下来，和彦在脑海里想象了一下自己和来美子共进晚餐的场景。他摇了摇头。直到昨天，这种场景他想都不敢想。

现在，心情好极了。和彦不想待在这里，他恨不得马上就跳起来。虽然这和自己的形象过于不符，但他特别想大声地唱歌。

“心情不错嘛。”

听到一旁的声音，和彦的思绪被拽回现实。

同事藤川一边坏笑着一边窥探着和彦的表情。藤川与和彦是同一年入职的，但他现在已经有了家室。藤川是那种无论什么事情都能做得圆滑周到的人，比起在技术领域工作，更适合在经营领域发挥特长。

“啊，没什么……没有的事。”

和彦连忙摇头。

“是吗？我看你的表情，倒像是有什么相当开心的事情呢！”

“可能是因为正在参与一个非常具有历史意义的试验吧。”

和彦想要糊弄过去。

“确实是啊。但我怎么觉得你的眼神都没有在手册上聚焦，而是自己在那偷笑呢。”

“啊，啊啊……”

和彦连忙把手中打印好的操作说明翻了几页，再次开始确认柯罗诺斯外部仪表盘上的数值。

3

前一天在数值的微调试上花了很多时间，但今天已经没什么复杂的工作了。

藤川抬了抬下巴，示意放在房间角落的玻璃容器里的那只青蛙。

这只青蛙即将穿越到过去。

之前把一只青蛙的银质胸针当作宾戈游戏的奖品，大概也是这个缘由吧。

试验将在上午 9:30 开始。

9:10 过后，人们陆陆续续聚集到实验室。不仅是三、四科的人，还有一些一、二科的人。不仅如此，还有几位住岛重工总公司领导也来到了现场。

这说明，这个试验具有极其重要的意义。

历史上第一次，有生物逆时间前往过去的世界。

仔细想想，这里面还存在很多矛盾点。大家都心知肚明。比如，如果这只青蛙被传送到了 10 分钟之前，那么这只青蛙在 10 分钟之前就存在于这个空间。也就是说，会有两只完全相同的青蛙存在于同一时空之中。那么如果再将这两只青蛙同时传送到更早的 10 分钟之前，那么在那个时间点上会出现三只相同的青蛙……也就是说，随着时间的不断回溯，青蛙就会无止境地增多。

真的会发生这种事情吗?

再比如，被送到过去的那只青蛙如果咬死了 10 分钟前的自己，也就意味着这只青蛙从 10 分钟前就不存在了，那么是不是就无法实现向 10 分钟之前传送青蛙了呢？如果这只青蛙无法被传送到过去，它也就无法咬死曾经的自己，那 10 分钟前的青蛙就可以安然无事。这就是时间悖论，在科幻电影中无数次被讨论过的话题。这个问题将在柯罗诺斯的试验中得到一个答案。

和彦把微调试的结束报告给了主任，其他技术人员也陆续在自己负责的模块前就位，这些配套模块并不是直接辅助柯罗诺斯工作的机器，柯罗诺斯旅行机的系统仅由其本体独立完成，配套模块的功能就是观测柯罗诺斯旅行机工作时发生的各种其他现象。

9:15，装有青蛙的容器被安放到射出室。所有有关人员已经在实验室集结完毕。大家远远地把柯罗诺斯旅行机围成一个圈，整个实验室落针有声，每个人都凝息而待。

完成了微调试的和彦，在试验正式开始后就暂时没有任务了，可以静静地旁观试验的进程。

和彦虽然没有亲自操作过，但柯罗诺斯的操作并不复杂，谁都可以胜任，只需要设置投射的目标时间和现在的时间，人坐到射出室中从里面设置空间目标，就可以发射到具体的某个位置，如果不设置，那么就从射出室发射到大炮前端靠下的透明罩子里面。

这次的这只青蛙，如果不设置明确的目标位置，那么也应该出现在那个透明罩子里面。

和彦和其他技术人员一同安静地观望着试验的进行。他在思考。这样一台机器被做出来，它会有怎样的用途呢？野方主任说过，它会有各种各样的使用场景。终有一天，它能完成的向过去发射的时间也会变得无限久远。无论是一天之前，还是一千年前……还是几百万年前。因为无论是什么时间，柯罗诺斯工作的原理都是相同的。工作所需的能量大小和操作方法也不会变。

利用这台机器能够实现的，那就是……改写历史。这真的可能吗？如果杀了希特勒，如果挽救肯尼迪于那场刺杀……世界会因此而改变吗？可是，和彦现在对这些问题并没有什么兴趣。对于穿越到过去的时空旅行，和彦并没有什么热情。

藤川走到和彦的旁边，戳了戳他的肩膀。

“吹原，如果让你坐上这台柯罗诺斯旅行机，你想去哪个时代？”

“没有吧……没什么想去的。”

“是吗？”藤川摆出一副“你可真无趣”的表情，对和彦叹了口气。“我想去一次白垩纪或者侏罗纪。哪怕半个小时也可以，我想亲眼看看恐龙长什么样。”

“我是认真的……”藤川的眼神中闪过这五个字。和彦缩了缩肩膀。

“时间到了！”

观测器的时间指向 9:30，另外一个表盘显示“000”。

柯罗诺斯旅行机的炮筒部分划过一道螺旋状的蓝色电光，整个机器剧烈地震动起来。一种看不见的东西被拍打在地上一样的撞击声响了数次，那厚重的震感直击人的腹部。

这种状态持续了几秒钟，突然，实验室又恢复了寂静。柯罗诺斯旅行机自动切断了电源。

把青蛙放进射出室的负责人走近柯罗诺斯旅行机，打开了它的门。他探头确认了里面的情况后，转身对在场的人喊道：

“试验成功了。青蛙从射出室里消失了！”

掌声在整个实验室中沸腾。和彦也跟着鼓掌，但他并没什么切实的体会。虽说试验成功了，但只是因为青蛙从射出室里消失了而已。你说它是打破时间的壁垒去到另一个时空了，但并没有任何办法可以确认这一点。如果想要确认这件事情，也许只有亲自坐上时光机，穿越到同一个过去。

和彦还记得，在前一天的试验中，自动铅笔在12分钟之后出现在机器里的事情。接下来应该还会发生什么。

当时钟指向9：40时，装有青蛙的容器出现在了前端下部的透明罩子里面。一瞬间，罩子里的空间发生了畸变，然后突然，装有青蛙的容器就回到了“现在”。

实验室里响起了欢呼声和喧哗声。

工作人员打开罩子，取出青蛙，放到了地板上。青蛙在地上蹦了两下。掌声再次响起。

待掌声安静下来，工作人员把青蛙放回容器里面，拿出了容器内的另一样东西。关于这件东西，和彦事先完全不知情。

工作人员按下了那个东西的按键。然后把它拿近看了看，便动点了点头，又举过头顶。

那是一个秒表。

“9:20按下了它的开始键，9:45按下了暂停键。也就是25分钟的时间。然而，秒表上显示的是33分钟。这其中产生了8分钟的误差。这就是小雨蛙‘froggy’的时间之旅的证明。”

这位工作人员如是说。这真的能证明一场时空旅行吗……和彦不禁有些疑惑。但既然他那么说了，也只有这么认识这件事了。

为了再一次进行微调试，上午的试验先告一段落，留下几个工作人员，大家都散了。

“成果喜人呀！”

藤川对和彦说。

“是啊。”

和彦含糊地回应。他觉得还是缺乏某种说服力。看得出藤川有些兴奋。

“秒表显示33分钟，意味着什么呢？9:20开始计时，等待了10分钟后，青蛙被投射到过去。这是9:30的事情。然后青蛙穿越到了10分钟之前，也就是9:20。但这中间的情况人们是不可见的。9:40，秒表回到了现在，9:45停止计时。整个过程是33分钟，也就是说本应该20分钟的旅程，只进行了18分钟。因此，可以推断，秒表被送到9:20后，一直在那里停留到9:38后，突然被拉回9:40了。为什么秒表不在那里一直停留到现在，而是突然出现呢？令人费解。”

藤川看起来是想听听和彦的看法。

“我也不知道啊。”

听到和彦这种回答，藤川摆出了一副极为失望的表情。然后好像突然想起了什么。

“也是。这件事情也许只有人类亲自开启一场时空旅行，才能得出答案。”

“你说，什么时候用人体做试验呢？”

和彦顺着藤川的话，随口一说。

“还需要很长时间吧。毕竟现在还不能完全证明这台机器的安全性。据说下午要把一台摄像机传送到过去。我估计今后的一段时间，都要不停地拿这些无足轻重的小玩意儿做试验吧。虽然我觉得永远不能保障100%的安全性，但如果哪天到了能够想到的安全问题全都被解决掉的时候，也许就可以让人类坐上这台机器了。虽然目前的工作计划里还完全没提到这一环节。”

“谁那么想回到过去呀？”

和彦表示不解。

“你……可真是个没有梦想的人。”

藤川又叹了口气。和彦并不是没有梦想，他今天早上才刚刚把自己的梦想攥在手中，他即将迎来和来美子的新进展，对“过去”确实提不起什么兴趣。

来美子的笑容又出现在和彦的脑海中。

“你笑什么呢，怪吓人的！”

藤川嫌弃地看着和彦。

就在这时——

站在楼道的两个人听到了一声巨大的、闷闷的爆炸声，接下来就是玻璃窗被连续震碎的声音。

和彦和藤川面面相觑。两个人本能地朝着实验室的方向跑去。

他们的直觉认为，一定是柯罗诺斯旅行机出现了事故。

两人冲进了实验室。

没有任何异常。实验室里的几个技术人员也疑惑地看着彼此。

爆炸声的来源不明，他们也不知道发生了什么。

只是，实验室南侧的所有玻璃窗上，都已经被巨大的爆炸声震出裂痕。如果那只是普通的玻璃窗的话，肯定已经碎成粉末飞了出去。

“不是这里，好像不在咱们单位，应该在别的地方。”

一名技术人员慌张地说道。

藤川打开了一扇比较低的位置的窗户，被玻璃裂痕遮住的视野明朗起来。

“在那！”

藤川指向远处。

一片黑烟在很大范围内升起，那场景就好像是受到空袭之后的样子。在那滚滚黑烟之下，偶尔能看见几条壁虎的红色舌头一样的火焰。离这么远都能清楚地看到火焰，那火灾现场一定非常惨烈。

和彦感到一阵不适，就好像一块铅坨从他的胃部沉到下腹部一样。

那是极其凶残的想象。

“是车站的方向。”

某个人无意间的一句话重重地甩在和彦的后背。

和彦也明白，但他希望他最坏的想象不要成为现实。

和彦不知道到底发生了什么。

但他只能拼命摇头。不能在这里。和彦感觉到自己的膝盖在不停地颤抖。

他只知道，他站在这里，也不能掌握事情的真相。

“吹原你怎么了？”

和彦听到藤川从背后叫他的声音。他没有理会，急匆匆地跑了出去。

在楼道里，他撞到了几个同事。和彦冲出单位的大门，朝着他每天早晨走来的方向跑去。

4

警笛声杂乱地交错着。

远处有清晰可见的火焰。

连马路都在燃烧。

和彦平时根本不会这么用力地奔跑，所以很快就上气不接下气了，腿也开始越来越沉，但是和彦没有停下来。他拼命地向前跑，朝着蕗来美子所在的“Chic · Bouquet”的方向。

每天早晨上班的时候，从来没觉得这条路有这么长。前面的人群越来越近，滚滚黑烟还在不停地升腾，尖叫声不绝于耳，还有工作人员为疏散人群大声呼喊的声音。凌乱地停在路边的消防车、警车和私家车不停地发出好几种警笛声。

这种场景脱离了日常的状态，这种非日常状态的光景在奔跑的和彦眼前真实地上演着。那些人都是从附近跑来看热闹的群众，和彦在从他们身边往里挤的时候听到了许多碎片化的信息。

“好像是有个油罐车翻了，然后就爆炸了！”

“那车是运什么的，汽油吗？”

“不是，好像是什么氧化剂。”

“那么大的爆炸呢，我觉得是装了什么瓦斯之类的东西吧！”

“据说是那辆车开得特别快，在拐弯的地方跟另一辆油罐车撞了！”

“我刚刚看见一个女的，浑身都是火，在那哭喊呢！”

“听说交叉路口那一带已经炸得不剩什么了。”

这些信息有多少是真实的，和彦也不知道。现在正是各种谣言满天飞的阶段。

几名警卫人员背对爆炸现场，在限制闲杂人员的进入。

有一辆很少见的型号的大车在冲着爆炸地喷射大量液体。是化学消防车。

和彦绕进一旁的小路，一边因白色的消火剂而脚下打滑，一边朝着交叉路口“Chic · Bouquet”的地方继续跑着。大马路上已经被交通管制了，但胡同里的小路上还没有聚集起好事者，畅通无阻。

和彦看到了他最害怕的场景。

“啊啊啊啊啊啊啊！”

和彦发出了哽咽一般的呻吟声。

花店“Chic · Bouquet”已经完全消失了踪影。那里只剩下一个巨大的黑洞，还有一辆巨大的车辆烧焦了的残骸，像恐龙的骨架一般躺在那里。地面上散落着化学消火剂的白色泡沫，以及勉强能看出形状的房屋骨架。

已经没有任何东西能够看出，这里曾经有人生活过。

和彦想，来美子现在在哪……如果有奇迹发生，恰好那个时间，她去别的地方送货了……已经没有任何东西能让人联想到来美子曾经在这里。没有任何东西……

就在这时，和彦看到了一个小小的闪闪发光的东西。那个东西掉落在距离“Chic · Bouquet”十几米远的地方。

和彦的呻吟声变成尖叫。他的样子和蒙克的《呐喊》一模一样。

那个发出银色光芒的东西，正是几小时前自己亲手交给来美子的银质小青蛙胸针。它的一半已经熔化成银水。

为什么？这一定不是真的！

和彦一边尖叫一边瘫软在了地上。

他停止了尖叫，但迟迟回不过神来。

别的人和事情都不重要。都无所谓。虽然这听起来自私又绝情，但真的无所谓。可唯独这件事情不能容忍。来美子遇难了。为什么会发生这种事情？这到底应该怪谁？

然后，和彦感到一股无处释放的怒火。

其他事情都可以原谅。曾经别人开自己的玩笑、故意捉弄自己，和彦都选择了原谅。但是，这件事情他无法原谅。命运竟然从自己身边夺走了来美子。

因为……

因为来美子在和彦心中是最重要的部分。因为和彦……爱来美子。

如果可以……和彦宁愿自己去死。

和彦抬起了头。

是的。直到刚才，和彦都认为自己是一个对于过去没有任何兴趣的人。但现在不是。他没想到，自己也会如此迫切地思考如何改变过去。

而且，和彦也许正好处于一个能够更好地处理这种事情的状态。

因为有柯罗诺斯旅行机。

他要乘坐柯罗诺斯旅行机穿越到事故发生前的时间。然后从这场事故中救出来美子。

和彦感觉到了一道希望之光。

他感觉自己的身体渐渐恢复了力量。是的。办法只有这一个。

和彦紧紧握住那个熔化到一半的小青蛙胸针，站了起来。

他要回到P. 弗雷克。他知道怎么操作。然后自己坐上时光机，飞往过去。

行动的流程在和彦的脑海中像一道道闪电一般浮现。

当然，他根本没有想，这么做之后可能会出现什么问题。

一旦决定了这么做，只有去执行了。

和彦掉头走向P. 弗雷克。在路上，和彦在电器店外墙镶嵌着的一面面电视屏幕前停下了脚步。

新闻快讯的滚动条在电视剧的画面下方流动。

横岛市长月町的交叉路口发生了一起两辆油罐车冲撞导致的爆炸事故。遇难情况尚不明确，周边一带发生了大规模的火灾。

画面切换到另一个节目，主持人正在播报。

主持人对滚动条上没有提及的现场的详细情况一一做了补充。

事故发生在上午10:15。由于两辆油罐车相撞，高压可燃性汽油和特殊氧化剂外漏，火灾很有可能因此而起。死伤人数预计多达一百多人。

一百多的数字令人惊讶。但仔细想想，光是碰巧在那个交叉路口等红灯的小轿车，应该就不止几十辆。再加上周围几栋办公楼的外墙也被炸毁、烧焦了。又有多少人正在那些楼里上班？

总之，和彦获得了一些他需要的信息。事故发生在上午10:15左右。

所以他应该把柯罗诺斯旅行机发射的目标时间设置在事故的一个小时之前。

和彦会向来美子说明情况，带着她逃到尽可能远离事故现场的地方。

和彦一边向公司跑去，脑袋里一边想着。

可是，对于公司来说那么意义重大的一台试验机器，会让他因为这种私人原因使用吗？想必不会得到许可。

只有擅自启动了……但是，真的能成功启动这台机器吗？就算可行，即便穿越到了过去，他也要负很大的责任。

不过，要负多大的责任呢？拿命偿还的方式已经不存在于这个现代社会了。也就是说，被 P. 弗雷克公司解雇就是最严重的处罚了。这点心理准备和彦早就做好了。他才刚刚找到在他生命中最想珍惜的、最想守护的人。如果能够让他继续守护那份珍贵，受到多么严苛的惩罚，都不值一提了。

和彦这么想着，走着。只要能够救回来美子，我愿意做任何事。和彦小声对自己说。

进了 P. 弗雷克的大门后，门卫好像想对和彦说些什么。

你去看事故现场了吗？那边现在是什么情况？

他大概是想这么问吧，但他没有问出口。和彦看了他一眼，门卫就呆立不动了。

看来和彦的表情已经相当吓人了。大概就是那种被什么东西附了体的表情吧。

和彦没有理会，直奔实验室。

这时，正好响起了中午 12 点的铃声。从 12 点到下午 1 点，P. 弗雷克公司会停止所有业务。

和彦准备直接去实验室，启动柯罗诺斯旅行机。因此，午休时间没有什么人对他来说是个好事。

这个时间，员工们大多应该会去另外一栋楼的咖啡厅，吃个午饭再小憩一会儿。

和彦继续向实验室走去。中途遇到了几个技术人员，但没人特别注意到和彦。

进入实验室。没有人。

和彦直接走到柯罗诺斯旅行机的面前。

“吹原，你要干吗？”

背后有人叫住他。他转过身看到，嘴里正嚼着午饭的藤川瞪圆了眼睛站了起来。

“藤川。午休时间你在这干什么？”和彦说。

藤川反而疑惑地歪了歪脑袋。

“我每天都吃我老婆给我带的饭呀。还有点儿下午试验的准备工作没做完，在这吃比较省时间。吹原你过来干什么呀？”

和彦并没有回应藤川的提问，打开了柯罗诺斯旅行机的主开关，把目标时间设在了上午9:30。

然后转向呆站在那里的藤川，喊道：“对不起，你就放过我吧。”

和彦钻进射出室，从里面上了锁。

他在座位上坐好。眼前是显示屏和操控台。通过这个设定目标位置的坐标。

画面上显示出P.弗雷克周边的地图。一个红色十字的光标出现在画面中央。这些都是计算机计算出的图纸，是最正确的地图。一触碰坐标设定的开关，P.弗雷克公司周边的图像缩小，变成整个街道的地图。

移动光标，顺着P.弗雷克公司前面的道路一直滑下去。固定在长月町的交叉路口。

这就完成了设置。剩下……剩下就是……

对了。忘了把发射模式调成自动。

和彦咬住了嘴唇。从射出室内是无法完成发射的。要么先出去切换成自动模式，要么……

和彦听到敲打射出室门的声音。

从椭圆形的特殊强化玻璃窗，和彦看到了藤川的脸。

“浑蛋！吹原，你有病吧！你干吗呢！这台设备还远没有到可以进行人体试验的阶段。你快给我出来！”

和彦摇了摇头。

“放过我吧！我必须要去救一个人。她被卷入了刚才那场交叉路口的爆炸事故。”

“这行不通啊。从我的职责出发，我也不能允许你这么做。”

藤川彻底被和彦吓到了。但是和彦不能听从藤川的话。一旦从射出室里出来，他就失去了回到过去的机会。

摆在和彦面前的选择只有一个，他必须要赌一把。

“藤川，我就求你这一次。那个人被卷进了这场事故。对我来说，她比我自己的命都重要。我必须去救她。眼前只有这一个办法，就是我自己亲自回到事故发生前的过去。藤川，你应该也有比自己的生命、社会地位都更重要的，你愿意抛下这切去保护的人吧？藤川，你有妻子吧？那个每天都会为你做饭带饭的妻子。如果遭遇事故的是你的妻子，你会怎么办？我想你一定会和我做出同样的选择。你也会用这台柯罗诺斯旅行机吧。你一定会不顾一切回到过去，去救你的妻子！”

和彦一口气说完了所有的话，等待藤川的反应。藤川依然是不知所措的表情，但的确已经开始动摇。和彦是这么理解。

“但是你干的事明显是违法的。我很理解你现在走投无路的处境，我也很想帮你，但是你也想想我的立场。我也是P.弗雷克公司的员工。既然我看见你的行为了，我就不能视而不见。

我也有责任，让我的家人不愁吃喝，我不能丢掉这份工作。所以我不能违反组织的纪律做事。”

“好！”和彦把他别在右边裤脚上的十字改锥举起来，在藤川的眼前晃了晃，“那我现在就在你面前把柯罗诺斯旅行机毁掉，我要把它弄得无法修复！”

藤川大吃一惊，连忙后退了几步。他露出不可思议的表情。藤川非常清楚，只要有一只改锥，从射出室内部就可以把整个机器破坏得看不出原形。

和彦勉强挤出一丝笑容。

“我是认真的。没错，我在恐吓你。如果我这么做，P. 弗雷克公司会蒙受巨大的损失。要想防止这种损失，你必须听从我这个疯子说的话。”

“我知道了。我会放你一马。但我真没想到，你会做出这么疯狂的事！”

藤川仍然一脸惊讶，不停地摇着头。和彦继续说下去。

“还没结束呢。你把那个自动发射的开关打开！”

“什么？你要让我做你的帮凶？”

“是的。但是公司可以因为你的这个举动，直接获得柯罗诺斯旅行机人体试验的数据，直接跳过那些烦琐而没有意义的小试验。如果我能平安回来，你们可以随意对我的身体进行剖析！”

“你做这些，到底是为了谁呀？”

“……一个花店的女孩子。她是我生活中最重要的部分。她就在事发现场附近的花店上班，被卷入了那场事故。无论如何我都想把她救回来。”

“我知道了，”藤川用力点了点头，“我可是被胁迫的。”

藤川虽然无奈地咋舌，但可以看出，他并不是打心底不想做这件事，而是那种拿一个调皮的小孩子没办法的表情。

一旦决定，藤川的行动非常迅速。他立刻跑到操作台旁，打开了自动发射的开关。

机器开始剧烈地震动。那种震动比从外部观察柯罗诺斯旅行机工作时想象的要大得多。和彦坐在里面能够深切地感受到。

无数发着蓝光的粒子在射出室内跳跃、交错。

有一道白光在闪烁。

肉体上也有明显的异常。有无数的小针在全身上下不停地刺来刺去。还有一种从身体内部不停向上挤压的冲击力。这时，和彦开始有了类似于后悔的情绪。

突然，没有任何预兆，和彦就晕了过去。刺眼的白光让他闭上眼睛之后，眼前还是一片惨白。同时，有一种声音好像要穿透他的身体。

他的意识和眼前的强光一起，变成了一片空白。

5

从假死状态中，和彦感觉自己被扔了出去，然后清醒过来。

“呃呼……”和彦被拍在了人行道上，弹了一下，发出一声闷哼。

他微微睁开眼睛，首先感受到了周围的人。

有无数的脚步声路过，逼近。

他就在人来人往的人行道中间。

当和彦发现自己是躺在人行道上的时候，几乎马上跳了起来。

几个人停下脚步，好奇地俯身盯着和彦看了半天。但当他们确认和彦并没有什么异常之后，就迅速失去了兴趣，继续消失在了人潮之中。

和彦不停地环顾周围。

他在车站前面的广场上。和彦看了一眼镶嵌在广场纪念碑上的时钟。

9:31。

他回到了事故发生之前的时间。但是，位置稍微有些偏差。

这里和长月町的路口大概还有 100 米的距离。

他来不及想那么多。现在要做的只有一件事：无论如何都要赶到“Chic · Bouquet”。

和彦跑了起来。

朝着来美子所在的花店的方向……还有 44 分钟，那里就要变成惨烈的事故现场了。

奔跑，不停地奔跑。

与刚刚奔向事故现场时的绝望狂奔不同，这次，和彦是带着希望的。再熟悉不过的每天上班路上的风景，和平时没有任何不同。

和彦站到了长月町的交叉路口上。

等待红灯的时间让和彦感到煎熬。他几乎是原地踏步等待着红灯的结束。

他看到了花店。

那里就是蕗来美子应该在的“Chic · Bouquet”。不知道那辆出事的油罐车是从这条街的哪个方向开过来的。

红灯变成了绿灯。

和彦已经有点不耐烦了。他跑着过了马路。

花店的外面没有来美子的身影。

她在店里面。

来美子正在编一个花篮。那是一个由红色的百合和茼蒿菊装点的花篮。

和彦急促地喘着气，冲进了花店。店里的钟表正指向 9:38。

只剩 37 分钟了。

来美子抬起头来，一脸惊讶，然后露出了微笑。

“是吹原先生啊。刚刚谢谢您……出什么事了吗？”

此刻的和彦在强忍着眼泪。

在这个世界里，来美子是平安的。但，这也没有多长时间了。

下意识地，和彦看向了来美子的胸口。

还在。今天早上和彦送给来美子的那只银质青蛙胸针还在。

和彦不知该从何说起。太多的情绪填满了他的思绪，无法很好地用语言表达。

“您……没去上班吗？今天休息了吗？”

和彦想告诉她不是，不是的。他一边努力平复自己的情绪，一边用力地摇头。

终于，他开口说了话。

“那，那个，那个……请现在马上离开这里。很快，这里会发生一起很大的事故。现在，马上离开这里！”

蕗来美子用一种无法相信的眼神看着和彦。这个人想说什么……看样子来美子没有理解和彦的意思。

来美子露出了有些僵硬的笑容。

“但是，吹原先生，您突然跟我说这些，我也很难办。我不能离开这里啊，店长现在让我看店呢。现在是我的工作时间，我不能放着花店不管！”

和彦明白了。

……她没有明白我的意思。

这并不奇怪。他应该如何向她解释，这里即将发生一起重大的事故呢？其实自己是从3个小时之后的未来穿越过来的……如果这么说，一般人会有什么样的反应呢？

“请你相信我说的话。你听着……我因为工作的原因……在做一项能够准确预知未来的研究。我在研究中得知，今天上午10点多，在这里，会发生一场巨大的爆炸事故，所以我来救你了。已经没有多少时间了，让我带你去一个安全的地方。”

来美子认真地盯着和彦的脸。就好像要从和彦的表情中读出这一切到底是真是假。但是显然，她还没有得出结论。如果在电影里，这个时候男主人公会对女主人公喊出：“Trust me（相信我）！”于是女主人公便会把自己交给男主人公。

“相信我！”和彦恨不得大声喊出来。但是，即便和彦和来美子之间存在着好感，两个人也还没有更进一步地了解对方。他们之间不存在相互信任的基础。

就在这时，和彦感到了一种异样。

就在和彦的体内，正发生着一些变化。

身体正在违背自己的意志，被拽往某个地方。皮肤、肉体、血液……直到身体最内部的骨髓深处，他所有的肉体的全部……

“来美子小姐！”

来美子不知所措。和彦看了一眼马路对面的时钟。

已经过了9：40。

还有不到 35 分钟。

但是，这是怎么了？我的身体……身体……

突然，视野变得一片空白。

和彦尖叫了起来。他完全失去了重力的束缚。上下左右的方向感也完全消失了。他正在一个虚无的空间里面游荡。

他只感到一股不明来历的强大力量正在猛烈地拽着他的身体。

但，这也只是一瞬间的事情。

他的视线又恢复了。

他看见了柯罗诺斯旅行机巨大的黑色躯体。

这里是实验室，正是 P. 弗雷克公司的那个实验室。和彦坐起了身子。整个房间都非常安静。

差一刻 1 点。

“藤川！”

和彦下意识地喊了出来。

他没有达到他的目的。他没能够成功地让来美子离开那里。在他救出来美子之前，他就被拽回了“现在”。

那种焦躁感变成了那一声呐喊——“藤川！”

但是，不见藤川的身影。

不应该……他的直觉告诉他。

在和彦不顾藤川的制止执意穿越到了过去之后，藤川都做了些什么？

大概，他会跑去把这件事报告给野方主任、公司负责人，还有那些领导。不知道他们会作何反应。按理说他们应该为了等待和彦从过去回到现在而聚集在实验室里才对。

但这里却空无一人。这件事情明明闹大了也不奇怪的。

难道藤川没有去叫人吗？不可能。依照他的性格，他会拼命去做很多保全自己的事情。

热。和彦反常地出了很多汗。

和彦走出实验室，前往研发三科。

迎面走来研发四科的林田和泷川，他们看到和彦的瞬间停下了脚步。和彦并没有理会，继续走向三科。

三科的办公室里只有藤川一个人。藤川看到和彦的一瞬间，吓掉了下巴。如同见了鬼一般，盯着和彦看。

“吹原……难以置信！”

和彦摇了摇头。

“我没能救回她。我还想再去一趟。”

“吹原，你……什么时候回来的？”

“就在刚刚。我在过去只待了10分钟左右，突然间就被一股巨大的力量扯住了，然后就被拽回来了。那么短的时间我真的没办法。”

藤川不停地摇头。

“吹原……你知道现在是什么时候吗？从你‘飞’走已经过去了一年零八个月！”

怪不得这么热。现在已经是夏天了。但是……真没想到已经过去了20个月。

“吹原……自打你走了之后，这件事在那段时间里闹得挺大的，而且你又没回来，我也没少挨批。

“我甚至以为……你在去救她的时候被卷入那场事故了。”

藤川从抽屉里拿出了他的剪贴本。

“现在办公室的人要是进来看到你，肯定又要闹大了。咱们先去没人的地方聊聊吧。”

两个人环顾了四周之后，偷偷摸摸走了出去。午休时间还没有结束，整栋楼里也没什么人。

两个人走进实验室隔壁的休息室。

“你先看看吧！”

和彦接过藤川递过来的剪贴本，飞快地扫着。

藤川把那些消息巧妙地整理成了两个类别。

一个是关于长月町交叉路口重大事故的剪报。

另一个是柯罗诺斯旅行机的试验过程。

自那以后，又反复进行了各种各样的试验——逆时间而行的试验。

和彦的那次“飞行”也作为试验数据之一被记录其中。

“我现在算是失踪人口吗？”

和彦从剪贴簿上移开视线，抬头问藤川。

“你指的是在哪里？公司内，还是社会上？”

“都无所谓。”

“在社会上你的性质我也说不好。但是柯罗诺斯旅行机的存在是对外严格保密的社内机密，口径就是你从某一天开始再也没来公司上班了，所以应该算是去向不明吧。”

和彦噘起嘴刚要说什么，但很快就意识到说出来也没有意义。

“在我之后，你们又做了人体试验吗？”

“嗯……还有四个。在你之后，有个人回到了一个小时之前。这个人很快就回来了。还有一个去了六个月之前。在那之后还有个叫栗塚的，去了一年多以前。这两个人到现在都没回来。最近一次是去年 12 月的试验吧……一科有个叫布川的男的，请愿当了试验体。”

“他回来了吗？”

“这个人也还没回来。”

这个叫作布川的男人，带着一种特殊的“过去滞留固定装置”被送到了五年前。藤川并不知道这样做的具体目的，但他确实是被送出去后就没再回来。和彦的情况跟他们不一样，因为极有可能回到临近事故发生的时间、地点后被卷入爆炸，无法回到现在了，所以被视为另一种情形。

除了人体试验之外，也有过几次使用无机物或小动物的试验。

据说时间流会根据试验体的性质不同而呈现出不同反应。无机物和小动物均回到了不久后的将来。

“为什么一到人体试验就会有不一样的结果？”

和彦觉得这不可理解。但藤川也并不掌握着这个问题的答案。

“也许，逆着时间流回到过去的行为本身就是违背自然法则的、不被允许发生的事情吧。所以……该怎么说呢……柯罗诺斯，掌管时间法则的神……为了实现万物的和谐跟平衡，如果有什么东西回到了过去，那么就要根据它的性质，把它扔到更远的未来吧。”

和彦觉得藤川说的话有一定的道理。他在脑海中联想，回到过去，就好像在腰上安装一个巨大的弹簧后向远处跳出去的状态。一端被固定住的弹簧以完全抻开的状态让人着陆。于是弹簧开始逐渐加强它的拉力。当这股拉力超过了跳出去的这个人要停留在那里的力量的时候，弹簧就会把人拉回后方。大概就是这种感觉吧。那么为什么只有人类会被拉回到更远的未来呢……为什么和那些无机物以及小动物有那么大的差距呢……这大概是来源于人的精神力量。人想要留在过去的力量和时间流之间发生对抗，终有一瞬间，他们之间的平衡被打破。只要人类想以他们强大的精神力量在过去逗留更久的时间，那么原本应有的平衡就要在更远的未来被找回。

和彦不由得点了点头，继续快速地看着有关爆炸事故的剪报。

11 月 27 日上午 10:15。

和彦把这个时间牢牢地记在了脑子里。

死者 127 名。

被剪成圆形排列在本子上的死者的头像。其中就有蕗来美子被放大得有些模糊的面庞。

果然，历史并没有发生改变。

看来，在那之后来美子并没有选择逃生。只靠那样的劝说并不能改变她的行动。

藤川对正在聚精会神看剪报的和彦说。

“没什么可后悔的了吧。你现在应该已经明白了，即便你回到过去也还是无法改变历史。柯罗诺斯旅行机在这里的试验基本上也都已经结束了。

估计下周吧，那台机器就要被送到住岛重工的立野仓库了。据说是因为在实际运用上有太多的问题了。也就是说，虽然挺快的，但就要被雪藏了。”

“被雪藏？！”

“对。你知道柯罗诺斯旅行机的发明者是谁吗？据说是住岛重工的人，但我听说那个人已经自杀了。据说是个不可多得的天才，但也有很疯癫的一面。

“那种疯狂的机器只有疯狂的人能够操作……也很像某种定律吧。即便数据齐全，也没有人能胜任它在设计上的改善和继续开发。我是这么听说的。”

藤川看向和彦，观察他的反应。

“先不管别的，还是要先去主任那里打个报告吧。我也陪你一起去，这是眼前最要紧的事。”

和彦摇头。

“不行。还不行。”

“不行？你说什么不行啊吹原？”

藤川瞪圆了眼睛。

“我还没有完成。我得，再去一次！”

“你不是已经试过了吗？你还想怎么样？”

“我没能救回她。我救不了她就没有任何意义！”

和彦拿着剪贴簿站了起来。藤川已经完全无语了，坐在原地把身体缩成了一团。

“你还要回到过去吗？”

“对。直到救回来美子为止，多少次我都去！”

藤川噘了噘嘴。

“这次我可没法帮你了。”

“没关系，你就当没看见我就行了。这次我会记得在进入发射室之前把开关设成自动发射。对了，你刚才说那个叫布川的人是带着什么‘过去滞留固定装置’去的是吧？能不能借我也用一下？”

“布川还没回来呢。对于这个装置的效果还有很多的未知数，而且这东西是野方主任在管理的。”

看来，过去滞留固定装置的主意是不能打了。

藤川探过头盯着和彦看了半天。

然后他似乎明白了无论怎么劝说和彦都没有用。藤川伸出食指说：

“我估计就算我拦着你也没有用，但是这几点我要告诉你。关于柯罗诺斯旅行机，通过发射试验获得的信息少之又少。但有几个规律是在每一次试验中都有所体现的。

“其一，通过自动铅笔的发射试验得出的结论。已经向过去发射过一次的自动铅笔，是没办法再回到上一次它被拽回来的那个时间点之前的。就算想把自动铅笔送到那个时间以前的过去，柯罗诺斯旅行机也不会工作。也就是说，即便吹原你想再回到过去，也无法到达你被拉回来的那个时间点之前。

“其二，这是通过第二次的自动铅笔发射试验结果得出的结论。把自动铅笔第二次送回过去的时候，回到现在所需要的时间是第一次的四倍以上。

“这到底是基于什么原理还不清楚。在那之后我们又把自动铅笔送回到了过去，但是，这根自动铅笔至今都还没有回来。”

这些内容和彦在看了试验数据之后心里也大概有数了。自动铅笔第一次发射是向 10 分钟前，回来是在 12 分钟之后。第二次是回到 9 分钟之前，但是回来已经是 50 分钟之后。第三次被送到了 8 分钟前，但……到现在还没有回来。

藤川没有站起来。

“真是对不住你啊。”

和彦说完，走出了休息室。藤川并没有跟出来。他不再帮助和彦的行动，也不做任何的阻挠。也就是说，藤川准备与这件事脱离干系。

和彦一路跑回了实验室。

6

实验室里，只有那台柯罗诺斯旅行机散发着冰冷的黑色光芒。

和彦费了一点功夫，解除了启动锁定。

打开总开关，再把发射开关从手动调成自动。

时间是下午的 1 点钟。如果今天下午有试验的计划，那么这个时间要员们应该已经在实验室集结完毕了。到现在还没有人出现，说明不用太过着急操作。

和彦坐进射出室，从里面上了锁。

如果设置成自动操作，那么从机器内部也可以设置目标时间和坐标。

1995 年 11 月 27 日，上午 9:30。

目标位置的坐标设定。

上次回到过去时落在了车站前面的路上。也就意味着发生了大于 100 米的误差。

和彦在操作台显示器显示的地图上，把锁定目标坐标的红色十字光标放到了比目的地长月町交叉路口还要往南 50 米左右的地方。和彦推测这么设置应该比上次能回到更精准的位置。

和彦把发射设定在 3 分钟之后。剩下就等柯罗诺斯旅行机自动将他送回过去就好了。

和彦全神贯注地等待这 3 分钟的倒计时。

还不到 3 分钟，柯罗诺斯旅行机就开始震动，伴随着白色的强光。

不一会儿，柯罗诺斯旅行机的动作突然停止了。

射出室内有红灯闪烁。

和彦吞了口口水。

是故障吗？机器出现异常了吗？

在画面上闪烁着一行字。

“您已设定无法发射的时间点”。

然后设置的时间点也开始闪烁。“1995 年 11 月 27 日，上午 9:30”。

是的。正是藤川描述的那种情况。和彦想到。果然，自己只能回到当初被拽回来的上午 9:40 以后。

和彦敲着键盘，更改设定时间。

再一次，和彦开始了漫长的 3 分钟的等待。180 秒，179 秒，178 秒……

几个人的脚步声从机器的外面传来。

“果然是。好像有人擅自动了柯罗诺斯旅行机！”

“我看见射出室里面有个人影，那个人应该在里面！”

看样子，是听到刚刚那一阵震动声的人赶来看情况。

在迄今为止的人生中，和彦从来没有祈祷过什么，也不相信祈祷可以改变什么。但就在这时，他第一次想要衷心地祈祷——还有几十秒，谁都不要来打扰。

“你是谁！快把舱室打开！”

“是吹原吗？你回来了！”

同时有好几个声音。

他们的声音同时变得越来越远。

柯罗诺斯旅行机开始震动。和彦又看到了蓝色的粒子，也看到了白色的强光。

这下没问题了。谁都不能阻止这一切了。和彦舒了一口气，开始感恩。时光之神啊，如果是你听到我的祈祷而帮助了我，那我真的是太感谢你了。

浑身上下那种针扎一样的触感在现在的和彦看来都是那么舒适。

“要来了！”和彦心想。

哦！来了。那种，穿越时空的感觉来了。

这次，和彦亲眼见证了自己出现在过去的一瞬间。

上一次回到过去的时候和彦感觉自己几乎是处于一种假死的状态。但是这次不一样。也许已经经历过一次时空旅行的安心感使现在的和彦没有那么紧张了。

出现在过去的一瞬间，和彦看到路边的时钟正指向 9 点 42 分。

视野突然扩大。

这就是这次穿越的瞬间给和彦留下的印象。

和彦出现在了人行道上空几厘米的半空中。上次感到身体被猛烈地拍打在地面上，大概是身体的平衡感失调的缘故。

这次，和彦用右脚找了找平衡，做到了平稳着陆。

“Chic · Bouquet”的门前。丝毫不差。

这样就可以不用浪费时间在路上。

和彦冲进了店里。

和彦冲进去的时候，来美子缩成一团瘫坐在地上。

“来美子小姐。”

和彦从她的背后叫了一声。来美子蜷缩着身子，缓缓地转过头。看到和彦的一瞬间，她惊讶得张大了嘴。

来美子用力地摇着头。

“为什么……刚刚，你明明消失了！你就那么不见了！是什么时候绕到我的身后去的？”

那简直是见了鬼的眼神。

对于来美子来说，一件无法解释的事情刚刚在眼前发生。有一个并不是很熟络的男人出现在自己的面前，说因为灾难将至，让自己赶紧逃命。就在自己犹豫要不要听他的话的时候，那个男人就好像烟雾一般从自己的眼前消失了。不仅如此，明明已经消失了的男人又再一次出现在了眼前。

“那些都不重要。你快跑！”和彦本想这么对来美子说。但他意识到，如果这么说的话，还是和上次一样，只能让来美子很为难。他没有这么说。

“我花了很长时间，绕到了你的身后。”

和彦说。说罢，和彦认为非常不妥。这么说只能让来美子更加困惑了。

“吹原先生……你真的是人吗？”

没想到，偏偏这个时候，来美子提出了这样的问题。

你是外星人还是怪兽？大概就是这种性质的问题。

“当然了！我当然是人类！”

和彦有点无奈地回答道。

这让来美子变得一言不发。在来美子的心里，各种各样的思绪纠缠在一起，无法得出答案。

自己是否应该相信和彦？也许，和彦这个人本来就是个不正常的人。

墙上挂钟的指针已经指向了 9 点 48 分。已经过去了 6 分钟。

没有时间了。

和彦发现，来美子一直在盯着自己的右手看。

对啊。把这个给她看就行了。

和彦的右手紧紧抓着从藤川那里借来的剪贴本。上次回到过去的时候他还没有拿着。

“这个就是事故发生之后的剪报。这上面写着来美子你今后的命运。”

和彦打开了有关事故报道的那一页。

快。快看。和彦的心情近乎哀求。

“为什么会有这样的新闻报道呢？吹原先生您刚刚说您是从事研究未来的工作的，但这……”

和彦要抓狂了。

我说了这样的话吗？可能吧。但如果不这么说的话，又怎么让她相信自己呢？

和彦甚至开始怀疑，自己扮演的这个角色，就是一个无比滑稽的小丑。越是用力扮演，就越搞笑的小丑。

和彦发现自己已经变得粗声粗气。

“别管这么多，你先看看这个！”

不知道还有多少时间。

快。快点。快点看完。

来美子抬头凝视着和彦的眼睛。然后，点了点头，接过剪贴簿开始快速看上面的内容。

快点看！和彦强忍着让自己不要这么喊出来。

和彦反复看向墙上的挂钟。

9 点 49 分。

和彦察觉，来美子的反应正在渐渐有所变化。

来美子用右手翻着剪贴簿，左手渐渐握成拳头，拳头越捏越紧，她的手心应该已经沁满了汗水。

她终于抬起了头。

“这是什么诡计？”

和彦感到自己浑身上下都泄了气，只有脸上的肌肉还是僵硬的。

为什么……这完全变成了一出闹剧！

和彦看到来美子的表情之后明白了。她并不是在闹着玩。但，她不知道除此之外还能作何反应。

“这些报道都是真的。我已经从未来穿越到这里两次了。我想从你手里那些报道所说的灾难中，把你救出去。我是骗你说我自己在做预测未来试验的地方工作的。我们公司是研发穿越时空的机器的。”

“穿越时空的机器……”

来美子自言自语似的重复道。

她已经快要相信了。快了。她快要相信自己说的话了。

这时，那个预兆出现了，和彦的整个身体被拽住了。时间到了。

和彦看向墙上的壁钟。9点53分。

这次也来不及了。

“如果你相信我说的话，就赶快从这里逃走！”和彦想要这么说，但是发不出声音。

时间流按照既有的规则，想要再次把和彦抛到更加遥远的未来。与那种强大的力量抗争已经消耗了和彦的所有力气，他根本说不出话来。

来美子似乎也发现了这种变化。

“吹原先生，您怎么了？”

和彦正在拼尽全力顶住时间流的重压。

“我会……再来的。一定……会来的！”

和彦用尽全力，像挤牙膏似的留下了这句话。

这句话，就是截止到1995年11月27日上午9点53分之前的吹原和彦的所有成果。

和彦被那个时间流的旋涡紧紧抓住了身体。那种要被转移的感觉再次袭来。

和彦马上就看出来这里是P.弗雷克的实验室。

现在是一大早。

天才蒙蒙亮。

对于自己被“弹射”到未来这件事，和彦只感到巨大的无力感。

第二次的时空穿越，自己也没能救出来美子。

和彦慢慢地瘫坐到了实验室的地板上，恍惚了好长一段时间。

和彦茫然地环顾着实验室的四周。和以前有些不同。

他发现了——

没了……

柯罗诺斯旅行机已经不在实验室里了。

和彦着急忙慌地站了起来，再次仔细地环顾朝阳还没有照进来的实验室。没错。

实验室里摆放着类型相同的三台小型机器，但它们和柯罗诺斯旅行机完全不是同一种东西。

那机器上印着“波动发电机”的字样。和穿越时空的机器完全是不同类别的机器。

看来，柯罗诺斯旅行机已经被移送到其他的地方了。

和彦走向研发三科的办公室。

研发三科的工位排列已经发生了改变。是和彦所没见过的。

墙上的图纸和工作计划表也都不一样。

和彦很快明白了这是为什么，因为墙上挂着的挂历。

2002 年 4 月 13 日。

这次，和彦比上次得知自己回到了一年八个月之后更加惊讶。

从那之后又过了五年。

第一次是不到两年。

这一次已经过去了七年。

从过去被“弹射”回现在的时间距离在增加。

但是，和彦必须再一次回到“那个”时间。

他必须救出来美子。

这个强烈的想法在和彦的心中像一股旋涡一样。毕竟他的目的还没有达成。

办公室的书架上也完全不见有关柯罗诺斯旅行机的资料。

藤川的工位在哪儿？

他不知道。

和彦从研发三科走了出来。他看向办公室门口的墙壁。那里的公告栏上贴着座次表。但上面并没有藤川的名字。

现在，P. 弗雷克有限公司的研发三科，并不存在藤川这个人。

有可能是因为岗位调动调到了其他地方。

毕竟已经过了五年，这也是有可能的。

不光是藤川，也没有任何痕迹显示和彦曾经供职于此。

和彦拿起了电话。

他试图查询藤川的家庭电话。虽然说不上具体的门牌，但靠着对地址的模糊的记忆，他获得了藤川的电话号码。

“请问是藤川先生家吗？我是以前供职于P. 弗雷克公司的吹原和彦。”

接电话的正是藤川本人。

和彦向藤川报告说自己刚刚回来，并且在P. 弗雷克内部试图找到藤川。

藤川在电话那头沉默了一会儿。

“我已经从P. 弗雷克辞职，独立出来做软件设计了。我已经不记得以前公司的事情了。”

能听出，藤川很反感这通电话。和彦没想到藤川把工作室就设在了自己家里。

“你把住处和工作室合到一起了吗……”

“是啊，我也没有家人。倒是挺轻松的。”

和彦想要说什么，但又闭嘴了。他感觉这五年，藤川的人格都发生了变化。

“这次我也没能救回她。而且不光被送回了七年之后，在实验室里也找不到柯罗诺斯旅行机了。

“那台机器现在怎么样了？你告诉我吧！在七年后的这个世界里，我除了你以外没有可以依赖的人了。如果我再穿越一次，就一定能够救出她。你可不可以告诉我？”

藤川在电话那头继续沉默。不知道他是正在思考，还是在回忆。

“吹原，你跟我说过吧？你有一个比你自己的生命和社会地位都重要的，抛下一切也要保护的人。谁都有这样的人，如果我也有的话，就放过你……”

藤川突然开始这么说。

“我记得！”

“我已经没有这样的人了。四年前我也失去了妻子。我离婚了，现在是一个人。这要怎么说？柯罗诺斯旅行机可不能改变过去。柯罗诺斯旅行机也没有办法保护我的家庭，这一点我最清楚。那么我，为什么还要帮你呢？”

和彦想起了藤川当初在实验室里吃着他老婆给他带的饭的场景。

“吹原。我不该跟你抱怨这些。

“我只是有点起床气。我没有恶意。

“我只知道，在你第二次穿越的第二天，柯罗诺斯旅行机就被送到了住岛重工的立野仓库。其他的我也不知道。”

对了。在第二次走之前，藤川不是已经和自己说过这件事了吗？和彦想了起来。立野仓库在横岛市里比较偏僻的一带。

“吹原。你就当这次是我们两个最后一次对话吧。我已经完全忘了P.弗雷克的过去，开始了新的生活。从今往后，请你保证不要再来找我了。好吗？”

“好的。”和彦回答。

“我没有恶意，祝你顺利。”

藤川说到这里挂了电话。

已经是早上8点多，但是没有人来上班。今天不是什么节日，但好像是个休息日。

柯罗诺斯旅行机会放在立野仓库的哪里呢？

不实际去一趟是想不出来的。和彦找了一把椅子坐了下来。他的疲劳已经达到了极限。

稍微休息一下吧。

和彦趴在桌子上小憩了一会儿。他没有做任何梦，睡得像一摊烂泥。他并没有想要睡过去，只是想休息一下，却睡得很沉。这说明他的疲劳已经战胜他的理智了。

毕竟，七年的时间里，他一直不眠不休……想到这里，和彦觉得这真是一个不怎么好玩的笑话，自己皱了皱眉头。

只有在和彦醒来的前几秒里那段快速眼动睡眠阶段里，蕗来美子出现在了他的意识里。

在梦里，她笑着说：我觉得我没事，不会变成那样的。

然后她又补充了一句：对了，我想好我们一起去哪里吃饭了。

和彦起身，快速走出了办公室。

和彦跨过比较矮的护栏，走出P. 弗雷克公司，朝着立野仓库的方向走去。

公司里员工柜门的位置也变了，和彦找不到自己的钱包了。从公司到立野仓库有七公里的路程，和彦只能走着过去。

工厂街看样子也是休息日，没什么人，也没有什么车辆驶过。

车型的更新换代已经进行得比较彻底，路上行驶的大多是和彦从没见过的新车型。

最突出的特点是，它们都是以椭圆形为基础的流线型设计。

即便是一开始看着有些奇怪的形状，看习惯了也就变成了最正常不过的风景。看着看着，和彦就不觉得这有什么不舒服的地方了。和彦自己都惊讶于自己的适应能力。

一个多小时的时间里，和彦一直不停地向前走，朝着住岛重工立野仓库的方向，沐浴着春天暖洋洋、清爽的风。

再试一次。从那场灾难中把来美子救回来。

和彦一边走着一边咬紧嘴唇。

人总是有很多对过去后悔的时刻，总会想，如果那个时候我那样做了的话……但是一味地悔恨过去也并不能为未来开启一条道路。对于现在的和彦来说，如果柯罗诺斯旅行机还能工作，那么他就没有什么好后悔的。因为只要他再一次坐上那台机器，再向过去穿越一次就好了。

但是毕竟他已经经历过两次时空旅行了。他已经不可能再回到更早之前的时间了。

试了两次……

试了两次都没能救出来美子就被送到更远的未来了……

是不是还可以再做些什么？是不是可以再高效地周旋一下就能救出她了呢？

和彦还是会有这样的悔恨。

毕竟，现在有可能救出来美子的，只有和彦。

和彦走在路上，脑海里无数次地闪过来美子甜美的笑容。

有的是梦中的来美子，有的是“那天”早上拿着小青蛙胸针一脸高兴的来美子，有的是认真地翻看剪贴簿的来美子。

这次，不允许自己再失败了。

留给她的时间，已经……不多了。

7

和彦站在住岛重工的立野仓库门前。

在广阔的院子里，有 16 栋仓库大楼。

和彦愕然。

他一直都隐约有一种不祥的预感。人一旦总是想着不好的可能性，事情就真的会向不好的方向发展。现在这句话应验了。

16 栋仓库，每一栋百叶门都关着。每一栋仓库都有两层楼那么高。和彦完全无法推测，柯罗诺斯旅行机到底是被收在哪一个仓库里面。

而且在大门口还有间办公室，可以看到坐在里面的保安的身影。

一个个撬开仓库的大门，也不是办法。

该怎么办？

和彦先翻过了围墙，进到了仓库大院里面。因为是休息日，管理人员的办公室也没人。

办公室的门是开着的。里面排着几张桌子。

和彦打开了其中一个的抽屉。

那里有个名片夹。名片上印着的应该是这个桌子的主人的名字，以及住岛重工立野仓库的电话号码。还有一张未使用的电话卡。和彦抽走了这张卡。

和彦又翻过了那道墙，到了大马路上。整个过程都没有被保安发现。

和彦要去找一个周围没有什么杂音的公共电话。和彦走进了附近一家叫作“朝日第一商务酒店”的酒店大堂。

大概是因为和彦的穿着实在是太不整洁了，大堂的男子瞪圆了眼睛看着他。

在酒店前台的墙上，挂着很不符合这里装修风格的一张老旧旅馆的照片。看样子应该是这家酒店的前身。上面写着“朝日楼旅馆”。

和彦找到了电话，一边斜眼睥睨着大堂的男子，一边拨通了立野仓库的电话。

铃声响了一段时间后，稍微上了一点年纪的、听上去像是保安人员的人接起了电话。和彦清了清嗓子。一边极力控制住声音的颤抖一边说。

“您好，请问是立野仓库吗？我是P.弗雷克公司的吹原。休息日打扰您了。”

幸好，这个保安听说过住岛重工的子公司P.弗雷克的名字。

和彦告诉对方自己是有紧急的事情打来电话的。他不给对方说话的机会，一口气说了下去。立野仓库应该收纳着在P.弗雷克公司制造的一台叫作柯罗诺斯旅行机的机器。他接到住岛重工的委托，从两天前开始一直开展其他机器的试验，在这个过程中突然需要柯罗诺斯旅行机的数据了。那些数据应该和机器一同安放在这里。由于是紧急事态，马上就要派一个人前来取走数据，希望能配合打开仓库的大门。

门卫一边有些为难，他告诉和彦，和P.弗雷克相关的仓库一共有三个，但是他要找的设备到底在哪一个里面，自己也不知道。

只要挨个去看一遍那三个仓库，立马就能找出来。自己并不是要拿什么东西出来，而只是需要从那份数据中抄录几个数字就可以。和彦这样说服门卫帮助他。

和彦又说，15分钟后负责抄录的人就会到达，然后单方面地挂断了电话。

15分钟后，和彦整理了衣着和头发，站在立野仓库的门前，按下了门铃。

一个戴着眼镜、有点上了年纪的微胖男人连忙跑了出来，请和彦进去。

“我刚刚给P.弗雷克公司打电话确认这件事情，没有人接电话。”

门卫对和彦说：

“柯罗诺斯旅行机是从五年前开始保管在我们这里的，对吧？”

“是的，”和彦回答，“因为今天是休息日，所以电话的线路切换了模式，没有人接电话。而且今天来公司加班的人都在实验室忙着手头的工作呢，估计谁都没空去接电话。”

和彦面不改色心不跳地罗列了一长串的谎言。当微胖的保安说“那可真是辛苦你们了”的时候，他差点儿因为放心而长舒一口气。

“您打电话过去是想确认什么事情呢？”

“我想确认一下保管期限。我查到那台机器是在15号仓库里面，我这就带您过去。”

“谢谢了！”

门卫是个健谈的人。可能是因为工作性质，难得能和别人有什么交流吧。他问了问和彦的工作内容。和彦一五一十地把自己的工作内容讲给他听。这个有点上了年纪的保安对于能和别人说话感到无比的喜悦，对和彦说的内容频频点头附和。

但是跟着保安向前走的过程中，和彦意识到有另一种不安感正在心中产生。

柯罗诺斯旅行机是否以和以前一样的形态保存在那里呢？有可能已经被拆解了。能量源呢？是不是已经被切断了能量来源？

如果是这样，那就……全白忙活了。

那么大的一个机器，和彦完全不可能靠一己之力把它复原。能量源又如何去保障呢？

“有什么问题吗？”

保安疑惑地看着和彦。

“啊，没事。”和彦连忙摆出了僵硬的笑容。

两个人站在了一个仓库的门前。

门卫从他的背包中拿出了安全卡，从胸口的口袋中摸出他的老花镜和笔记本。在机器上刷了安全卡之后，用他有点粗的手指在键盘上敲出一串数字。

仓库的大门伴随着“吱吱咯咯”的声响，慢慢地向上抬起。

在太阳光的照射下，能看到几个货架。和彦感觉到那种不安情绪在心中越来越膨胀。灰尘和发霉的味道，都是时间流逝的产物。

保安先一步进去，打开了里面的照明。

“请进吧。”保安叫着和彦。

心悸越来越明显。求求你。求求你了，柯罗诺斯旅行机！请你一定和以前一样，是一个可以工作的状态。

和彦不知不觉中握紧了拳头。在他的手掌心中已经有一汪汗水，滑溜溜的。

和彦走进仓库。

在那儿。

虽然被一个巨大的白色罩布罩了起来，但和彦一下子就看出了它的轮廓。

柯罗诺斯旅行机，以完好无损的形态摆放在那里。

“您能找到吗？”

保安有些担心地问。

和彦一边极力掩饰自己的喜悦，一边点头。

“那我就在这等您。”

“抄录数据可能需要花上十多分钟，您可以在办公室等我。照明下面的开关就是这个大门的开关对吧？”

和彦有些慌张地补充了一句，激动的情绪让他说话变得很大声。

“等这边结束了我再去办公室找您。”

保安对和彦鞠了一躬，说道“那就辛苦您了”，又说“那我就回办公室等您吧”，然后离开了。

运气真好！运气真好！运气真好！

和彦反复自言自语了好几遍，克制着自己恨不得原地跳舞的冲动，跑向了柯罗诺斯旅行机。

他钻进了白色罩子下面。他知道开关在哪儿。打开总开关后，他熟练地把需要做的调试一个接着一个地完成了。

来美子一定已经明白了自己的意思，应该不需要更多的说明了。一边调试设备，和彦一边暗下决心，即便粗暴一点，这次说什么也要把来美子从花店里面强拉出来。和彦能够回去的过去，是“那天”上午 9：53 之后。距离事故发生的时间，只剩 22 分钟了。

但是……如果自己这次在那里再停留一段时间的话，真不知道会被弹射到多远的未来了。

第一次是一年八个月后。

第二次是七年后。

这次是……

和彦无法预估。他不知道这其中是否存在着什么规律。

和彦决定不想了。总想这些事情又有什么用呢？现在，更应该集中注意力，完成眼前柯罗诺斯旅行机的调试工作才对。

可以放心了。残存在柯罗诺斯旅行机内部的能量足够用的。这简直是巨大的幸运。

在和彦坐进柯罗诺斯旅行机之前，他突然想到了那个胖胖的保安。

自己欺骗了他。他这么做，一定会给那个看上去慈祥的保安带来很多麻烦。

和彦有些过意不去。

和彦就近找了一张纸片，潦草地写下了一段话。

致保安人员：

对不起，我向您撒了谎。我没有恶意，只是想要救一个很重要的人的性命，所以不得已对您说了谎。我不会给任何人添麻烦，所以请您当作这里没有发生过任何事情，谁也没有来过这里，您什么都没看见。我觉得这样是最好的处理方式。

K. S

和彦把留言纸放到了白色罩布上，又看了看外面。没有人。

再一次，和彦坐进了柯罗诺斯旅行机。

设定好时间和空间的目标坐标，和彦再次踏上了时光之旅。

向着 1995 年 11 月 27 日上午 9 点 53 分。

那道刺眼的白光再次包围了和彦。

只是，这次有了不同以往的异样震动。是不是微调试出了什么问题？和彦失去身体的平衡，他的左手碰到了设置位置坐标用的开关键。

红色的十字光标在画面中微微发生了移动。

准心偏了……

针扎皮肤的触感在下一瞬间把和彦带到了过去的时空。

和彦屁股着地摔了下去。

他又回到了过去。

这是哪里？

和彦惊讶。那里是他从未见过的风景。既不是车站前面，也不是长月町的交叉路口。

但有一点可以断定的，这是一个清晨，在某一个街角。

他看见一家烟酒铺。一个中年女人张着嘴看着和彦。她把和彦从未来出现在过去的过程看了个满眼。

只有问她了。和彦跑向烟酒铺。

“请问今天是哪一年的哪一天？”

中年女性仍然张着嘴，指了指墙上的日历。

1995 年 11 月……是那天，没有错。

“这是哪里？”

“弥、弥、弥生町……”

“请问怎么去长月町？”

中年女人终于合上了嘴巴。

“坐上那边的公交，两站之后。就在这条街一直下去的地方。”

中年女人指了指那个方向。

这是怎么回事？一瞬间，和彦无法理解这个局面。

但他很快就明白了。

在异样的震动发生时，位置坐标的红色准心发生了偏移。就在那个状态下，柯罗诺斯旅行机把和彦送往了过去。

“糟了。”

回过神来，和彦发现自己已经跑了出去。一边跑，一边咬紧了牙关。

9：54。

大街上有时间的显示。他这是犯了什么错误呀？在过去的每一分每一秒都是那么珍贵，他却浪费了那么多时间。

到达长月町要多久？

这和车站前 100 米左右的误差可不是一个概念，如果是公交车两站地的话，说明已经发生了将近 1 公里的误差。

和彦跑着。他只是拼命地跑着。

时间啊，等等我吧。在我到达来美子那里之前，请不要把我拉回到未来。

一大拨一大拨的人从和彦的对面走了过来。和彦奔跑着，穿梭在人群之中。

和彦感觉到自己的视野在迅速变窄。

他感觉，在自己迄今为止的人生中，好像从未如此拼命地做过什么事情，也从来没有这么拼命地奔跑过。

但是，自从他得知来美子遭遇了不幸之后，他却总是在用尽全力奔跑。

他要喘不上气来了。他凌乱的喘息声像笛子的声音一样回响。

他看到在国道上飞快行驶的油罐车，以及从那边传来的地面的震动。

在晃晃悠悠的视野里，和彦看着那辆油罐车越开越远。应该还不是那辆车。他看到车的后面印着黑底白字的大大的“危”字。不只是这辆，还有很多油罐车都印着“危”“可燃物”等字样快速驶过。就在这条道路的延长线上，有着来美子所在的“Chic · Bouquet”。

和彦和想要停下来大口喘气的冲动做着激烈的斗争。不能停下来。

他甚至感觉到自己的腿像是在游泳。明明想要直着伸出去，却总是要画一个弧形。身体不断地前倾，脚已经跟不上速度。

和彦和自己较劲，交替着向前踢出两只脚，只专注于继续前进。

他的脑海里只想着来美子。这都是为了救她。为了救她的命。

他满脑子都是来美子的笑容。痛苦也随着减缓了一些。他能感觉到自己脸上的肌肉慢慢地变松弛。和彦想，这就是所谓“跑步高潮”的状态吧。

他感觉自己已经跑了很久很久。已经过了第一个公交站。接二连三的汽车鸣笛声也完全干扰不到他的状态。对于在路口无视红灯跑出去的和彦，不得不急刹车的司机投来了愤怒的谩骂和鸣笛。

看到了。和彦看到了长月町的交叉路口。

是那个电子显示的街头钟表。

10:02。

没有时间了。不知道自己还能在这个世界停留多久。

3 分钟？ 4 分钟？

和彦又加快了奔跑的速度。

看到了路口旁的“Chic・Bouquet”。

和彦以疾跑的状态直接冲进了花店。

“来美子小姐！”

和彦喊道。

来美子呆呆地站在那里。

和彦顿生不安。她还在犹豫吗？他下意识地看了眼来美子胸前的小青蛙胸针。

对了。

和彦从胸前的口袋中掏出了熔化掉一半的青蛙胸针给来美子看。

“这个。是你在灾害现场的遗物。就是现在戴在你胸口的……”

来美子大大地点了点头。

“我相信你！”

来美子对和彦说。“我相信您说的话。还有那些新闻报道……从我手里消失了。就像刚才的和彦先生一样。虽然我也不是完全理解了您说的意思，但是……我相信您！”

和彦感到胸口一堵。

还没说出话，他先抓住了来美子的胳膊。

“跟我跑。我带你去安全的地方。”

和彦决定无论来美子说什么都要强行把她从这里带走。

10:04。

看到墙上的壁钟，和彦的表情凝固了。距离灾难发生只有11分钟。

“等一下。”

来美子说。和彦抓着她手臂的手松了一下。

“有一件事，请您告诉我。”

“什么事？”

“为什么您会为我的事这么担心呢？虽然我不太明白，但是我能感觉到您是克服了很大的障碍来救我的。但是……”

“但是？”和彦就好像是自己的谎言被拆穿了一样，“但是什么？”

“但是您为什么要为了我做这些呢？”

和彦不明白她为什么要在这个时候问这些。

“回头再告诉你。”

他又拉起了来美子的手臂。

“现在，告诉我。”

和彦面向来美子。

“因为我想要保护对我来说最重要的东西。因为我想保护我喜欢的人，我爱的人……我知道这很直白……因为我就是想要保护。”

说完了。和彦自己都惊讶于能够说出这些话。

来美子反过来抓紧了和彦的手臂。

“我明白了。”

就在这时，那种感觉又来了。要被扔到未来的，“那种”感觉。

动弹不得。

用尽全力对抗着那种感觉，和彦喊了出来。

“不行了。我要被带走了。没时间了。来美子你一个人快跑！”就像挤牙膏一样，和彦用尽全身的力气对来美子留下了这段话。

但是，来美子在拼命地摇头。

“我一个人不行。我，相信您。我等着您。我会等着您回来救我。”

“别……”

和彦无法理解。

这是为什么？她为什么不肯一个人跑掉呢？

时间流开始在和彦的身上起作用。当和彦的力量抗争不过它的时候，和彦被丢向了未来世界。

2058 年　再次回到科幻博物馆

这个男人说到这里，大大地叹了一口气，喝了一口白兰地。

“这次我被送回的，就是这个年代。大概是半年前吧。为了知道柯罗诺斯旅行机的所在，我一直在漂泊。

“住岛重工那里已经没有相关的记录了。P. 弗雷克这个公司现在也不存在了。

“这对我来说无异于大海捞针一样的事情。

“但是我还有我的使命。我必须再次回到 1995 年。为此，我必须找出柯罗诺斯旅行机的所在。

“我把能想到的所有办法都尝试了一遍。在这个没有一个亲人的世界里，这对我来说是无法想象的。如果没有卡片，别说工作了，连生存都是一个问题。那简直是逃生。”

如果这个男人真的是来自 20 世纪末的人的话，就确实如他所说。在这个时代，个人卡片是贯穿一个人一生的重要物品。如果没有卡片，那确实很有可能会饿死。

“但是，那个叫作来美子的女士，有没有可能听取你的建议之后，已经独自逃出生天了呢？

“她不是很明确地告诉你，她会相信你吗？”

我这样问他。但是男人只是用力地摇头。

“我也这么想过。我还去图书馆查了资料，看了新闻报道的微型胶片。

“但是历史并没有改变。她，还在那个时间点上，等着我回去救她。”

我不知道我该如何理解这个男人所说的话。历史，难道不是绝对不能改变的吗？难道这个男人相信，从现在开始也可以改写历史吗？

“但是，听您讲的这些，我觉得，这所有的事情对您来说，都是不会有任何回报的事情……不是吗？

第一次是一年八个月后，第二次是七年后，这次，您可是被送到了六十三年之后。也就是说，就算您找到柯罗诺斯旅行机再一次回到了 1995 年，这次就更说不好会被丢到多久以后了……”

男人点头。

“我被弹射了三次之后，大概掌握了一些规律。下次，我将会被送到公元 6090 年。下次将在现在的逆向时间的基础上，再加上逆行时间的平方。”

他很平静地对我说。我却不太能理解这种时间的概念。即便他完成了他的目的，救出了他心爱的人，他自己却要被送到 4000 年以后的未来，而他本人完全接受这一点。那个时代会是什么样的……我完全无法想象。必然不会有任何一个认识的人。别说是熟人了，就连现在的文明是否还在延续都是一个疑问。4000 年以后的人类是什么样的也说不好。就算是想回到过去，也不知道柯罗诺斯旅行机是否还存在。

“6090 年……即便你知道自己要被送到那样一个完全未知的未来，也觉得应该回去救她吗？你觉得她值得你这么做吗？”

男人点头。

“我要去救她。我爱来美子，来美子信任我，她还在等我回去救她。那我就一定要回报她的信任。就算为了完成这个目标被送到了一个不可知的未来，我也绝不会后悔。

“而且，为了救她所剩下的时间只有10分钟了。这次对我来说是最后一次机会了。

“如果我错失了这个机会，那么我就永远地失去了救她的可能性。这件事更会让我后悔。”

我看了看男人的眼睛。

现在这个年代，还有人会像他一样为了自己相信的事情、想要保护的人而拼尽全力吗？

但是，这也是事实。在这个男人的眼神中，有一种信念在燃烧。就是那种为了自己坚信不疑的事情愿意豁出一切的信念。

有着这种眼神的男人说的话，我认为我必须相信了。

“求求您了。能不能放过我？刚刚我擅自检查了柯罗诺斯旅行机，刚做好平衡的微调试。

“请再给我一次机会吧！让我用一下柯罗诺斯旅行机。”

再一次电闪雷鸣。距离越来越近了。

“我知道了。”我回答，“我跟你一起去机器那边。虽然中林没有恶意，但是我在身边总归是不容易出事情。虽然我也说不好那台机器还能不能正常工作……”

听我这么说，男人的脸上第一次出现了明亮的表情。我也还没见过启动之后的柯罗诺斯旅行机。毕竟已经是六十几年前的机器了。我们起身下楼，走向D厅。

这个男人熟练地调试着机器。我在旁边的椅子上坐了下来，一言不发地看着他的动作。

过了一会儿，这个男人在柯罗诺斯旅行机面前转身面向我，举起了一只手。

他是想对我表达谢意吧。

我也坐在椅子上举起了手，向他示意。

男人消失在了柯罗诺斯旅行机下方盒子状的空间之中。

他正准备开始他的第四次时光旅行，但是他要付出的代价也太过于巨大了。

他要把自己人生的所有都赌在接下来的 10 分钟上。

即便要被送往 4000 年以后的世界，他还是偏要去。为了爱的人，为了相信的事情。

机器开始剧烈地震动。

然后就是男人所说的那种撞击声。在那个看起来像蒸汽火车头一样的桶装空间里，蓝色的螺旋状光线在不停地转动，令人眼花缭乱。

柯罗诺斯旅行机在正常地工作。

中林跑到了 D 厅。他为了履行他警卫的职务，连忙赶了过来。

我制止了中林。

“我们再放任他一会儿吧。”

“可是……”

中林最终还是听从了我的话。因为机器已经静止下来了。在那台机器中，已经没有了那个男人的踪影。

我让中林出去后，走近柯罗诺斯旅行机，万般感慨地仔细端详了一遍这个巨大的机器。

没想到，在这样一个冷冰冰的机器背后，还有这么感人的故事……

但是，那个男人能成功救出他心爱的人吗？会不会再一次触发机器的误操作呢？

就在这时，我发现在机器的一旁有一个亮晶晶的东西。

一个小小的东西掉在了地上。

我把这个小玩意儿拿在手上，仔细看了看。

是那个男人的东西。在馆长办公室时，从他的手中滑落的……金属质地的……

那是一个银质的胸针一样的东西。但是一半已经熔化掉了，看不出它本来的模样。

这个就是男人在他的回忆中无数次提到的那个胸针。

男人可能还没有发现他遗落了这个小小的青蛙胸针吧。明明他这么在意这个东西……

在男人的心里，比起这个胸针，能再一次回到过去的喜悦应该更大吧。

咦……

我看到了令我难以相信的场景。已经熔化掉一半的银质胸针，正在逐渐恢复成青蛙的形状。慢慢地，慢慢地……

这……是怎么回事？

然后我想明白了。男人救出了他爱的女人。胸针已经完全恢复了原貌。女人被男人……被她相信的人救了回来。

爱，甚至可以改写历史。

可是这份爱的代价过于巨大。不过，男人应该无怨无悔……应该是的……我得这么想……

我对着柯罗诺斯旅行机的巨大机体，送上了由衷的、长时间的、赞赏的掌声。

栗塚哲矢的轨迹

1

栗塚哲矢接到母亲的病危通知，是在他供职于 P. 弗雷克公司的研发三科，并为了完成项目课题而不断地削减自己吃饭时间的那段日子。那时候他甚至已经不怎么回自己的出租屋了。五个月后，他参与的机密项目“柯罗诺斯旅行机计划”就要启动了。官方名称应该叫作“物质逆时输送计划”，但是考虑到情报泄露到外界时的情况，大家都管它叫“柯罗诺斯”这个莫名其妙的名字。命名的是负责统筹研发三科、四科的野方耕市主任。

虽然是把物体发射到过去的装置，但如果叫“时光机”的话，功能有些过于受限了。不过，如果想要创造出科幻小说里面那种时光机的话，这台机器确实具有里程碑式的意义。

哲矢的工作是负责矫正设定目的地空间坐标的陀螺仪的误差。这个功能之于整个装置的重要性，哲矢非常清楚。

发射出去的物体能够在过去滞留的时间非常短。因此，如果想要高效地将目标物送回过去，就需要尽量准确地设定空间坐标。把人送到过去的时候，如果位置定位出现错误的话，把位置设定在地表以下或是建筑物的墙体里面，那就是关乎人命的问题。哲矢每天都被这些零部件的试验品的微调试搞得焦头烂额。因为每进行一次调试，就会出现一个新的问题。

电报是野方主任亲手交给哲矢的。是哲矢的姨母寄来的。

——母，病危。

只有三个字。野方主任担心地看着无法从电报上移开视线的哲矢。

“真的不用回去吗？”

“没关系，我老家离得远。我一旦回去，就会耽误很多天的工作。现在正是争分夺秒的时候。”

“但是……我记得你家里只有你们母子俩。你还是回去看看吧。”

“没事，我妈应该也会理解我。”

野方没有再说什么。他沉默地看着哲矢的背影。但是从集中精力工作的哲矢的身影来看，他似乎已经不在意电报的事情了。野方只好放弃，离开了。

10分钟后，准备歇歇手的哲矢又看了一眼那封电报，然后团成团扔进了办公桌旁的垃圾桶，面不改色。

哲矢认为自己已经和母亲断绝了关系。母亲应该也认同这一点。

那个人是个完全不在乎自己孩子的人。我现在特地飞回去看她，也没什么必要。

第二天，第二封电报寄到了。

——母，去世。

接到电报的一瞬间，哲矢的脑海中浮现了自己面无表情的母亲的样子，但除此之外也没有过多的感伤。

哲矢先是给向自己寄来电报的母亲的妹妹打了一通电话。然后告知她自己因为工作的缘故，无法去出席母亲的葬礼。

“我也猜到大概会是这样的。亚贵子姐姐之前也说过类似的话。”

亚贵子就是哲矢的母亲。从姨母的语气中可以听出他们从一开始就没抱什么希望，所以也没有责怪哲矢。

姨母跟哲矢讲了他母亲最后时的样子。

“最后，她是一个人走的。我有些不得不去处理的事情，当时正好回家去了。”

“她身边，当时没有别人吗？”

“哦，你说那个人啊。本来那段时间他经常陪在身边照顾她的，但是她走的时候也没在房间里。”

那个人……

姨母把医院告诉他们的母亲死亡推测时间转达了哲矢。

“等我这边的工作告一段落，我会回去的。给您添麻烦了。”

哲矢的声音中带着生疏和官腔，他自己都感觉到了。

挂电话之前，姨母说了一句听起来讽刺的话。

“就算是亲生的，孩子跟妈之间也有不投缘的啊！看来你们的关系已经相当不好了。”

哲矢无言以对。

自从哲矢接到母亲生病住院的通知之后，他一次都没有回去看望过。姨母应该是把哲矢的这些薄情寡义都看在眼里才这么说的。

哲矢一边挂断电话一边在想。这可不是简单一句不投缘就可以概括掉的简单的问题。这近乎是一种争执。

这大概是从哲矢出生到离开母亲为止不断积攒在心中的情

绪吧。他成长在和母亲两个人的家庭里，但是没有哪个孩子会无缘无故地憎恨自己的母亲。哲矢想，说到底自己还是很特殊的那个。

自打他小的时候，照顾他的一直都是幼儿园的老师和经常换来换去的保姆。

母亲完全置家里的事情于不顾，完全沉浸在自己的工作之中。她应该是在独自经营着一家近郊的小酒馆，生意可能也足够兴隆吧，所以才会有那个经济实力，把照顾哲矢的事情全部都丢给保姆。

而保姆的更换也是极其频繁的。哲矢甚至已经记不过来都有哪些阿姨照顾过自己。

母亲完全不会跟哲矢提起他的父亲。母亲应该是结过一次婚，但是短短的几周就离婚了，之后便再也没有了联系。所以对于哲矢来说，父亲这个角色是不存在的。

儿时的哲矢对于母亲的印象就是“早晨起来之后把自己送到幼儿园去的那个女人”。然后就是醒来之后看到不知什么时候回到家中的母亲，睡在自己旁边。

如果试图叫醒母亲，她就会勃然大怒。所以哲矢只好自己在一旁乖乖地看电视，等着母亲自己醒来。母亲好不容易醒来，又会直接把哲矢送到幼儿园去。

哲矢没有被母亲拥抱过的记忆。但凡哲矢在早上出门前有些磨蹭，母亲就会狠狠地责骂他。虽然哲矢还小，但是他从心底感到“不想和这样的人待在一起”。

哲矢就这样慢慢长大了。

等到哲矢上了小学，保姆们就不再来了。所以每天的晚饭就是把母亲给他准备好的饭菜用微波炉加热着吃。这样的日子日复一日。早晨也是，他等不到母亲醒来的时候，所以每天都不吃早饭就去上学了。

因此，有很多时候他都是完全不和母亲打照面地生活着。如果哲矢偶尔熬夜，一直到母亲回来的时候还没睡下，两个人打了照面的话，母亲就会训斥他："为什么这么晚还不睡？"

即便在不用上班的星期日两个人可以面对面地相处，母亲也一直都是眉头紧锁，哲矢也不敢对她说什么。母亲也从不会主动对哲矢说什么，只是盯着餐桌上的账本，敲打着计算器。

即便这样，哲矢还是很期待每周日的下午，因为这个时候母亲会带他去附近的餐厅吃饭。但是母子俩还是没有什么像样的交流，哲矢只记得母亲望向窗外叹气的侧脸。

即便是这样，这段时光对哲矢来说，也是能够和母亲两个人单独相处的、愉快的、令人期待的时光。

有一次，哲矢被母亲狠狠地打了一顿。

不知是不是因为缺乏关爱，哲矢在学校有时候会露出粗暴的一面，和同班同学打过几次架。问题确实出在哲矢一方，经常因为一些小事向同年级的孩子找碴儿，然后就打了起来。于是某一天，班主任找来了家长。

回到家后，母亲完全不听哲矢怎么说，抽了他好几个耳光。对于这种不合理，小小的哲矢心里已经种下了仇视母亲的种子。

还有这样的事情。临近母亲节，美术课上要求大家画母亲的画像。

班主任说，"请大家怀着对最爱的妈妈的感恩的心来完成这幅画"。哲矢想要把母亲的脸画到画纸上，但是脑海中浮现的全都是母亲瞪着他的时候眼睛向上挑起的样子。哲矢不想把这样的母亲落在画纸上。

同桌小女孩画的妈妈，肩膀上落着一只小鸟，身边开满鲜花。哲矢刚要说“小鸟是不会停在人的肩膀上的”，但他突然明白，小女孩只是把自己对于最喜欢的妈妈的印象在纸上具象化了。想到这里，哲矢觉得没有什么好争的了。

那时哲矢画出来的，是他心中理想的母亲的形象。脸的轮廓和发型暂且借用母亲的吧。眼睛画得细细的，看上去很温柔。嘴唇如果画得小小的，而且嘴角上扬的话，看起来就像正在对着哲矢微笑。但如果他回想起母亲真实的样子，就发现，她的嘴唇总是向下弯曲的。

哲矢一边用蜡笔上颜色，一边惊讶。原来改变一下眼睛和嘴角的形状，印象可以如此不同。

哲矢不得不和别的孩子一样在画纸的左上角写上“谢谢你，妈妈”。哲矢违心地写下这句话，把画交了上去。

哲矢彻底开始憎恨母亲是在他上小学高年级的时候。

有一天他在放学回家的路上，为了买书绕去了闹市区。他走在商业街的廊桥下，看到了母亲的身影，赶紧躲到了对方看不见的地方。

母亲不是一个人。她和年龄相仿的一个男人亲密地走在一起。哲矢感觉自己看到了不该看的东西。

母亲大概是没有发现哲矢。她的脸上有着平时在家根本不会露出的笑容，比划着夸张的动作，高亢地笑着。

哲矢想知道那个男人的身份，从拱廊柱子后面探出头偷看两个人。那人眼睛外突、身材瘦瘦的。哲矢觉得他的样子真的很难看。

哲矢不知道那是谁。但是，他的直觉告诉他，那个人和母亲的关系绝不一般。

母亲和男人走远后，哲矢迟迟不能从那个地方挪步。他没办法从那种打击中回过神来。他感觉自己看到了被隐藏起来的母亲最真实的一面。

回家的路上，哲矢一直在想这个问题。他似乎明白母亲为何会那样冷酷地对待他了。

对于母亲来说，自己就是那个多余的人。如果没有自己，母亲就可以选择开始新的生活，就可以度过更加有趣、快乐的人生了。

母亲也清楚这一点。所以，每当她回到家看到自己，就会被"如果没有这个孩子该多好"的情绪支配。这种情绪会情不自禁地外露。

所以，她才会在自己看不到的地方跟那样的男人在一起。母亲真是自私啊。

从那以后，哲矢再也不和母亲交谈了。母亲看上去也没有一丁点儿想要改变这种状态的想法。

后来，哲矢又目击过几次母亲和那个男人在一起的场面。渐渐地，哲矢也能看出那个男人应该是母亲店里的客人。然而，由于他和母亲处于断绝一切对话的状态，因此他无法从母亲的口中听到关于这件事情的真相。

等到哲矢上了初中，母亲开始星期天也不在家了。从家里摆着的工具可以看出，她开始打高尔夫了。不知道是和老顾客去的还是和那个男人去的，但是母亲不在家对于哲矢来说也比较自在。如果周末母亲没有安排、待在家里，哲矢也会因为不想和她碰面而不从自己的房间出来一步。

到了高中，哲矢选择了一所能住校的学校，从家里搬了出来。他不想再继续和自私的母亲一起生活了。

学费和住宿费由母亲来负担，唯独这一点他是感谢母亲的。他已经下定决心以后再也不会回到母亲的身边了，他也觉得母亲可以去选择她自己想要过的人生，母亲跟谁在一起和自己无关。小长假的时候哲矢也不回老家，在宿舍度过。

连母亲的面都不想见。哲矢觉得，只要自己不在身边，母亲也就可以专心跟那个男人过日子了。

进入大学后，哲矢利用奖学金制度，断绝了母亲的援助。他申请了一个叫作住岛重工的企业创立的住岛基金奖学金，顺利获得了资格。

哲矢给母亲写了一封信。信上只写到，由于自己已经申请到了奖学金，因此今后无须再操心学费和生活费了。

对于这封信，母亲没有给予任何回复，但从此，哲矢再没收到过母亲打来的钱。

哲矢理解，他与母亲的关系就此彻底断绝了。只要自己不回老家，那么和母亲就不会再有任何的瓜葛。当然，仅靠奖学金是无法补贴生活费的。这部分缺口哲矢靠着晚间打工来弥补。他一想到自己不这样的话就要丢掉尊严去哀求母亲，也就没有什么吃不了的苦了。这看上去有些固执，但哲矢认为他只有这一个选择。

毕业后，哲矢进入了曾经给予他奖学金的住岛重工。他觉得在这里工作就是对这家公司的报恩。

进入公司的第二年，哲矢被派往住岛重工 100% 出资成立的子公司——P. 弗雷克。在那里，哲矢可以完全沉浸在他所喜爱的产品研发的工作之中。

哲矢很适合 P. 弗雷克公司那种要求创造性的工种。长时间的加班和超高的工作强度对哲矢来说都不算什么。他在这里埋头苦干的日子，马上就要迎来第五个年头了。

哲矢还没有女朋友。对于现在的他来说，工作是最开心的事情。对于公司要求的技术完美地给出相应的答案，这就是哲矢的人生价值。

2

哲矢作为秘密工程的一员所参与的“柯罗诺斯旅行机计划”即将迎来重要的时间节点。

在预先安排好的计划执行日的一个月前，哲矢已经完成了自己负责的模块。但与此相连接的射出轴的完成进度却比计划慢了几天。

只要这个射出轴不完工并安装在设备上，就无法安装设置空间坐标的零部件并开始微调试。

这样一来，哲矢有了一段时间的空闲期。

“栗塚，这半年来你一直都没有休息吧。正好这几天你休假怎么样？”

野方主任对栗塚说。

“不用的，我就是这样，闲不下来。”

于是野方提议：

“你去给你母亲扫个墓怎么样？当时你也没能见上她最后一面吧。你和你母亲之间到底发生了什么我不过问，但是扫墓还是应该去一下的。你也很久没有回过老家了吧？”

哲矢不知该如何回答。

姨母曾经来征求他的意见，说要把母亲的公寓卖掉。但哲矢只是给出了一个模糊不清又不负责任的答复，说“交给您了”。对此姨母也很无奈。

该他尽孝的时间早已过去。虽然已经为时已晚，但哲矢还是略不情愿地回到了家乡九州，也只是蜻蜓点水般地很快就踏上回程。

哲矢时隔很久走在那熟悉的街头。

哲矢先去拜访了姨母。其实哲矢和姨母基本没见过面。听说母亲也是最后时日不多了才联系的姨母。

即便如此，在母亲最后的那段时间里，姨母还是用心照顾了她。

姨母详细地把母亲的病情、经过以及临终前的样子都讲给了哲矢。

“我提议说联系你让你回来的时候，她突然特别生气地说，不要打扰孩子的工作。”姨母说。

哲矢再次感到，原来母亲也是不想见到自己的。

姨母说，直到最后一天，母亲的意识都是清醒的。

“那天，我因为有很重要的事，不得不出去半天，没办法在病房陪她。出去之后我也一直放心不下她。等我再回到病房的时候，她已经走了。后来我才知道，就在我离开病房的五分钟之后，人就没了。不过护士发现得还算及时。”

这对于姨母来说大概是一直无法释怀的事情吧。她后悔让她母亲连走的时候都是一个人，说着说着就哭了。

哲矢由衷地感谢姨母。他把他作为儿子应尽的责任全都推给了姨母一个人。

“听说也有人陪在她身边……”

哲矢问。小学的时候看到的那个男人一直都是哲矢心中的一个心结。或许，他们已经分手了？

“哦，你是说守山先生吧！”

姨母毫不忌讳地说。

“是个男人吧！”

“对。他当时经常来病房看她，但是最后的时候守山先生也没有赶到。你妈妈可真是运气不好啊……”

“那个叫守山的人……跟她认识很久了吗？”

“那个人是亚贵子姐的酒馆的老板。虽然好像不怎么在店里露脸，但是多亏了姐姐，他的店生意才那么好。”

哲矢心想，他们还在一起呢。上小学的时候回家路上看到母亲和一个男人在一起的回忆再次清晰了起来。想来令人作呕。

“不管怎么样，姐姐还是挺想见你的。”

“她这么说的吗？”

姨母有些惊讶地看着哲矢，然后摇了摇头。

“我一直陪在她身边，有些事情不用她说出口我也能感觉得到。她肯定是很想见你的。”

哲矢觉得那只是姨母的一种错觉。

哲矢把整理母亲遗物的事情委托给了姨母。据她说，除了那间公寓的房子之外，母亲没有什么像样的遗产。住院和殡葬已经基本花光了她所有的积蓄。姨母把剩余的奠仪递了过来，但哲矢回绝了。他让姨母收下，在处理母亲遗物的时候用。

姨母准备这几天就把母亲的公寓给腾出来。然后在近两三天内，专业的人会来把家具之类的东西都拉走。哲矢也认同这个做法。

但是姨母说什么也要把公寓的钥匙交给哲矢。她非要让哲矢在交房前再去看一眼那里。哲矢只好听话，穿过小的时候经常走过的那条街，前往母亲住的公寓。

十年未归的故乡的变化之大让哲矢瞠目。新起了好几排高楼大厦，马路也拓宽了不少。在这个城市哲矢没有什么好的回忆。

他到了自己曾经居住过的地方。公寓周围已经盖起了许多的高楼，他们住的公寓显得十分矮小。

哲矢进到屋里。他感到惊讶，房间里面的样子和他离开家的时候，几乎没有任何改变。无论是家具还是什么，都没有任何变化。就好像这里的时间冻结在哲矢离开的那天一样。只是，家具上积了一层灰尘。哲矢想，这个积灰的厚度代表了母亲住院的时间吧。

任何一个房间里面都没有其他人再住进来的迹象，看样子母亲是一个人生活在这里的。那个叫守山的男人，难道没有住在这里吗？

哲矢打开了自己到初中毕业为止一直生活的那间屋子的门。虽然窗帘是拉上的，家具上有一层灰尘，但哲矢仿佛有了一种自己穿越了时空的幻觉。

自从他最后一次走出这个房间，这个房间里面的东西，没有发生过一丁点儿改变。书架上的漫画书、墙上贴着的偶像歌手和游戏海报都还是10年前的样子。桌子也是，和那天完全一样，哲矢随时都可以回来再用。

桌面上的积灰不像是十几年的样子，和其他房间自从母亲住院以来积下的灰的厚度差不多。

也就是说，母亲直到住院为止，都把哲矢的房间保留在他出走那天的状态。太意外了。哲矢一直以为自己的房间肯定早就变成一个仓库了。

为什么？

哲矢想不明白。

那房间，看上去就像是故意保持着原样，为了让哲矢任何时候回来都可以继续使用。

难道母亲相信有一天自己会回来吗，还是说……

哲矢没有头绪。他也没有机会再知道母亲的真意了。

哲矢没有什么特别想从这个房间带走的东西。他只是在走出公寓的时候，又回头看了一眼而已。

3

等到哲矢回到P.弗雷克，等待他的还是超高强度的业务工作。因为柯罗诺斯旅行机的射出轴终于被安装上了。和其他测量工具一样，设定空间坐标用的零部件也要开始进行微调试了。团队里所有人的工作热情都空前高涨，公司就好像变成了一个战场。

这种状态持续了大约一个月，哲矢结束了自己的任务，去辅助其他零部件研发小组的工作了。

就在这时，他接待了一个来客。

如果是之前，这个人可能根本就见不上哲矢的面。

传达室给哲矢打来了电话，说是有人来找他。哲矢让门卫把来客安排到管理栋，自己从实验室过去找他。

在哲矢走向管理栋的路上，他完全想象不到是谁会来找他。

门卫告诉他来客所在的房间号。

等在会客室里的是一个五十大几的男人，眼睛很大、头发花白、瘦瘦的。哲矢没有见过这个人。

男人起身说：“您就是栗塚哲矢吧。”口气很温柔。

“是，我是栗塚。”

听到哲矢的答复，男人说：“我叫守山，你好。我是亚贵子……您母亲的朋友。”然后深深地鞠了一躬。

在听到“守山”这个名字的一瞬间，哲矢感到浑身上下的肌肉都紧绷了起来。一个多月前，他从姨母的口中得知了这个名字。自那起，这个名字深深地刻在了哲矢的脑海中，挥之不去。

现在站在自己眼前的男人，就是母亲的男朋友吗？那也就是说，小学的时候自己应该见过他和母亲在一起的样子。母亲不是和这个男人非常亲密吗？

但是，那件事情在哲矢的心中明明铭刻得那么牢固，可那个男人的长相却在他的脑海里非常模糊。这又是为什么呢？

守山说，他是为了见哲矢而特地从九州过来的。确实，看上去并不像因为有其他的事情而正好经过P.弗雷克所在的横岛市的样子。

这个男人的姿态和哲矢一直在脑海里刻画的“母亲的相好”的印象相差甚远。不知是不是因为时过境迁，很多事情的印象已经发生了改变。

“我是从您的姨母那里得知您的工作地点的。我给您住的地方也打过很多次电话，但是一直联系不到您，所以只好这样唐突地来拜访。”

“不好意思，最近我们的项目接近尾声，一直很忙，我一直都没有时间回家。”

“我想是的，所以您当时也没有来参加亚贵子的告别仪式吧？”

看样子守山去参加了母亲的告别仪式。

说到这，两个人都沉默了一会儿。

“请坐。”哲矢指了指旁边的沙发。他可是不远万里从九州找过来的，哲矢推测应该不会站着就能把话说完。

“谢谢！”

守山在沙发上坐了下来，哲矢坐到了他的正对面。

“我的身份是您母亲经营的店铺的出资人，然后请您的母亲帮我料理店里面的事情。多亏了您母亲，我的店才开得那么红火。”守山说。

哲矢沉默着听他继续说。

“我和亚贵子是在你小的时候认识的。我看到她非常有经商的天赋，所以把店交给了她。不过现在已经把那家店盘给了别人，因为只有亚贵子才能办好它。”

守山用非常怀念的语气，继续说下去。但他始终没有提到为什么来找哲矢。

趁着守山的话告一段落，哲矢问：

“您来找我是什么事情？”

“哦，不好意思，我有些颠倒顺序了。”

守山略显抱歉地从手包中掏出一个大尺寸的棕色信封放到了桌子上。信封的中部有些隆起。

“我应该先把这个交给您。”

“这是？”

“亚贵子在去世的一周前托付给我的。她让我交给您，她说她感觉自己可能再也见不到您了。

“您在升入大学之后拒绝了从家里要钱吧。亚贵子说了，那孩子跟自己一样固执，一旦决定了什么事，就绝对不会再改变主意了。

“这是以哲矢你的名义开的储蓄账户。自从你拒绝了从家里拿钱的第二个月开始，亚贵子每个月都把相应的金额存到这个账户里面当作给你寄钱。她一直存到了你大学毕业。她说，总有一天儿子用得上这笔钱，所以叫我一定交给您。”

信封之所以中间隆起，是因为里面还放着“栗塚”的印章。哲矢没有心情打开存折来看，金额对他来说也并不重要。

为什么母亲要这么做？这个疑问在哲矢的脑海中盘旋。

这是出于家长对孩子的责任感吗？

“您不打开存折看一下吗？”守山问道。

“没事，”哲矢说，他又对守山表示了感谢，“很谢谢您大老远特地跑一趟。”

“亚贵子是个非常优秀的人。”

守山轻轻地说道。哲矢从这一句话中深切地感受到这个男人是深爱着母亲的。但是……“她很优秀”又是什么意思呢……

没等哲矢问出口，守山自顾自地往下说。

“我很爱亚贵子，不知道向她求了多少次婚，每次她都把我拒绝了。

“她说，在成为谁的妻子之前，自己首先是哲矢的母亲。亚贵子也比较依赖我，但直到最后，亚贵子比起做我的妻子，还是选择了做哲矢，你的母亲。她确实很固执，但是她的信念是正确的，因为您成长得这么优秀。我也曾抱着一些不切实际的幻想，觉得只要你步入社会了，你的母亲就会接受我的求婚。但是我错了。所以我都这么一把年纪了，还是个单身汉呢！”

送走守山之后，哲矢仿佛见到了很多自己之前从不知道的母亲的本来面目。

这些他都不知道，也不敢相信。守山和母亲是什么关系，真相无从知晓。但是哲矢没有想到母亲一直都拒绝了守山的求婚，以及她拒绝的理由，居然是哲矢的母亲的身份。

成长得这么好。守山说的。这也有些不可思议：自己明明是在对母亲无限的憎恨之中成长起来的。

同时，一直坚守单身的守山的为人，也是哲矢所没有预料到的。哲矢对于守山的印象已经发生了180度的转变。那个男人竟然为了给一直没有和自己在一起的女人的素未谋面的儿子送一个存折，大老远从九州跑到了这里。

自己是不是一直都在误解着什么？

正在哲矢为了回到开发栋，想要把桌子上的存折放进信封里的时候，一张照片从存折里面掉了出来。

哲矢捡起它。

守山所说的话得到了印证。

哲矢已经完全不记得照片中的场景。

那是还年轻的母亲和也就五六岁的哲矢。应该是在游乐园，不知道是谁拍的。可能是请路人帮忙拍的。

令人意外的是，坐在哲矢旁边的母亲是满脸的笑容。这个片段不存在于哲矢的记忆之中。

于是，守山在临走前说的一番话在哲矢的脑海中再次浮现。

“我觉得亚贵子一直都很想见您一面。当然，她从没有和我提起过，也真够倔强的。我能看出来，虽然我也没有多问什么，但只要看一眼她的病房，就能知道。”

这是真的吗？母亲真的期待和自己见面吗？哲矢反反复复追问自己。

“亚贵子经常提起您呢！哲矢的成绩又有进步了。哲矢一个人也很努力……她总是一边走着，一边特别开心地说给我听。

“但是她对您应该很严厉吧！她觉得，因为自己家是单亲，所以不能惯着你。她还说，如果哪天自己死了，孩子就要一个人生活下去了，等到那时候她不希望孩子沉浸在失去母亲的悲痛之中。”

一边走着，一边开心地笑着……那是否就是小时候的哲矢看到的那一幕呢？

哲矢正要把照片夹回存折里面的时候，眼睛瞟到了余额。

728 万 4682 日元。

哲矢没办法在短时间内理解这个数字承载的价值。他仔细看了看明细，发现自己在读大学期间是每个月都有固定的存款记录的。但令人意外的是，除了每月固定存款，每年的 1 月 17 日也有一笔 10 万日元的入账。

哲矢明白这一天的意义。

那是哲矢的生日。

每年，母亲都会固定向里面存上这笔钱，没有一次例外。这笔钱也没有被取出过一次。

比起存折的余额，这件事情更让哲矢感到惊讶。

4

几天后，柯罗诺斯旅行机的试验启动了。

第一天，野方主任爱用的自动铅笔被用于试验。

第二天则使用了青蛙。青蛙被发射到了很近的过去。然后是向未来的回归，所幸完全没有像预想的那样对生命体本身产生什么恶性的影响。比如，由于超负荷，内脏被翻了出来。或是在失去生命体征的状态下回归到未来。这些可能性都被考虑过。

试验结束后，对跟那只小青蛙“froggy”一起穿越到过去的计时器进行了一番研究后，物质逆时输送的一些规律也逐渐被掌握。

原本计划在一段时间内都以一些测量仪器和小动物反复进行试验，所以这些都完成后试验才能进入下一个阶段。

因为这些试验的射出目的地都是实验室内，因此，检验哲矢负责的具有设定空间坐标功能的零部件是否有效，还要等到一段时间之后。

然而，这个空间坐标设定功能却以一种意外的形式，为时尚早地被验收了。

这对于任何人来说都不是一件值得高兴的事情。有个研发三科的同事擅自乘坐柯罗诺斯旅行机回到了过去。哲矢回忆了一下那个叫吹原和彦的男人的样貌。似乎是个一本正经的老实人，看上去不像是能干出这么大胆的事情的人。公司对这件事情也没有给出解释，大家都想不出他擅自使用柯罗诺斯旅行机的原因。但是唯一一点可以确定的是，在他穿越回过去的过程中，那个空间坐标设定系统才第一次被启用。然后，通过对遗留下来的数据的分析，大家得知空间坐标设定系统已经正常地发挥了它的功能。

此后，在P.弗雷克公司里面，吹原和彦的话题变成一个禁忌，谁都不再提起那个鲁莽的时间偷渡者，就连他曾经就职于这个公司的痕迹也被抹掉了。而柯罗诺斯旅行机的试验则按照最初的计划低调而周密地进行了下去。

到了这个阶段，研发的技术人员就从试验开始前的那种惨绝人寰的工作安排中被解放了出来。哲矢分别参加了把人投送到一个小时前和六个月前的试验，并反复对自己所负责的数据进行了多次分析。

早晨起床后从家去上班，下午下班后回家。与之前高强度的生活节奏相比，这个时候哲矢的生活状态是非常松弛的。

人一旦闲下来，脑子里就会开始想一些之前完全不会想到的事情。

有关母亲的事情。

她没能见上儿子最后一面，就走了。

哲矢一直不想见到母亲。他觉得自己一定是不被爱着的，甚至对母亲有一种怨恨。

但是，现在和以往不同了。

那个叫作守山的男人临走时说的话一直盘旋在哲矢的脑海中。

“我觉得亚贵子一定很想见到你，当然她没有这么说。她也很固执，但是我能感觉到……”

母亲一直没有给自己送来过任何的信息。事情真的像守山说的那样吗？

哲矢心中满是疑问。

从第一次的试验过去了将近一年的某一天，哲矢所在的“空间迁移团队”开了一次会议。大家从迄今为止的试验结果中分析出各自所负责的数据后，互相交换了信息。这是一个只有七个成员参与的小规模的讨论。会议临结束时，作为旁听人员列席会议的整个项目的统筹者野方主任开口了。他所说的内容让哲矢怀疑自己是不是听错了。

“现在，我们正在招募愿意穿越到过去的志愿者。根据试验的数据来看，能够在过去停留的时间最长只有 15 分钟。咱们小组内有没有人愿意接受这个任务呢？”

“也就是说，要做柯罗诺斯旅行机的试验品吗？”

“是的。从过往几次的试验也能看出来，从过去回到的将会是很久之后的未来了。所以这次大概会发射到一年半之内的过去，如果有人肯站出来就太好了！”

“有人已经报名了吗？”不知道是谁问了一句。

“你们是我第二个听取意向的团队。第一个是射出轴组，很遗憾他们没有人愿意做。目前来看，志愿者只要有一个就够了。只要有一个人报名，我们就不再招人了。”

野方主任环视了在场的所有人。没有人举手，也没有人说话。野方耸了耸肩膀，好像在说：我一猜就是。

“也没办法。柯罗诺斯旅行机还处于试验阶段，谁都说不好接下来会怎么样。为了这样的一件事情赌上自己的人生，确实很难做到。而且就算能回到过去，顶多也只能待上 15 分钟。如果你是回到过去想要做什么的话，这个时间又过于短暂了……”

就在这时，哲矢对野方说：

“如果没有人愿意去做的话……我想报名。”

其实，哲矢一边说着，一边还在犹豫。

“我想回到母亲临终前的时候。那是一年零四个月之前，那个时候正是为了柯罗诺斯旅行机的试验开始而冲刺的阶段，我没能回去见上她最后一面。只要我能回去，让她看到我就可以。”

野方露出了有些意外的表情。

“那个时候你明明那么不肯回去的。那你现在回到那个时间点，不会有什么问题吗？”

“我觉得没问题。我听说母亲是在一个人的病房里，孤零零地走的……”

“在九州对吧？离横岛市挺远的呢！”

“空间坐标的设定是我负责的领域，我觉得没有问题。”

野方一听说哲矢要回到过去，就开始快速地敲起了计算器。

“1.3 年前是吧？那么从那边被反弹回来就是三年以后了。”

“这段时间我不能在这里了，如果会对业务产生什么影响的话，我就不去了。”

野方听到哲矢这么说，抱着胳膊沉思了一会儿。

最后，野方决定将哲矢送回他期望回到的过去。一是因为关于空间坐标的设定已经基本上进入了一个完美的阶段；二是因为在人体试验中，不能用 P. 弗雷克公司之外的人。

三天之后，正式确定哲矢成为下一个乘坐柯罗诺斯旅行机的人。

这三天，哲矢也在不断地纠结。自己真的做出了一个正确的选择吗？母亲想要见到自己，真的不是守山的错觉吗？

如果见到了，要对她说什么呢？只是见她最后一面，就算是尽了作为子女的义务吗？

试验当天，哲矢并没有携带什么行李就来到了实验室。接下来的三年，哲矢住的出租屋将由住岛重工的总务部来管理。没有什么后顾之忧了。胸前的口袋里放着住岛重工总务部次长长里幸夫的名片，等到回来之后直接联系他就可以了。

柯罗诺斯旅行机已经处于随时可以启动的状态。所有人的视线集中在哲矢一个人身上。

野方再次重复了一遍注意事项。哲矢觉得自己听得耳朵都要起茧子了。

更重要的是……

见到母亲之后，自己会是一种什么态度呢？对于这件事，哲矢自己也深感不安。

空间坐标由哲矢亲自设定。最后，野方说，“希望你能平安见到母亲”，然后设定了时间坐标——1995年6月27日11点25分。

“好的。”哲矢点头。在同事们的助威声中，哲矢坐进了柯罗诺斯旅行机。

进入圆柱形的射出室后，哲矢坐到了座位上。

什么都听不见了。眼前是各种各样的装置和显示器。

已经无处可逃。这种情绪压得哲矢快要窒息了。

他突然想——

自己为什么会在这里？

显示屏的内容变成了数字。数值在不断变小，最后变成0。

与此同时，哲矢叫了出来。座位开始剧烈地摇晃。摇晃。刺眼的光。一道光。哲矢下意识地闭上了眼睛。

突然，什么东西罩住了自己的身体，然后开始猛烈地刺痛皮肤。哲矢把眼睛眯成一道缝。周围是一片空白。什么都看不见。

在肌肤的刺痛感和想要呕吐的感觉之中，哲矢感到座椅消失了。

哲矢感觉到自己的身体在一个空间里面不停地打转。

他的脚碰到了什么，然后就这样蹲了下来。哲矢睁开了眼睛。那是一片草坪。

眼前是一栋白色的高楼。

他很快就看出，这就是老家的国立医院。柯罗诺斯旅行机在空间坐标的指引下，正确地将哲矢送到了他所期望到达的目的地。

哲矢拼命想要挪动仍然处于麻痹状态的身体。他进入医院，在挂历上确认了日期后，到前台询问。

“请问栗塚亚贵子的病房是哪一间？”

前台的护士把楼号和房间号告诉了哲矢，还有通往那栋病房的电梯所在位置。哲矢突然意识到，姨母已经离开病房了吧。

哲矢像是拖着一条废腿一般，穿过楼道。在他到达电梯前的时候，腿上的麻痹感才渐渐消失。然而，取而代之的是，马上要见到母亲的那种忐忑。哲矢不由得想，如果身体一直这样麻痹下去，也就不用担心这些事情了。

哲矢向同乘一班电梯的护士确认了时间。

“11 点 30 分。”

姨母告诉哲矢的母亲的死亡时间是 11 点 35 分。

也许，母亲已经没有了意识。但是即便如此，也能解开他自责的心结。哲矢这样说给自己听。

下了电梯之后，哲矢沿着指示牌寻找母亲的病房。他不能在护士站询问，因为探病记录中并没有他的儿子。

在楼道的尽头，哲矢看到了一个人的身影。她正在向电梯走来。

当哲矢发现那是姨母时，条件反射似的把脸别了过去。

姨母没有发现哲矢。

终于，哲矢到达了母亲的病房。门口的牌子上写着：栗塚亚贵子。在名字上面有一个红色的标记，然后写着“谢绝探访”。

哲矢把手伸向了门把手，但又有些踌躇。

就这样见到母亲……如果，她还有意识的话……我应该对她说什么？

“妈，我回来了。”

这么说就对了吧？这是最合适的。

但是他能说出口吗？

如果母亲再次向自己投来冷漠的目光，那么自己一定什么话都说不出口了。如果变成那样应该怎么办？一定会支支吾吾的，变回中学时代的自己。

突然，哲矢感觉到身体被某种力量拽住了。

没时间了。

哲矢让自己振奋起来。

然后他心一横。想再多也没用。哲矢推开病房的门走了进去。

各种医疗设备发出冰冷的机械声。

窗边有一个病床。母亲应该就躺在上面。

哲矢慢慢走近。房间里没有别人。

是母亲。闭着眼睛。

就在那一瞬间，哲矢什么都明白了。

姨母所说的，母亲一定是很想见到自己的。

守山说的，只要看到病房就能明白。

他们这么说的原因，哲矢现在都清楚地明白了。

看着那幅画，哲矢呆站在原地。

有一幅画贴在母亲的病床边。

哲矢上小学的时候画的，母亲节的画。用稚嫩的文字写着：“谢谢你，妈妈。”那是自己并不情愿画的，理想中的母亲的样子。明明自己画的是和自己的母亲完全不一样的母亲的形象，但是母亲却把它贴在了床边。

直到今天，母亲一直在珍贵地保管着这幅画。

哲矢的脑子变得一片空白。

于是想说的话自然就从嘴边流露出来。

“妈妈，妈妈……”

母亲睁开了眼睛。她直勾勾地盯着哲矢。

哲矢流下了泪水。然后，哽咽着，说出了想说的话。

“妈妈，对不起。妈妈，对不起。我……”

母亲动了动嘴唇。像是想说什么的样子，但是发不出声音。

哲矢感觉到指尖的刺痛。

来了！哲矢想。

身体被强烈地拉扯。但是还不能走！哲矢拼命地忍着。

他下意识地握住了母亲冰冷的手。母亲还是无法发出声音来。

“妈妈，真的对不起。”

就在这时，母亲笑了。就像那张照片上那样，高兴地笑着。那个笑容看上去就是幸福本身。

母亲轻微地点了点头，慢慢地闭上了眼睛。哲矢的视线已经完全被泪水模糊。

妈妈，我想跟您待久一点。哲矢自言自语道。这时，时间流一下子把哲矢吞没了。

布川辉良的轨迹

1

枢月圭第一次见到布川辉良是在1991年12月23日的一个早上。辉良倒在一堆黑色垃圾袋堆成的垃圾堆上。

如此缺乏浪漫气息的相遇也并不多见。当时圭正来到垃圾回收场倒垃圾。

未曾谋面的年轻男子身着西装，把脸埋在垃圾堆的缝隙中，伸着两条又长又细的腿。

那天早晨天很冷，气温应该在零下。圭一边大口大口地哈着气，一边呆在了那里。她的手里还拎着装在黑色垃圾袋里面的“可回收垃圾”。

这个人是喝醉了吗？

但是衣着看上去还是整洁的。看样子像是一不小心绊倒了之后，直接把脸怼在了垃圾堆里。

黑色垃圾袋的数量相当多，堆起来像是公园里的攀登架一样。那个人把自己的头正好埋在了垃圾堆的上面——大概没有哪个醉汉会以这么不自然的姿势摔倒吧。而且，倒下的男人周围的垃圾袋呈圆形被压扁了，就好像是一个神秘的麦田圈的痕迹。

哗啦。伴随着一声巨响，垃圾袋堆成的大山崩塌，男人从上面滚了下来。

圭不由得尖叫了一声。就在这时，圭第一次看清了年轻男子的样貌。

不知是不是因为寒冷，他的嘴唇都紫了。大概是在刚刚滚下垃圾山的时候蹭的吧，他的右脸颊上有轻微的擦伤。但是比起这些，圭感觉到自己有一种要被这个年轻男人的样貌吸引的奇怪的冲动。这是一种无法用道理解释的感觉。

事后想想，无论是谁倒在那里，圭可能都会快速地远离那个现场，而不是和那个人产生关联。

但是当时，圭没有做出这个选择。

年轻的男人痛苦地闷哼了一声。还好，他还活着。圭想。她皱着眉头窥探着男人的脸。男人的身上并没有酒气。

圭想，他的五官真端正，看上去一点都不像会倒在垃圾堆里的人。一定是有什么迫不得已的原因吧！

怎么办？应该报警吗，还是应该叫救护车？

正当她犹豫的时候，她看到男人的嘴唇在颤抖。接着，又是一声低吟。

圭下意识地抱住了自己的身体。

男人缓缓地把眼睛睁开一道缝，但显然还没有聚焦。

“您没事吗？”

圭已经不假思索地问出了口。

男人好像要说什么，张了张嘴，然后轻轻地点了点头。他挣扎着想要站起身来。虽然他想站起来，但是看样子身体不听使唤。

男人刚把身体撑起一半，手就像游泳似的在空中画了个半圆，踉跄了一下。

圭的身体做出了下意识的反应，她拉住了男人的手。男人的整个体重一下子靠在了她的身上。

“谢，谢谢。不好意思呀！”

男人清楚地说道。

“您怎么了？不舒服吗？”

男人轻轻地摇了摇头。

“不……是。应该是……暂时的，一会儿就好了。刚刚我的身体……就像是被无数的……针扎了一样……完全麻掉了。”男人回答。

这时圭联想到：“这个人不会是在吸毒吧？”

男人为了不给圭添麻烦，试图自己走路，但没有成功。看样子腰腿都还使不上劲。男人意识到还是无法靠自己的力气行走，觉得不得不依靠圭的帮助了。

“我的体质……就是这样。对不起啊！”

男人被圭搀扶着，一边走路一边重复了好几遍。

“您住哪里？我送您回去吧。”

圭这么说完全是出于善意，她不能把这个年轻男人扔在这里不管。他看上去很无助，让人放不下心。圭有一种很强烈的感觉，自己得保护他。再加上她心中生出一种无法掩饰的情绪——我想和这个男人待在一起。

“不，没事！”

男人好像很惊讶，条件反射似的大叫。圭很惊讶，他为什么会有如此强烈的反应。

“谢谢。不过……我现在正在旅行，家不在这里。这身体状态只是暂时的……应该很快就没事了。麻烦您，带我到一个能坐下来休息一会儿的地方就行。”

圭听到男人这样说，以一种怀抱他的姿势搀着他继续往前走。

圭一边走着，一边觉得他所说的话逻辑有问题。

“那您是住在酒店吗？我送您回去吧。”

“酒店……”

男人沉默了。

现在是大清早还不到7点，如果是游客的话应该拖着行李才对。这个男人的身上没有任何看起来像是行李的物品。因此，圭推测，他已经入住了酒店。

“不……我没有住在酒店。”

难道他露宿街头了？这么冷的天，会冻死的。

附近的公交站旁有条长椅。就在圭住的公寓斜对面。

男人说道：

“我在这里坐一会儿就好了，真的很谢谢您。”

男人从圭的身上弹开，踉跄了两三步之后瘫坐到了长椅上。然后男人粗犷地喘了几口大气，整个肩膀都在上下起伏。

“您真的没事吗，要不要叫个救护车呢？”

“真的，没事。”

男人抬起头来正视着圭，露出了微笑说道：“在我不熟悉的地方能有您这么热心的人帮助我，我却无以回报。真是惭愧！”

和他有些吃力的说话方式不同，他大大的眼睛眯成一条缝，释放出了一种温柔气息，这种温柔像是要把圭包围、吞没掉一样。不知为何，圭的身体僵了一下，自己都能感觉到脸一下子就红了。

这时，圭终于明白了那个从刚刚一直持续着的无以言表的悸动是怎么一回事。自己正在对这个身份不明的男人产生一种好感。不，不仅是好感，甚至是一种依恋。

“别、别……您别在意。只是，您刚刚倒在那里，实在让人放心不下。”

男人点了点头，然后张开两个手掌放在胸前，示意自己真的没事了。他始终带着笑容。

“再过个五分钟应该就没事了，真的谢谢您。”

圭也只好作罢。本来就应该如此。毕竟，他们之间，是完全的陌生人。

“那我走了，您自己保重。”

圭说罢，男人向他挥了挥手。就这样，圭回到了自己的公寓。

一进屋，她就瘫坐到了被炉里，伸到被炉里的手渐渐恢复了温度，触觉逐渐清晰。虽然刚刚没有注意，但外面已经相当寒冷了。

那个男人并不是什么“游客”，当然也不是流浪汉。他为什么要对自己说谎呢？

圭一边在脑海里面思索着，一边用一个晾衣夹夹起一张插图，确认已经完全干燥后，把它吊在了晾衣服用的绳子上面。年内的工作差不多就告一段落了。

枢月圭从设计专科学校毕业后，在一家小广告公司工作过一年，之后就以自由插画师的身份接着工作。她画的画笔触柔和不生硬，而且能够巧妙地区分和运用不同的画风，因此能接到不少工作。光是完成几个小广告公司给出的订单就已经非常忙碌了。报纸广告用的小插图、小众传播的形象画、企业宣传杂志的插图……只要是插图，圭什么都接。

尤其这几天，对于圭来说是地狱一般的状态。因为年末年初期间印厂都要休业，所以被提前的截稿日期全都堆到了一起。即便如此，她还是觉得比前年的年底轻松了不少。虽然她记不太清楚了，但是依稀记得在报纸的经济动向栏目中看到股价暴跌的消息后，能接到的工作就越来越少了。彩色插图的订单减少得尤其明显。

反正，年内要交的活儿已经都完成了。圭看着吊在头顶上的插图想。

这时，她恍惚感觉在吊起来的插图上方浮现了那个年轻男人的面孔。

那个坐在长椅上和自己告别的、连名字都不知道的男人的脸。

“我怎么还在想这事？”圭对自己说。

这时她发现，电话座机下方的那个写着“留言”字样的圆形按键正在闪烁。有个未接来电的留言。

圭按下播放键。

是一个熟悉的、精神抖擞的男声。

“早上好啊，小圭。工作还顺利吗？我本想问你一声早安，顺便把你叫醒，看来你还没醒呢，那就起床之后回给我吧！”

这个声音的男人叫杳山耕一，是圭的未婚夫。但听到了他的声音后，圭并没有什么心动的感觉。她只觉得，这么大清早的给人打电话，真是个不合常理的家伙。

因为这件事，她又想起了应该还坐在街对面的年轻男人的脸。

为了转移注意力，她打开了电视。记者站在 12 月的街头，播报天气预报和明年的运势占卜。

就这样，圭在被炉中发了一会儿呆。电视画面右上角的时间显示，打开电视已经过去了十分钟。

——已经过去了二十多分钟。

圭想。

那个人，应该已经走了吧。是的……就应该是这样。他说了，再有五分钟就能恢复了。

即便如此，圭还是感到心头一紧。她站了起来。

她要再去一趟公交站。

圭打开房门，从这里就能看到公交站的一部分。

那个年轻男人仍然坐在那里。他还是垂着头。看样子还是没有恢复。

不知不觉中，圭已经跑到了男人的身边。

她说了和刚刚同样的话。

“您还好吗？”

没有回应。男人垂着头。圭看了看他的脸，发现他的嘴唇变得比刚才更加紫青。他正在渐渐失去生机，但是还有呼吸。圭把手放在男人的脑门上。

他在发烧，而且是高烧。

圭不再犹豫。他拉起男人的手，绕到了自己的肩膀上。

“您不能待在这里了，请跟我来！”

男人这次没有拒绝圭，他大概对自己的身体状况也没有了把握。他乖乖地接受了圭的提议，小声地说：“不……不好意思。”

这时，圭发现，男人无力下垂的左手腕上，套着一个形状奇特的金属装置。

这绝对不是一个手表。它比手表大多了，而且上面有各种各样看不懂的符号。

2

布川辉良听说过那个叫作“柯罗诺斯旅行机”的装置，正式名称好像叫作“物质逆时输送机”。

据说是辉良所在的P.弗雷克有限公司从母公司——住岛重工接到的研发订单。听说它的研发已经完成，正在反复进行各种试验。传闻它发生过一起意外事件，但详情不明。总之，辉良对于它的认知，就是一个能把人或物送回到过去的装置。

辉良隶属于研发一科，没有参与柯罗诺斯旅行机的研发。这个项目是由三、四科共同负责的。

只是，当他听说能够乘坐柯罗诺斯旅行机回到过去的时候，感到一种莫名的憧憬。

一听到“过去”这个概念，辉良首先联想到的是广妻隆一郎的建筑。他出生于1915年，1979年去世。辉良知道，他那近似疯狂的作品都已经不复存在。他已经是一个传说中的人物，人们只能通过他作品集里的照片接触到他的创作。

辉良第一次接触那本广妻隆一郎的作品集是小学的时候。那是在学校的图书馆。那时，辉良的心完全被那些奇妙的造型所吸引。

它们都是木质的怪物。

广妻隆一郎从20世纪30年代中期开始，为了成为一名建筑师，前往欧洲学习。他的足迹遍布意大利、西班牙，然后在巴塞罗那他醉心于安东尼·高迪的作品，在那里度过了几年的时间。在第二次世界大战时他回到日本，之后的几年停止了活动。

从战后的恢复期开始，他就以独特的感受力开始了专心致志的设计工作。但由于他的设计大多完全背离了日本建筑物的主流概念，因此实际被投入建设的创意寥寥无几。

画着不平衡螺旋形状的楼阁。木材呈放射状突出形成一个拱形的某市的体育馆。把直线的木材拼接在一起，却营造出一个只有曲线的住宅。把五彩斑斓的陶瓷用作瓦片，散发着马赛克瓷砖般的光彩。

小小的辉良被那些异样的建筑物的张力所震撼。然后辉良得知，自己所在的小学的礼堂也是广妻隆一郎的作品。三个圆柱体建筑共同顶着一个拱形屋顶，那是会让人联想到清真寺的造型。拱形顶的顶部有多重的马赛克装饰，内部由无数个三角形花纹的小型梁柱顶起。窗户采用了绘制着很多超现实形象的彩绘玻璃，让人感觉那是与宗教有关的造型。那不是美的概念，也不是庄严，但是不知为何，他就是会被那些建筑物深深地吸引。

然后，辉良也知道了为什么这些建筑物的作品集会出现在自己所在的小学的图书馆里面。那本书是由广妻隆一郎亲自赠予并成为藏书的。辉良不知道母校与广妻隆一郎之间有什么更多的联系，但古旧的木质校舍和形态奇特的礼堂，虽然非常不和谐，却给辉良留下了不可磨灭的记忆。

辉良听说，这所小学在 80 年代拆除了所有的木建筑，全部换成了钢筋混凝土的新校舍。得知这个消息的时候，辉良感觉到自己心中的一个很重要的位置一下子就被凿了一个大洞。

与此同时，他开始萌生出去看一看广妻隆一郎的其他作品的念头。

这时候，辉良已经是 P. 弗雷克公司的员工了。虽然那是与他的业务毫不相关的领域，但辉良利用业余时间查遍了广妻隆一郎的其他作品的所在。

虽然对于辉良来说是一个特别的人物，但广妻隆一郎本身在大众眼中却几乎毫无名气。因此，想要查清他作品的所在，是一件非常困难的事情。

辉良再次回到小学母校，发现那本广妻隆一郎的作品集仍然奇迹般地保管在图书馆。虽然图书馆没有允许他买走这本书，但是他把整本书都复印并带回了家。辉良在家无数次地翻阅这本复印书。他的作品集中在 1947 年到 1951 年之间，在那以后几乎没留下什么作品。

这本作品集好像是广妻隆一郎自费印刷的，所以没有标记着出版社。只是，书中记录着广妻隆一郎本人住所的地址。

这时，辉良还不知道他本人已经去世，于是给他写了一封信。回信的是广妻隆一郎的长子。

从信中，辉良得知广妻隆一郎已经不在人世；他的作品绝大多数都是木质且于近几年被拆毁；建于横岛市立野町的朝日楼旅馆是他最大的建筑作品，也是他仅存的最后一件作品了。

在收到回信的一周后，辉良前往立野町。

那里有一栋叫作“朝日第一商务酒店”的建筑。辉良进入大堂。然后看到了挂在前台背后墙上的旧日的朝日楼旅馆的照片。那个建筑是辉良第一次见到的，没有出现在作品集上。

辉良站在前台前，视线无法从那张照片上移开。那是在他迄今为止见到过的建筑物中，形状最为奇特的一栋。在街道中，矗立着一个巨大的海螺。海螺嘴的位置是旅馆的大门，从大门上悬挂的巨大的牌子能够看出，那就是朝日楼。海螺有一个同类叫作三棘骨螺。广妻建筑作品的特点之一，就是采用了像骨螺一样的，从海螺壳上突出很多的棘的样式，让人一眼就能看出这是出自广妻之手的作品。遗憾的是，那是一张黑白照片，而且看不出建筑的全貌。建筑二楼以上的部分没有照全。在旅馆的入口处，站着几名昭和20年代的着装风格的旅店工作人员。

辉良向酒店的工作人员讲述了自己前来的目的，但对方回应说，除了这张照片之外，酒店方面也没有其他关于老建筑的资料了。

从那以后，辉良对广妻隆一郎的建筑作品的憧憬更加强烈了。有时候，辉良甚至在梦里会梦到那栋朝日楼旅馆的完整样貌，而且还是彩色的。

辉良想，就算把这个事情跟别人说了，应该也没有人会理解自己吧。一定会被旁人认为是一个痴人，然后嗤之以鼻。客观来看就是这样的。

但是，那种强烈的愿望在辉良的心中不断地积累——哪怕一次就行，想看一看真正的朝日楼旅馆的全貌。

因此，当领导问辉良“你想不想回到过去”的时候，他脑海中第一个浮现的，就是那张朝日楼旅馆的黑白照片。

正值午休之前。

“布川，你来一下。”

研发一科的吉本次郎叫住了辉良。

“什么事？”

吉本主任一脸商业笑容，站在辉良的身后。

“咱们去会议室说吧！”

无论他以多么温柔的态度和语气表达，这都是一个不可拒绝的领导命令。辉良说“好”，起身跟在了他之后。

会议室里已经坐着一个人——统管研发三、四科的野方耕市主任。

吉本指着椅子说，“来来来，坐吧。”野方轻微地低了下头，接着说：“午休时间叫住你真是不好意思啊……”虽然他的表情告诉辉良，他并没有真心觉得抱歉。

“如果你对我们接下来说的话不感兴趣，请直接告诉我们。”

野方说。

“野方主任那边现在在招募志愿者，正好他也来问问咱们这边有没有合适的人选，”吉本补充道，“单身、没有家庭。我第一个就想到你了呀！”

“哦哦。”

辉良坐下后，野方直奔主题。

“您一定也知道三、四科现在在共同开发的柯罗诺斯旅行机吧？”

“不是很清楚，只是去年参观过一次用青蛙做的试验。”

辉良这么回答，但这并不属实。那个叫作“柯罗诺斯旅行机”的物质逆时输送机是P.弗雷克公司所有员工都知道的。但是关于处于研发过程中的装置的信息，每个人都对社外有严格的保密义务。因为有这样的前提，辉良只好模糊地回答“不知道细节”。

“是吗？”野方说道。他省去所有中间过程的说明，直接摊开了结论，“布川，您想不想尝试一次回到过去的时空旅行呢？”

“这个……”辉良为自己争取了一瞬间的时间。

“就是字面意思。像我说的这样，你想不想乘坐柯罗诺斯旅行机，回到过去？当然，从这台设备目前的性能来看，无法让你回到远古时代。顶多也就是五年前吧。”

这时，辉良想到的是：过去＝广妻隆一郎的建筑。这个概念像一道闪电一样浮现在他的脑海里。过去五年，那就是1991

年的 12 月。

“为什么让研发一科的我来参与呢？”

目前的信息量还不足以支撑辉良给出答案。

“现在还是广泛地询问大家的意愿，招募志愿者的阶段，但并不是说只要是单身就谁都可以。再回到过去之后，必定会产生一些副作用——也就是会被拉回未来，但这个未来并不是现在。如果是人类的话，试验体回到的时间点是射出时间点加回溯时间的平方，那么和现在身边的人们会产生巨大的年龄差。所以我们需要的时光之旅的志愿者最好都是在现阶段没有亲人的。那这个范围就缩小了，有家室的肯定是不行了。布川你的情况我们也知道，四年前母亲就去世了……”

“是的，我父亲也在我小的时候死于火灾了。我又是家里的独生子，所以现在就是……”

辉良这么一说，野方和吉本不断点头。

“如果你肯提出申请，那么从过去回来之后的身份由公司来保障，住岛重工也会为你生活工作的方方面面负责。”

“如果我回到了能回到的最久以前，也就是五年前的话……那我会回到多长时间以后的未来呢？”

“这个计算结果只向我们主任级别的人通报过，是 30 年后。”

“呃……”

2026 年这个数字在脑海中一闪而过，但是辉良并没有把这个数字说出口。

如果能回到 1991 年，那么那个时候朝日楼旅馆还没有被拆除。

“也就是说，我可以回到 1991 年的 12 月份，对吧？”

对于辉良的提问，野方从胸口的口袋中掏出一个小型计算器开始敲了起来。然后抬起头。

“试验计划在22号进行，所以你虽然可以回到12月，但也只能是23号……这是目前柯罗诺斯旅行机所能保证的最长的回溯时间了。”

“之前有人进行过人体试验吗？”

“有，有过四个人。其中一个人回到了一个小时以前，所以很快就回来了。还有一个人是半年之前，另外一个是一年多以前。这两个人应该会在三年之后回来。最后一个人，你应该也听说过，就是研发三科的吹原和彦。他是去年11月，第一次坐上柯罗诺斯旅行机的人。但是他的话，与其说是试验，不如说是偷渡吧，到现在也没有回来。具体他去了哪个年代，也没留下任何记录。”

野方在胸前把双臂交叉起来，好像在说“吹原的事就不要再多问了”。

“但是，如果现在已经明确了可以把人送回到过去，那就说明这个结论已经被证实过了。那么为什么还要继续这个试验呢？”

辉良问道。这是他发自内心的疑问。

“虽然试验的内容相同，但是目的不同。”野方回答。

“怎么讲？”

“无论是生物还是物品，直到上次为止，我们试验的目的都是证实设备能够将试验体送回到过去。但这次的试验目的是要让穿越到过去的试验体在那个时间点稳定地停留一段时间。”

野方向辉良说明，时间流是具有一种特殊的性质的。在大自然的法则下，时间是由过去向未来单向流动的。如果要违背这种规律在时间上回溯的话，在想要回到过去的力量和时间流原本的前进力量之间的平衡被打破的那一瞬间，时间流会把试验体弹射到能够保持平衡的一个时间点上去。达到平衡所用的时间点，如果是物品的话可能是几秒钟，生物的话最长也就是十几分钟。

“在这次的试验中我们会用到一个固定装置，最大限度是四天不到……也就是 90 个小时左右的时间，试验体可以滞留在过去。”

“我来吧！”

辉良回答道。野方和吉本露出了惊喜的表情，不禁面面相觑。

“但是有一个条件。”

“什么条件，布川？请说吧！”

“请让我来指定我想要回去的时间和地点。我想回到 1991 年 12 月 23 日，咱们市内的立野町。应该是这个设备能够回溯的时间的极限了，但是应该没问题吧？”

那是朝日楼旅馆被拆除的两天前。如果能回到那个时间，就能亲眼看到广妻隆一郎最后的作品了。

但无论是吉本还是野方，都没有立即答应辉良提出的这个条件。辉良正式得到两个人的回应是在两天以后。

3

布川辉良马上开始收拾身边的物品。他的私人物品全部由住岛重工的立野仓库代为保管，辉良拿到了一个寄存凭证。同时，他还领到一份字据，上面的内容承诺，在辉良结束试验后回到未来，只要和住岛重工的总务部取得联系，公司便会负责他的安置。辉良再次回到现实生活，就是30年之后了，像是一个小版的浦岛太郎的故事。辉良接受了体检，结果显示，从身体上来说，现阶段他可以接受时间回溯的任务。

尽可能地以一种低调的状态潜入回过去的时间，再在那里度过四天之后，回到未来。这就是辉良在这次试验中的使命。

在决定用柯罗诺斯旅行机将辉良送回到过去的前一天，吉本问辉良："为什么一定要回到1991年的12月23日？"

辉良如实地回答了原因。

建筑家广妻隆一郎所设计的作品群的事情；现在已经完全没有机会亲眼看见他的作品的事情；在立野町的广妻隆一郎的最后的作品将在1991年12月25日当天被拆毁的事情。

"这个叫广妻的人，是很有名的建筑师吗？"

吉本反问辉良。他理解，如果不是回到12月25日之前，就看不到广妻的作品了。

"完全……不是，应该是很不出名的那种。"

吉本听到之后疑惑地皱了皱眉头。这是辉良的个人喜好的问题。但是，正因如此，辉良提出的条件才被认可。之所以在得出结论上有所迟疑，是因为决策层推测，辉良如此执着于过去的某个时间和地点，一定是有什么其他的原因。

这个理由的性质，有可能会使事情严重偏离试验的目的。比如，为了改变自己的命运，在过去的某个时间点上试图改变历史的轨迹。极端的情况下，可能还会出现谋杀父母的悖论。有一个经典的问题就是，假如将自己送回过去后，把父母谋杀在生出自己之前的话，那么自己还会不会存在。如果父母不存在，那么未来的自己理应不存在。但如果自己不存在的话，就不会有人回到过去谋杀父母亲——就会出现这样的悖论。回答这个问题并不是此次试验的目的。

即便不是这样的例子，如果自己回到过去，在某场考试中修正了自己的错误答案，就可以考上更好的学校。若是如此，那么接下来的命运就会大不相同。最开始的事情可能是一个非常私人的小的改变，但是这种改变催生的事情不断积累之后，未来有可能发展成左右全人类命运的事情。

现在领导们都知道了，辉良并没有这种想要改变过去的想法，因此决定让他来做试验体。

一旦确定辉良将成为下一个试验体，他就接受了很多与之相关的说明，包括关于 1991 年 12 月这个时间点的很多信息的学习，以及回到过去后为了不改变历史，应该采取怎样的行动，等等。

说到底，回到过去的辉良必须是一个旁观者的立场。他不能介入历史。同时，他也不能因为太显眼而给那个时间的人留下什么深刻的印象。那么，1991 年的二十几岁的年轻人最不起眼的穿着是什么样的，那个时候公司处在一个什么状况，等等。

“你把这个戴在手腕上看看。”

说着，野方递给辉良一个金属质地、有点宽的皮带一样的东西。

“这是什么？”

“小型博格。”

“小型博格……”

“是的，博格，也就是 B · O · G，指的是 blessing of god。时间之神柯罗诺斯将赐予你祝福。”

野方如是说：“这是能让你在过去停留四天的装置。当然，我们也不能保证时间之神不会闹什么脾气……”

辉良把这个腕带戴在了左手手腕上。装置发出了一声清脆的“咔嗒”声，之后即便甩动手腕，腕带也不会晃动了。野方伸手按下了上面的红色按键，布满腕带的很多个显示部位同时发出了蓝色的光。

“嗯，看样子状态不错！”他点了点头，关掉了电源。

“戴上去的感觉如何？”

“好像有点沉。如果是固定装置的话……是要戴着这个回到过去吗？”

“是的，没错。因为是冬天嘛，挡在衣服的长袖里面，应该不会有人发现的。不过你可千万不能在别人面前撸起袖子啊。”

辉良仔细端详了一会儿左手手腕上的装置。

“如果回到过去之后把这个摘下来了，会怎样呢？”

野方抬起攥着的拳头，猛地一下竖起了大拇指，就像是把什么东西弹走了一样。

“我记得跟你说过一次吧，活生生的人如果回到了过去，不过几分钟就要被弹回未来。对于这个现象，有人说是过去在弹射，有人说是未来在牵引，在解释上是有分歧的，但是这不重要。这个‘小型博格’可以看作一个小型的柯罗诺斯旅行机，只是，它是电池驱动的，所以性能也要弱很多。虽然它不具备把物体送回过去的能力，但是能让回到过去的物体停留在那个时间。试验体通过这个小小的装置不断和把自己弹回未来的力量做抗争，从而停留在过去的时间里。但是这种力量是有限度的，这个上限就是 90 小时。只是……”

野方有些含糊其词。辉良等着他继续往下说，作为即将要回到过去的本人，任何细微的信息点都不想遗漏。

“只是……什么？”

“嗯，是上一个试验者的事情。那个男人没有佩戴固定装置，他所回溯的也只是不到一个小时之前。但是，被柯罗诺斯旅行机发射到过去的时候，感受到了一些肉体上的不适。比如，眩晕、呕吐感、全身上下被小细针扎的感觉，以及腹部的胀感。我不是要吓唬你，只是告诉你，他感受到了那些身体上的变化。不过从过去回来之后，试验体的身上并不会留下任何的后遗症，这个固定装置的原理和柯罗诺斯旅行机是一样的。也就是说，在过去的时间里，只要你一直佩戴使用这个设备，这种状态就有可能在你的身上持续发生。”

“我明白了。但是，这并不是说它必然会发生，对吧？”

“没错，我只是说了它的可能性。肉体上的不适可能会持续，也可能不会。如果你实在忍不住了，那么就关掉这个固定装置，你会立即被送往未来，不必勉强撑到最后。你可以根据自己的判断，选择自己回来的时间点。”

“好的。”

野方多次点头，然后忽然想起了什么，说道：

“还有一个事……不知道算不算是副作用，但一旦使用过一次这个固定装置，似乎就被时间之神盯上了。经过我们的推测，使用过这个固定装置的试验者，会变成无法再使用柯罗诺斯旅行机的体质。不过，应该没什么不妥吧？你应该也没有什么必要再次回到过去了。”

关于这一点，辉良也没有什么异议。他只要能够亲自看上一眼广妻隆一郎留下来的建筑就很满足了，应该不会想再次回到过去了吧。

1996 年 12 月 22 日。试验当天，辉良穿了一身西装。他不是第一次见到柯罗诺斯旅行机了。野方向他说明情况和设备调整的时候他瞥到过几次，但都没有感觉到什么压迫感。但是这一天，摆在他眼前的柯罗诺斯旅行机却散发着黑色的光，以一种颇具威严的压迫感伫立在那里。

辉良即将被这台机器送回过去。

这种感觉让辉良的身体不自觉地颤抖起来。

辉良呆站在那里。在巨大的金属质地的圆形底座之上，放着一台很久以前很常见的像蒸汽火车头一样的大炮筒。辉良不禁联想，如果弗洛伊德还健在的话，势必要用他特有的精神分析手法，将这个机器分类成：男根的象征。

他听说，柯罗诺斯旅行机这个名字，是统管三、四科的野方主任给起的。如果叫“时光机”的话有点过于粗犷，显然不太合适。野方作为一个科幻爱好者，从古典的科幻作品中引用了这一名称，但辉良并不知道那部科幻作品讲的是什么内容。他只是觉得这个名字起得确实还不错，好听且上口。

野方不停地接到各种汇报，他对这些汇报的内容依次点头。无论是野方主任还是其他技术人员，在实验室里这个硕大的柯罗诺斯旅行机前，都显得非常渺小。

辉良吞了口口水。

野方看到了辉良。他抬起手朝辉良打了个招呼：“来啦！”

实验室里所有人的目光都聚集到了辉良身上。然后不知是谁起的头，稀稀拉拉的掌声响起，很快变成了雷鸣般的掌声。

辉良顺着野方的招呼，走向了柯罗诺斯旅行机。

“来吧，所有准备都已经做好了，只剩下把你送回到 1991 年了。把这个戴在左手上吧。”

野方把固定装置和一个信封递给了辉良。信封上收件人写的是住岛重工有限公司总务部的长里幸夫。背面则写着，“1996年12月25日前不得拆封并保管在T·S保险柜内/重要机密”。然后是填写寄件人姓名的地方。

“这只是一个模板。等你到了1991年，请每天给这个地址写一封信，报告情况。四天之后，你将被送往30年后的未来，但是我们不能一直等待那个结果到2026年。这样的话，等试验结束之后，很快我们就可以从住岛重工的特秘保险柜中取出你的报告，知道试验的经过了。你可以写你在那边的健康状态、心里想的事情、感受到的事情，什么都可以，但在那边的时候请务必要写这封信。因为这是我们得知试验经过的唯一方式。”

“我知道了。但是，我把信寄给这个叫长里的人，却没办法保证这个人会替我们保管好这些文件吧。”

“这不用担心。长里是总务部的次长，他从1985年开始，一直没有任何的岗位调动，在现在这个职位上。关于人品方面也都已经考察过了。而且，T·S保险柜，也就是特秘保险柜的存在对于外部是保密的，谁都不知道。只要你这么写了，他就会不加以任何的私情，替我们保管好这些文件的。”

辉良不知道现实中能否这样操作，但这对于辉良来说，是他回到过去之后的唯一任务。

“这个模板是非常重要的，你把它放在西装内侧的口袋里吧。最好随身带着。”

辉良点头，然后当着野方的面把信封装进了西装的内侧口袋。然后，野方拿起放在柯罗诺斯旅行机旁边的台子上的小型行李包递给了辉良。

“这个包里装着1991年以前印刷的纸币50万元和一些简单的旅行用品。在那边度过四天应该是绰绰有余了。”

"谢谢！"

"到了之后先不管别的，为了能在过去停留，先把固定装置的开关打开。"

"我知道了。"

"柯罗诺斯旅行机已经是随时可以发射的状态了。你准备好了吗？"

"没问题，我随时可以。"

野方点头，然后对实验室里的所有人喊道：

"发射时间是30分钟后。目标时间是1991年12月23日早上6点整。空间坐标是横岛市内立野町的安全地点。我们9点30分准时开始试验。"

再次，所有工作人员就好像变成了柯罗诺斯旅行机的一个个零部件一样，开始在它的周围走来走去。但微调很快就结束了，所有人都远远地围着柯罗诺斯旅行机，注视着它。

就在众目睽睽之下，辉良拎上旅行包，进入了射出室。他马上就要前往一个未知的世界了。如果是前往一颗未知的星球或是挑战极限的深海，那么应该身着相应的工作服，但明明自己也是去往一个未知的世界，却穿着一身西装拎着一个旅行包。真是有意思……辉良还在脑袋里想着这些问题。

吉本主任走了过来，说了声"加油吧"，然后拍了拍辉良的肩膀。

"是！"辉良回答。

稍微向后弯了一下腰，辉良坐进了柯罗诺斯旅行机。他再次听到了大家的掌声。

他进入射出室后上了锁，室内变成了一个完全无声的状态。在显示屏的左上角是现在的日期以及时间。而它的下方，则显示着 1991 年的日期和时间。

辉良在座位上坐了下来。眼前就是操作面板，但这与他无关。这次的所有操作都从外部进行。然而，操作本身并不是一件多么复杂的事情，辉良是这么听说的。

倒计时开始了，但是通过耳机传来的声音在辉良听起来像是从别的世界传来的声音一样。

显示在显示屏上的实验室的光景，突然切换成了一些电脑数据。辉良意识到那一刻马上就要到来了。他感觉自己全身都是僵硬的。快了。

进入倒计时 10 个数之后，辉良开始大口吸气，再大口呼气。

当倒计时数到 0 时，射出室开始了剧烈的震动。辉良看到了一束光。那道蓝色的光变成了无数的粒子，各自开始布朗运动。在那些蓝色粒子马上要充斥整个空间的时候，周围突然变成了一片空白。手腕、脸颊、脖子，都在被眼睛看不见的东西快速地刺痛着。就好像是，一群透明的小人，在用细小的针……把辉良当作祭品……正在进行某种仪式……

辉良突然想起来野方说的话。“在乘坐柯罗诺斯旅行机回到过去的过程中，你会感觉到一些身体上的不适。眩晕、呕吐感、有无数细针在刺痛全身的感觉……”

对了。现在这种感觉就是了。但并不像野方说的那样，只是“一些”感觉，好像有什么东西从他的胸口涌了上来。辉良觉得，自己也许是那种不适合时空旅行的体质吧……

震动变得更加剧烈。下个瞬间，有一道极其强烈的白光射来，把辉良包围了。

辉良闭着眼睛。

就算闭着眼睛，周围也是一片白色。

身体像是被弹了出去一样，他同时感受到了飘在半空中的感觉以及分不清东西南北的感觉。

然后，他渐渐失去了意识。

4

虽然意识还没有回复，但是辉良的身体感受到了重力的作用。就这样，辉良的身体被拍在了一个不知道是哪里的地方。他能感觉到这是一个宽阔的地方，肯定是柯罗诺斯旅行机的射出室之外的地方。

辉良稍微恢复了一些意识，主要是因为这里的寒冷，但是头脑还没有完全清醒过来，有些迷糊。

辉良抬头看了看天，先把手腕上的固定装置的电源给启动了。这是优先级最高的事情。

接着，辉良浑身上下都感受到了那种火辣辣的刺痛感。虽然不是不能忍受的程度，但和在射出室里面感受到的那种疼痛是同一种感觉。固定装置就是微型的柯罗诺斯旅行机。他明白了野方主任这句话的意思。固定装置在不停地与时间流想要把物质送回它原本应该在的未来时间的力量对抗着，这种痛感就是它的副作用吧。如果切断电源，这种痛觉也会随之消失，但代价就是要很快地离开1991年的世界了。

辉良看了看那个腕带状的固定装置。其中有一个显示是一条横着的蓝色细杠，左端是0%，中间是50%，右端是100%，那条蓝杠的最右端已经熄灭了一小段。辉良明白，这条杠代表的就是固定装置的功能倒计时。等到那条蓝杠彻底走到最左端的时候，就是辉良要回到未来的时候了。

难道说接下来的四天，他都要带着这种疼痛生活吗？胃部也有一些胀痛。在尚不清晰的意识中，辉良有了一种悲观的情绪。

打开固定装置的电源后稍微踏实了一些的辉良，再次闭上眼睛任由身体放松。

真冷。

就在这时，支撑他身体的黑色垃圾山崩塌了。辉良一边往下滚着，一边意识到原来自己刚刚是趴在了一堆垃圾袋上面。自己明明是一个从未来世界穿越而来的人，可这个着陆点未免也太滑稽了一些。

咣当一下，辉良的后背被拍在了地上，他不由得闷哼了一声。他很想起身，但是浑身上下怎么都使不上劲。

他睁开了眼睛，但视线对不上焦。他只看到阴沉沉的冬日的天空，一切都是一种朦胧的灰色。

他听到有人说话。

“您没事吗？”

那个声音有些悦耳。是个女性的声音。而且还很年轻。

辉良本来想说，没事……但他的思想形不成声音。

辉良的眼睛慢慢地聚焦。

他看见了一个短发的年轻女孩儿正在很担心地看着他的脸。

她大大的瞳孔给他留下了很深的印象。眉毛虽然细长，但颜色黑亮，轮廓清晰。她略显担心地抿着嘴。

辉良为了不让这位女士担心，想要勉强站起来。通身又是一阵火辣辣的疼痛。说什么也得忍着站起来才行，但是他还没有完全恢复平衡感。

辉良知道，不应该做出让这个世界的人记住他的行为，也不能和这里的人产生过多的交集。

但是他的身体还是摇摇晃晃的，他很奇怪为什么自己的脚就是不听使唤，他踉跄了一下。这时，那个女孩一把扶住了他。那是条件反射一样的动作。

“谢，谢谢。不好意思呀！”

这次，他听到自己的语言变成了声音。女孩盯着辉良，从表情看得出来，她是真的在为他担心。是的，就像一个少女一样，用那种纯真的眼神。

“您怎么了？不舒服吗？”

辉良慢慢地摇头。确实，身体状况不算太好。但是，这应该就是他回溯时间所产生的副作用而已。再过一会儿，等到他的身体渐渐适应了这个时代，应该就没事了。

而且，他也不能……他也不能继续给这个女孩子添麻烦了。

突然，辉良想到了“印随效应”这个词。它是指动物在出生之初，会把第一眼看到的东西当作自己骨肉之亲的现象。

辉良来到了过去的世界，第一个见到的就是她。然后，现在，自己对这个初次见面的女孩产生了好感。

这不就是“印随效应”吗？然而，继续和这个女孩产生更多的关联，无论如何都会给她带来很多麻烦。正因为她以一种热情温柔的方式对待自己，自己才更不愿意看到那样的结局。辉良感到一阵内疚。

“不……是，应该是……暂时的，一会儿就好了。”

辉良再次尝试着自己走路，但没有成功。他不得已，只能任由女孩搀扶着他。

辉良看了看这位年轻女孩的侧脸，重新意识到了这个女孩有多么美。然而，身着粗毛线毛衣和牛仔裤的她，完全没有意识到自己所拥有的那种魅力。说她是少女也不为过吧。辉良感觉到，自己的心绪正在快速地被这个年轻的女人吸引。但是，他又在与这种被吸引的感情做斗争……

在被女孩搀扶的过程中，他们交谈了几句话。然后，她提出了一个让辉良不知所措的建议。

“您住在哪里？我送您回去吧。”

“不，没事！”

辉良下意识地拒绝了，他已经有些不知该如何回应了。他完全没有想到女孩会这么说，他还是想尽量蒙混过去，压低声音回答道：

“谢谢。不过……我现在正在旅行……”

辉良一边说着，一边觉得这个谎撒得真是没什么水平。这也太不合常理了。当然，他正在一场旅途之中，这件事确实不假。

女孩又问辉良是不是住在酒店。这时，辉良注意到，他从1996年带过来的那个旅行包不见了。刚才的垃圾堆那里也没有。这四天辉良赖以生存的所有物品和经费，可都在那个包里面呢。

辉良觉得应该一个人静下来想一想对策。

先得离开这位女孩儿。

公交车站旁有一条长椅。先在那里坐下来等待身体慢慢恢复吧。

辉良说：

“我在这里坐一会儿就好了……”

他想向女孩展示自己确实没事了，站起身来走了两步，但最后却以踉跄了两三步之后瘫坐在长椅上的狼狈样子收场。女孩吓了一跳，下意识地用手捂住了自己的嘴。那是她发自内心地心疼辉良的表现。

辉良心想坏了。自己明明是想告诉她已经没事了，这下反而让她看到了自己非常狼狈的样子。

辉良想，无论如何先把呼吸调整好。但身体不听使唤，他的呼吸依然急促。

“您真的没事吗，要不要叫个救护车呢？”

“真的，没事。”

辉良坐在长椅上，抬起头，正视着女孩。辉良尽可能地努力让自己的表情看起来平静一些。他勉强做出笑容。

辉良觉得自己的努力奏效了，因为他看到女孩也笑了一下，虽然那可能并不是她发自内心的。辉良一边继续说着一些不得要领的话，一边观察着女孩。粗毛线的毛衣和牛仔裤。像男孩子一样清爽的短发，站在远处看可能会以为是男孩子吧。但是，她的五官所透露的精致的女人味和皮肤的水嫩程度是无法掩饰的，看上去像一个精致的洋娃娃。辉良觉得，她就是那种看上去要比实际年龄小很多的女孩子，就像故事里的某种小精灵那样。

无论怎样，在这趟时空之旅中第一个见到的人是拥有这般魅力的女性，对辉良来说已经是极大的幸运了。他想，即便自己回到了很久以后的未来，这个女孩子应该也会成为他的一段美好的回忆，一直铭记在心吧。

如果可以的话，他希望这个女孩子能够一直陪在他的身边。他想就这么一直被她照顾。辉良拼命打断自己的这种想法——自己是过不了几天就要离开这里的人，不应该继续给这个女孩子添麻烦了。他不应该继续让这个姑娘逗留在这里了。

辉良觉得，自己有义务明确地拒绝她。所以他张开双手举到胸前，证明给女孩子看，自己确实已经没事了。与此同时，他正在欺骗自己内心最深处的那个声音——希望这个女孩子能够继续陪在自己身边。

“再过个五分钟应该就没事了，真的谢谢您。”

辉良勉强挤出一丝笑容。一边说着，一边又有一种冲动，想去问问这个女孩子的名字。可是知道了又能怎样呢？过几天，他就要“飞”到35年之后了。难道还要在35年后的世界里找到她，对她说谢谢吗？而且，那时候自己还保持着现在的样貌。这种事情，不可以发生！

辉良举起手来示意女孩子可以走了。这个动作中，还包含着希望她不要再和自己产生过多关系了的意思。她好像也清楚地接收了这个信息。

“那我走了，您自己保重。”

她说道。辉良挥了挥手，她就轻轻地鞠了个躬，离开了。辉良用眼睛追着她的背影，看到她走进了公交站斜对面的公寓。

辉良叹了一大口气。他觉得自己有必要尽快离开这个地方，因为她有可能再次出现在这里，毕竟她就住在对面。但是他很快又想起了刚刚一直陪在自己身边的女孩的脸庞。他自己都惊讶，她的形象在他的脑海里如此清晰。他发现，他心中的那种还想要再见到她的冲动已经到了无法控制的程度。

离开吧。等自己到了朝日楼旅馆，肯定就把她忘了。再等回到未来，估计就连她的相貌都记不起来了。

是的……应该先去找到那个旅行包，辉良觉得自己着陆的时候身边就没有其他的东西。这么说，那个包很有可能已经飞到别的时空去了。那里面可是装了自己在这边生存所需要的所有现金和物品啊。

辉良尝试缓缓地站起来。

他感觉身体像灌了铅一样地沉。自己是不是发烧了？

他又赶紧坐回了长椅上。这叫什么事儿啊！辉良内心在咒骂自己的身体。明明都已经到了1991年了，可现在只能瘫倒在这里。就算他想找个酒店住下来休息，可是现在的他身无分文。

真是糟糕透了。都怪它！就是这个固定装置正在让自己的身体状况变得如此糟糕。只要摘下它，应该就能立刻恢复，但那又意味着将被时间流狼狈地遣送回去，说什么也不能摘。

这时，辉良突然想到：

和自己同时被送往1991年的那个旅行包上是没有固定装置的。因为这个装置必须时刻和辉良连在一起。也就是说，那个旅行包很有可能已经脱离了固定装置的作用，回到了未来。

一想到这儿，辉良感到很恼火。

在乘坐柯罗诺斯旅行机之前，预想过各种各样的可能性，但唯独没有设想到这么简单直接的问题会出现……

辉良的身边走过很多这个时代的人。辉良眯着眼睛看他们，大多人都害怕和辉良产生接触而不去看他。即便一不小心对上了眼神，也会很内疚地匆匆走掉。

公交车来了。那一瞬间他想了想要不要上车，站起了身。但结果还是没有上车。

他根本就没有钱坐车。为了保障柯罗诺斯旅行机发射时的安全，连零钱都放到了旅行包里。

人一旦开始想不好的事情，思绪就会陷入一种负面情绪的循环之中难以自拔。

布川辉良。1968年生人，1991年去世。享年28岁。真是奇妙啊，如果是1991年去世的话，自己应该是23岁才对。对啊，这个世界应该存在一个23岁的布川辉良。要不要联系他找他借点钱呢……必然不行。这是绝对被禁止的行为。一旦这么做就会出现时间悖论，历史就会发生很大的改变。而且回想过去，自己在 23 岁的时候根本就没有接到过来自未来的自己的电话嘛。

就在辉良不断地进行着这种不得要领的思考的时候，他感觉到自己的身体变得越来越无力了。因为感官的麻痹，痛感好像也减轻了一些……

辉良对此无能为力。

他感觉好像有人在喊他。那感觉就像是一个天使从很遥远的世界在对他说话。

您没事吗……没事吗……没事吗……天使的声音在不断地回荡。有个人拉起了辉良的手。那是一双柔软的、温暖的手。

“您不能待在这里了，请跟我来。”

是那个女孩。

辉良知道。辉良想起她了。她终于来了。那个女孩果然是一个天使。

辉良顺着女孩拉他的力气，站了起来。

自己目前的状态非常糟糕。只有听从她的安排了。

“不……不好意思。”

辉良小声地说。

5

大概一个小时的时间里，辉良连说话的力气都没有。然后就像一层层地拨开洋葱皮一样，逐渐恢复了元气。有可能是身体已经适应了这个世界，也有可能是固定装置的副作用在逐渐减弱。

虽然不知道到底是因为什么，但辉良终于开始有清醒的意识来思考自己所处的状况了。

他现在躺在一个小小的、清新的房间里面，腿部盖在被炉里面，脑袋下面枕着枕头，身上还搭着一条小毯子。

辉良抬头看到一根细绳的两端固定在两面墙上，上面吊着很多奇妙的白色画纸。纸上画着各种各样的插画。辉良推测这个女孩一定是一名插画师或是设计师。在被炉桌面上的陶瓷笔筒里插着很多的画笔、尺子，还有羽毛掸子。

看来这里是她的住所，也是她的工作室。

头疼和想吐的感觉明显改善了很多。辉良听到厨房那边传来正在洗东西的声音。

接下来该怎么办？等到身体恢复了，先去看看朝日楼旅馆吧。只要达成了最初的目的，也就没有必要再逗留那么多天了。

但是，她是这么细心地照顾自己，就这样不辞而别是不是不太合适？是不是太不知感恩了？辉良也在这么想。

水声停了下来，脚步声越来越近。

那个女孩进来了。辉良下意识地坐起身子，这次，身体已经跟得上思维了。“哎呀！”

她有些惊讶。

“您没事了吗？”

她站着问。辉良端正地跪坐起来。

“您别着急起来，最好再躺一会儿。”

说着，她也坐到了被炉里。

“实在是不好意思再给您添麻烦了。”

辉良想要站起来，但这时他才发现他的平衡感还没有完全恢复。他刚撑起一条腿，就差点向斜前方栽了过去。我的身体到底是怎么了……

女孩慌忙从被炉里跑出来，扶着辉良躺了回去。

“您别担心。再躺一会儿吧！”

辉良只好言听计从了。

“我叫……布川辉良。真是不好意思，那我就再打扰您一会儿了。”

辉良自报家门。虽然，他也犹豫了一下应不应该说出自己的真实姓名，但是对方对自己这么热情细心，总觉得不应该用一个虚构的名字去敷衍了事。

“我叫枢月圭。”

她在辉良的枕边说道。

“您姓枢月吗？是个少见的姓氏啊。”

“我的祖先是武士出身，据说是从那时候一直延续下来的姓氏，但不是什么名门，就不怎么常见了。”

她露出了天真的笑容。辉良看到这个笑容之后，再次体会到这个叫作圭的女孩的可爱。

“您是从哪里来的？”

圭突然问了这个问题。

“我是……”

辉良不知道该怎么说，沉默了半天。总不能说自己是从1996年来的吧。

“九州那边。”辉良又编了个谎言。辉良没有去过九州，也没有去过北海道。他只是想先把这个问题蒙混过去。

“九州哪里呢？”

“那个，鹿儿岛。”

辉良脱口而出说出了这个地名，但是他连鹿儿岛在地图上的哪个位置都记不太清楚了。他希望这个话题能够就此结束。

“是吗！我去年夏天绕着九州玩了一圈。九州真是个好地方啊！”

圭开心地笑着说。辉良觉得自己冒了一身冷汗。

“是，是吗……”

辉良只能这么附和，然后大大地叹了口气。

于是圭又很担心地问他是不是哪里不舒服。

“我在您的左手手腕上看到了一个奇怪的装置，您是有什么慢性病吧？”

辉良大吃一惊，她居然看到了自己的固定装置，估计是她在搀扶自己从公交站走回公寓的过程中看到的。但是圭应该并不知道这个装置的真正用途，她只是从辉良的身体状况推测，辉良是因为有什么慢性病，所以随身佩戴着一种治疗用具。

真是讽刺，辉良苦笑。眼下这个糟糕的身体状况大概率是起因于这个固定装置，但是反而让她觉得是为了改善体质才佩戴的。

圭大概觉得自己问了什么不该问的话，她没等辉良回答，就又起身走到厨房，用水打湿了一条毛巾，给辉良敷在了额头上。

那种凉丝丝的触感在辉良的额头上发散开来，辉良舒服地闭上了眼睛。

两个人的对话中止了。辉良觉得这是再好不过的。他不知道接下来要如何和圭去聊天。但无论如何，他为了掩盖自己从未来而来的事实，都要对圭说一些或大或小的谎言。而为了掩饰这些谎言，他需要继续用谎言来打圆场。然后就是不停地谎言套谎言……他能这样成功地坚持到最后，不露出破绽吗？

辉良并没有信心。这就好像是用扑克牌搭成的纸牌屋一样，但凡其中一张纸牌被吹跑，整个房屋就会坍塌。

辉良已经习惯了这种痛感。和刚到这个世界时的那种感觉比起来，身体状态也好了不少。

“您是因为工作来横岛的吗？”

听到圭这么问，辉良又惊讶地瞪圆了眼睛。圭想知道辉良来到这里的目的。她看到辉良的身体状况已经恢复了，所以才这么问的吧。

“不是，我来这里是为了看一个东西，所以勉强算是观光吧。”

“观光？我觉得横岛没有什么像样的景点啊。您是来看什么的？”

该怎么解释呢？辉良不知所措。但如果她是一个以画画为生的人的话，那么直接跟她说明自己的目的，应该可以被理解吧。

“我来看一个建筑。我听说，那是一个叫作广妻隆一郎的设计师设计的，唯一现存的建筑，现在就在横岛市。所以特地来这边看看。”

“是什么样的建筑呢？”

她好像并不知道广妻隆一郎的名字。辉良向圭讲述了自己小学时代对于校舍的一些回忆，以及那个建筑的特别之处。辉良看得出来，圭明显对这个建筑物有了兴趣。

“那个人设计的建筑就在我们横岛市吗？”

“是的，仅存的一个。但是12月25号就要被拆除了。所以我想趁它还在的时候，亲眼看看……”

“这个建筑在哪？我也想看看！”

辉良觉得这样的事实信息难以隐瞒也用不着隐瞒。

“在一个叫立野町的地方。”

“我知道那里。坐公交车的话半个小时就能到。”

辉良以为自己听错了。柯罗诺斯旅行机不是以立野町为目标发射的吗？竟然还有公交车 30 分钟的距离。

但是辉良没有把这个疑惑写在脸上。

“是吗？那里应该有一个叫‘朝日楼旅馆’的建筑，就是它。”

圭表示自己不清楚。

“我可以跟您一起去吗？”圭笑着问，“正好我也把今年的工作都做完了。”

“是那个吗？”

辉良躺着，抬起手来指着悬挂在半空中的插画。圭点了点头。

“您是为了看那个建筑才来这儿的，这件事应该不是骗我吧。”

圭轻巧地说。她没有再多说别的，但是此时的辉良已经吓出了一身冷汗。他实在不知道该如何回答。

“你为什么，这么想呢？”

“……直觉……吧。我只是这么想想。因为布川先生您说谎的时候从来都不看我的眼睛，而且也不会马上回答我的问题。即便不是这样，我也总能感觉得到。但是您在说起这个建筑的时候却总是对答如流，而且很开心的样子。所以，我觉得有关建筑的这些，应该都是真的。

“如果我说得不对，就抱歉了。”

圭很轻巧地说着。

“啊……是。但是我正在旅行这件事情是真的。不过你肯定觉得我不像一个游客对吧？我也是后来才发现，我弄丢了随身携带的旅行包。刚刚我坐在长椅上的时候才发现。”

“是不是落在您刚刚倒下的地方了？我去帮您看看吧！”

辉良赶紧制止了圭。他说那个地方他看过，已经没有了。

“需要报警吗？有可能已经被送到失物招领处了。”

这可不行。他绝对不能以布川辉良的名字去报警。在这个时代，28岁的自己是不存在的。如果警察调查起来，报警的人到底是谁，这事儿可就闹大了。肯定不能报警，也不能叫救护车。但是继续这样说谎敷衍，这个叫作圭的女人很快就会看破自己。辉良想。

“我有一件事想拜托您。我确实是一个旅行者，但是我有一些事情不方便让太多人知道。您放心，我没有犯罪，不过，即便不是犯罪，也有一些事情不想被世人知道得太多。有些人就是这样，我就是这种人。所以我也不想和警察有太多的瓜葛。”

这么说就不算撒谎，辉良觉得。圭好像感受到了他的诚意，应该会理解自己吧。

圭没有很惊讶。“我知道了，”她说道，“但是行李丢了，应该很不方便吧。里面装的是旅行用的东西吗？”

“是的。”

“那钱包还在吗？”

“实在惭愧……”

圭露出有些无奈的表情，然后笑了笑。

没有办法，辉良也跟着她一起笑了一下。虽然他觉得这个时候自己还在笑，多少有些奇怪。

“如果是到九州的路费的话，我可以借给您。不过您真的是从九州来的吗？”

圭很认真地问他。辉良连忙摆手。

“您已经对我够好了，我不敢再麻烦您更多了。而且12月26号的晚上会有人来接我，所以您不用担心。”

“是您的夫人吗？”

“不，我还是单身，不是夫人，但是我也解释不清楚。”

无意之中，辉良已经从被炉里坐了起来。身体状态明显好了很多。

“还有件事，我想麻烦您。”

“什么事？”

“如果您这有纸和信封的话，能给我用一下吗？我要和一个人取得联系。”

圭站起身来，从桌子的抽屉里拿出了信封和信纸，递给了辉良。

“还有笔，不好意思。”

辉良重新面向被炉，用圆珠笔在信纸上开始写字。然后停下手，问圭：

“今天是几号？”

“12月23号。”

“是1991年吧？”

“啊？是呀。”

辉良心想坏了。

圭肯定很奇怪自己为什么会这么问。但是，他不得不确认一下。

柯罗诺斯旅行机成功完成了目标任务。

现在，我在横岛市。不过是在距离立野町有半个小时车程的位置。时间是1991年12月23日上午9点。

到达时间是今天早上6点。固定装置有很大的副作用，我的身体状况非常糟糕。想吐的感觉和皮肤上的刺痛感还在持续。已经过去了大约三个小时，身体状况有所改善，因此得以写下这份报告。

我所携带的其他物品在到达的时候已经丢失。有可能它根本就没有和我一起被送到这里。

等到身体状态进一步好转之后，我计划在市里转一转。

总的来说，语气比较官方。即便有旁观者读过，也肯定想象不到他正处在一次时空旅行之中。他在信中也没有提到这个叫枢月圭的女性。无论是以何种形式，辉良都想尽量避免给她带来更多的麻烦。

收件地址是辉良放在西装内侧口袋里的那个信封上的地址。他又在信封上写道，此信需由特密保险柜保管。然后放下了笔。

这时辉良发现自己的眼前摆着一份法式烤面包，正在冒着甜甜的热气，还有一杯咖啡。在辉良写信的工夫，圭已经准备好了早餐。

“现在感觉怎么样，吃个早点可能会好一点。”

辉良确实觉得饿了，也很有食欲。

6

圭认为，不管这个辉良到底是个什么样的人，这都不重要。

他既有说谎的时候，也有讲真话的时候，这都是没有办法的事情。自己只是他偶然遇到的一个人而已。人本来就不可能向初次见面的人把自己的所有事情都交代清楚。如果这个人从一开始就毫无保留地讲述自己的事情，反而让人觉得异常而危险。

圭觉得自己第一次对他人产生这样的想法。她第一次对一个人产生这样的好感。

现在，就在自己的眼前，那个人正大口大口地吃着法式烤面包。他的手腕上戴着一个奇怪的装置，而且说的话也逻辑不通。但是，圭知道他不是一个坏人。因为他在讲述那个建筑家设计的旅馆的构造的时候，就好像是一个少年一样，眼睛里面闪着光。而且他在编造那些谎言的时候，眼神总是游离、闪躲，拼命地寻找合适的词语来表达。但不管怎样，现在在横岛，这个叫作布川辉良的男人走投无路了，这是事实。那么圭就觉得，自己应该去帮他。

他不是一个坏人。反而，圭能感觉到自己正对这个男人抱有极大的好感。她知道，自己其实想要和这个男人一起度过更多的时间。即便就像现在这样，两个人坐在一起说着一些不合逻辑的话，就挺好的。以前她没有对任何一个异性产生过这样的想法。这难道是因为，自己喜欢上了这个叫作布川辉良的、古怪的男人吗？

她不知道。

辉良狼吞虎咽地吃完了法式烤面包，一口气喝干了杯子里的咖啡。他的脸上恢复了血色。

圭伸出手轻轻地放在辉良的额头上。辉良下意识地往后缩了一下，他的体温已经恢复了正常。

“啊，对不起！”圭说。

辉良支支吾吾地点了点头。伸出右手摸了摸自己的脑门。“看来已经不烧了。我现在也没什么不舒服了。”

圭又露出了笑容。“您觉得可以出发的时候就跟我说，我来带路。”

“什么，去哪儿？”

辉良有些疑惑。

“立野町的那家旅馆呀，您不是说了吗？”

听到圭这么说，辉良坐直了身子。他想起来了。“哦，对呀！”他好像已经把自己刚刚说过的话给忘了。从辉良这样有些呆呆的表现来看，圭也觉得他并不是一个坏人。

辉良和圭一起站在公交站等车。如果站直了的话，辉良比圭要高出一头。因为这天是天皇的生日，所以公交车都改成了节假日的时刻表，要等很长时间才会来一班车。辉良一直站着等车，他自己也感觉到身体状况恢复得不错。

“其实……”

辉良有些惭愧地说道。他的左手在口袋里摸索着，右手挠了挠头。

“怎么了？”

“我连零钱都没有。现在真的是身无分文，所以没钱坐公交。”

圭摇了摇头，笑着说。

“没事儿，您刚跟我说过了。”

“哦，是呀。”

“看您气色好多了。”

“是啊，比刚才好多了。”

就在这时，公交车来了。

“咱们上这辆车。”圭微笑着说。不知道为什么，她现在又高兴又开心，心情特别地激动，心中充满了期待。就好像是一个小朋友要去春游或是动物园玩一样。可能跟她把今年的工作都完成了也有关系吧！但是比起这些原因，能够和这个神秘的男人在一起这件事，让圭产生了更大的喜悦。

直到今天，这种心动的体验好像也没有过几次。小的时候，圭经常会对很多事情心动：第一次去没去过的地方的时候、第一次自己做点心的时候、读到有意思的童话故事的时候……但是，自从长大了以后，这种心动的感觉真的是屈指可数。自己独立出来工作之后，画的插画第一次被采纳的时候、第一次接到工作订单的时候……然后，好像就没有了。有趣、开心，这种体验好像有很多——但是好像都不是这种心动而充满期待的感觉。即便是和异性交谈，也没有过这种心动的感觉。

这是第一次。

现在，是第一次。

公交车上没有空座，两个人继续站在一起。辉良好奇地看着窗外的风景。

"啊！原来《火箭手》是这个时候的电影呀。还有《哥斯拉vs 王者基多拉》。"

他看到了电影的广告版。圭听见辉良自言自语似的感叹车窗外的风景。

"这么说来，哥斯拉的故事这个时候也是时间悖论的设定。"

"布川先生，您喜欢看电影吗？"

"是呀。嗯？为什么这么问？"

"因为您刚刚看到广告牌的时候说，是现在啊……您已经看过那个电影了吗？"

辉良意识到自己说错了话："对……是的，我看过了。那个……是在……是在首映式上看的。”

辉良含糊其词，圭只好满脸疑惑地看着他。没有人会很怀念地回忆起不久前在首映式上看过的电影吧……他在很多方面，虽然无法清楚地用语言形容，但总是让人觉得不太对劲……

公交车到了立野町车站。圭和辉良下了车，前往朝日楼旅馆。

“这里我有印象，要在这个加油站右转。”辉良很有自信地说，“然后在第二个路口的大厦那里向左转，再走 20 米左右，那里有一个三角形公园，旅馆应该就在公园对面。”

“您以前来过这里吗？”

圭问辉良，感觉他对这里非常熟悉。

“是的！”

辉良笑着回答。不知不觉步伐也变快了。

“那您没有去看那个旅馆吗？”

这是圭发自内心的一个很朴素的疑问。辉良张着嘴在原地站住了，他又露出了那种好像说错话了似的、非常尴尬的表情。

“那时候……没看……虽然已经到了附近，但是因为时间的关系……没能看到。”

圭总觉得他所说的“时间的关系”这个表达好像还有另外一种奇妙的意味。字面是一种意思，但听上去背后还隐藏着另一种意思。

第二个路口处并没有辉良所说的大厦。而是一个卖塑料材料的门面很宽的平房店铺。

圭听到辉良嘟囔：

“原来还没建成楼房呢。”

左转之后，辉良停下了脚步。

“就在这儿。”

然后，他沉默着站在了那里。圭跑到他的身边。她明白了辉良为什么会呆站在原地。

建筑的周围已经被很高的铁皮围挡围了起来，并且，围挡上面架着钢管，用防水罩包裹得严严实实，从外面根本无法看到这一圈黄色铁皮围挡的里面，到底有着怎样造型奇特的建筑。

“就是这里吗，朝日楼旅馆？”

“是的，”辉良点头，但他明显非常失落，“都围成这样了，根本看不见里面是什么样的。我都费了这么大劲好不容易来到这儿的……”

辉良变得面色苍白，身体有些摇晃。圭觉得辉良又变成了她刚刚见到他时的那种状态了。

他说过，12 月 25 号这个建筑就要被拆除了。如果正常推测的话，现在被这些东西围起来不是很正常吗？面临拆除的建筑怎么可能好端端地在那给人看呢？为了让拆除工程不给周围的居民带来不便，用一些施工材料把整个建筑围起来是很正常的事情。那么，也就必然看不到内部的样子了。

这是可以预料到的事情，他难道没想到吗？

看不到辉良所说的那栋奇怪的、与众不同的建筑，取而代之的是冷冰冰的金属围挡，以及那些雪上加霜的、不解风情的警告语。“闲人免进”“施工中，给您带来不便，敬请谅解”……还有一个真人大小的、戴着头盔正在鞠躬的施工人员的画像。

“危险！注意高空坠物”“作业车辆进出口”。

圭把辉良拉到了金属围挡对面的一个三角形公园里。在一条垂直的道路上交叉着一条斜向的道路。沿着这两条道路构成的锐角夹角路口，有一块 150 平方米左右的空地。这里被改造成了一个小公园。

沿着公园的外圈，摆放着木桶状的石头坐凳。辉良在其中一个墩子上坐下来，双手抱住了脑袋。

可以看出辉良非常沮丧，一言不发，他好像不知道接下来该如何是好了。

圭一直在思索自己能为他做些什么。看到他如此失落的样子，圭无论如何都想做一些能够帮到他的事情。但是她又能做什么呢？而且，他为什么会让自己产生这种冲动呢？

突然，圭瞟到了金属围挡的下方。

那里有一块金属公告牌，上面写着“朝日第一商务酒店建筑工程”。然后在写有工程梗概的下面标注着：“委托方：朝日观光（有限公司），设计方：椎田设计事务所，施工方：丰引建设（股份公司）”。

圭攥紧了口袋里的十元硬币，她对辉良说“您先在这里休息一下”，然后跑向三角公园边上的公共电话亭。

圭拨打了公告板上的电话，但是并没有接通朝日观光有限公司。可能因为今天是节假日，所以公司在休息。接下来圭又通过104平台查询了椎田设计事务所的电话，但得到的回答是“不存在”。圭感到失落。也许这家设计事务所不在本市。

她又拨打了丰引建设的电话。

“您好，这里是丰引建设。”

一个年轻的女人接了电话。圭对她说，她想要找朝日观光委托丰引建设正在施工的立野町项目工程的负责人。

电话转给了一个男人。他的声音有些粗野和低沉，一瞬间，圭有点不知道该怎么说了。

“请问有什么事吗？”

圭反而被问住了。

“那个……我现在就在正在施工的立野町的旅馆前面，请问有没有可能把现在围着大楼的铁皮围挡拆掉呢？”

“您是什么意思呢？”

“我有一个朋友，他对被围挡围起来的那家旧旅馆的建筑非常感兴趣。他想在建筑被拆除之前亲眼看一下它的全貌。”

“哦，是这样啊。那个叫朝日楼旅馆的确实是一个造型奇特的建筑，我也是接到这个工程之后才第一次看到。作为一个无名建筑师设计的建筑，它确实有很多奇特的地方，但是对于朝日公司的人来说，反而这种奇特的造型让他们不喜欢吧。”

施工单位的男人非常耐心地仔细回答了圭的问题。

“但是很遗憾，拆除工作是要围着围挡进行的。需要保证周边居民的安全嘛！”

“能不能请求您这边帮个忙，把那个围挡给拆下来一次呢？不是说12月25号这个建筑就要被拆了吗？”

施工单位的男人疑惑地“嗯”了一声，沉默了。接下来用疑惑的语气问圭：“您是怎么知道25号拆除的事情的？这件事情是在十分钟前的会议上刚刚决定的，不可能有外部人员知道的。”

就在圭惊讶之余，差点儿把听筒摔到地上的时候，那十块钱的话费余额用光了。电话中断了。

圭觉得难以置信。

为什么那个叫布川的男人会知道12月25号拆除朝日楼旅馆这个十分钟前还没有人知道的消息呢？

那个布川辉良，到底是什么人？

圭跑着回到坐在墩子上的辉良身边。

“拆掉那个围挡应该是没什么希望了，我刚刚给那个公告牌上的单位打电话问过了。”

“这样啊！”

辉良再次失落地耸了耸肩膀。

“我可以问您一个问题吗？”圭说，“如果这个问题，让您感到冒犯，您也可以不回答，但是我确实非常好奇。”

辉良缩了一下脖子，露出那种小朋友干了坏事之后，被父母揭穿了一样的表情。但是他仍然说：“好，你问吧。”

“为什么您会事前知道那个旅馆在25号被拆除的事情呢？施工单位的人告诉我，这个消息是十分钟前他们开会的时候刚决定的。我不明白，您好像总是能预测未来一样。为什么您会知道这个事情？”

辉良的表情没有变化，他就这样沉默着。圭也不说话了。过了一会儿，辉良终于开口了。

“我是从1996年穿越过来的，也就是五年之后的世界。”

辉良不再抵抗，一五一十地说出了实情。按照辉良所说的内容去思考的话，一切的逻辑都变得合理。对于圭来说，这些内容过于离奇，就好像是在听一个动画片里的故事一样。但是圭从辉良的眼神中知道，他说的都是事实。柯罗诺斯旅行机、时光轴压缩理论、时空之旅……这些非同寻常的句子好像也没有那么难以接受了。

“我只能在这里停留四天时间。四天，是这个固定装置的极限。过了那个时间后，我就要回到未来。回到1996年？不，是更远的未来。

“去往2026年的世界。”

辉良说完了。心里像是一块大石头落地了一样，觉得轻松很多，表情也变得平和许多。

“事实上，这些事情绝对不允许告诉在另外一个时间世界的人。”

在辉良讲述的时候，圭始终瞪圆了眼睛听着，甚至连点头附和都忘了。

一个脑子有问题的男人，坚信自己没有问题并捏造出了一连串的故事。似乎也可以这么理解，这么理解可能更合理。但是他说出了朝日楼旅馆的拆除日期。如果他真的是从未来穿越过来的，那就对得上了。如果他不是什么有预知能力的人的话，就只有这一种解释了。

“那也就是说，您只能在这个世界待四天，对吧？”

“准确地说……”辉良撸起了西装的左手袖子。他的左手腕上戴着那个腕带状的奇妙装置，他看了看说：“还剩大约 85 个小时吧。”

圭也凑近看了看那个装置。那上面有一条蓝色的显示条，左边的刻度是亮起的，而右边的刻度是暗下去的。

“当这个显示条完全消失在左边的时候，就是我在这个世界能够停留的极限时间了。接着，我就会从这个世界消失……就会被送到 2026 年的世界去。”

“那……不能用那个叫……叫柯罗诺斯的机器再次回到这个世界了吗？”

“不行了。因为原本，我只能在这个世界停留十几分钟。但是因为佩戴了这个装置，我能滞留长达四天，而且机会只有一次。现在这个机器，不能让我再一次回到过去了。因为使用了这个装置……”

圭听到这里，不知道为什么，眼泪夺眶而出。她没有去擦泪水，任凭它在脸上流淌。圭自己心里非常清楚这是因为什么。四天之后，这个男人就要从自己的面前消失了。而且，大概率，再也见不到了。在知道这个事情的一瞬间，眼泪就不由自主地涌了出来。

看到流泪的圭，辉良不知所措。自己是不是说了什么不该说的、让她伤心的话。

圭对辉良说："趁着您还在这里，我再去找找有没有什么办法能让您看到那个旅馆。所以，所以，直到您离开这里为止，请一直待在我的身边，可以吗？"

辉良对圭表示感谢，然后问道："为什么，要帮我？"

"没有什么理由。因为我喜欢您。因为您是第一个，第一个让我觉得很想要和一个人在一起的，布川先生您是第一个。我第一次和一个人相遇之后产生了这样的感觉。如果您只能在这里停留三天半的话，那么我想和您一起好好地度过这段时间。然后四天之后，等您离开这里之后，我不会向任何人提起我见过一个从未来来的男人。我一定会把这件事情深埋在我的心里。"

辉良说不出话。两个人都沉默了一会儿。辉良在脑海里搜寻了很多种表达方式，但最后还是只说了一句："谢谢你。"

7

从三角公园回去的路上，两人聊了很多，说了很多关于彼此的事情。

"也就是说，现在这个时间点，还有另外一个布川先生是吧？"

"是啊，他应该是 23 岁。"

“那也就是比我小一岁，好奇妙呀！”

辉良惊讶了一下。他以为圭还是一个小女孩儿，没想到已经是一名成熟的女性了。然后，辉良还得知，圭已经订婚了。

“其实，我一直不知道喜欢一个人，是一种什么感觉。所以订婚这件事对我来说，感觉也就那么回事。他说他喜欢我，我就觉得那我可能也喜欢他。但是那都是错觉。我现在可以很明确地知道。”

然后她说：“您就叫我圭吧。”辉良也说：“你叫我辉良就好。”

辉良深感不安。圭对他表示好感是一件令他高兴的事情，因为他对圭也抱有一种奇妙的情感。但是他担心，因为自己在这个世界的出现，有可能会使圭和未婚夫之前的感情出现问题。再过不到四天，自己就要离开了。但是圭在这里的生活还要继续。从结果上来看，自己是不是打乱了圭的人生轨迹呢？想到这里，辉良觉得他有义务为圭创造一个，即便自己不在了也能尽快修正好生活轨迹的环境。

“我再去查一查设计事务所的电话，到家之后我给朋友也打电话问问，我现在也没有其他办法了。”

“小圭，谢谢你。”

辉良虽然嘴上这么说，但是在他心里，能够看到朝日楼旅馆的希望已经基本破灭了。

也许，自己和广妻隆一郎的建筑就是没有缘分吧！这个世界上总是存在一些无论你怎么努力都没办法得到的东西，对于辉良来说，朝日楼旅馆可能就是其中之一。

如果是这样，那么在1991年的接下来的日子，辉良要如何度过呢？

辉良看到路前面立着一个邮筒。他想起了自己刚刚写的那封信。

“您要寄给谁呢？”

辉良把那个还没有封上的信封递给了正在提问的圭。圭抬头看了看辉良，仿佛在问他，自己真的可以看吗？辉良点点头。圭拿出信纸快速地读了一遍。

“这是一份中期报告。我在这家公司 100% 出资的一家子公司——P. 弗雷克工作。我在这边的这段时间，每天都要写一篇报告向公司说明我在这边的情况。这封信会被保存到五年之后再开封。”

圭看完报告之后，自言自语地说道：“还真有这么神奇的事呢！”

两人决定先回到圭的公寓再说。圭认为一定可以找到可行的办法，所以要“打爆电话”来寻求帮助。

“如果知道肯定看不到朝日楼旅馆了，那您会马上就回到未来吗？”圭有些忐忑地问辉良。

“嗯。”然后，辉良沉默了一会儿之后，又噘了噘嘴说：“不过我想我还是会待到极限再走吧。一旦离开了，我就再也无法回到过去了。既然现在朝日楼旅馆还存在，那就备不住还有什么机会能看到它。我觉得我还是想在那百分之零点零几的机会上赌一把。”

听到辉良的这个回答，圭把眼睛笑成了一条缝。

“太好了……我觉得接下来的三天半对我来说会是很重要的三天半。所以如果你说马上就要回去的话，我可能就要哭出来了。”

两个人继续走着，途中，圭说：“我可以挽着你的手吗？”

辉良没有被异性提出过这样的请求，缩了缩肩膀说：“啊，好呀！”但是当圭把自己的手臂挽到辉良的胳膊上的时候，他还是下意识地抖了一下。

两个人就这样走了一段路。辉良感觉到自己的心跳正在不断加速，但是他并没有什么不舒服的。辉良能感觉到，这是因为喜悦而变得心潮澎湃。

找到邮筒之后，圭把信封封好，投了进去。

两个人进了一家面店，吃了午饭之后，圭在辉良的要求下走进了一家书店。他怀念地环顾着摆放着新刊的货架。

在外界看来，两个人就是再普通不过的一对情侣，按照平时经常会去的约会路线在约会，但是现实完全不是这样。圭微笑地看着沉浸在怀旧之情中的辉良。辉良一惊一乍的样子，像极了一个小学生第一次看到了一个自己特别喜欢的玩具。圭才知道原来一个大人也能如此纯真地惊讶和开心，她觉得这个时刻特别美好。

“我一直觉得书店是个很了不起的地方，因为它总是能折射出那个时代的很多侧面。苏联解体之后冷战彻底结束，这样一来世界的政治和日本的政治都会从根本上发生改变，在冷战的框架下看不出来的斗争的苗头也会在全世界范围内显露出来。比如一些民族纷争，美国经济也走到破产的临界点，最好的证据就是在下一个总统大选上布什会败下阵来，取而代之阿肯色州的克林顿会上台。对于日本来说，自民党一党当权的格局也维持不住了……自卫队也开始以维和为由向海外派兵……”

原来，接下来有个叫克林……什么的人会打败布什当美国总统。

圭对辉良正在感慨万千地发表的一番言论没有办法感同身

受。但是她知道，这个人正在说一些“了不起的事情”。

辉良自顾自地反复点头，可以看出他的确很兴奋：“美国的问题也一样。几年后，日本因为异常气象的原因不得不向美国开放一部分市场。”

这些事情对于辉良来说不过是历史事件，但对于圭来说是充满了未知色彩的事情。

“从昭和变成平成只过去了三年，今后还会发生很多划时代的大变化，很多我们现在想象不到的变化。”

两个人出了书店，往公寓的方向走去，在回去的路上又聊了很多。

“我感觉最近我接到的插画订单有点少了，之前我只要挑一些自己喜欢的工作来接就好了，但现在不行。这是不是说明接下来会变得越来越不景气了呢？”

“我想想啊，有个叫黑色星期五的股价暴跌事件，是发生在什么时候来着？”

“是什么时候？”

“那个事件就是‘平成不景气’的导火索。这个事情会持续很久，而且经济下滑会比现在更严重。”

“是吗？”

“对，但是人们的思想也会随之发生变化。”

就在两个人聊着这些有的没的的时候，不知不觉中已经走到了公寓。对于圭来说，辉良所说的话的一半都是无法理解的内容，但即便就是在说这些云里雾里的事情，她都觉得很快乐。可是一想到接下来要帮他实现观摩朝日楼旅馆的梦想，圭自己也没了头绪。

不管别的，先打一圈电话问一下吧。然后不管是什么办法，都毫不犹豫地去尝试。如果能这样度过三天半的时间，不是很好吗？

两个人进屋之后，顺着黄页电话簿上的五十音图顺序搜寻了一遍写在公告栏上的设计事务所的名字。果然，还是没有找到那个叫作椎田设计事务所的名字。

辉良钻进被炉，躺了下去：“哎。估计是没戏了。”

就在这时，有人敲响了圭的房间的门。辉良吓了一跳，赶紧坐了起来。

“谁呀？”

圭大声地问。

“你好，我是香山。”

一个年轻男人的爽朗的声音。圭噘了一下嘴唇。

“客人吗？我在这不太方便吧？”

圭使劲摇头。

“没事，是我的未婚夫。”

“那我可不能在这，让他看到了就不好了啊。”

辉良很惊讶，他完全没听圭说她的未婚夫要来这里。她的未婚夫要是看到她的房间里坐着一个陌生的年轻男人，会作何反应呢？会不会当场暴怒，气得想杀了自己呢？

然而圭淡定地站了起来，走向玄关的方向，一点没有胆怯的样子。

圭打开了门。门外站着一个穿着皮夹克、微胖的年轻男人。

“你好啊小圭，”招呼刚打到一半，他“啊”的一声叫了出来。他发现了正坐在被炉里的辉良。然后又“啊”了一声，呆住了。辉良觉得情况不妙。

“他是谁？”

“布川辉良先生。”

“你为什么要让别的男人进你的房间？我都还没进来过呢。我不是你的未婚夫吗？你说，你把我当什么人啊？”

圭没有回答他的问题。辉良觉得这个情况实在是太尴尬了，恨不得把自己的头给埋起来。圭因为自己和别人发生冲突，辉良觉得很内疚。

“你都已经答应和我结婚了，为什么还要把其他的男人领回家呢？”

那个叫香山的男人，由于激动，声音已经拔高了一个八度。然而圭抱着双臂，决绝地说：

“我告诉你，直到今天早晨为止，我都没有很清楚地理解结婚这个概念。但是现在我已经明白了——是我错了。你说想让我嫁给你，我觉得这是你所期望的事，那我就可以。但是我现在明白，这是不对的。我明白了，如果结婚，一定要和一个你发自内心想要和这个人一直在一起，为了这个人你什么都愿意付出的人结婚！”

“啊，啊，啊？！”

香山极其惊讶，他一时不知道该说什么，使劲地眨着眼睛，因为惊讶而张着的嘴一直合不上。

“所以，我决定不和你结婚了。你不也还没跟家里人说吗？”

“是、是啊，但是我今天来就是想跟你商量什么时候带你回家见我父母。”

“所以我跟你说，已经没有这个必要了。”

“啊啊……”

这个叫香山的男人慢慢地瘫了下去，蹲在了原地。辉良有些看不下去，站了起来。因为自己闯入了这个世界，所以这个世界里的这两个人的命运发生了巨大的改变。他不能这样去干涉一个时代的轨迹。这种强烈的想法让辉良坐不住了。

看着辉良慢慢走近，香山指着辉良的鼻子，用略带哭腔的声音说：

“就是这个男人吧！你不和我结婚，就是为了和这个男人在一起是不是？就是这个男人让我的命运变得不堪。”

“是啊，我喜欢他！”

辉良也站在原地惊讶地张开了嘴。

“等，等一下……二位先冷静。我只是一个旅行者，在路途中偶然碰到枢月女士，给她添了一些麻烦。”

辉良一边说着，一边站到了两个人的中间。从一个旁观者的视角来看，这是多么完美的三角关系啊！

三个人都好像冻住了一样，沉默了。听到辉良这么说，香山似乎放心了一些。

“所以，你从这里走了以后就不会回来了对吧？”

“我觉得……应该……回不来了。”

香山大大地舒了一口气。

“但是，”圭把辉良扒拉到一边，走近香山，“是的，就像辉良先生说的那样，他只能在这里再待上三天半，然后就必须离开了。然后……我们大概再也见不到面了。但是，我从出生到现在，没有像现在这样喜欢过一个人。所以，即使辉良先生离开了，我想我也不会比现在更加喜欢某个人了。我今天才知道原来自己是可以这么喜欢一个人的，知道这一点就足够了。不能和辉良先生在一起也没关系。但是我没有办法和除了辉良先生以外的人结婚。你明白了吧？”

“这我怎么明白啊！”

香山的声音像是马上就要哭出来了："我们再好好谈谈吧。"

圭把嘴撇成一个倒钩，对香山点了点头，然后对辉良说："您先等一下。"之后，她就和香山出去了。

十几分钟后，正在辉良想着如果自己会给他们带来什么不可挽回的后果的话，不如趁现在走掉的时候，两个人回来了。昂首挺胸的圭和像是一片撒了盐的菜叶子一样的香山。香山还在拼命地摇头。

"难以置信，我无法相信你说的这些。"

圭走近辉良，说了句"对不起"，然后"唰"的一下撸起了辉良的左袖子。固定装置露了出来。

圭对香山说："这下你信了吧，这就是让辉良先生停留在这个时代的装置。"

辉良被圭的行为吓了一大跳："你跟他说了我的事情？"

"我也没有办法，我还说了朝日楼旅馆的事情。对不起，因为我觉得香山那里可能会有一些渠道。如果有的话，可能还能多一种办法，让您看到旅馆的全貌。"

辉良点头对圭说"谢谢"，但他的内心很复杂。他不想被更多的人知道他是来自另外一条时间线的。

"不过没关系，我也反复嘱咐过香山，他答应我不会对外说出去。"圭得意地说。

只要看一眼香山的眼神就能知道，他还没有完全相信圭所说的话。

"小圭，我有话想单独和这个人聊聊。你可以先离开一下吗？"香山说道。

"你可别想做什么奇怪的事。"

"奇怪的事？没有，你放心吧。"

“好吧，那我去买点东西。”

圭有些担心地看着辉良。辉良给了她一个“放心吧”的眼神，圭只好拿上钱包出了家门。

8

“我叫香山耕二。”

“我是布川辉良。”

两个人互相鞠了个躬。尴尬又滑稽的沉默持续了好一段时间。

“我还是无法相信。”香山说。

“您是说我从未来穿越过来的这件事吗？”

“还有……小圭要取消我们的婚约……两者都有吧。”

香山看上去要比辉良小几岁。

“我们先坐吧。”辉良说。

“好的。”

香山同意，但他的脸上还是挂着怨念的表情。两个人在被炉里相对而坐。

“人是怎么从未来穿越到过去的呢？这真的可能吗？这是基于什么样的理论呢？”

他应该还没有完全相信辉良来自未来的事实。一方面是在怀疑这件事情的合理性；一方面是在怀疑辉良的底细。

辉良一时间有些犹豫。怎么可能是从未来穿越来的呢……这么说的话能省不少事，香山应该也更容易相信。但结果，他还是脱口而出。

“有一个叫作时间轴压缩理论的东西。”

那是在1996年的世界里，P. 弗雷克公司研发三、四科的主任野方告诉他的。

“在天文学里，有个叫作‘虫洞’的概念。这个虫洞是指在广义相对论中，超高密度的物体在时空中绕来绕去将两个区域连接在一起的隧道一样的东西。如果把这个虫洞一端的入口在重力和电力的作用下使劲拉扯，使之加速到光速后，再将力的方向逆转，使它恢复原形，那么根据爱因斯坦的狭义相对论，那个加速之后又恢复原形一端的入口，相较于静止一端的入口来说，时间是几乎没有变化的。因此，从静止的入口一端移动到另一端的入口的话，就能穿越到未来。这种理论经过发展就得到了时间轴压缩理论，于是那个叫作‘柯罗诺斯旅行机’的设备就被研发出来了，我就是乘坐它来到这里的……”

辉良也并不完全理解自己所说的内容的意思，他只是把野方主任说过的话又照搬过来说了一遍而已。因此，他也无法想象如何将空间的入口在重力、电力作用下拉扯，香山就更是如此了。他僵直着身子，瞪大了眼睛拼命想要理解辉良说的话，但这些已经完全超出了他所能理解的范畴。他也插不上嘴，只是皱着眉头，时不时地点点头，然后，他又询问了辉良关于圭对他说的有关固定装置的事情，布什在大选上败下阵来、那个叫作克林顿的总统上台的事情等。对于这些问题，辉良都尽可能有耐心地回答了他。

“我明白了。您是从未来穿越过来的，以及只能在这里停留四天时间，这些我都相信。但是，小圭她为什么变成那样了呢？她对我说她喜欢你，但是我无法相信。”

听到这里，辉良感到内心一阵喜悦，但同时又产生了很多复杂的情绪。

“布川先生，您对小圭是怎么看的呢？”

香山的眼神在告诉他，他渴望听到真相。

“我也对小圭有好感……不，是很喜欢。”

辉良如实地说出了自己的感受。听到辉良这么说，香山表现出了明显的失落，就像是一个泄了气的气球。

“只是……”辉良补充说。

“只是？”

垂头丧气的香山期待地抬起头。

这既是命运，也是现实。辉良有必要和香山说清楚。

“是的，我非常喜欢小圭，她也对我抱有好感。这对我来说是一件很欣慰的事情。但从现实出发，我从这里离开后，就会去到很久以后的未来。而且，绝不可能再回到这里。我无法带着小圭一起走。四天之后，我们就要永远地失去彼此了。考虑到小圭以后的幸福，我认为我再继续介入她的生活，并且成为她的负担，也许是一个错误。我不知道……”

香山的眼睛里面有了光。

“也就是说，我还没有完全失去和小圭在一起的机会，对吗？布川先生离开之后，小圭也会继续留在这里对吧？”

“呃……对，是的。”

辉良回答。香山的气势已经和刚才明显不同。眼睛里闪着希望的光芒，探出半个身子，脸几乎要贴到辉良的脸上了。

“太好了，我有希望了！”香山冲着辉良咧着嘴笑。这个叫香山的男人，不仅失落得快，恢复得也很快。反差之大让辉良瞠目结舌。

“但是……小圭说，即使辉良先生走了，她也会喜欢辉良先生一辈子的……她已经非常明确地对我宣布，不会和我结婚了。”

“那是小圭和您之间的问题。对于继续生活在这里的你们，我没有任何能够做的事情。小圭还年轻，我觉得人的想法是会随着时间的流逝而改变的。当我要回到未来的时候，只能祝愿你们在我离开之后的日子里，都能获得幸福。”

“也就是说，我可以在您离开之后继续努力挽回小圭，让她回到我的身边，对吗？您也认为这能够给小圭带来幸福，对吗？”

辉良一时语塞。虽然他也是这么想的，但是嘴却没有跟上。最后还是迟疑了一下，说了句“是这样的”。

于是香山站起身说：“好的，我明白了。那我先回去了。”然后伸出了右手。他想和辉良握手。

“等您回到未来之后，能祝福我和小圭可以幸福地在一起吗？”

“我会的。”

辉良握住了香山的手。

“我听说您是来看那个朝日楼旅馆的，是吗？”

“是的，我这次来就是为了这个。”

辉良跟香山讲了讲朝日楼旅馆的由来和它对于自己不同寻常的意义。

香山不说话，静静地听着辉良的讲述，频频点头。

“那，现在已经没办法了吗？”

“是的……您有什么好办法吗？”

香山在胸前抱着双臂，皱着眉头认真地思考着。辉良发现，自己开始对这个叫香山的男人有一些好感了。虽然他有些过于耿直和情绪化，但似乎不是一个坏人。

“目前我还想不到什么可行的办法，但是我想去试试我刚刚想到的一个办法。”

香山向辉良鞠了一躬，又握了一下他的手，匆匆离开了。

房间里就剩下了辉良一个人。小圭还没有回来，辉良准备在被炉里打发时间等她回来。

榻榻米上放着一份折起来的报纸，辉良拿起来看了一眼。

1991 年 12 月 23 日，星期一。看着眼前这份崭新的 1991 年的报纸，辉良内心甚至有些感动。虽然在这个时代，这是一件理所当然的事情。

其中的一个版面，是关于平成四年年度国家预算的内容。根据财政部的草案，考虑到泡沫经济破裂之后的经济状况，久违地出现了低增长率，年度支出也被控制在百分之四五。有人批判，这完全没有体现出首相的想法。这时的首相已经基本发挥不了什么指挥能力了。这位首相在不久的将来，连东京峰会的举办都没有等到，就被逼到了辞职的境地。

报纸里面夹着的广告页是圣诞折扣季的内容。中山美穗的新专辑也将在 12 月 24 日发行。第三版的内容是一个众议院议员的贪污行径被揭发，食用油工厂的爆炸事故，人寿保险公司的顾客信息被恶意泄露的事情，还有交通事故的报道。如果单独剪下 1991 年第三版的内容，和 1996 年第三版的内容对调一下，估计也没有人能看出来吧。人的错误所引发的事件和事故、矛盾冲突等，大概每个时代都是差不多的吧。与其说事情不会变，不如说，人都是不会变的。

辉良放下报纸，打开了桌子上摆着的小型电视机的开关。“天皇生日特辑之与美智子皇后共同走过的 32 年”，画面上显示着这样一段节目标题。辉良只是又感慨了一下，然后就关了电视。

电视的背后是书架，摆着 C. S. 刘易斯的《纳尼亚传奇》等书籍。在书的旁边夹着几本绘画本。

辉良伸手拿起了最右侧的一本 A4 大小的本子。

那是小圭的习作集。

躯干雕塑的素描、水果以及布条的静物画等。印在最右边的日期都是 80 年代中期，还有一些街头风景和猫咪的画。这是装满了小圭回忆的习作集。那些画与用晾衣夹吊在房间里的彩色插图不同，都是黑白的细节描写的画作。

辉良并不是一个有绘画细胞的人，但能够从小圭的习作集里面感受到她的才华。

辉良又拿起了一本。上面画着几张海报草图一样的画，还有……

辉良停下了翻本子的手。本子上是一个人物的肖像，虽然和小圭现在的发型不同，但那确实是小圭的画像。圆圆的大眼睛和微微上扬的嘴角，细长明朗的眉毛，没错，一模一样。但头发比现在要长，是披肩的长度。

那是一幅铅笔画。大概是小圭自己对着镜子画的吧。四肢就像是幼儿园小朋友画的一样，只有几条简单的线条，跟在无比精致的脸下面显得很唐突。这一点让辉良觉得又好笑又可爱。他猜，小圭大概是认真地画完了自己的肖像之后，又觉得有些不好意思，打趣似的把四肢也给添上了吧。

“哎呀，你竟然在看那个……”

辉良听见圭的声音，下意识地抬起了头。

小圭站在那里。她手中的购物袋里装满了各种各样的食品。

“不好意思，没经过你的同意就翻开看。”

辉良连忙低头认错。

“没事儿，随便看，”小圭说得漫不经心，“看来香山是死心了，回去了是吧？”

“大概十分钟之前吧。”

“他真的死心了吗？”

“他说他不会放弃。”

辉良没有说更多。他觉得这是对香山最起码的尊重。

小圭说，她有事求辉良。

“什么事？”

“这是对您擅自翻看我画本的惩罚：我想让您做我的模特。我想把您的脸画下来。”

辉良缩了缩肩膀，挠了挠头。他觉得有点害羞。

“可以，但是我有个条件。你把这张画送给我，我就当你的模特。”

小圭看上去有些意外。

“可以是可以，但是您要那画做什么呀？”

“我要把它当作留念，带到未来去。这样我就随时都可以看到你了。”

辉良看到小圭的耳垂变成了浅浅的粉色。就是小圭的这种表现，让辉良觉得她是一个特别可爱的女孩子。

晚饭是小圭拿手的日式牛肉火锅。两个人各自喝了三罐啤酒，一边夹着锅里的菜一边闲聊。这段时间对于辉良来说，是无比快乐的。两个人从各自的生平聊到连辉良都不甚了解的 1996 年的潮流，等等。两个人就好像从很久以前就认识一样，欢笑不断。辉良觉得自己和小圭在一起的时候好像灵魂都要被净化了。反过来对于小圭来说也是一样的。

吃完饭后两个人的对话还在继续，只不过这次是作为模特和画家的关系。小圭一边笑着一边拿着一块黑炭一样的东西在纸上快速作画。

不知不觉，两个人都沉默了。

一直强忍着的疲劳感控制了辉良。

9

睁开眼睛的时候，辉良没能马上反应过来自己是在哪里。

他睡得像一摊烂泥。他穿着褶皱不堪的衬衫躺在那里，身上盖着一件毛毯。

这是小圭的房间。

窗外是清晨的阳光。辉良看向手腕上的固定装置，显示条已经缩成了三分之二左右的长度。这表示辉良能够停留在这个世界的时间在不断地减少。这条显示条的亮光部分消失的时候，就是这个固定装置的功能消失的时候。

辉良觉得不对劲。如果不到四天的停留时间只过去了一天的话，那么应该还有四分之三的长度在发光，但现在怎么看都只有三分之二的长度。

但是下个瞬间，这种想法就从辉良的脑海中消失了。

他听到了轻微的鼾声。

辉良转头一看，发现小圭就躺在他的身边睡觉。

惊讶的辉良下意识地跳了起来。看样子小圭也是累坏了，在他身边发出了轻微的鼾声。

辉良蹑手蹑脚走向卫生间，洗了把脸。就在他用毛巾擦脸的时候，背后传来了一声“早啊”。穿着运动服的小圭站在那里。小圭露出调皮的笑容，把怀里抱着的东西塞给了辉良。这是一套 L 码的运动服。“昨天我顺手买的。我看你的衬衫已经脏得不像样子了，没问题吧？”

那是和小圭的运动服同款的衣服。辉良又缩了缩肩膀，他只能笑着接下。

一上午，两个人都在给各个地方打电话询问朝日楼旅馆的事情，椎田事务所、朝日观光。

但是两个人的努力都成了徒劳。对应的设计事务所现在已经不存在了。他们又给朝日观光和丰引建设打了电话，然而两边的负责人要么不在，要么就是出差了。事情再次陷入僵局。

辉良已经开始放弃了，说服自己这就是没有缘分。即便已经做到了超越时间之墙这个看上去完全不可能的事情，但世间万物还是要讲究缘分的。如果没有缘分，那么无论怎么努力，都无法成功。辉良看着坐在被炉对面为了自己给各个地方打电话的小圭，发现自己已经开始觉得，她，才是自己的缘分。

“还是不行。”

手里拿着听筒的小圭略表抱歉地对辉良说。

“谢谢你愿意为我做这么多。我想，朝日楼旅馆一定是和我没有缘分吧。”

“可是，你是为了看它才来到这个世界的呀！”

小圭不甘心地噘着嘴。她为了自己肯这么用心。一想到这里，辉良就觉得小圭真是无比可爱。

“就是没有缘分吧。我的缘分可能是小圭你，一这么想，就觉得把有限的时间用来打这些电话真是浪费啊！”

小圭瞪大眼睛看着辉良，放下了手里的听筒。她在等待辉良接下来要说的话。

“我们一起出去吧。你陪我一起，再多看看这个世界吧！”

辉良说。

“辉良你真的这么想吗？那我可要管你叫半途而废的人了呀！”

“是的。我已经决定了。我是被选中来到这个叫作过去的可贵的时代的，然后遇到了小圭你。但是我的时间是有限的。所以应该更有效地利用起来才行。”

小圭重重地点了点头。

“我们一起去看看这个世界吧，直到你的时间结束为止。”小圭已经站了起来。然后又说了一句，“辉良，我好喜欢你。”

辉良匆忙地写了一封报告信：关于自己的状况；关于对枢月圭亮出身份的事情；估计看不成广妻隆一郎的建筑的事情。

写完之后，辉良一抬头，发现小圭正打开她的画本对着辉良笑。

“你看，昨天的肖像画。你中途就睡过去了，所以都不知道吧。”

辉良睁大了眼睛。确实值得小圭得意。那张画既细密，又大胆，是一张绝好的肖像画。小圭自己也一定觉得画得很好。

“看来画得比模特本人要帅多了啊！”

“胡说，模特本来就这么帅。我会好好珍藏它的。”

然后，小圭把自己长头发的那张肖像画卷起来放进纸筒里，递给了辉良：“你也要好好珍惜它哦。”

“一定，我向你保证。”

这一天，两个人就在街上漫无目的地闲逛。但这对于辉良来说已经是足够开心的事情了。除了这是1991年的世界这一点之外，辉良清楚地知道，这种开心是因为他和小圭在一起。

12 月的街道到处都放着“铃儿响叮当”的音乐。两个人手牵着手走在街头，悠闲地这看看那逛逛。

“这里和五年后的世界有什么不一样吗？”

“嗯……好像也没有什么变化。每年大概都是这种感觉吧。”

小圭告诉辉良，最近市动物园进行改造了。据说那里增设了最新型的水族馆。那个地方，是小圭一直想要去的地方。

“我一直想着，等年末的工作都完成了之后就去看看。”

“好，那咱们现在就去吧。”

对于辉良的回应小圭高兴得跳了起来。从繁华的街道坐公交车大概 40 分钟时间，那家动物园就在海岸线边上，离山也很近。

两个人下了车后，走在海风吹拂的辅路上。周围的杂树丛很好地保留了天然林的原形。左手边就是大海。不时地，小鹿和小松鼠会出现在两个人的面前。

“你冷不冷？”

小圭关心地问辉良。

“没事，不冷。”

这是事实。自从遇到小圭之后，辉良感觉自己不如以前——在未来的时候那样容易感觉到寒冷了。

进入动物园后，两个人首先来到了水族馆。游客在这里首先要乘坐扶梯从螺旋状的巨大圆筒形水缸的中央穿下去。那黑暗中的蓝色灯光，让人产生一种仿佛置身于梦幻世界的感觉。这一天是工作日，馆里没有什么游客。

两个人下到最下层之后，又换乘透明的扶梯，从海底世界一下子升到了水面上 1 米高的位置。

辉良看向紧紧攥着自己胳膊的小圭。

她的眼里有泪光。

“怎么了？”

“没什么。”小圭说。

“怎么了？”

辉良又问了一遍。这次小圭不再回答没事。

“感觉像是一场梦一样。我能和自己这么喜欢的人一起，来到这么梦幻的地方，体会这么开心的感觉，我有点儿不能自已。”

辉良不知该如何回应，他轻轻地、温柔地摸了摸攥着自己胳膊的小圭的头。

场馆外面是冬天的动物园。

人流量和馆内差不多，稀稀拉拉没几个人。但幸运的是没什么风，阳光也正好。

“像是阳春天一样！”小圭兴奋不已。

两个人坐在了能看到大海的长椅上，享受这段惬意的时光。冬天的海水有些风浪，海浪泛白。在岸边，几只不知道是谁家的小狗在玩耍。

辉良和小圭都没有说话，但两个人确实被一种难以名状的幸福感包围着。

辉良想，自己现在是乘坐柯罗诺斯旅行机穿越到了五年前，但如果这是在未来，或者十年前的话，估计也不会让辉良有这种情绪。就是现在这个时间，这个空间，才是理想中的另一个世界吧。这里有小圭，自己和小圭一起在这个地方。这才是真正适合叫作桃花源的世界吧。如果这种状态可以永远持续下去该多好……

辉良下意识地看了一眼固定装置。

眼前的一切都只能维持到这个刻度走到0为止。什么永远啊！幸福就是无法持续到永远的东西。

“啊！”辉良瞪大了眼睛，不禁大叫了一声。

显示条的刻度已经走完了一半。

“辉良，怎么了？”

“固定装置的能量比我想象的要消耗得快很多。这样下去估计连24小时都坚持不了了。”

“能坚持到什么时候？今天晚上？明天？”

“我也不知道，但肯定是坚持不到26号的早晨了。时间流想要把我拉回未来的力量正在剧烈地膨胀。为了跟这股力量抗衡，可能需要更大的能量吧。”

小圭一下子搂住了辉良。

辉良想：如果自己没有坐上柯罗诺斯旅行机，在五年之后的世界里，能够遇到小圭吗？就算遇到了，能像现在这样变得亲密吗？他不知道。就是因为他坐上了柯罗诺斯旅行机，他们才能够在这里相遇。但是……代价就是自己要被送到也许再也见不到小圭的30年之后。如果没有坐上柯罗诺斯旅行机，他就不会遇到小圭……也就不会痛苦了。是的，对于现在的辉良来说，失去小圭是一个莫大的痛苦。但是，即便是稍纵即逝的短暂时间，能够遇见小圭并和她一起度过，都是幸福的。

这样就很好。因为遇到了小圭，即便他终将失去她。

“对不起，我失态了。”

小圭把身子直了起来。平静的冬日里的大自然的风景映入辉良的眼帘。

“嗯，嗯。”

小圭抬起头，勉强做出了一个微笑。但她脸上流泪的痕迹却依然清晰。

“辉良，我没事了，你不用担心。”

两个人又出发了。

“辉良，你即将要去的时间，确切地说是哪一年呢？”

“2026 年。那是一个我也未曾体验过的时代。”

“如果那个时候我还活着，就是一个五十多岁的老太太了。”

“是呀！”

“但是辉良你还是现在这个样子，对吧？”

“没错。”

小圭沉默了一会儿。然后突然说道：

“如果我能活到那个时候，你可以来见我吗？即便我已经变成了一个老太太。”

“嗯，我当然会去找你。”

“但是也许在那之前我就死掉了。不过我会努力活着的，而且我不会和任何人结婚。”

辉良的脑海中闪过了香山的脸。如果他听到小圭这么说，会作何感想呢？

“但是我不会这么做的，”小圭又说，“你想，我不能把我变老变丑之后的样子让我最喜欢的人看到吧。”

也不知道她说的话是逞强，还是她的本意。

两个人一直在动物园待到了傍晚。在公交站等车的时候，从天上飘下来了白白的东西。

“啊！下雪了！这可是今年第一场雪！”

那是大片大片的鹅毛大雪，像是给日落时分的街道蒙上了一层白色的薄纱。

“今天我很开心。”

小圭说。这是她发自内心的想法。辉良又看向了手上的固定装置。

能量的减少还在加速。刚刚被送到这个世界的时候，能量的减少是缓慢的。可是……难道说……只剩半天了……不，应该已经不够了。不知道能不能撑到晚上。

“咱们再去一趟朝日楼旅馆吧！”

小圭突然说。

“啊，为什么？”

“你不是时间不多了吗？我能……感觉到的，看你的样子就能看出来。”

“但是那里已经被围起来了。”

“可是你来这里不就是为了看它一眼吗？如果不去，你会后悔一辈子。那些围挡一定有出入口的，即便看不到外观，我们从小门溜进去，也可以看看里面的装潢。”

小圭的语气是不容置疑的。

“今天一天我过得很开心，你就让我报答你一下吧。”

辉良觉得，即便到了那里，能够看到朝日楼旅馆的可能性也几乎为零。但是小圭的这一番心意，让他觉得比什么都开心。

“谢谢你。咱们出发吧！”

固定装置上的刻度又减少了一个。这种能量消耗的速度是超乎想象的。

公交车来了，两个人坐了上去。

“来得及吗？”

小圭担心地问。辉良佩服她已经做好了最坏的准备。

“不知道，我也无法预测。”

“我有一个请求。”

“什么？”

“在你回到未来的那一瞬间，握紧我的手好吗？”

“我知道了。”

“这样，有可能我也可以和你一起去未来了。”

“这……”

辉良深知这是不可能的。把过去的存在一起带到未来的世界，是一件不可能的事情，就连那张小圭送给他的肖像画也是一样。

辉良再次攥紧了小圭的手。

公交车慢慢地行驶在天黑之后的街上。

10

在公交车站下车后，两个人打了一辆车。因为固定装置的刻度已经以非常明显的速度在减少。还剩……3 格。

“请您以最快速度开到立野町。”

出租车绕开了拥堵的国道，以飞快的速度在无数个小路上穿梭。在那个熟悉的加油站前右转。在那个建材店的街角，两个人下了车。

“今天是白色圣诞节。”

小圭抬头看着天说。就像小圭说的，各家的屋檐上都已经有了一层薄薄的积雪，两个人好像站在了幻想的世界里。

“明明中午的时候还是个阳春天呢。”

“是啊！”

小圭探头看了看辉良的固定装置。

“又少了一格。我们得快点了。”

不知道从哪里传来小孩子们的歌声——silent night holly night……

两个人一路小跑转进了建材店的街角。

两个人在那里见证了奇迹。

那里是被灯光点亮的朝日楼旅馆。三米多的铁皮围挡和钢筋骨架上罩着的罩子都不见了。

在他们眼前的是实实在在的，辉良在朝日第一商务酒店的大堂见到的照片里的朝日楼旅馆。

被四面八方的灯光照亮着，朝日楼旅馆的全貌在白雪中清晰。

辉良认为自己一定是在做梦，但这的确是现实。广妻隆一郎的最后的作品，现在就这样呈现在了自己的眼前。

那真的是奇观。把单纯化和对称性发挥到极致的同时又使用了海螺壳形状的黄金分割线。而且不是建筑的所有部分都是木质结构，中间部分还采用了钢筋骨架。一旦看到它，就无法再移开视线。几座建筑物相互交叉的空间构成也有一种说不出的诙谐感。整个建筑就好像是一个拥有微妙曲线的生物。它并不是什么宗教建筑，却又给人一种庄严的感觉。

“太棒了！”小圭叫了出来。

这时，一个声音叫住了目不转睛盯着建筑的辉良。

“布川先生。”

“啊！”

从黑暗中走出了三个男人。其中一个就是身穿西服套装的香山耕二。

“怎么样，还满意吗？”

香山得意地在胸前交叉双臂。“我和小圭给这里打了无数个电话，都没人接，我们留了很多言。”

小圭也激动不已。

“真的太厉害了！香山，你是怎么做到的？”

“我用了一点小技巧。这两个人是我的朋友，在横岛市的教育委员会文化财务科工作，平时都是做一些挖掘古迹的工作。”

被香山介绍的两个男子浅浅地鞠了个躬。“我们以鉴别这座建筑是否具有作为文化遗产保留下来的价值为由，通过市里的建筑课暂时叫停了他们的拆除工作。虽然最终也还是不会保留，但以拆毁前的最后调查和摄影存档为由，让施工方把围在外面的板子啊罩子啊全都给摘掉了。跟施工单位也说明了情况，以不影响明天的拆毁工作为前提，让他们也帮了忙。这不，刚把周围的遮挡物都拆干净。”

“谢谢你，香山。辉良先生固定装置上的能量已经所剩无几了，他很快就要离开这个世界了。幸亏你们动作快，让我们赶上了。我真是对你刮目相看。”

香山再一次得意地挺起胸膛，然后有些不解地问：“在这里待不了多久，是多久呢？”

辉良看向自己的固定装置。

最后一个刻度已经开始闪烁。

“还有几分钟吧。谢谢你，香山，送给我这么好的一个礼物。我觉得如果我在这个世界生活的话，一定能和你成为好朋友。”

“如果时间不多了的话，还是赶紧把里面也看一看吧。”

香山催促辉良。辉良想，他可真是个老好人啊。他竟然会为了这样一个对于自己没有任何利益回报的事情，拼命地想办法。到底是为了什么？为了让小圭开心？

“谢谢！”

小圭拉起辉良的手，冲进了建筑里面。他们在入口处停下来，开启照明后，环视了四周。一直延续到建筑内部的微妙的曲线和柱子。墙上奇幻的马赛克花纹。辉良甚至忘记了呼吸。

“太棒了……太棒了！”他不知道还能说什么。

他刚想往前迈出一步。那种感觉来了。

时间到了。

全身上下被无数细针刺痛的感觉又回来了。固定装置的能量已经达到了极限。

辉良停下脚步，看向小圭。

这是约定。辉良伸出手。这个动作，让小圭明白了一切。她拼命地摇头。辉良上前攥紧了小圭的手。

“再见，小圭。”

小圭扑进辉良的怀里，抱紧了他。

“不要，不要。我这么爱你，我这么喜欢你！”

“我也……很爱你！”

不假思索地，辉良说出了真心话。但与此同时，浑身上下的刺痛感变得越来越强烈。

“我们，一定会再见面的。”小圭说。就这样，两个人把彼此的嘴唇叠在了一起。就在两个人第一次接吻的时候，时间流发挥出了它最强大的力量。

从辉良被送回未来，已经过去了七年左右的时间，即将迎来 2034 年。布川辉良过着和 1996 年的世界没什么两样的普普通通的日子。

P. 弗雷克公司已经不在了，公司出示的字据也找不到了。辉良只能通过母公司住岛重工总务部替他保管的记录再次就业。但是技术的进步和 30 多年的辉良的人生空白是很难填补的，现在他只能负责资料保管的工作。

曾经负责研发柯罗诺斯旅行机的工作人员现在都已经不在住岛重工了。以前负责统筹研发三、四科的野方耕市主任在回到本社之后已经退休了。他的直属上司吉本次郎退休后的去向是个谜，因为和他同龄的所有人都已经退休了，无人知晓。

辉良觉得，仅凭总务部的交接记录，公司居然还愿意收留自己。

就算住岛重工以不清楚不了解的态度拒绝他的请求，辉良也没有任何其他的渠道可以证明自己是作为子公司 P. 弗雷克公司的试验品来到现在的。

在这一点上，辉良觉得自己应该感谢住岛重工。

然而，按照住岛重工的规定，辉良已经到了退休的年龄，因此不是正式员工。身份是退休后的返聘员工。在肉体上辉良还是很年轻的，还是 30 岁的体格。但是，辉良自己却觉得，从 1991 年来到这个未来世界后，自己已经结束了人生的大半旅程，进入了一种暮年的状态。在这里，辉良没有什么熟人，他觉得此时的自己和从龙宫城回来之后的浦岛太郎是一样的。

辉良在 1991 年，只停留了短短两天的时间。

但是，就在这期间，他拥有了无比美好的际遇和体验。仅凭这一点，辉良就觉得自己的人生值了。

即便回到 2026 年，小圭的声音还是总在辉良的脑海中回荡。

“一定，还会再见面的。”

就算她在这个世界里已经是一个老太婆了也无所谓。辉良只想再见一次小圭。

等到他的生活安顿下来，工作也能够请假了之后，辉良抽空就会去横岛的大街上走一走。

为了获得和小圭相关的信息。

当然，他一无所获。已经是40年前的事情了。第一次遇见她的时候她住的那个公寓已经不在了。辉良深切地感受到，随着时间的流逝，不仅人会改变，一个城市也会改变。小圭住过的公交车站前的那个公寓已经变成了一个广场，广场的背后已经是高楼林立。

在立野町，还有朝日第一商务酒店的建筑。虽然外观一样，酒店里面的业务却已经停止了。

辉良还去了海边的动物园。园里增加了几个新的展馆，但基本构造没有什么变化。

在可以看到沙滩的地方，还有他们两个曾经一起坐过的那条长椅。辉良坐在长椅上，呆呆地望着远方，感受着时间的流逝。

沙滩上跑过去了一只小狗。这个画面忽然在辉良的脑海里和42年前的场面重叠，他忍不住流下了眼泪。

从那以后，小圭过上了怎样的生活？有没有和杳山耕二携手步入婚姻？她是否过上了幸福的生活？

辉良只想知道这一点。

是的。辉良如今的悲伤和42年前的幸福是互为表里的。也正因如此，他才能拥有如此美好的回忆。

然后，辉良又继续回到属于他的日常生活中去。他越发清楚地认识到，在自己的人生中，只有那两天是闪闪发光的。

辉良在心中，把每年 12 月 24 日的平安夜当作一个纪念日。

即便不知道小圭的消息，这一天对于他和小圭两个人来说，也是很重要的日子。

同时，12 月 24 日还有着另外一个特殊含义。

有关小圭的一个小小的线索，就是在这一天出现在辉良面前的。那是在他回到未来的第二年，2027 年的平安夜。

那一天，敲开辉良房门的是和辉良年龄相仿的，待人谦和、温文尔雅的一位男性。确认是布川辉良本人之后，男人说自己受托于人，把一个包裹交给了辉良。

包裹里面是一本画册和一封信。那本画册辉良有印象，是小圭的习作集。虽然过了三十几年的岁月，本子上明显有了岁月的痕迹，但确实是那一本。

辉良翻开了画本。一张画滑落到地上。

“小圭……”

长头发的小圭的肖像画。小圭答应要送给辉良，但最后还是落在了过去的那张肖像画，夹在画本的其他作品里的唯一一张肖像画。

而其他的作品是……

“这是……”

辉良说不出话来。朝日楼旅馆的全景，还有辉良最终还是没有机会看到的朝日楼旅馆的内部构造。这些都由小圭一笔一画地，画了出来。

“怎么样？您还满意吗？”

男人露出了和蔼的笑容。辉良觉得自己对这个笑容有些印象。

“当然，这对我来说是一份很完美的圣诞礼物。请问您是？”

“这是我的父亲托付给我的。我的父亲叫香山耕二。五年前因为癌症去世了。他临终前把这些东西交给了我。他让我交给布川辉良先生。这也算是他的一个遗言吧！”

怪不得辉良会对这个具有亲和力的笑容印象深刻。

那么，他的母亲是小圭吗？辉良没有勇气问出口。在男人回去了以后，辉良打开了那封信。

是香山耕二写给辉良的信。

布川先生，原本我想亲口告诉您的。但因为我也时日无多，如今只能以这样的方式草草下笔，留下这封书信。这封信应该由我的儿子，与小圭的肖像画一起，交到您的手中。

最后，我也没能和小圭走到一起。为了小圭的幸福，我已经做好了用我的生命去爱她的准备，但她似乎还是无法接受布川先生以外的任何男性。女人一个人生活一定会有许多的困难，我希望我能在幕后默默地帮助她。但很遗憾，从七年前开始，我就失去了有关她的消息，无法得知她的行踪了。

但是，我觉得至少我有必要告诉您这一点。

小圭，她大概不会向任何布川先生以外的男人敞开心扉，她在一心一意只等待您的思念中，度过她的每一天。我认为她的信念非常伟大，我也非常羡慕布川先生您。最后，我还是选择像普通人一样结婚，去过平凡的生活。但面对自己人生的终结，自己也觉得，人生大概就是这样吧。我虽然不知道小圭她如今在哪里，过着怎样的生活，但我想告诉您，小圭她一定会一直一直想念您，直到最后。

这本画本是她在销声匿迹前交给我的。这些都是布川先生您去了未来世界之后，她拼命完成的画作。我认为，若您能看到，对于这些画作来说也是最好的结局。

祝愿您有美好的生活。

2022年10月1日

香山耕二

自那以后，每年的平安夜，辉良都会在餐桌上庆祝她和小圭之间两个人的纪念日。辉良一个人打开啤酒罐的易拉环，然后对着肖像画上的小圭干杯。

这是每年年末辉良不可或缺的仪式。这个纪念日也已经迎来第七个年头。已经没有什么方式可以得知小圭的消息了。辉良几乎也已经放弃了。

“我们一定会再见面的。”

小圭最后的那句话，辉良到现在都记得很清楚。但是实现它的可能性已经几乎没有了。

明年，后年，以及今后的每一年，辉良觉得他都会一个人迎来这个属于他们两个人的纪念日。为了那个，直到最后都一直牵挂着自己的女人。他也明白，自己已经无法再爱上其他女人了。

这时，他听到有人在敲门。

打开门，辉良看到一个人站在他的面前。辉良觉得这一定是自己在做梦。

那是一个年轻的女人。头发刚好齐肩的……就好像是从那张肖像画里走出来一样的女人。

“小圭……”

辉良不可能认错。只是，小圭已经变成了一个非常成熟的女性。

“辉良……我终于追上你了。”

小圭轻轻地说，靠在了辉良的胸膛。辉良还不能完全相信眼前的事实。这是在做梦吗？

“追上我了？”

“是啊！”

小圭点头。

“我果然还是需要你啊，辉良。不管怎样，我都要见到你。所以，我给住岛重工写了信，但是我等了很久。直到辉良要穿越回1991年的那个1996年年末。我大概估算了一下辉良你写的信会被拆开的时机，拜访了住岛重工。于是我见到了野方主任和吉本先生。”

“然后你坐上了柯罗诺斯旅行机吗？”

“是啊。真是辛苦他们两个了，为我计算了很久，为了保持我们相遇时的四岁的年龄差。然后得出，如果我能回到五年半以前的过去，就正好可以被送回相同的未来。”

“但是柯罗诺斯旅行机不是最远只能回到五年前的过去吗？”

“所以我又等了很久。直到1998年的12月。那时候柯罗诺斯旅行机的性能也提升了不少。”

辉良一时无法接受这些信息，频频摇头。

“可是，你这也太冒险了……你怎么这么大胆呢？”

即便是使用了柯罗诺斯旅行机，辉良也觉得这就是奇迹。辉良看着小圭的笑容，他确信，因为爱情，奇迹是会发生的。

“我明白了。只要是为了爱的人，无论冒什么险我都愿意。

对不起。吓了你一跳吧？其实我上午就到了，但是找你的住所又费了点工夫……”

辉良终于平复了心情。他感到自己的心中有一种很暖很暖的东西涌了上来。

辉良用右手指了指桌上的小圭的肖像。小圭很开心地点了点头。

“我一直相信，我们一定会再见面的！”

辉良激动地抱紧了小圭。

“谢谢你遵守了我们的诺言，我们一定会再见面的诺言。”

两个人交换了时隔 42 年的亲吻。是的，这一天，真正地成了他们两个人的纪念日。

外面传来了圣诞节的歌声。就像那时候一样。

铃谷树里的轨迹

1

那天的天气在冷夏里算是罕见的热。回想起来，那种闷热的感觉，就好像是全世界都被一层薄纱给笼住了。

但是，就在这个夏天，铃谷树里 11 岁了。

1980 年，夏天。

树里因为患上了小儿结核病，四个月来都一直在横岛市医院度过。在新学期刚开始时的胸片检查中，铃谷树里的肺部查出了一小块阴影。就这样，她直接住进了儿童病房。

树里的爸爸妈妈都有工作，所以白天都是树里一个人待在病房。其他住院的孩子，刚觉得可以交朋友了，就出院了。如果是更小的孩子住院的话，母亲都会全程陪同，树里没有机会接近。

“树里你可真懂事啊！”每次大人这样表扬她的时候，她都不会觉得开心。

虽然有时候会发低烧，但树里坚信自己是健康的。所以，她总是不让小小的身体闲下来，查房的时间一过，她就要把住院楼的边边角角都给跑个遍。

然后她遇到了比哥哥。

比哥哥坐在住院患者用的谈话室的窗边，穿着一身蓝色的睡衣，抽着烟眺望着医院外面很远很远的地方。

他很瘦。

他眺望远方的眼神是清澈的，但总给人一种被悲伤缠绕的感觉。他抬起浓浓的眉毛，把视线转向了树里。

这时，树里对这个人产生了一种“我想跟他交朋友”的想法。这个大人，是个好人，我想跟他说话。为什么会有这种感觉，树里自己也说不上来。

但是，树里的行动和她的想法却是截然相反的。

坐在他正对面的树里把头低了下去，假装在看那本翻开的童话书。什么内容，她当然没有看进去。她连耳垂都红了。

“你很喜欢看书啊！”

比哥哥一边掐灭烟头，一边用温柔的声音对树里说。树里身体一哆嗦，抬起了头。

“是啊，我喜欢看书。”

“你在看什么？”

树里告诉他这本书叫作《小王子》。青年微笑着说，自己也读过那本书。比哥哥跟树里讲，这本书的作者是一名飞行员，除了这本书之外，还写过叫作《夜航》的小说，但最后他乘坐着飞机失去了音讯。两个人闲聊了一会儿之后，树里对他讲了自己的情况。她还得知这个青年叫青木比吕志。

只是，他对自己的病情只字未提。树里也本能地认为，这是一件不能问起的事情。

查房一结束就溜出病房跑去谈话室，已经成了树里的日常行动。

青年每天都会在那里。树里一出现，他就眯起眼睛，成了树里的聊天对象。根据树里的要求，他会给树里讲他自己喜欢的童话故事。有的是宫泽贤治写的故事，有的是树里第一次听说的外国作家写的故事。现在回想起来，与其说是童话，更像是幻想文学。

树里问他为什么知道那么多的故事，比哥哥就会回答："因为我喜欢呀！""而且我现在有大把的时间，所以经常看这些书。"

最初，树里管他叫"青木叔叔"，后来他哭笑不得地抗议自己还没有那么老，然后他的称呼就从小吕志变成了比哥哥。

比哥哥把自己知道的所有树里会喜欢的童话故事都讲给她听了，然后苦笑着说："我知道的故事就只有这么多了。"他又说"那么……"，然后害羞地挠挠头，"我讲一个和之前的故事都不太一样的故事吧。"

"为什么和之前讲的都不一样呀？"小树里好奇地拽了拽比哥哥的袖子。

"因为……这是一个还没有出版的故事。为什么呢？因为这是我自己想出来的故事。"比哥哥显得有些不好意思。

比哥哥这次给树里讲的是一个小女巫的冒险故事。

在对于大自然的破坏愈演愈烈的大山里，住着一个少女。她从森林的精灵那里获得了几种特殊的能力。她可以听懂鸟儿和野兽说的话，能通过直觉知道敌人的弱点是什么，能操控风雨，还能一眼就看出别人的幸福程度。因此，她被村民们奉为女巫。但不喜欢纷争的她，并没有去和破坏森林的恶势力展开决斗。少女和森林里的狸猫、小鹿、羚羊、猴子等朋友们商量，不断地摸索有没有什么办法可以让他们和破坏森林的人很好地共存下去……

这些内容，每天一点点地从比哥哥的口中讲述出来。

像精灵这种很难想象的形象，也通过比哥哥模仿大树的样子、长满青苔的巨石的样子等动作，生动地表现了出来。还有，以少女的朋友身份出场的小动物们，比如爱发脾气的猫、不正经的猴子等，比哥哥会带着它们每一个的性格特征讲给树里听。尤其，这些野兽和鸟儿开会的场景是树里最喜欢的，她让比哥哥反复地讲给她听。有时，一边听着，树里就在比哥哥的腿上慢慢睡着了。

“这个故事叫什么呀？”

“《害怕山谷的小女巫》。”比哥哥小声说。

“已经写成书了吗？”

“不，还没有呢。本来想在这段时间，有时间的时候就一点点写出来的，但是医生说我不能做那些让自己疲劳的事情。我写过一点，但是被护士发现之后批评了一顿，”比哥哥苦笑道，“但是，我会把很多灵感都留在便签上，等出院之后再好好写。而且，因为遇到了树里，在给你讲这个故事的过程中，故事里的很多细节就都完成了。我还得谢谢你呢！”然后就天真地笑了起来。青木比吕志励志要成为一名童话作家。

树里不知道这部叫作《害怕山谷的小女巫》的故事的结局。因为第二天，她“看到了不该看的东西”。

这一天，和往常一样，查房之后树里就跑向比哥哥所在的谈话室。

她在老地方看到了比哥哥的身影后刚要跑上前，却又马上僵在了原地。

在比哥哥的旁边，有一个她不认识的女人。那个人和比哥哥年龄相仿，嘴唇薄薄的，但是五官立体，看上去像是个杂志模特。

树里站在那里，呆呆地看着两个人的样子。比哥哥和那个陌生女人正在以很严肃的表情交谈。在树里的脑海里，有很多疑问在快速打转。她是比哥哥的妻子，还是妹妹？还是女朋友？

无论是哪一个，树里都不愿意。她完全不能接受比哥哥离开她，去到另一个人的身边。

那个女人手里攥着手帕，看样子像是不停地在向比哥哥道歉。他们说话的声音很小，树里听不到他们到底在说什么，只能听到比哥哥的只言片语。但是比他平时的声音都要低沉，而且有些沙哑。

“不，这不是你的错……”“我的事情，你就不用惦记了……”等话语断断续续地传进树里的耳朵里。

两个人完全没有发现树里站在背后。树里感觉到，两个人一定是在谈论什么非常重大的事情。

过了很长一段时间后，比哥哥狠狠地点了点头，对那个女人说：

“我知道了，祝福你能够找到自己的幸福。”

那个女人起身，头也不回地快速离开了。

比哥哥低下头，看样子像是在极力忍耐着什么，然后树里听到了他的一声沉重的叹息声。

直到比哥哥再次抬起头，树里感觉又过去了很长一段时间。

抬起头的比哥哥发现了树里，露出了微笑。树里并没有发现自己在吧嗒吧嗒地掉着眼泪。

“怎么了？你一直都在那里吗？”比哥哥有些惊讶地问道。

“比哥哥，你是不是有什么伤心的事情？”

树里哭得上气不接下气。比哥哥的脸上还是挂着笑容。

“你不用担心，我们只是说了一些大人之间的事情。”比哥哥说。

“刚刚那个女人，是谁呀？”

“和我约定要结婚的人。”

“约定……结婚？”

“是啊，但是现在只是关系很好的朋友了。”

树里不知道该对比哥哥说些什么，两个人之间的沉默持续了好一会儿。比哥哥站起来，为了遮挡刺眼的夕阳，拉下了百叶窗。他自言自语似的说着：

“应该我向她提出来的，但是……还是她先开口了。这其实挺好的，我的病不好治，就算治好了，我也总是在做一些虚无缥缈的事情。我不应该再继续让她有这么不安定的感觉了。”

树里只见过那个女人这一次。从那以后，那个女人再也没有来过医院。也就是这时，树里才意识到比哥哥的病情比想象的要严重得多。

然后，青木比吕志又变回了平日里的比哥哥。只是，可能是因为病情在恶化的缘故，比第一次见到他的时候变得面色蜡黄，更加消瘦。但他从没有忘记过微笑。

“你的身体，还好吗？”

无意识中，树里在和比哥哥聊天的时候，总是会加上一句这样的关心。

“没问题。我还活着，说明我没有死。”比哥哥笑着回答树里。

有一天，比哥哥直视着树里说：

“每次和树里聊天的时候，我都会想起《蒲公英女孩》。”

比哥哥突然这么说，树里不明白那是什么意思，赶忙反问回去。

“什么是蒲公英女孩？”

“那是一个很美好的故事。那并不是童话，而是一个科幻故事，是一个叫作罗伯特·富兰克林·杨的人写的。”

树里听到这个非常梦幻的题目时，就已经控制不住自己的好奇心了。

“我想听！我也想听这个故事！”

树里摇晃着比哥哥瘦弱的胳膊。他缓缓地开始讲述，一句话、一句话地，就好像在确认树里的反应。

“主人公是一个中年大叔，他开了一家律师事务所。每年，他都会请上四周的假期，和家人一起去到山间溪畔的小木屋度假。

“然而，有一年，妻子和女儿都有事先回到城里去了，只剩大叔一个人在小木屋里度过后面两周的时间。一开始他悠闲地钓钓鱼、看看书，但是渐渐地变得无聊。有一天，他就试着走进那片他从未涉足过的森林里面。他看到在森林的那头，有一个陌生的小山丘，大叔就爬到了那个山丘的山顶。

“大叔在那里遇见了一个年轻的姑娘。她就是‘蒲公英女孩’。因为她的头发就像是蒲公英的花一样，是金黄色的。大叔感觉自己心动了，因为那个女孩确实很美。

“她是一个很古怪的女孩。

“女孩的名字叫朱莉。是的，跟你的名字发音一样。这个女孩有多奇怪呢？她说，她是从 240 年以后的未来乘坐她父亲发明的时光机来到这个世界的。

“说的时候，她的脸上还挂着特别天真的笑容。

“朱莉穿的衣服也是用特别奇怪的布料做的。也许她真的是从未来来的……大叔这么想。

“‘这里是我特别喜欢的时间坐标，’蒲公英女孩说，‘前天我看见了兔子，昨天是小鹿，今天是你。’

“从那天开始，两个人每天都会在山丘上见面、聊天。”

树里不说话，只是频频点头，认真地听着比哥哥讲的故事。

“‘蒲公英女孩’的爸爸自从在放射性试验中患病以后，就不能陪着女儿一起穿越时空回到过去了。所以，每当朱莉回到未来，都会把她在过去看到的森林呀、山谷呀，过去的世界的事情讲给爸爸听。

“大叔和女孩每天都聊天，他们变得越来越亲密。即便他们年龄相差很多。

“这个蒲公英女孩是 20 岁左右，而大叔都已经是 40 多岁的中年人了。”

“就像我和比哥哥一样？”

“是啊，我们每天也在谈话室里这样聊天。”

树里看到比哥哥摆出了一个挑眉的表情，满意地笑了出来。

“我也想读这本书。”

“好啊。我可以把我的书送给你，但是这本书是写给大人看的，你可以等长大一点再看。”

这时比哥哥停下来，和树里做了个约定。一边做着拉钩上吊的动作，树里一边在心里祈祷，希望这样的日子能够再长一些。

就像是蒲公英女孩和大叔一样。

比哥哥又开始继续讲故事。

“大叔总有一种想要回到山村里检验蒲公英女孩说的话是

不是真的的冲动，但是很快又打消了这个念头。然后，有一次，连着三天蒲公英女孩都没有出现。第四天，她穿着黑色的衣服出现在山丘上。蒲公英女孩说：‘我父亲去世了。’

“她还告诉大叔那台时光机有些不灵了，不知道自己还能不能再回到过去……”

说到这里，比哥哥的表情变了。他痛苦地低下了头，开始喘粗气，树里很快就明白这种状态很反常。

树里第一次见到比哥哥这样。

“比哥哥，你没事吗？”

对于树里的关心，比哥哥没有用语言回答，只是很痛苦地点了点头。

树里冲出谈话室，找到了护士。她哭着对护士说：

“比哥哥，比哥哥要死掉了！”

来到谈话室的护士看到比哥哥，无奈地说道：

“是青木。医生都嘱咐过他很多次要保持静养了。”

比哥哥很快被抬上担架，从树里的视野里消失了。

第二天，比哥哥没有来谈话室。即便如此，树里还是像往常一样，在窗边等着比哥哥的到来。她觉得，只要自己像平时一样等着他，他就会像平时一样说一声“早呀”，然后出现在自己身边。树里觉得自己要做一个乖孩子。因为她认为，如果自己是一个乖孩子，老天就会让比哥哥回到她的身边作为奖励。

结果，这一天比哥哥还是没有出现。

再第二天，树里还是在谈话室等待。过了平时的时间，比哥哥还是没来。树里噘了噘嘴。自己明明很乖，那么苦的药都没有偷偷藏到枕头下面不吃，也不剩饭，晚上也有好好刷牙……自己明明这么乖。

有件事情树里一定要告诉比哥哥。这天上午查房的时候，大夫告诉树里，再过几天她就可以出院了。如果是刚住院的时候，树里肯定会高兴得跳起来。但是现在，她的心情有点复杂。

如果就这样出院了，就不能和比哥哥一起在谈话室度过那些美好的时光了。而且，她也不能把比哥哥一个人留在医院。

如果只是在这里等下去，她今天也见不到比哥哥。

树里站起身。

但是，树里对比哥哥的病房号和病名都一无所知。

树里把那层楼所有病房的门牌都看了一遍。青木比吕志……青木比吕志。

然而她并没有找到比哥哥的名字。

树里没有放弃。

她乘坐电梯下到一楼，向门诊入口旁的综合服务台走去。有一个中年女性似乎在投诉什么问题。树里排在她后面耐心地等着。

“请问，青木比吕志先生住在哪个病房？”

树里一边问着，一边感觉到一种莫名其妙的羞耻感正在把她包围，让她的耳朵又热又红。因为她在睡衣的外面套了一件儿童运动外套，胸口还缝着喷嚏大魔王的形象。这一看就不像是专门来看望病人的样子。

“请稍等。”年轻的工作人员翻看着住院名单。

“昨天他转病房了，现在在 711 房间，是个单间，在七层，所以你最好从那边坐电梯上去。”

“谢谢您。”

树里深深地鞠了一躬。

“等一下。”工作人员叫住了正准备往电梯走去的树里。树里僵在了那里。

“今天你去了应该也见不到他，他的名字备注着‘谢绝探望’呢！”

听说这个消息之后，树里感觉自己的心跳在不断地加速。比哥哥他到底怎么了……树里再次对工作人员表示感谢，然后走向了电梯。

树里在七层下了电梯，寻找711病房。如果在护士站询问的话，他们一定会阻止自己进去。树里的心跳很快，连走廊里的风景都好像扭曲了。

705、706……

走廊尽头的房间是710病房，树里感觉到自己额头上冒出的汗已经顺着脸颊流了下来。

710病房的旁边是窗户。没有711病房。树里快要哭了出来，而710病房的正对面是一堵白墙。

树里转过身来。她看到710病房正对面的墙壁的另一边凹进去了一个拐角。树里跑了过去。那个凹进去的拐角右侧，就是711病房。

在这！

门上挂着青木比吕志的名牌，名字边上有一个红色的标志。门把手上还挂着“谢绝探望”的牌子。

树里犹豫着要怎么办。她可以进去吗？比哥哥是不是已经变成她认不出的样子了？也许他不想被树里看到自己憔悴的样子呢？

树里还在犹豫。

这时，711病房的门打开了。从里面走出了医生和穿着白大褂的护士一样的女人。她们关上门之后，医生对白大褂女人说：“他是查那综合征晚期。”然后罗列了几样听起来像是药名的单词。

那个词汇牢牢地烙印在了树里的脑海之中。查那综合征……查那综合征……

医生匆忙地走了。这时树里准备偷偷溜进病房。终于可以见到比哥哥了。

“不可以哦！”

树里的背后响起一个声音。白大褂的女人为了记下药品的名称，还在楼道里没有走远。

“青木现在不可以接受探望，你知不知道？”女人眼神犀利地盯着树里。

“我……我……”树里一边摇头一边往后退。

“比哥哥还没有给我讲蒲公英女孩的故事结局呢！”

“蒲公英……”

“所以我得见到他！”树里这才意识到，自己在极度慌乱之下，乱七八糟地说了很多。如果自己再成熟一些，也许就能想到更好的理由了。但是当下的她并没有那么从容。

白大褂女人也许觉得树里的勇气可嘉，表情稍微缓和了一些。

“我知道你一定有很重要的理由要去见他，但这是我们考虑到青木的健康状态做出的决定，希望你能理解。”

那是一种不容反驳的语气：“有什么事情，我会负责任地转达给青木先生。”

听到女人这么说，树里完全没有还嘴的余地了。不能见面，也是为了比哥哥的身体状况着想……如果比哥哥能好起来的话，不能见面这件事也是可以忍受的。树里这样说服自己。

只是，树里有一种很强的不安。

“护士姐姐，请您一定答应我！请一定把比哥哥……青木哥哥的病给治好。求求你了！”

“这不是我和你约定就能怎么样的事情。医生们也都在努力，可有时候我们也不能左右一个人的命运，我们只是拼尽全力做我们该做的事情。”

树里突然有了一种叫天天不灵的挫败感，她只能失落地回到自己的病房。

第二天傍晚，那个护士出现在了树里所在的儿童病房。她问了护士站，很快就找到了树里。

树里看到那个女人走了进来，直觉告诉她，那个人一定是带来了什么不好的消息。周围的环境渐渐变得模糊不清，树里的眼中只剩下眼前的这个女人。

“今早，青木比吕志先生去世了。这个是他让我们交给你的东西，我们没能救回他，真的很抱歉！”

护士递给了树里一本文库书。树里简直不敢相信自己的耳朵。

“怎么会！你们这些骗子！”树里条件反射地喊了出来。

树里号啕大哭。那个人走了之后，树里还是一直哭。哭到不知道什么时候哭累了，不知不觉中睡着了为止。

2

那已经是 19 年前的事情了。

1999 年，夏天。

铃谷树里迎来了 30 岁的生日。

她明白，现在的自己之所以选择这条路，也是因为儿时的那段记忆对自己产生了过于深刻的影响。

查完房的树里回到办公室坐了下来。

和19年前一样，从这里可以看到横岛市人民医院的院子。只是，树里的身份已经发生了转变。那个时候的她是一名小儿结核病的患者。而现在，她是人民医院的一名医生。

电话旁边放着一个大大的棕色信封，树里看都没看就直接放到了资料箱里面。不看也知道里面是什么。是第三内科的吉泽部长送来的。

"总之，你先看一眼嘛！我觉得不是什么坏事。等拿到简历和照片之后我就给你送到办公室。"

看样子他也是碍于面子不得已才撮合这件事。信封里面的照片是吉泽的大学前辈的儿子，听说那个前辈正在考虑让自己的儿子接手自己开的诊所，但如果要娶儿媳妇的话，也希望这个媳妇能像树里这样，是一名内科医生。父亲在医院偶然碰到树里后，告诉了儿子，没想到儿子也对树里非常满意，于是就通过吉泽递了话。吉泽说，这是他大学前辈托他办的事，他也不好回绝。他还说，对方表示婚后树里还可以继续现在的工作。

"不好意思，我还没那么着急想结婚。"

树里对吉泽说。但是那个棕色信封还是被送了过来，而且是刻意避开树里在办公室的时间。

树里根本就不想拆开看。

她下意识地看向了靠墙的书架。书架上摆满了晦涩难懂的医学书籍，而里面穿插了一本风格完全不同的书。那是一本小小的文库书，棕色的书背上写着《世界科幻作品选》。

树里拥有这本书，已经19年了。那是青木比吕志——比哥哥送给她的遗物。

书中有一部短篇作品，叫作《蒲公英女孩》。

树里终究没有从比哥哥的口中听到故事的结尾。但是，从那以后，树里不知道把这个故事读了多少遍。树里觉得自己真正理解了这个故事的含义是在上了初中以后。虽然也有一些缺陷和矛盾的地方，但是这个故事的创意本身的魅力完全可以弥补这些小的瑕疵。而当她想象主人公——中年男人马克·兰德鲁夫的时候，那个人的形象就会无限接近昔日的比哥哥的样子。

是的。比哥哥给今天的铃谷树里留下的影响可以说是巨大的。这种影响之一就是让树里从事了现在的工作。

那个医生说的话到现在都在树里的脑海中挥之不去。

“他是查那综合征晚期。”

医生在开出处方前，是这样对护士说的。那就是青木比吕志的病名。树里把当时偷听到的这个名词，在完全没有理解意思的情况下就记在头脑中。

那个时候真的没有任何办法可以治疗查那综合征吗？树里在自己成长的过程中始终抱着这样的疑问。

所谓查那综合征到底是一种什么病呢？为什么比哥哥会得那种病？

读初中的时候，树里跑到图书馆通读了那些晦涩难懂的医学书，但绝大部分内容都超出了她的理解范畴。

她明白了那是一种罕见的疾病。

那是一种逆转录病毒引起的特殊的肝炎，与A型、B型、C型、非A、非BC型肝炎的症状都有所不同。这种病毒混入饮用水之后侵入人的身体，所以一定程度上也可以认为是一种特殊的地方病。但是感染者发病的情况极为罕见，发病与否与病毒携带者的体质有很大的关系。然而，以上内容均是假设，对文章里的每一个内容都需要保留一个问号。

因此，最有效的治疗方法并没有附在那些病例上。

从初中升入高中后，有一个疑问在树里的心中越来越大。

要等到什么时候，才会有人去研究查那综合征的治疗方法呢？比哥哥到底是早生了多少年呢？

所以，树里选择进入医学部。那是一种与想要用医学的力量拯救更多人的生命的使命感不同的力量，就好像是被一根命运的线牵着往前走似的，飞蛾扑火般的选择。

比哥哥给树里带来的影响，不仅仅体现在她的职业选择上。

即便已经 30 岁了，树里仍然没有一个稳定的恋人。她的容貌从小就是出类拔萃的。即便她戴着眼镜，头发剪得很短，不讲究穿着搭配且从来不化妆，看上去像是抛弃了一切作为女人的武器，但她的长相在医院里还是出类拔萃的美。因此，每隔一段时间就会出现提出想要和她交往的男性。

但是树里就是没办法有这个心思。她只觉得麻烦。

初中时想要和树里交往的男孩子是体育全能的班长。树里只觉得他是个小屁孩。她自己心里也明白她在拿这个男孩和谁作比较：比哥哥是个成熟的大人，这个男孩子没有比哥哥百分之一的城府。

大学时期，被硬拉着参加的一场联谊会上，树里对那些围着自己拼命展示自身优点的男生感到极其厌恶。树里觉得从他们身上完全看不到任何能够包容自己的温暖和细致，看着只想皱眉。

通过国家考试之后，在几家医院做实习医生的过程中，也有不少男人追求她，甚至向她求婚。但对于他们其中的任何一个人，树里都没有任何的好感，甚至觉得厌恶。

只有一个，树里约会了几次的男人。那是她实习的大学医院的一名内科医生。当树里被他邀请一起吃饭的时候，也不知怎的，就答应了。她很快就知道这是为什么了，因为他眼神游离在半空中的样子，一瞬间，在树里的脑海里和医院谈话室里的比哥哥的影子重叠在了一起。

而在第一次约会的时候，树里就发现这不过是幻觉。这个男人的话题无非就是最近刚刚开始打的高尔夫球的成绩呀，医院里面的丑闻啊之类的，和比哥哥的形象相差甚远。

即便是这样，那时的树里还处于一个有些犹豫的阶段。因为她觉得自己一味地回避与男性的接触有可能是因为和比哥哥的生离死别给她带来的心理阴影。如果自己不能克服这种心理阴影的话，就无法树立健全的异性观。为此，她觉得，即便是违背自己的感觉，也应该尝试着与异性相处。

仔细想想，那时候遇到的那个男人应该比当年的比哥哥还要大几岁。但是树立怎么都无法相信，话题如此肤浅的男人竟然比比哥哥还要大。

那个男人油腻的说话方式也让树里生厌，他时不时会在眉间挤出的那一条皱纹让树里看着就不舒服，他那像打嗝一样奸诈的笑声让人讨厌，他走近的时候飘来的古龙香水的味道更让人讨厌，他总在句尾加上“呗”的说话方式让人讨厌——但是，也许这种程度的讨厌可能每个女性都在忍受。树里这样劝自己。

第三次约会的时候，树里非常后悔为什么自己又答应了他。决定性的举动，就是男人在临别前想要强行亲吻树里。树里在生理上感到排斥，那种令人作呕的感觉之强烈，使树里尖叫并发飙。她用手包不停地敲打男人的头，然后跑着离开了。

自从那以后，树里认识到，自己想要跟异性交往，这中间有着不小的心理障碍。她更明白，即便没有那次的事情发生，自己也不会选择这条路。

比如，比哥哥——青木比吕志没有因为查那综合征去世，那么他出院之后也会很快就忘记树里这个小朋友，应该会和那个向他提出分手的女人破镜重圆。这才是正常的剧情。

然而自己却很难在和比哥哥分开之后，忘记他的存在。即便是现在，树里在心中仍然想着他。

但是……树里有时也会想。如果比哥哥现在活着的话应该将近50岁了。如果他看到比哥哥现在的样子，是不是就能从和比哥哥分开的阴影中走出来了呢？

虽然有时候也会有这种想法冒出来，但树里不会得到答案。

内线的电话声响起，电话那头是护士北田武子。

“请问什么事？”

“叶山和美的病情突变。”

北田用熟练的工作用语告知了患者的脉搏数和体温变化。叶山和美是一个11岁查那综合征患者，她已经在医院住了半年，但病情一直没有好转的迹象。树里在自己能当上和美的主治医师这件事上感到了一种命运。一是因为查那综合征这个疾病，二是因为当年她住院遇到青木比吕志的时候，正好也是11岁。

“我这就过去。”

放下电话后，树里赶到了住院楼。在她等电梯的时候，有人叫住了她。“铃谷医僧。”树里回头，是真田制药横岛业务所的古谷所长。他是一个微胖的、看上去很温和的50多岁的中年男人。古谷把嘴笑成了一个“U”字形。没有边框的眼镜里面的眼睛眯成了一道缝。他顶着白头发面露微笑的样子让人联想到了白色的棉花糖。他就是所谓的“医药代表”。但古谷是那种心很细、很容易亲近、让人讨厌不起来的男人，树里对他倒是有一些好感。

树里礼貌地点了点头。

“哎呀真巧，铃谷医僧。我刚准备去办公室拜访您来着！”

古谷会把“医生”说成“医僧”。据说他已经负责这个医院将近20年了，一直以来说的都是“医僧”，大家也都熟悉他这一点。

“我现在要去住院楼一趟。”

“能不能给我一点点时间呀？”

“有一个急需诊疗的患者，要不咱们下次再说吧……”

古谷故意做出了一个滑稽的后仰动作。“那么——”他从他那鼓鼓囊囊的棕色皮包里掏出了一个印着“真田制药”的大型信封。

“这个，我觉得铃谷医僧您可能会感兴趣。是斯塔福德研究所的论文，登在《化学季刊》上的。可以等您过目之后咱们再细聊。”

“好，我知道了。”

把白色信封夹在腋下，树里上了电梯。

在病房里，和美痛苦地半眯着眼睛。她妈妈紧紧握着女儿的右手。

“没事，没事了，医生来了啊。”

和美轻轻地点了点头，看向了树里。虽然已经退烧了，但因为没有食欲，体力在明显下降。树里指示护士开了抗生素和林格氏液的处方，但估计也不会有什么显著的效果。但这就是目前医生能做的最大限度的治疗。如果药物奏效的话，状态好的日子会持续几天。但是在那之后病情还会急剧恶化，体力被消耗殆尽，逐渐走向希望的边缘。反复多次地重复着平稳和恶化的循环，但最终不会有任何的好转。

和美的嘴微微地动了一下。

“你说什么？”树里问她。

“我……”和美的嘴唇的动作终于成了声音。

“是不是就这样不会好起来了？”

树里一时语塞。树里非常清楚，自己的心理素质作为一名医生，可能还不够强大。这种时候，她没有办法给出一个很好的回应。

孩子的妈妈带着哭腔说：

“和美，你说什么傻话呢！大家都在为你的治疗这么努力呢！你可要振作起来呀！”

树里也跟着点头：“很快就可以去上学了，现在的医学很发达的！”

树里努力让自己表现得很轻松。和美又闭上了眼睛，不知道是因为放心了，还是放弃了，从她的表情看不出来。树里觉得，让一个11岁的小女孩露出这样的表情，真是太残忍了。她在心里暗暗发誓，一定要竭尽所能对她做出最好的治疗。

一出病房，北田护士就追了上来。她手上拿着一个白色的信封。应该是树里刚刚落在屋里的。道谢之后，树里继续向前走。

如果从病情上来看，叶山和美的体力应该支撑不了一个月了。想到这里，树里的头上就好像是被一层迷雾笼罩了一般，情绪变得很抑郁。那是一种挫败感。直到今天，在面对促使自己成为一名医生的疾病时，她都还是手足无措。树里因为这种不甘，狠狠地咬着自己的嘴唇。

接下来，自己还能够为叶山和美做些什么？自己告诉她现在的医疗水平非常发达……这是事实，但依旧没有被解开的谜题还有很多很多。

正在树里对自己的无力感到厌恶的时候，电梯的门打开了。在上楼的过程中，树里倚在电梯的墙上无意识地打开了手中的信封。里面是十几张 A4 大小的白色纸张。

关于谢瓦尔德纳泽担子菌多糖体的药效（选自斯塔福德研究所志）——

树里倚在墙上，快速地阅读上面的文字。那种巨大的虚无感让那些文字完全进不了她的脑子。

“有的病例显示，对埃利希腹水癌、乳腺癌等有一定的作用。”这样的文字从树里的视野一角流过。看样子这是一篇有关区别于抗癌药物的辅助药品的论文，有关这种药物的论文每年都会发表二三十篇，但至今没有一种药物显示出显著的效果。难道这个听都没听说过的药物成分能有那么神奇的效果吗？

“——特别需要强调的是，对于在一部分地区被视为地方病的查那综合征能够发挥惊人的药效……”

树里使劲眨了眨眼睛。她以为是自己看错了。

没错。这是选自斯塔福德研究所 A. E. 斯塔福德博士的论文的内容，“查那综合征”一词特地用粉色的荧光笔做了标记。

是古谷。是真田制药的古谷所长特地为树里在这里画了重点。

对了……树里想起来了。在她刚到这所横岛市人民医院不久的时候，古谷就来拜访过她。据他所说，如果能取得医生的信任，让医生在开处方的时候选用真田制药的药品，就说明他们的销售成功了。为此，他们会随时为医师提供各种各样有关药物的说明材料。那时，树里曾提到过一次，有没有关于查那综合征的研究论文。

“那是一种什么病？是难症吗？我没有听说过。”古谷歪着脑袋思考着。

“但是，当我第一次看到铃谷医僧您的时候，我的直觉就告诉我，我应该为这个人做点什么。而且我总觉得您很像以前帮助过我的一个恩人……”

古谷一边说不要抱有太多期望，一边还是收下了树里给的便签。

他是药品销售的老手。

他并没有忘记当初他们之间的对话。

树里甚至没有发现电梯的门已经开了。回到办公室后，树里就像着了魔一样地开始读论文。

在使用小动物（小白鼠）进行的试验中，谢瓦尔德纳泽担子菌所含有的多糖体会高度活化干扰素，从而产生抑制癌细胞的间接效果，也就是具有强烈的诱导剂作用。同时也被证明对病毒向细胞内部的侵入具有排除和阻止的作用。特别需要强调的是，对于在一部分地区被视为地方病的查那综合征能够发挥惊人的药效，被认为对于查那综合征病毒，具有 100% 的阻止、治愈效果——

谢瓦尔德纳泽地衣类是一种学名叫作“谢瓦尔德纳泽姬松茸”的外担菌目，原产地是亚马孙雨林，气温在午间 35°C、夜间 18°C~23°C、湿度 80% 的地区，定期的傍晚时分的骤雨后，生长在茂密的森林之中。它的寄生菌除了多糖体之外，还有未知的类固醇以及不饱和脂肪酸，被认定具有降血糖和降胆固醇的作用。

最后一页上印着真田制药的公司章，写着古谷的办公室电话。

树里拨通了电话。古谷虽然没在办公室，但很快就用手机打了回来。

“铃谷医僧！我猜您大概要给我打电话了。”

一听到是树里的声音，古谷马上说道。能听出他发自内心的高兴。

“我刚看过了论文摘要，想咨询一下详细内容。”

“哈哈，我就知道您会来找我的。我去拜访您吧。”

“麻烦您了。”

话音刚落，树里就听到办公室门打开的声音。

“久等了！”

明明才刚挂电话，树里忍不住笑了出来。古谷像是有点不好意思似的挠了挠头，也笑了出来。

“我就在护士站闲逛来着。”

树里再次打心眼里叹服古谷真是一个医药销售的行家。她示意古谷坐下来。

“我刚看了那篇说谢瓦尔德纳泽担子菌对查那综合征有效的论文，那里面写着是用小白鼠做的试验。”

“嘿！”古谷拍了一下自己的膝盖，说，“您问得好！那篇论文里还是用小白鼠做试验的阶段，但实际上已经进展到了第三阶段。我本想把那篇论文也一起带过来给您过目的，但要从总公司送来，今天可能来不及了。”

第三阶段，意味着已经向人体用药，其药效得到了认可。这是树里最为在意的地方。

“不过，真是发现了奇妙的东西啊！据说那种菌群是只在亚马孙特有的橡胶树上生长的一种霉菌。如果感染了这种菌，橡胶树的树节部分就会肿大，弯弯曲曲地长出很多根恶心的东西，就像是梅花鹿的角一样。这个长出来的东西会定期脱落，据说它的成分就是橡胶组织和寄生菌的菌子体。好像只有那一片区域的橡胶树会感染的一种病，在当地语言里被叫作‘橡胶的獠牙’。不过，这人到底是怎么想到要把这种东西用来治病的呢你说！”

古谷也是半信半疑地做着说明。不过，在抗生素等新药的发明中，从密林中的苔藓里抽取成分进行合成不是什么罕见的手法。

树里开门见山地往下问道：

“临床病例中没有出现什么问题吗？”

“有的会伴随高烧……”

古谷有些含糊其词。这种程度的风险是不可避免的。

“如果咨询斯塔福德研究所的话，就能拿到这个谢瓦尔德纳泽的药品吗？我这里有一个想试用这个药品的患者，但从她的病情来看，时间已经不多了。”

“是查那综合征吗？”

“对。”

古谷凝视着树里的脸，然后咧嘴笑了。

“在那边，这已经作为化疗药物的辅助药品进行商品生产了，叫作‘谢瓦尔德纳泽200’。”

“什么？！”树里惊讶地叫出了声。古谷的目的正是在这里。

“我们公司也拿到了一批药剂样本。样本是我拿到的，但是我们公司在要不要做这款药品的代理方面，还存在一些分歧，还不知道结果会如何。”

当然，也就是说，这款药品还没有通过厚生劳动省的审批。“作为化疗药物，它的作用没有那么显著，而且查那综合征的病例本身就非常少，还在考虑对于这款药物的需求问题吧。只是，您之前说过您对这个疾病非常关心……哦对了，关于副作用，我刚刚说会伴随高烧，虽然不是100%……然后还有两例因为高烧导致听力下降的病例。”

关于病例，只要获得资料就可以了解得更为详细，但古谷说至少需要两周的时间。

那样对于叶山和美来说就来不及了。以她目前的虚弱状态来看，已经不知道还能再坚持几天了。

“药品呢？在您的办公室吗？”

“我已经带来了。”

古谷拍了拍自己的大皮包，从里面掏出了一个小小的盒子。是一打安瓿。

“不能走医保吧？”

“是的，因为还没有获得审批。”然后他告知了药品的价格，那相当于树里一个月的工资。树里有些犹豫。

“没事，钱不是问题。只是现在我们公司还在犹豫要不要拿下这个药品的代理，我希望铃谷医僧能把您的临床数据提供给我们。”

树里忍不住想要咋舌。古谷只是想要一个代替小白鼠进行的试验数据，但是能够救回和美的办法只剩下这一种了。她能赌一把。

“用法用量呢？”

“肌肉注射，每隔16小时，注射一管安瓿，总共注射三次。

不需要更多了。二次注射应该就会有作用了，但为了获得能够彻底杀灭病毒的干扰素，最好注射第三次。”

“未成年人也一样吗？”

“是的。”

“有必要先向家属说明这些情况。我来向患者的母亲进行告知，能请您也在场吗？如果我的说明有哪些错误请帮我纠正一下。”

“没问题！”

树里给护士站打了电话，通知叶山和美的妈妈来自己的办公室。

和美的妈妈很快就来了。看样子她已经做好了心理准备，脸色苍白，脸颊在抽搐，因为紧张，眼尾都向上吊着。和美的母亲知道查那综合征有多可怕，除了被树里告知的信息以外，自己也读了不少医学书籍。

一坐下，和美的母亲就开口了。古谷背对着二人坐在树里的工位上。

“和美快不行了吗？”

树里咬住了自己的嘴唇，停顿了一下。和美母亲的样子，像是已经做好心理准备被告知自己那没有任何治疗可能性的女儿的死期。她也同样很虚弱。

“不是的，我想跟您商量一下接下来的治疗方案。”

和美妈妈对树里说的话感到意外，抬起了眼睛。治疗的可能性应该已经没有了。

“还有什么……其他的办法吗？”

已经失去生气的眼睛瞬间恢复了生机。树里把从古谷那里掌握的信息尽量准确、客观地向和美的妈妈进行了说明。最终决定权在于患者本人或者家属，关于药物的副作用和一些未知的可能性，树里都有必要一五一十地进行告知。还有病例数量很少的事实也是。

和美妈妈在听完树里的说明之后，沉默了一会儿。她在犹豫。如果树里建议她们进行治疗的话，她大概会听从。在和美母亲的背后，坐在工位上的古谷看了一眼树里，然后非常轻佻地用大拇指和食指做出了一个“OK”的手势。

“那就拜托您了，不管要花多少钱都无所谓！”

和美的妈妈斩钉截铁地说。是啊，但凡有一点点可能性，都要赌上一把的。树里在心里呐喊，鼓励和美的妈妈，但是表面上还是非常沉着冷静地回答：

“费用方面您不用担心。但小和美的病情现在非常不乐观，我们的治疗刻不容缓。”树里还补充道，药品的样本已经拿到了。

树里已经做好了心理准备，这几天应该回不了家了。

第一只安瓿的注射后30分钟，和美发起了将近40°C的高烧。高烧持续了五个小时，但树里并没有使用退烧药物。取而代之的是，她与和美的妈妈一起，在病床边陪伴和鼓励和美。

五个小时后，高烧渐退，体温稳定在37°C多的时候，树里给和美打了林格氏液的点滴。必须要让和美恢复体力。虽然还在低烧，但和美得意地说自己的感觉还不错，和美妈妈哭了出来。药物已经明显开始起作用了。

树里准备先回一趟自己的办公室，走出了和美的病房。她感觉自己现在斗志昂扬，这是因为古谷给她带来的新药有可能会发挥出巨大的作用。

在走廊里，树里遇到了吉泽。

“都这么晚了，你在干什么？”

“有个患者现在离不开人……”树里含糊其词地说，“吉泽老师也这么晚啊？”

“啊！我落了点东西，回来取一趟。正好，上次那个，你看了吗？”

“那个？”树里突然反应过来，她完全没有当回事，那个棕色的信封……

“那是野方医院的公子。你就去见一次吧，就当是给我个面子。如果实在不喜欢的话，可以之后再拒绝嘛！”

“可是……我还没打开看呢。”

“看不看都一样。那边年龄也不小了，有点着急了。人很成熟，我倒是觉得这个年龄的人才比较适合你啊。你能不能给个时间啊？我来牵线。”

“那就这周五的晚上吧！”

说完之后树里有些后悔了。那边年龄也不小了，是什么意思？她一边对吉泽的这种说法感到愤怒，一边又同意去赴约，大概还是因为现在的心情不错吧。

3

周五的晚上，和相亲对象野方耕市单独相处之前的时间里，让树里的心绪动摇的事情在反复发生。查那综合征患者叶山和美的显著康复就是其中之一。

这两天以来，每隔16小时一次，一共进行了三次药物注射。到了周三的傍晚，和美已经恢复了健康态。只有在第一次注射过后和美发过一次高烧，第二次、第三次注射之后只是有一些低烧。周四早晨，从验血结果中已经看不出任何逆转录病毒存在的数据了，只能看出和美已经拥有了查那综合征的抗体。坐在床上的和美嘴就没停下来过，异常健谈，让母亲为之苦笑。

如果不发生病变，就没有住院的必要了，体力的康复在家就可以完成。树里这样想着，明天就把这个好消息告诉他们吧！

树里打电话向古谷汇报了这个情况。可能是语气有些过于开心了，电话那头的古谷比起汇报的内容，更惊讶于树里的状态。

“还剩 9 支样品，我得还给您！”

但是古谷说没必要那么着急还回来。临床报告也不用着急，有空的时候完成就行。

“我记得以前您跟我提起查那综合征时的样子，特别严肃，所以当我看到那篇论文的时候马上就想到您了。您一定是有什么理由吧？而且我这边也没有什么急需这份样品的地方。只要有什么事的时候您能想到我们真田制药就行了！”古谷结束了对话。

周五早上醒来的时候，树里感到一种前所未有的轻松，觉得自己了结了人生中的一件大事。因为她已经克服了这个叫作查那综合征的，让自己选择从医的原因之一的难症。但是从上午开始，另一个想法又开始支配她的大脑。这种想法树里自己都知道非常虚无，就像是还在为死去的孩子过生日一样。

这种想法突然就出现了。

那时候，如果有了这个药，比哥哥就能活下来。

但是又能怎样呢？医学在不断进步，今天才终于迎来这一天。

但无论树里如何劝自己、安抚自己，这个想法都无法从她的脑海中抹去。

从理智上，她完全明白这种想法是不切实际的，但即便如此也有一些执念不是说没就没的。为什么这个想法会在树里的心中如此根深蒂固？树里自己很快就意识到了。因为，在树里至今为止的生命中，比哥哥是最特别、最重要的人，是树里最喜欢的人。

因为，树里到现在都在深爱着比哥哥。

就在这样的时候，她不得不去和另外一个男人相亲，想想也真是一件讽刺的事情。

如果我是“蒲公英女孩”……我会毫不犹豫地坐上时光机去救我的比哥哥，带着那个药。

在一家意大利餐厅的包间里，坐着吉泽夫妇和野方耕市，还有野方的父母。双方进行自我介绍。

野方耕市是那种蓝领模样的、体格健硕的男人。他把刚刚剃完胡子、两边眉毛在眉心连起来的脸羞得通红，对着树里鞠了个躬。在他的自我介绍里，有一点是和吉泽之前介绍的完全不一样的。

耕市并不是一个医生。他是一个叫作住岛重工的大公司的工程师。他的父亲是经营野方医院的医生，但儿子耕市却选择了走技术工程的道路。但是父母不忍关闭自己苦心经营过来的医院，因此，希望树里嫁到自己家后，能接老两口的班。

“我怎么没听说！”树里在心中已经想要大喊出来，但确实也是因为自己根本就没有打开过吉泽送过来的那个棕色信封。这种事情但凡看过一遍简历就能知道，而且自己连简历都没有给过对方。

树里看得出来，野方耕市是那种有点木讷的人，绝不是一个坏人。但是她还是有些抵触把眼前的这个男人当作恋爱对象来看待。

虽然吉泽夫妇为了活跃场面的气氛而做了很多努力，但树里却为了让话题不至于太过尴尬用尽了所有精力。

菜品已经都吃完，吉泽提议接下来就让两个年轻人单独相处一会儿。如果座位离得更近一点的话，树里恨不得踹他一脚。吉泽虽然嘴上说着："只要铃谷医生愿意。是吧，铃谷医生？"但他投过来的眼神就好像在说："求你了！给我个面子！"

树里只好答应。

耕市自言自语似的说，自己每天都沉浸在工作里，都不太了解夜晚的繁华街道是什么样的。就算这样，他还是带树里去了一家离意大利餐厅步行五分钟左右的小酒吧。店里灯光昏暗，是一家窄长条形状的酒吧。店里没有其他客人。站在吧台里面有点像个大头娃娃一样的男人放下了手中的文库本，笑盈盈地说"欢迎光临"。

耕市要了两杯洋酒之后，转身朝向树里，低下头说：

"今天强行让您出席这样的场合，真是抱歉！"

树里有些不知所措。

"我从直觉就能感觉到，您还没有在考虑结婚的事吧！其实我也是，但是父母年纪已经大了，他们也总是为我的事情操心。今天的事情原本我也是想稀里糊涂地搪塞掉……虽然终究还是要结婚的，但是铃谷医生这么优秀的人，对我来说真是可惜了。"

野方耕市说完后如释重负，树里也感觉一下子轻松了许多。因为她觉得，只要在这个酒吧里聊上 30 分钟，就算是完成任务了。树里不禁笑出了声，两个人之间的紧张感一下子就消散了。

耕市说，他最近刚刚调了岗位，每天都很忙，已经很久没有来过酒吧这种地方了。

耕市原本是住岛重工的员工，但是直到去年为止，一直被借调到下属一个叫作P.弗雷克的子公司，最近刚刚回到住岛重工。他说，他非常怀念P.弗雷克公司，那里是个有梦想的、专门从事技术研发工作的地方，和他思想保守的父母有很大不同。

“我们做了很多外人根本就不会相信的工作，就是那种只有在科幻小说里才会出现的技术类型的。我们大概就是那种科学怪人类型的职能集团吧！”

“科幻？”树里想起了自己房间里的那本文库书，“科幻是什么技术呢？”

耕市的表情突然变了，好像说了不该说的话似的。树里也感受到了这种氛围，直到耕市开口，她也没有再说话。

原本，耕市的立场是不允许他把这些事情讲给外人的，但是对树里产生好感的他，产生了一种想要让树里更多地了解自己工作的冲动。酒精也促使耕市变成一个话痨。

“比如说……虽然已经停止了研发工作，但有个叫作柯罗诺斯旅行机的。”

那是一个非常陌生的词汇。

“那是什么？”

“物质逆时输送机……就是向过去发射物质的机器。”

“就像时光机一样的东西吗？”

“是的，虽然还不完善。直到前年，我们都一直在研究它。”

树里怀疑自己的耳朵，这么伟大的发明竟然没有被新闻报道出来，竟然有人真的在做“蒲公英女孩”的机器。但是，不完善……是什么意思呢？

“那就是说，可以再现过去的影像和场景之类的吗？”

“不是。是把物质送回到过去。”

“物质……人也算吗？”

“是的，”耕市意识到自己可能说得有点多了，把嘴抿成了一个倒钩形，表示肯定，“虽然也会伴随一定的……副作用。”

“也可以回到几十年前吗？”

“理论上是可以的，但是反作用也会更大。”

“反作用是指……”

“会从过去被弹射到很远的未来。”

看来耕市是想开了，他掏出了一支笔，在笔记本上画了一条线。他在线上标注了过去、现在和未来。在现在的下面写上了 1999 年。当他正要在过去的下面写上年份的时候，树里开口了。

“1980 年。”

耕市点了点头，按照树里说的写了上去。树里自从听到“柯罗诺斯旅行机”这个概念，她的脑海里就一直在期待一个可能性。她脱口而出关于这个可能性的年代。然后，耕市把笔从“现在”移动到 1980 年，画出了一个弧线。“这是物质被发射到过去时候的轨迹，”一边画线，耕市一边解释，“然后到了过去，过了一定的时间之后，现在的时间就会开始拉回这个物质。就像这样。”

耕市从 1980 年的位置，就像是手被弹开了一样，画了一条溢出笔记本的长线。

“以前可以发射的时间最长是五年，但是现在已经能够实现 20 年的时光回溯了。就在去年年底完善了这个功能。”

说到这里，耕市又觉得自己说错话了。

“可是那个时候柯罗诺斯旅行机的研发不是已经停止了吗？”

耕市耸了耸肩，噘着嘴，就好像在说，真没办法。

“现在，柯罗诺斯旅行机被保存在立野町的仓库，住岛重工的仓库。但是，我和跟我一起在P.弗雷克公司搞研发的一个叫吉本的男人，还在偷偷继续这方面的研究。”

事实上，三年前有一个被发射到半年前的人，他即将在今年回来。耕市和吉本还剩下迎接他回来的任务，但这件事情耕市没有告诉树里。

“那么去年年底，你们把谁发射到了过去？”

耕市犹豫了一下，讲出了那个叫作枢月圭的女人的事情。她的故事就是，为了和那个叫作布川辉良的被发射到过去的男人获得圆满的爱情，想要超越时间。然后耕市对树里讲了，从枢月圭口中听到的有关布川回到过去的经过。

“布川原本要在五年前停留四天时间，但是固定装置并没有发挥出我们预期的效果。”

40小时。如果想要每隔16小时注射一次，那么只需要32小时多一点，但是并不能保证一到那个时间就可以开始注射。她必须得在医护人员轮岗的间隙见缝插针，那么至少也需要48小时。

40个小时是不够的，那还救不了比哥哥。明明那个具有神奇药效的药物现在就在自己手上。

“也就是说，无论怎么使用固定装置延长停留的时间，被发射到过去的人也只能在那里停留不到两天的时间吗？”

耕市摇了摇头。

“可以停留三天，如果使用最新的固定装置的话。”

三天。

树里感觉有一束明亮的光照进了这个昏暗的酒吧。

完美！！！

万事具备。

她可以回到比哥哥活着的世界了。她又能见到比哥哥了，然后……

她就可以救活比哥哥了。

“野方先生，我想求您一件事情！”

树里的眼神中散发着光芒，像是火焰一般的、也像是被什么东西附体了一般的尖锐的眼神。野方耕市紧紧地皱了皱眉头，他觉得，自己最惧怕的事情，即将要发生了。

“您不会是……想要回到过去吧？那是不可能的。”

他想要先发制人。

“我想救一个人的生命。您能不能帮帮我？”

在树里说话的过程中，野方耕市在不停地摇头。

“无论有什么样的理由，这都是不可以的。绝对不可以——”

耕市紧紧地皱着眉头，严正地拒绝了树里。

4

两个人相约在住岛重工立野町仓库附近的快餐厅的停车场见面。在那之后，树里很快向医院提出了辞职申请。

根据耕市的讲述，如果树里想要回到1980年的话，那么她接下来要去到的未来就是2018年。如果使用了改良后的固定装置，被弹回未来的时间和回到过去的时间可以差不多。但是，越是想要违抗固定装置的原理多在过去停留，时间流的反作用力也就会越大，那么这个力量就会在遥远的未来找你“秋后算账”。

首先，为了接下来的一段空白的岁月，树里有必要整理好身边的物品。对外界，她准备说是突然要去国外留学了。树里的生母在她小的时候和一个男人私奔了，之后就再也不知去向，她和再婚的父亲也总是合不来，平时没有什么往来，所以没什么问题。树里只对比自己小三岁的弟弟翔平说出了实情。最后，她解约了自己租的房子，把生活用品等都处理掉了之后，将剩下的为数不多的现金交给了弟弟。

弟弟在两年前已经结婚成了家。他虽然还是对树里说的话半信半疑，但并没有去动摇姐姐的决心。

“这是姐姐你的人生，应该由你自己来做出选择，”弟弟说，不过他还是有些担心，“你确定，你不是被坏人给骗了吧？”

这些准备对于树里来说都是琐碎的小事，最难的还是如何说服野方耕市。当然，他并不是在相亲那天晚上就爽快地答应了树里。

树里软磨硬泡。耕市说，他们不能用这个对外严格保密的机器，让毫不相关的人员产生危险。他对于时间悖论的原理的可能性也进行了说明，继续拒绝。如果救下了原本应该去世的人的话，就有可能会颠覆现在。或者，为了不让这种悖论发生，不让这个人得救，时间流会做出阻挠。

树里对这每一种可能性都提出了反驳——那个叫枢月圭的女人也坐了时光机；悖论也不是绝对会发生的事情；绝对不会给野方和住岛重工带来麻烦；等等。

最终，野方只得摆出一种走投无路的无奈表情，答应了树里。

那已经是周六的傍晚了。

树里坐上了野方的车后，发现车里还坐着另外一个男人，是跟耕市差不多感觉的比较质朴的男人。

他介绍自己是耕市的同事，叫作吉本次郎。他就是在把枢月圭送回到过去时，和耕市一起操控了柯罗诺斯旅行机的人。树里记得。

“对不起，提出这么无理的要求。”

虽然树里不知道耕市是怎么说服吉本的，但吉本和耕市同样是一种有些担忧的表情，就好像是要把已经贴上封条的凶宅再次打开一样。树里已经感受到了这种氛围。

树里对一直顽固不愿改变态度的耕市，使出了近似威胁的手段：“如果不同意，就对媒体披露住岛重工正在研发一个能够实现时空旅行的机器！”

虽然耕市说，就算披露给媒体，也没有人会相信，但树里一提及去向不明的布川辉良和吹原和彦的事情，局势一下子就反转了。耕市一定对吉本也说了，为了保守秘密，不得不同意树里提出的要求。

“能不能请您再考虑考虑？”

吉本近乎哀求地询问树里。但是树里的答案没有任何动摇，反而再次打开小型的旅行包，确认了一下里面装着的安瓿的药盒。

吉本递给了树里一个手表一样的装置。

“这个就是小型博格 2.0，把物质稳定在过去的固定装置。您可以在那里停留至少 50 小时。也许还能到 70 小时，但是保守估计，就是 50 小时左右。”

树里把装置戴在了左手手腕上。液晶屏上显示着刻度，能够得知所能停留的剩余时间。

“这个是改良版本。”吉本补充道。

在立野仓库的入口处，保安已经等在那里，给他们开了门。他们停下车辆，野方和保安打了招呼之后，继续往里开。

他们在 15 号仓库面前停了下来。

吉本刷了安全卡，输入密码后，仓库的门打开了。

树里心想，进入仓库的时候是三个人，但是回来的时候会变成两个人，那个保安不会觉得不对劲吗？也许耕市和吉本已经想好了什么完美的说辞，或者那个保安跟他们也是一伙儿的？

仓库里面的照明被点亮了。

在用罩子罩住的各种各样的物品中，就有那台机器的身影。

柯罗诺斯旅行机。

树里只是看了外观，就知道一定是它。

就是这台机器，能够帮她解开封尘已久的心结。

柯罗诺斯旅行机是一个漆黑的大炮筒，树里联想到用大炮发射出去的火箭一头扎进了月亮中心的乔治·梅里埃的电影默片的一个场面。然而这个大炮不是朝着月亮发射的，它要朝着 1980 年的过去，发射一个人。

正在树里看得发呆的时候，野方耕市说：

“看来已经预先帮我们摘下了白色的罩布。那，那个，我们跟保安说的是定期的维修。”

树里默默地觉得，原本自己并不感兴趣的相亲对象，竟然会给自己带来这样的爱的奇迹，命运可真是妙不可言。树里已经开始对他刮目相看了。

两个人打开了柯罗诺斯旅行机的主开关，一个个检查显示屏上的数值。

“铃谷小姐，我再跟您确认一遍目标时间点。1980 年 8 月 4 日，没错吗？地点是……”

“地点是横岛市人民医院。”

耕市再一次劝她不要冲动，再考虑考虑，但从结果来看，也只是再次确认树里的决心有多么坚定罢了。

两个人一言不发，专注于手中的微调试，时不时地翻看说明书。十几分钟过去了。看着两个人的样子，树里感到一种内疚。自己为了达成目的，连累了他们两个人。

“好了，铃谷小姐，随时都可以发射了。在 P. 弗雷克公司的时候我们都是管理职，没有亲手操作过机器，所以多花了点时间，但准确度应该是没有问题的。”

两个人重新撸了撸袖子，站到了树里面前。自从上了车之后，两个人一直都是愁眉苦脸的。让树里没想到的是，从他们现在的表情已经看不出刚刚的愁容，甚至还带着清爽的微笑。

“给二位提了这么多难题，真是抱歉。”

树里向两个人深深地鞠了一躬。

“请一定救回他。”

耕市说。

“最开始我真的是很为难，”吉本说，“但是当我看到了柯罗诺斯旅行机之后，想法就变了。我觉得它可真是一个怀才不遇的机器。被开发、被研究，但它的功能最终都止步于收录数据，然后就被打入了冷宫。虽然栗塚和枢月两个人是通过它完成了自己的心愿，但好像也就不再有什么其他的用途了。现在它要被用来拯救一个人的生命，而且被如此强烈地要求。这说明这个机器的研发，也并不是毫无用处的。”

“虽然我们已经做出了一定的预测，但实际上会回到多远的未来，我们也说不好……但是，如果在那个年代我们还活着的话，我们愿意继续帮助您。请来找我们吧！”

耕市说罢，向树里伸出了手。

“最好做好心理准备，可能要承受一些时空旅行的副作用。野方，你告诉人家了吗？”

“说了。就在我劝说她不要这么做的时候，特意强调了这一点。”

吉本催促，那就赶紧吧。树里点头，再次对两个人道了谢之后，坐进了射出室。把小型旅行包从肩上绕过，抱在胸前，树里在座位上坐了下来。

在椭圆形的小窗外，树里看见两个人正在向她挥手。眼前的显示屏上，横岛市人民医院的坐标上有一个红色的十字光标。

一切准备就绪。

耕市在窗外张开了双手，握起手指，开始了倒计时。

四根手指头折起，只剩一根手指头露在外面。

那是树里在这一生中从未体验过的剧烈震动，就好像有什么东西要从胸口里顶出来一样。树里拼命地忍耐。

她怀疑自己的眼睛出了问题。在周遭的所有物体表面，都附着着一些蓝色的小东西。接下来，这些蓝色的小颗粒开始在半空中飘浮，还散发着光芒。

周围变得一片空白，然后视野恢复正常，然后又变白。这种反复的间隔变得越来越短。同时，树里开始有了一种浑身上下被细针刺痛的感觉。

当周围只剩下白色光芒的时候，树里同时被疼痛感和重力解放了出来，只剩下了一种飘浮感。

倒也不是无法忍受的疼痛，比她想象的程度要轻。树里反复告诉自己。突然，飘浮感变成了自由落体的感觉。意识也在那一瞬间断绝了。

杜鹃花的花丛起到了缓冲的作用，树里在上面弹了一下。就在这时，她又恢复了意识。她想要调整自己的姿势，但还没来得及，就一头栽在了地面上。

伤害应该是最小限度的，因为她的胸前还抱着那个旅行包。

痛感已经消失了，但眼前还是一片白色的强光。

树里急忙站起来，环顾了四周。

只有蝉的叫声让人听着有点心烦。

附近没有什么人的踪影。

当她抬头看的时候就明白是为什么了，她看到了一座五层楼高的钢筋建筑。这是改造前的横岛市人民医院。

树里的眼睛慢慢地适应了白色的光。确实应该有很强烈的光线才对，因为她正头顶着夏天上午的大太阳。

树里连忙抬起左手，用右手打开了固定装置的开关，装置发出了一个清脆的提示音，出现了 10 条黑色的线。在出发前，吉本啰啰唆唆地反复叮嘱树里，到了这边之后首先要启动固定装置。否则，马上就会被送回到未来。

树里摘下胸前的旅行包。她突然醒悟。她好像一直都拿这个包当垫背，里面装的可是安瓿……

她急急忙忙地确认了里面的东西。

从包中有液体渗了出来。有可能是安瓿摔碎了。

安瓿的盒子是湿的。树里感到自己的脸已经失去了血色。

自己到底是为什么要来到1980年的，这所有的努力都白费了。

就是因为想要好好保护它才抱在胸前的，但没想到自己压碎了安瓿。

树里打开盒子。9支安瓿中的5支已经碎了，还剩4支。

树里大大地叹了一口气。还好只需要3支。

就在她把4支安瓿小心翼翼地收进口袋里的时候。放在脚边的旅行包突然消失了。

树里很快就明白了这意味着什么。旅行包已经被送回了未来。因为它已经脱离了固定装置的“场域”。

树里吞了口口水。如果她刚刚没有把安瓿收进口袋里的话，安瓿也会……被传送到未来。

在拿出安瓿的时候顺手拿出来的白大褂还在固定装置的“场域”里面，没有消失。

但树里的手边已经没剩下任何其他东西了。

树里穿上了白大褂。至少在外表上，她又成了这里的女医生。

她环顾了四周，看到了焚烧炉和几辆车。在车的旁边立着一个写有“横岛市人民医院”的牌子，所以这里应该是医院工作人员专属的停车场吧。也就是说，这里位于医院后门附近。怪不得没有什么人。

树里走近医院的建筑，有一个通用出入口，上面写着“冷气开放，请随手关门”。推开这扇门，一股冷气扑面而来。

711病房。

突然，这个病房号浮现在树里的脑海。她清晰地记得。

就这样，树里走向前台所在的正门口。有几个护士向树里点头寒暄，她们都深信不疑，穿白大褂的一定就是医生。虽然这是事实，但在这个年代，应该没有人认识树里。

“啊！”

树里停下了脚步。

她注意到了从前台旁的配药室走出来的那个男人。

是真田制药的古谷。

他戴着一副黑框眼镜，还没有白头发。这时的古谷比树里认识的他要瘦很多，但那的确就是古谷。1980年的真田制药的古谷。

古谷也在走廊里停下脚步，歪着头，盯着树里看。

古谷应该认识这所医院的所有医生的脸。他看到陌生的树里，想要拼命地回想起这个女人到底是谁。

树里对古谷微笑示意，快步离开了。虽然满脸疑惑，但是古谷最终还是没有上前和树里搭话。

没错。这里，真的是，1980年。

看到医院大楼的时候都没有如此感慨，但看到了还是三十几岁的古谷的时候，树里第一次有了这种感觉。

前台前面的几排座椅上，坐着十几个男女。在其中一个老人打开的报纸上，印着电影的广告。《星球大战2：帝国反击战》《疯狂的麦克斯》《永远的大和号》，等等。在电视上，一个白头发的胖胖的男人正在演说。是铃木善幸首相。

旁边的女人正在读一本文库书。也许是在医院的书店买的，没有包装。在封面上，画着一个服务生模样的女人的背影。书名是《地球是原味酸奶》。在前台旁边的公告板上写着这一天的日期——8月4号。昭和55年。

没错。

树里走向电梯。

本想按下七层的按钮，但她的手指在半空中踌躇了一会儿，按下了三楼。

在三楼，有那个她记忆中的谈话室。这个动作几乎出于树里的本能。

电梯的门打开了。

就是这个味道。和树里现在工作的未来的横岛医院不同的，那种老旧医院楼特有的，有点像是什么东西馊掉了一样的味道。

树里走在有些昏暗的走廊里。

跟几个向她打招呼的护士擦肩而过。树里看到其中有一个人正在疑惑地看着她。

好像和记忆中的印象有些不同。树里很快就明白了是为什么。

因为树里的视线变高了。即便是这一点点改变，也让她看到的整个世界都发生了奇妙的变化。

有一种很强烈的怀旧感。

远处传来微弱的楼宇施工的声音。福尔马林的味道。照在走廊的阳光的明暗度。这一切的一切都让树里觉得特别怀念，并通过所有感官，强烈地传递出来。

前面就是谈话室了。

树里停下了脚步。

她想，11 岁的自己会不会就在那里。比哥哥……有可能也在。如果他也在的话，自己该如何是好？

从谈话室的电视里传来高亢而又沙哑的歌声。那是蒙特兄弟的 *Dancing all night*。

“是呀，那个时候很流行的。”

树里自言自语。

树里探头看了看屋里。8帖大小的谈话室，房间里有四张桌子，还有沿着窗边摆放的长条凳。

在其中一张桌子旁，坐着一对老夫妇。两个人在一起聚精会神地看电视。

然后，树里攥紧了自己的拳头。

果然在那里。

在窗边的长条凳上，坐着儿时的自己。她已经哭得不成样子，眼睛红肿得厉害。

小树里在咬紧牙关，视线直勾勾地盯着入口的方向。树里一看就知道那是在隐忍。儿时的树里正在和将要失去比哥哥的恐惧拼命做斗争。

树里突然有一种冲动，想要过去抱抱小小的自己。然后告诉她，自己一定会救回比哥哥。

但是树里没有接近小时候的自己。因为她记得出发前吉本千叮咛万嘱咐过自己。

不要过多地改变过去。这会给未来带来什么样的影响，谁都无法预测。让地球……甚至整个宇宙都毁灭，也不是不可能的。

树里突然想：

如果自己救了比哥哥的命，那么小树里应该就不会励志做一名医生了。因为正是比哥哥的去世，让树里选择了这条路。如果是这样，也就不会有长大后的树里来救比哥哥，那么比哥哥也就不会得救。

她很快就明白了，这就是野方和吉本多次提及的那个时间悖论。但是现在想这些也没有意义。树里告诉自己，她现在要做的，就是救回比哥哥的性命。

儿时的树里的视线转向了自己，看到树里后，她的表情变得有些疑惑。

成年后的树里连忙避开她的眼神，离开了那里。

平日里这个时间，小树里都会和比哥哥在谈话室聊天。而现在的状况，从小树里的表情就可以看出比哥哥的病情非常不好，已经恶化了。

得赶紧去七楼。

树里返回了电梯。

“今年夏天真是凉快呀！”

“电视上也说今年是冷夏。”

在电梯中，树里听见了这样的对话。但是此时的树里脑子里正在思考别的事情。

如何才能每隔 16 个小时，在不被周围怀疑的情况下将查那综合征的安瓿成功注射给比哥哥呢？

711 病房。

在走廊尽头拐角里面的那间病房，和树里记忆中的一样，有一个红色标记的青木比吕志的名字，还有那写着“谢绝探望”的门牌。

在到达 711 病房之前的这段时间里，树里已经得出了一个结论，虽然这会伴随一定程度的风险，但毕竟她能够停留在这里的时间非常有限，这是迫不得已的选择。即便现在马上就开始注射第一支安瓿，为了高效利用时间，也必须要取得比哥哥——青木比吕志的同意。如果无法获得比哥哥的认同，这个计划将不成立。

树里悄悄地推开了 711 病房的门。

所幸病房里没有其他的人，树里感觉到自己的心就像在敲鼓一样。冷静，冷静！虽然树里不断这样告诉自己，但她能感觉到自己的喉咙非常干燥，使劲咽了一口口水。

病房里只有一张病床，是个单间。病床上的人盖着被子，看不清脸，从被子里伸出一只右胳膊，上面扎着点滴的药水。

他感到有人进来了。被子缓慢地挪动了一下。年轻男人转向门口，疑惑地看着树里。他的脸色苍白，被病痛折磨得够呛。

没错。

是比哥哥。

树里强忍住了想要冲到他身边的冲动。她尽可能冷静沉着地走向比哥哥，就像是一名医生一样，站到了病床前。

"青木先生，您好。"

青木比吕志微微动了一下嘴唇，但是他发不出声音。只见他的下巴跟着动了动。

树里本想问他感觉怎么样，但这句话哽在了喉咙里，没有说出来。树里勉强控制住眼眶湿润、马上就要失控痛哭的自己，控制情绪已经花光了树里所有的精力。

直到今天，树里根本数不清比哥哥有多少次出现在了自己的梦里。今天她终于和比哥哥——19 年前还活在这个世上的比哥哥重新见面了。

"您和吉泽医生换班了吗？"

有气无力的声音。青木比吕志问树里。

树里说不。她看到床头吊着的医生卡，主治医生是吉泽尚三。树里这才知道 1999 年树里的上司、第三内科的吉泽部长就是青木比吕志的主治医师。

"但我是为了治好青木先生的病，从很远的地方过来的。"

听到树里这么说，比吕志露出了有些困惑的表情。

"如果想要治好病，请您务必要相信我。您可以相信我吗？虽然我不是您的主治医师，但我也是一名医生。"

树里虽然嘴上这么说，但她心里知道，此时的比吕志一定是一头雾水。突然出现在眼前的人这么对自己说，有谁会马上就相信呢？

比吕志把沉重的眼皮眨了两三下。

两个人互相凝视着对方。比吕志还是树里记忆中的那个比哥哥的脸，但是比记忆中的样子要显得幼小。他现在应该是 27 岁，在 30 岁的树里看来，他现在非常年轻。

比吕志笑了，笑得很寂寞。

"听说我得的这个病是个难症，叫什么查那综合征，据说并没有什么可以治疗它的办法。"

比吕志对自己的病情一清二楚。树里突然想到，当年比哥哥的恋人离开他，就是因为这个病。也就是说，这时候的比吕志早已经失去了生的希望。

——比哥哥，你不认识我吗？

树里拼命压制住自己想要这样喊出来的冲动。如果在这里失去了理智，所有的努力就都白费了。

"美国的一家研究所已经开发出了查那综合征的新药。虽然这个药在国内还没有得到审批，但是药效我已经确认过了，能完全治好你的病，请相信我！"

比吕志痛苦地点了点头。

"虽然因人而异，但这个药是有副作用的。"

在治疗的过程中会发高烧，治疗结束后可能会导致听力的下降。树里尽量避开晦涩的专有名词，将这些事情简单地讲给比哥哥听。

树里说完了，她等待着比吕志的反应。比吕志安静地闭上了眼睛。

在一段时间的沉默后，他对树里说：

“你为什么要来我这里？”然后他看了一眼挂在树里白大褂上的名牌，“铃谷医生，我见过您吗？”

树里条件反射似的在点头。

“这样啊……那么我选择相信你。治疗就拜托您了，我想大概也不会有比现在更糟糕的状况发生。如果能有好转的话，我愿意试一试所有的办法。”

比吕志没有再继续问树里他们在哪里见过面，以及树里为什么要救自己。也许他已经没有力气问这些了。

还有一个问题。从现在开始，树里要怎样才能寸步不离地陪在青木比吕志身边呢？护士们为了检测患者的各种数据，会轮流来查房。如果那时不是主治医师的树里在这个病房里面的话，她们会怎么想呢，更别说还要对病人进行治疗……

方法大概只有从正面解决了，虽然这也是一个不成功便成仁的方式。

“我知道了，青木先生。我会尽我所能。不过，我还有一个请求。能不能把我当作您的亲属呢？就说我是您的表妹吧，刚刚从外国留学回来的。”

“我知道了。”

比吕志回答。正当树里准备开展接下来的行动的时候，病房的门打开了。进来了一个护士。

“你是谁？”护士问。

“你不知道现在不让探望病人吗……”

树里没等她说完，就一句话噎了回去。

“请联系一下吉泽医生，我是青木比吕志的亲属。”

就在护士刚要开口说些什么的时候，树里又说：“你就告诉他我是野方医生介绍来的。”

护士半信半疑地噘了噘嘴，但还是被树里的气势压倒，走出了病房。

不过五分钟，那个护士又回来了。“吉泽医生说他在办公室等您，让我带您过去。”

护士的语气有些冷漠。

“那小志，你等我一下。我先去一趟。”

吉泽的办公室在六楼的入口附近。树里已经做好了充分的心理准备，即便她告诉对方自己是从未来穿越来的，对方也不会信，反而只会觉得树里是个神经病。还是在一定程度上见机行事吧，树里觉得自己还算是比较了解吉泽的性格的。

进入办公室后，他看到了年轻的吉泽。而他习惯性皱眉的动作却一点都没变。

“听说您是野方前辈介绍来的？”

那种圆滑而亲切的说话方式也和现在没有任何区别。如果说有哪不一样的话，可能就是还没长出白头发吧，树里在心里想——对，他就是 19 年后您介绍给我的相亲对象。

“您好，初次见面啊，吉泽医生。感谢您对青木比吕志的照顾。我是小志的表姐，我叫铃谷。”

树里轻轻地鞠了一躬。吉泽示意她在沙发上坐下。

“您好，您好。请问您和野方前辈是什么关系呢？”

树里含糊其词地说野方是父亲高中时代的朋友。然后树里又告诉吉泽自己也在从事医疗方面的工作，并询问了表弟青木比吕志的病情以及发展过程。吉泽确实是一个认真的人，他取出青木比吕志的病历，仔细地对树里进行说明。树里觉得自己强装镇定的战术还是有效果的。就算是患者的亲属，一般也不会拿出诊疗病历来进行如此详细的说明。吉泽在与树里的聊天中，已经认可了树里作为医师的资质。

“这是典型的查那综合征。”树里说，“手掌上的红斑、异味以及周期性的发热。”

吉泽还坦言，在现阶段没有任何可以根治这个病的办法。“作为延长患者寿命的措施，目前我们只能做到这些。”

从病历上可以看出，查那综合征虽然是一个病毒性的疾病，但无论使用何种抗生素，都无法取得预期的药效。

“非常感谢您为了比吕志尽了最大的努力。”树里表示感谢。然后说出了自己来到这里的原委。

——目前，自己在美国的斯塔福德研究所研究抗癌药物，而这些药物的成分主要来自从菌类、地衣类生物中抽取的增强免疫能力的成分。

不久前，在南美发现了一种担子菌。使用这种担子菌进行的临床试验中，获得了一种叫作谢瓦尔德纳泽的多糖体，这种多糖对查那综合征的效果比癌症更加显著。这种新药在美国也还没有获得审批，而且查那综合征的患者本身就很少，因此正式引进日本可能会在很久很久之后。所以，当她得知比吕志的病情时，决定自己带着药物，亲自来一趟。

树里还说，刚刚已经获得了青木比吕志本人的同意。现在希望吉泽医生也能给予许可。

吉泽清楚，从青木比吕志目前的状态来看，病情随时都有可能恶化，从而导致最坏的后果。

“他的病情已经超过了我们能够控制的阶段。如果是家属希望使用这种治疗方式的话，就算它是什么民间疗法，我们也没有权利拒绝。”

看样子吉泽对于新药的药效还是半信半疑。

“谢谢您！”

树里又说，接下来的两天时间，她希望院方能够允许她一直陪在比吕志身边，监测治疗的效果。

吉泽对于树里说的所有内容都给予了许可。

“不过，即便是医护人员，也真没想到青木先生的亲属会直接穿着白大褂就来了。”吉泽笑道。

“能不能向您借一支注射器？”

“我会让护士水村拿给您。注射是由您亲自进行吗？”

“对，我亲自来。这种药每隔 16 小时注射一次，一共需要注射三次。”

从吉泽的办公室走出来的那一瞬间，树里感到一直紧绷着的一根弦突然松开了。她差点儿瘫坐在地上。

5

第一次用药是 30 分钟后。下午两点出头，树里回到 711 病房的时候，比吕志已经睡着了。

树里坐在病床的旁边，安静地看着比吕志的睡颜。

——比哥哥，我一定会让你好起来的。

树里在心中默念。曾经无数次出现在自己梦里的比哥哥，现在就熟睡在自己面前。一直盯着他看，树里发现刚刚觉得比哥哥看上去有些幼稚的感觉已经消失了。现在躺在眼前的，还是那个小时候的树里想要“成为朋友”的大人。

门开了。刚刚那个身材高大的护士，端着一个盛有注射器的盘子。

“吉泽医生跟我说了。”

“非常感谢！”

这个护士就是水村吧。

“是您亲自……给患者用药吗？”

“是的，我自己来。”

树里回答。看来是吉泽已经给出了明确的指示，护士的态度和一开始不一样了。她对树里表示出了尊敬。但是，当她看到树里从白大褂的口袋里掏出安瓿的时候，还是露出的疑惑的表情。

“您得到许可了呀？”

比吕志说。他听到动静已经醒了过来。

“是呀。现在就要给你打第一针了。”

听到树里这么说，比吕志露出了稍显痛苦的笑容。

“你笑了。”

“是呀。自从得了这个病之后，我变得很擅长做出假笑。”

树里明白，这是比吕志特有的一种幽默。

从水村手中接过注射器，抽出安瓿里的药。

“肌肉注射会有点疼，忍一忍哦。”

比吕志点头。

大概是1cc左右的药量。这么一丁点药量就能发挥那么大的功效，树里自己都觉得不可思议。

针头扎进肩膀的一瞬间，比吕志露出了狰狞的表情，但很快就恢复了。

看着树里注射时的操作和揉捏肌肉时的手法，水村已经完全信任了树里。

“接下来有可能会发高烧。到时候麻烦您准备一下退烧用的栓剂。”

“我知道了。”

水村完全配合树里的指示。

“下一次的注射是明早 6 点钟，麻烦您了！”

“我会转告给接班的人的。”水村回应。那个时间她应该已经换班了。大约半个小时之后，比吕志开始感到恶寒。

“我好冷……”他一边说着一边颤抖着全身。树里把手贴到他的额头，体温已经很高了，这也正是谢瓦尔德纳泽 200 在比吕志的体内发挥作用的证明。树里把病房一角的两床毛毯都盖在了比吕志身上。

比吕志的体温已经升到了 40°C，这个副作用是无法避免的，比吕志的额头上渗出了密密麻麻的汗珠。树里给他用了退烧药。如果持续高烧一晚上，那么对于比吕志体力的消耗也不是开玩笑的。

在下一次肌肉注射之前，有必要给他输一些点滴。

像是要抓住救命稻草一样，比吕志从被子里伸出了他瘦弱的左手。树里紧紧握住了像火焰一般滚烫的比吕志的手掌。

比吕志嘴里在不停地嘟囔一些意味不明的胡话，他正在和莫名的巨大恐惧做斗争。现在，在比吕志的体内，干扰素在被激活，正在大力驱赶引起查那综合征的病毒，而副作用就是这个高烧。当初给和美用药的时候，第一次注射之后也出现了这种状况。

突然，树里看到自己握紧比吕志的手腕上的那只固定装置。

液晶显示的刻度还剩下 8 格。等到所有的显示都消失了的时候，就是树里要离开这里的时候。

会成功吗……树里心想。还需要31个小时。

过了不到半个小时，比吕志握着树里手的力气松了下来。他应该是睡着了吧。

放下比吕志的手，树里站了起来。她感到一阵轻微的眩晕。她的劳累已经超过了想象。

为了呼吸一下新鲜空气，树里来到走廊。她打开走廊的窗户，深吸了一口气。

坚持住。

树里告诉自己。

她看到了一个身影。回头仔细一看，发现真田制药的古谷正坐在走廊的座椅上。乌黑的头发，皮肤也有光泽，而且很瘦，但确实是古谷。

古谷坐在长椅上，摊开四肢。“哎”的一声叹了一大口气。

树里差点儿就要走上前去跟他打招呼，连忙退了回来。

但没想到，古谷先开了口。

“你是新来的卫生检查员吗？”

看来他误以为树里是卫生检查员。

“不是的。我有一个朋友正在住院。怎么了？”

古谷说：“啊，没事。”然后卸下肩膀的力气又叹了一口气。

“我负责这个医院已经有一个月了，我是真田制药横岛业务所的。自从业务所一个月前开工以来我一直都是跑销售。但真的太不好干了。我也顺藤摸瓜跟院长打过招呼，每天也都带着小礼物往药局跑。但是一点起色都没有啊！”古谷做出了一个抹脖子的动作。

树里很惊讶。没想到古谷在这个阶段，还没有从横岛医院拿到订单呢。在 1999 年的世界里，他都已经在这个医院如鱼得水了。

没问题，工作一定会成功的。树里真想这样安慰他。

“您已经去拜访过每一位医师了吗？”

“医僧们呀？他们都不太考虑用我们家的药品。有个叫北村凤天堂的本地制药公司跟这里的关系很深，所以……”

树里在想有没有什么办法可以向古谷报恩。而且，如果真田制药就这样拿不到医院的订单，撤走了在横岛市的业务所的话，未来的树里可能就拿不到治疗查那综合征的新药了。这也不行。

树里突然想起来，吉泽部长在未来说过，“真田制药在抗生素方面的配药最全”。

“您去找过吉泽部长了吗？”

“找是找了，也是突然拜访，但是也没有下文了。看样子对我们的药品不是很感兴趣……”

树里又思考了一会儿说：

“对了，真田制药是因为抗生素的种类多而出名的公司吧？”

“是的，”古谷瞪圆了眼睛，“您知道得真清楚呀！”

“没有，我也是稍有耳闻罢了。那您知道这边有个叫作野方医院的吗？”

“我知道，我知道。那里的医僧在我们设立现在的业务所之前，还是被支店管辖的时候就很照顾我们的生意。野方医院怎么了？”

“您去找野方医生说，请把你们介绍给吉泽医生。”

“这可行吗？”

“没问题的，这样的话，吉泽医生应该就不会拒绝了。据说野方医生是吉泽医生的大前辈。”

古谷的眼睛里突然冒出了希望的光芒。

“原来如此。这么简单的事情，我怎么没想到！”

“然后您就从推荐您公司的抗生素开始……”

古谷“唰”的一下从长椅上站了起来，就好像是往头顶上注了水的河童一样，快速抓起自己的黑色大包。

“谢谢您，谢谢您呀！您真是我的恩人，我感觉自己像是遇到了天使！我这就去试试！”

树里一度怀疑古谷会不会抱起自己在原地开始转圈圈，但古谷很快就跑远了。

这算不算是对古谷报恩了呢？

接着，树里下到一楼，在医院的小卖部里买了一份三明治和一杯咖啡，递出了1000日元的纸币。千元纸币在这个年代还在流通，但不久之后也许就会消失。树里内心有一些内疚。但是人有所急。等回到未来再把这笔钱还上吧。树里在心中默默地想着，狼吞虎咽地吃下了三明治。

树里回去的时候，吉泽医生就在711病房里。树里点头打了个招呼。

“第一次的注射已经完成了。刚刚又用了退烧药。”

吉泽点点头，把树里叫到了病房外。

门一关上，吉泽就说：

“实话告诉您，他已经是查那综合征的晚期了，但是看样子药物已经在起作用了！”

然后他又满意地点了点头。

“我告诉您我们之前都给他用了什么药吧，您也知道一下。”

“那太好了！”

吉泽说了几种药物的名称。

“那么，明天我也会来看一下情况的。”

“非常感谢您的配合。”

树里一边记录着吉泽说的药物名称，一边目送吉泽离开。就在这时，她看到一个小小的身影向 711 病房走了过来。

是个小女孩。

“不可以！”

树里喊了出来。她马上就看出来那个愣在原地的小女孩是谁了。

那是年幼的树里。树里捂住了嘴。

“青木现在谢绝探访。”

少女在不停地摇头。树里心想，我比谁都知道你心里的想法，但是你现在不能进去见比哥哥。因为那样的话会改变历史。

“我……我……比哥哥还没有给我讲蒲公英女孩的故事结局呢！”

“蒲公英……”树里一愣。

“所以我必须得去见他！”

树里知道年幼的自己想要说什么，她忍不住就是想要见到比哥哥。现在，在自己眼前吧嗒吧嗒掉着眼泪的，正是儿时的自己。

小树里一直以为眼前的那个人是一个护士。但是来到这里才发现，她对这里的护士都没有任何印象。这不奇怪，因为那天要阻止自己进去见比哥哥的，不是护士，而是她自己。

年幼的树里一定在心里觉得，这个人就是一个魔鬼。树里想要安慰小树里，但是现在的树里能够做的，只有……

“我知道你一定有很重要的理由要去见他，但这是我们考虑到青木的健康状态做出的决定。希望你能理解。”

幼小的树里一下子变得非常沮丧。

“你有什么事，我会负责任地转达给他。”

接下来在一系列对话结束之后，小树里放弃了要见到比哥哥的想法。树里看着那失落地慢慢走远的小小的背影，在心中无数次地默念：对不起，对不起。

树里回到 711 病房里面的时候，比吕志已经醒了过来。

他用有气无力的声音问树里：

“有人来了吗？”

“是啊，一个叫树里的小女孩。她说她特别担心比哥哥的情况，跑来看你了。”

“这样啊……”

比吕志用很无力的声音自言自语道：“原来她很担心我啊！那个女孩和医生您的名字一样。别看她小，但是是个很有想法的孩子，也很聪敏，是个特别好的孩子。”

比吕志补充道。树里有一种冲动想要追问，就这些吗？只有这些吗？但是她强行控制住了自己，说：“所以要赶快好起来，别让她的期待落空了呀！”

比吕志说“是呀，确实是”，然后又睡了过去。

在看着比吕志的睡颜的时候，树里也开始打盹。长时间的疲劳终于变成了困意。

等到树里从没有一个梦境打扰的熟睡中醒来的时候，整个病房都很安静。她一下子清醒了，下意识地看了一眼左手手腕上的固定装置。两点。从外面的昏暗程度来看，现在应该是凌晨两点钟。

她的手碰到了毛毯。

树里是坐着睡着的。

比吕志从她面前的病床上坐起了身。

“您醒了，”比吕志说，“我怕您感冒，给您搭上了一条毛毯。不冷吧？”

树里感觉两个人的立场这时候好像反转了一样。

“感觉怎么样？”

“挺好的，烧也退了。是这几天里感觉最好的了。”

比吕志露出了笑容，然后伸出一支体温计给树里看。

36.8°C。

“什么时候醒来的？”

“大概两个小时以前吧。感觉状态越来越好了，所以特别清醒。但是我看到医生您睡得很香，就没打扰您。”

一想到这两个小时比吕志都在盯着自己的睡相看，树里感到有些不好意思。但是从目前比吕志的状态来看，病情比自己刚刚来到这个世界的时候已经有了不小的好转。看来谢瓦尔德纳泽200在过去的世界里，也发挥出了它强力的药效。

“耳朵没问题吗？”

“目前没有，只是感觉状态好多了。”

看样子也没有触发副作用。树里长舒了一口气。

“你还是躺着比较好。”

比吕志在病床上盘腿坐着，挺直了背部，举起双手在伸懒腰。可以看出他的状态真的不错。

“好的，”比吕志回答，“不过，我能跟您聊聊天吗？”

“别太久就行。”树里耸了耸肩，但是她明显感觉自己的内心也有一些兴奋。因为虽然现在比吕志的说话方式还比较客气，但是她能感觉到在渐渐接近儿时一起聊天的比哥哥的口吻。

“不好意思，其实刚才，我一直在看铃谷医生睡着了之后的样子。”

树里不知道该如何回应。比吕志继续往下说：

“我一直在想，医生您一直说之前见过我，但是是在哪见到的呢？”

“想起来了吗？”

“不，我怎么都想不起来，但是我也敢肯定我在哪里见过您。我想有可能是……您可别笑话我。”

“有可能是？你猜猜？”

树里想要捉弄一下比哥哥，故意这么说。有可能是……从未来来的？

但是，比吕志的回答却完全不一样。

“有可能是……我的妈妈？但是我知道肯定不是，一看年龄就知道了。”

树里被逗笑了。果然是比哥哥，总是有一些不切实际的想法。比吕志也觉得不好意思，一直在挠头。

“很遗憾，猜错了哦！”

“也不是很遗憾。我看着您熟睡的样子，可以肯定在哪里见过您，而且就像是和一位故人重逢了。然后，我的心也感觉到踏实，现在有一种安心感。”

我也是。树里心想。即便不说出口，她也能感受到自己的脸颊在泛红。

“谢谢，这是对我最大的褒奖。”

树里尽量平静地回答。可是她又在心中问自己，是不是现在就可以把实情都告诉比吕志呢？但是留给她的时间还剩多少呢？如果这个时间超出了极限，树里就要被送到很久之后的未来，自己又能和比哥哥的未来产生多少联系呢？她要做的只是挽救比哥哥的生命，就在这短暂的时光之旅中……

“医生，那个叫树里的小女孩，刚刚来找我了对吧？”

“是啊。”

树里感觉像是胃都提到了嗓子眼一样。

“我一度也以为您是那个小女孩的妈妈呢，但是您又太年轻了，更像是她的姐姐。尤其是眼睛，你们两个的眼睛很像。但是中午您在门口跟她说这里不让探望时候的语气听起来又像是陌生人，所以我现在脑子里面乱糟糟的……”

是的。这是一个从常人的常识中无法得出的答案，他说的这些都和事实无关。

但是比吕志露出的笑容又是那么纯粹，没有一点阴霾。

“医生您的真面目还是一个谜呀！但是我现在感觉很舒服，这是我住进这里以来第一次有这样的感受。”

树里叮嘱比吕志，不要勉强自己坐着。虽然比吕志听话地躺下了，但嘴还是不闲着。

“等我出院了之后，医生您又要去其他地方了吗？”

“嗯……”树里觉得这件事她应该如实地告诉比吕志，“我不能在这里待太久。要想杀掉你体内的病毒，至少还需要两次注射，这个时间就是我能留在这里的极限了。”

“我还有机会再见到您吗？如果我出院之后连感谢您的机会都没有的话，那真是太遗憾了！”

树里不知道该怎么回答。

“我听吉泽医生说了，您现在是在美国的免疫研究所工作对吧？他以为我也知道这件事呢！如果您要回到那里的话，我会追着您到美国去感谢您的！”

树里感到很高兴。很明显，比吕志对自己很有好感，但是一想到接下来的命运，她就又会很失落。

“没关系，你的心意我已经收到了。”

听到树里这么说，比吕志还是露出了不甘心的表情。

“铃谷老师，您结婚了吗？或者有男朋友吗？”

这个提问来得太突然。

“为什么这么问？”

“没有，就是有点好奇。是不是在美国，有一位等着您的先生？”

“不……我没有结婚，也没有恋人。”

比吕志笑了。

“那我就放心了。”

“比吕志，等你出院之后，有人在等着你吧？”

比吕志摇头。

“我现在没有恋人。就在前几天，一直以来交往的女孩子跟我说还是做普通朋友吧……”

“如果你的病好了的话，她应该还会和你在一起的。”

“不是这样的。一直都是她单方面对我有好感，等到我也开始对她有感觉的时候，她却说我们还是做朋友吧。我没有什么经济实力，现在又是病恹恹的。她就像是一阵龙卷风，她刚跟我提出分手的时候我确实也很受打击，但现在已经没事了。”

树里想要笑出来，但是忍住了，没想到，幼年的时候那个漂亮的大姐姐和比哥哥上演的那一幕，会从比哥哥本人嘴里讲出来。

“但是我看到医生您的时候，就觉得，您一定是个好人，是我喜欢的人，和之前那个女孩子很不一样。龙卷风只是吹进了我的心里之后扰乱了我的心绪，但是医生您不一样。

“但是对于医生您来说，我根本就不在考虑范围内吧。因为您跟我说话的时候总是很有距离感，我能感受到。

“所以我才问您，是不是已经有正在交往的人了。”

树里犹豫着要作何回答。不然就把真相告诉比吕志吧。说出来的话会轻松很多，也能以最真实的态度和比哥哥相处。

“我有点冷……”

比吕志又盖上了毛毯。树里连忙摸了摸比吕志的额头，又开始发烧了。他们的对话中断了。

天快亮了。

6

5 号的早晨，树里完成了第二次谢瓦尔德纳泽的注射。这回低烧状态持续了一段时间。

固定装置的刻度还剩下三格，来得及吗？第三支要在今天晚上十点完成注射，比吕志也知道这件事情。

“如果完成了治疗，就意味着我再也见不到您了对吗？”

额头上满是汗珠的比吕志自言自语。

“这段时间很容易出现副作用，所以请好好静养。”

树里对他说。尽量说得官方一些，不夹杂任何感情。

这次，比吕志又向树里伸出了手。树里默默地握住。对于树里来说，这个动作就是二人之间最真切的联结方式。

九点半过一点，护士水村来叫树里。树里来到走廊，看到了他。

“是真田制药的古谷。”她对水村说。

“对，就是这位。没错没错。”

等到水村走了之后，古谷就像一个啄木鸟一样，连连对树里鞠躬。

“哎呀，正如医僧您所说呀！今天早上，我就拿下了一个单子。昨天晚上，从您这里走了之后我就跑到野方医院软磨硬泡让野方医生给我写了封推荐信。然后拿着这封信，今天一大早我就去攻略吉泽医生了。行云流水，一气呵成。真是救我一命呀！”

古谷往树里的怀里塞了一盒点心，说“这是我的一点心意”，然后扬长而去。树里看出这真的只是“一点”心意，点心都是在医院一楼的小卖部买的，不禁苦笑。

树里一想到今后古谷就要成为这个横岛医院的“一霸”了，就感觉很是奇妙。

吉泽医生来比吕志的病房查房已经是十点多了。

这时，比吕志已经退了烧，体温也正常了。吉泽应该已经看过了一大早的验血结果，他看到比吕志的状态之后，掩饰不住惊讶。

触诊之后，吉泽大大地摇了摇头。

“仅用了一个晚上就恢复到现在的状态，真是令人难以置信。这大概是某种奇迹吧，γ-GTP 和 GOP 竟然都恢复了正常值。”

“多亏吉泽医生您痛快地答应了我的请求，但是目前病毒还没有完全消失。今晚注射完第三针之后，才能算是大功告成了吧。最后一程，还请您多关照！”

树里深深地鞠了一躬。

“我也非常期待能有一个好的结果，”说罢，刚准备走出病房的吉泽停了下来，“从昨天开始，野方前辈的缘分在不停地给我带来好运。今天一大早，有一个新来的医药代表拿着野方医生的介绍信来找我了，刚刚我还给野方医生打了电话，不过他在门诊，没能说上话。”吉泽笑了笑。

“他们家公子正是高考的时候，也够不容易的。”

树里不知道该怎么回答，只是回应了一句“这样啊”。下次吉泽给野方打电话的时候，自己的谎言就要被揭穿了。今晚，只要今晚之前自己的身份不被发现就好。树里只有在心中默默地祈祷。

树里回到了病房，房间里只有她和比吕志两个人。比吕志恢复了食欲。光吃病号饭还嫌不够，树里就把古谷送给她的小点心切开，和比吕志分着吃了。打开收音机，广播里正在放南天群星的《我是钢琴》。

那是一段非常惬意的时光。

恢复了体力的比吕志，在床上伸了很多次懒腰。就好像已经完全康复了一般，开始闲不住了。

树里看向病床旁边的书架，那里趟着那本《世界科幻杰作选》。旁边堆了很多的稿纸。

这时，树里想到了一种可能性。自己小的时候，比哥哥有可能就没有死。

把比哥哥“死了”这件事告诉自己的，是那个不让自己去探望比哥哥的“护士”。也就是说，那是她接下来要在这个世界里做的事情，在真实的历史之中，就已经安排好了自己会回到过去，然后救活比哥哥吗？

否则，如果得救了的比哥哥和小树里再次见面的话，树里就不会选择从医。也就没有人会穿越到过去给比哥哥治病了。

“医生，您在想什么呢？”

比吕志笑着问。就是这个笑容，只要一看到这个笑容，树里的内心就会变得平和，就会感到一种安宁。

“嗯？为什么这么问？”树里也笑着回答。

“您刚才的表情，看上去像是有什么烦心事。而且刚才吉泽医生说是通过谁的介绍的时候，您的表情一下子就变了。”

“果然，作家的观察力可真是敏锐呀。”

比吕志睁圆了眼睛。

“您怎么知道的？”

“这很容易啊，”树里指了指书架，“稿纸都堆成山了。”

“您就像是个福尔摩斯。”比吕志挠了挠头。

“也不知道朱莉现在怎么样，她一定可担心了！”

“朱莉？”

树里很快就明白了，比吕志说的是小树里。

“那天不是有个小女孩来找你吗？就是她。她是我在谈话室认识的好朋友，是个特别好的小女孩，她总是盼着跟我聊天。不，其实我每天也很期待跟她聊天的时间。

“我总是想，如果哪天我结了婚有了自己的小孩，希望她能是朱莉那样的。

“我还给她讲了我正在写的童话故事，我准备出院之后完成这个故事。”

树里有些失落，但是也并不奇怪，比吕志怎么可能把 11 岁的自己当作恋爱对象来看待呢。

“我现在感觉状态不错，您要不要和我一起来谈话室呀？我把朱莉介绍给您？”

树里下意识地对刚要下床的比吕志喊了出来：

“不行！你不能去见她！”

听到如此意外的回答，比吕志的动作僵在了那里，眼睛睁得溜圆。

“为……什么呀！”

“因为，在她的人生里，没有发生这一幕。”

比吕志皱起了眉头。

“请你把那本书送给她，然后，再也不要出现在她的面前了！”

指着那本《世界科幻杰作选》，树里对比吕志说。比吕志不明白她的用意。

“您从不对我敞开心扉，而且您今天晚上就要离开这里了，然后又让我不要再去见朱莉。您，到底是什么人？”

“我说了你也不会信的。”

“你不告诉我，我怎么知道会不会信！”

两个人之间的空气凝固了。

心一横，树里开口了。

“前天是兔子。昨天是小鹿。然后，今天是你。”

“蒲公英女孩……”

“你说了，那个女孩的名字和我一样。”

比吕志张开了嘴，刚想要说些什么，但又闭上了。然后又想要说些什么，又张开了。他重复了几遍这种状态后，终于说出了话。

“这令人难以置信。是啊……我想起来了。那个女孩，也姓铃谷。

“所以……时光机……是真实存在的……

“但是，为什么？从未来……是吧？您是从未来回来，出现在我身边的吧？

“为什么要这样做？”

“比哥哥，你在我小的时候就去世了。我特别特别喜欢比哥哥。所以，所以，我来救你了。”

一直以来压抑着的感情，就像是在这一瞬间爆发了一样，倾泻而出。

“啊！”比吕志又露出了恍然大悟的表情。

眼泪夺眶而出。树里已经控制不住自己了。当她把一切事实都释放出来的时候，她的内心又变回了11岁的树里。

她一边哭着，一边倚靠在比吕志的怀里。比吕志温柔地抱着她的双肩。

“在未来，你当上了一名医生呀！树里真棒！”

比吕志就像哄一个小孩子一样，轻轻地、慢慢地拍着树里的肩膀。树里哽咽了很多次，她在比吕志的怀里感受到了无上的幸福。是那种超越了一切计算、大道理的纯粹而无上的幸福。

“我也和你一样。我也不知道自己为什么会有那种感觉，即便你已经是一个大人了，但是我还是喜欢你，树里。现在我终于知道这是为什么了。为什么会对突然出现在自己面前的你有那样的好感，虽然一开始那种感觉还有一点令人捉摸不透。

“真的，谢谢你。”

树里抬起头，眼前就是比吕志的双眸。两个人的嘴唇重叠在一起，是再自然不过的事情了。树里已经忘了自己。

就在几秒之后，树里连忙从比吕志怀里离开了。

“不行，不可以。”

树里就好像在训斥自己。

“你怎么了，树里……医生？”

“你叫我树里就好了，比哥哥。但是我也只能陪你到今天晚上了，然后，大概，我们就再也见不到了。”

“为什么呀？”比吕志攥着树里的手，不肯放开。树里坐回到病床边的椅子上，给比吕志讲了自己从小到大的事情。

她成了横岛医院医生的事情，得到了查那综合征的特效药的事情。然后又因为一些奇妙的缘分，得以乘坐柯罗诺斯旅行机的事情，时间具有的奇妙的性质，她戴在左手腕上的固定装置，以及它的时间限制。

比吕志沉默不语，频频点头，认真地听树里讲述这一切。他时不时睁大眼睛或是用拳头抵住自己的额头，但始终没有打断树里的讲述。

树里叹了一大口气：“就是这些，我说完了。所以，为了验证另一种可能性，也就是在我小的时候比哥哥已经活下来了，我也不希望比哥哥去见小时候的树里。就当作比哥哥已经‘死掉’了吧。

“虽然我也很心疼她，但是我这不是挺过来了吗？那本《蒲公英女孩》，得由我去交给她，你能明白吗？”

比吕志思考了一会儿，说：“我明白了，就听你的，树里。”

“但是，等到时间限制到了的时候，有没有什么办法能让你继续留在这个世界呢？”

“这是不可能的。今晚以后，我们就要活在不同的时间里了。所以，我希望比哥哥不要再想着我的事情了，比哥哥要去过好自己的生活。”

“我，做不到。你做这一切都是为了我，为了我把自己的人生都搭进去了。树里，你对于我来说是非常重要的人，我做不到就这么忘了你。你说你要到未来……那是多远的未来呢？”

“我也不知道。40 年……不会比 40 年短的。也就是说，那已经是另外一个时代了。”

“我……那时已经是70岁了吧。我不会结婚的，我要好好活着，活得久一点。等着树里回来。虽然可能已经是一个皱巴巴的小老头了，但是我对你的心意，不会变的！”

“你不要这么说。虽然我很高兴你能这么想，但是那多痛苦啊！”

“树里，你想要在2020年的世界里，做什么呢？”

“你不用担心。那个野方医院的公子，也就是开发了柯罗诺斯旅行机的野方耕市先生会帮助我的。”

这个回答有多么渺茫，树里自己心里也清楚。只是为了让比吕志放心罢了。她都不一定会回到2020年，有可能是更遥远的未来。

比吕志似乎也从直觉里感受到了这一点。

“原本我的人生就要结束了，所以，接下来的人生我觉得就像是一个赠品。是树里你救了我，所以接下来的每一天我都要想着你活下去，可以吧？当然，我不会去见小树里了，如果她会回到过去救下一个我，那么下一个我，就是她的。”

“只有一点。”

“什么？”

“你要写完那个故事。”

“故事？”

两个人一起看向了堆在书架上成山的稿纸。

“对，《害怕山谷的小女巫》。”

树里说完，比吕志点了点头。他眼神坚定，甚至没有露出害羞的笑容。

“原来你还记着呀？”

“当然了。我从没忘记过！”

“我答应你，一定完成那个故事。虽然不知道能不能出书……”

比吕志紧紧地抱住了树里。

“不管我老成什么样子，直到树里回到我身边，我都不会死的，我等着你！”

“求求你……”

在比吕志的臂弯中，树里有了一种感觉——自己已经把自己人生的全部浓缩到了这几十个小时之中。

这天傍晚，当树里把《世界科幻杰作选》交到小树里手中的时候，她的心中有一种说不上来的负罪感。她把自己体验过的痛苦，亲手推给了小小的自己。

儿时的树里用仇恨的眼神瞪着自己，号啕大哭。“大骗子！”这句话就好像是一根鞭子一样，抽在了树里的身上。是的，自己欺骗了她，刚刚，自己亲手在这个幼小的女孩的心里，刻下了巨大的伤痕。

就在她走出树里的病房的时候。

树里感到浑身上下被无数的细针刺痛，她已经站不住了，瘫坐在了走廊里的长椅上。

那种突如其来的身体的变化，树里以前没有感受到过。

这大概就是对自己的惩罚吧。树里想。因为自己折磨了年幼的树里，所以老天给了她惩罚。

疼痛感很快就消失了，但是那种被什么力量拉扯的感觉一直都在。

她下意识地看了一眼左手腕上的固定装置。

刻度已经只剩下最后一格，在闪烁。

比预期的来得要早很多。

她向路过的来探望病人的女人询问了时间。

“马上八点了。”

树里绝望了，距离最后一针谢瓦尔德纳泽的注射还有两个小时。

治疗还没有完全结束。如果现在她就要被送回未来，那么目前为止所有的努力都会化为泡影。

自己还能坚持多久？30 分钟？一个小时？

周期性的疼痛和看不见的引力正在折磨着树里。

那种力量让树里无法站立。她倚靠在墙上，爬着挪到了电梯间。

当她连滚带爬跌进 711 病房的时候，最惊讶的就是比吕志。这种状态下完全看不出来到底谁才是病人。大颗大颗的汗珠从树里的额头上滴了下来，脸色惨白。

对于比吕志的询问，树里告诉他，自己的时间要到了。

“没事，我还能撑。最后的治疗还没有结束呢！”

树里又看了一眼固定装置。

所有的刻度都已经熄灭了。

树里已经被送回到未来也不奇怪，但是树里还是拼命地留在 1980 年。

“你快躺下，休息一下。”

比吕志说。

“不要！”树里甩开了比吕志的手，“如果我现在躺下或者是闭上眼睛的话，就会被直接带走了，我自己知道的！比哥哥，你看着我！”

树里能够在这个世界里继续停留这么长的时间，已经超越了固定装置的性能。如果可能的话，那就是因为，树里惊人的意志力。

但是，就像野方所说的那样，越是用力留在过去，时间流的反作用力就越大，树里可能会被弹回到更远的未来。

把手放在树里额头上的比吕志，被她的体温吓了一跳。

“怎么办，要叫医生吗？”

“求你了，不要离开我。很快就好了，为比哥哥做完最后的治疗，我就可以从这种痛苦中被解放了。你抓住我！”

那种剧烈的疼痛反复向树里袭来。树里痛苦地扭曲身体，拼命抵抗这种疼痛。

比吕志叫她的名字，她就用紫青色的嘴唇回答。

“比哥哥，我好喜欢你！”

每当树里这样说，比吕志就会更加用力地抱紧树里。

九点半多一点，护士水村来到了病房。她看到树里的惨状，差点儿把手中的注射器打翻。树里的模样和之前发生了巨大的变化。

“谢谢你！”

不理会哑口无言的水村，树里接过注射器。

9 点 45 分。

“好像已经到了极限了，我感觉我马上就要被拉走了。”

树里用沙哑的声音说：“虽然还有点早，但是我打了啊。”

“好，你慢点。”

树里用颤抖的手从口袋里取出了安瓿。她把药物吸到针管里，给比吕志的胳膊消毒。

就在扎针的时候树里怀疑了自己的眼睛。药品在针管里减少到了三分之二左右的量。还有这种事……

药量在继续减少。药剂正在被时间流挤压。

“不够了。”

都已经坚持到现在了。树里把手再次伸向口袋。

还剩下最后一支安瓿。她把最后一支也打开了。

病房的门打开了。主治医师吉泽走了进来，边走边说：

“你到底是什么人？我问了野方医生，他说他根本就不知道你，你到底是……”

树里毫不理会。她正在争分夺秒。

树里把针头对准比吕志的肩膀，一口气把药都注射了进去。

“好了，比哥哥，这下就好了。”

一边揉着比吕志的肩膀，树里用惨白的脸色对他笑了笑。树里放下针管，她感觉到无论是体力还是毅力，都到达了极限。

比吕志也感受到了这一点。比吕志用力握紧树里的手腕。

“不要走。树里。我爱你。我需要你，树里！”

树里张了张嘴，但是发不出声音。她的唇形在变化。“我、很、幸、福”。

一瞬间，树里从 1980 年，消失了。

7

当她的意识恢复过来的时候，她正躺在床上。在一间白色的房间里，树里躺在一张床上。她知道这里是医院，但不是 1980 年的横岛医院。

不过，这些事情都已经无所谓了。她还不能摆脱虚脱反应。

在一面白色的墙上，挂着一本挂历。

2035 年 7 月。

她渐渐开始有了自己已经被送到未来的感受。

——从那天之后，已经过去了 55 年。

55 年，足以让所有的事情都变得面目全非，就像是浦岛太郎的故事一样。

这里，到底是什么地方？如果现在是 2035 年，那么青木比吕志……应该已经是 82 岁了——当然，如果他还活着的话。从那以后，比哥哥过上了什么样的生活呢？希望那是一个幸福的、没有遗憾的人生。

门开了。

一个穿着白大褂、有些上了年岁的女人走了进来。

“你醒啦？”

“嗯……是……这里是？”

“这里是野方医院，铃谷小姐您倒在路边的时候被人发现送到了这里，据说您嘴里还念叨着我们医院呢！”

“啊……”

这个中年女人做了自我介绍：“我是野方亚由美，是这里的院长。我丈夫是野方耕市，他跟我说过您的情况。”

她还笑着补充说：“我比您可还小两岁呢！”

树里得知了自己来到这个世界之后，昏迷了三天时间。

虽然身体还很虚弱，但也不至于走不了路。树里从病床上起身。

“真是给您添麻烦了，不知道该怎么谢谢您。”

野方夫人觉得医院里不好说话，就把树里带回了医院后面的家里。客厅是那种难以想象是未来世界的、非常古风的日式装潢，有很多木质的柱子，整个房间都让人感觉很温暖。

窗外是一片日式庭院，但仔细一看，才发现是看上去很像窗户的投影设备。

野方夫人给树里倒了一杯茶，说“请稍等一下”，然后走出了房间。

树里环顾整个屋子。在房间的一角有一个木质的书架。

树里下意识地眨了眨眼，想要看清。

因为有一行字吸引了她的注意。那本书的封皮上写着“害怕山谷的小女巫——青木比吕志”。

那是比哥哥的书。

树里内心澎湃，那种虚脱感一下子就消失了。

比哥哥遵守了两个人当初的约定，完成了那本书……书上还印着……

在书的腰封上，用金色的字体写着“世界幻想文学大奖获奖作品”。

树里很想赶快拿到手看一看，但是书架的玻璃门上上着锁。

树里看到在那本书旁边的书，再旁边的书。

《黄泉国的满月——青木比吕志》

《湿漉漉的老婆婆和源人——青木比吕志》

《穿越时空的朱莉的冒险——青木比吕志》

是的，那里排列着十几本青木比吕志写的书。

原来比哥哥真的成了作家。泪水从树里的眼睛流了下来，止都止不住。自己那异想天开的行动，并不是无意义的。现在在这个世界上，一定有成千上万的小孩子，就像当年的自己一样每天都盼着比哥哥的童话故事。

比哥哥一定度过了非常幸福的一生。不过，《穿越时空的朱莉的冒险》这个名字可真是……

“久等了，久等了！”

和野方夫人一起走进来的是一位老人。树里很快就看出了他是谁，那是 70 多岁的野方耕市。他身着工作服，头发已经稀薄，满头白发，脸上长着老年斑。没错，就是他。

“你回来了。平安就好！”

耕市向他讲述了自己这些年来的生活。从那以后，他娶了一位医生，野方医院也算是后继有人了。社会上发生了各种各样的变化，后来他也有了孩子，准备让孩子继续接手野方医院。

但，树里更想知道的，只有一件事。

“那些都是青木比吕志先生的作品吧？”

野方耕市咧着嘴笑了，点了点头。

“在他作为一名作家出道之前来拜访过我，所以我从他那里听说了那段时间的事情。

“从那以后，自从他成了作家，每一本书都会寄给我们。《穿越时空的朱莉的冒险》我看了之后也捏了一把汗。”

“也就是说，您见过比吕志？”

“当然了。”

这时，远远地传来了门铃声。

“他就住在我们附近！”

“所以，他还健在吗？”

“当然了！”耕市说，“铃谷小姐你恢复意识之后，我马上就把这个消息告诉他了，他已经翘首以盼这一天那么多年了。”

房间外面传来野方夫人的声音。

“青木先生来啦！”

树里的心中闪过一丝不安。现在的比哥哥到底是什么样子。他说他一定会等自己回来，他也兑现了曾经的诺言，无论老成什么样子，都要活着等她回来。

已经过去了55年。

应该怎么跟他打招呼呢?

树里攥紧了双手，有些局促不安地站起了身。

当树里看到从野方夫人背后走出来的人时，她呆住了。

那不是一个老人。

没错。那正是30多岁的青木比吕志。即便已经过去了这么久，他看上去也只比树里大四五岁的样子。这不可能……

“欢迎回家，我一直都在等你！”

然后，用和以前一样清澈的眼神对着树里微笑。

“比哥哥，这是为什么？我以为你已经老了……”

除了树里之外的三个人都笑了起来。

“你猜这是为什么？在树里被送回未来之后，同样的现象也发生在了我的身上，但是我来到了2028年。然后我就去拜访了树里之前说过的野方医院，知道那时候你还没有回来。

“野方先生告诉了我。

“大概是我体内的药物拽着我一起从过去回到了未来，但是弹射的时间点却比野方先生计算的要稍稍久一点。

“然后我就为了兑现和你的约定，重新开始写故事。很幸运的是，我的处女作就得了奖，现在已经出了十几本书了。”

“是这样……是这样……”

树里只能不停地流泪。她说不出话。她以为，书架上的书是很早以前就出版的。

比吕志递给了树里一本书。

树里用被眼泪模糊掉的双眼，很快就看出来是那本《害怕山谷的小女巫》。

“其实，我一直希望树里能做这本书的第一个读者。”

树里一边流着眼泪，一边拼命地点头。

“以后我们要一直在一起。我说过了，我需要你，在很久以前就说过。”

树里笑了，她点头。

“我……对不起，来晚了七年。但是从今往后，我永远是比哥哥的第一个读者！”

奇迹总是会围绕着那些相爱的人……树里在比吕志的臂弯中，正在想是不是这样。而掌管这一切的……就是时间之神，柯罗诺斯。

你存在的时间　我要去的时间

说到时间是如何流逝的，一般人们会认为，它就像是一条大河一样，从上游向下游直线流走。过去，就是上游。自己所在的岸边，就是现在。不知道将要流向何方的下游，则是未来。

秋泽里志也认为，时间大概就像是一条大河那样的存在。

直到有人告诉他，时间，其实是从下向上流动的，一个螺旋状的东西。

然而，那时候的里志所处的环境，是一个不适合让他更深一步沉浸在此类哲学性思考的环境。

那时里志的生活，充满了梦想与希望。

那并不是因为他有很多钱，也不是因为在外面玩儿得多花哨。

他在一家上市公司工作。那是他入职的第四年，每天都把当天的任务完成好，过着平凡的日子。

早班的时候和周末，他都和恋人一起度过。

他恋人的名字叫作梨田纮未。他们是上大学的时候认识的。

里志在街上偶遇高中同班同学的女生时，走在她旁边的就是纮未。那时正好闲来无事的里志，请两个人喝了杯茶。

他们随便聊了聊天，里志和纮未只是互相做了简短的自我介绍而已。纮未微笑着听两个老同学聊天，并不怎么插话。

所以，那时候里志对于纮未的印象还是比较模糊的。只是觉得那个女孩给人的感觉挺舒服。

那之后，发生了很多个偶然。

三年后，下了班的里志在回家的路上，走到人潮涌动的车站时，被纮未叫住了。

里志和纮未的上班地点在同一个车站附近。

纮未朝里志走了过来，然后两个人自然而然地一起走进了车站附近的居酒屋，吃了晚饭。

这时，里志第一次感觉到自己被纮未吸引了。纮未是一个纯洁无邪的姑娘。在听里志说话的时候，总是笑着给出很多回应。两个人并肩坐在吧台的座位上，里志看向纮未的时候，发现她立体而深邃的侧颜是如此的动人。他甚至无法相信，第一次见到她的时候，自己竟然没有发现这一点。

当天，两个人并没有约定下一次的见面就道别了。

从那天开始，里志觉得纮未是一个很有魅力的女性。

尽管如此，里志也没有勇气邀请纮未约会。因为他完全不知道和心仪的女性约会应该怎么做，他完全不谙与女性的相处之道。

但是，下一个巧合，就发生在不久之后。

一个休息日，里志去看电影。那是一部没有什么话题性的、有关社会问题的硬派电影，只有在郊外的小影院才有排片。

里志在窗口排队准备买票，而排在他前面的正是纮未。

里志怀疑自己的眼睛，他想不到纮未也会来看这么硬核的电影。里志怀疑是认错人了，试探性地上前搭话，结果还真是纮未。

里志和纮未一起看完了这部电影。虽然片中没有任何富有浪漫气息的恋爱情节，但里志偷偷看向纮未的时候，发现她一点不觉得枯燥，眼睛里一直都闪着光。这让里志感到惊讶。

出了电影院后，里志邀请纮未一起吃饭。纮未很自然地接受了这个邀请。

里志在附近随机选了一家意大利餐厅。

两个人坐到了明亮的露台。

露台上只有一个 40 岁左右的男人在独自喝着红酒，没有其他客人。

“没想到您喜欢看那么硬派的电影！”

喝着红酒，里志忍不住问了纮未。

纮未发自心底地笑着回答：

“是上次见面的时候您推荐给我的呀！看您当时说起这部电影的样子，那么投入、热血，我也想去看一看了。”

有关上次见面的时候给纮未讲起这部电影的记忆，在里志的脑海里已经完全不存在了。但他觉得这很有可能。一定是自己在纮未面前不知道该聊些什么，于是把自己心里想到的话题一个接着一个地讲给她听了。看来，这些话里面也包括了“我现在最想看的电影”这个话题。

“我觉得这部电影真的很有意思。我以前没看过这种类型的电影，感觉自己发现了新大陆。谢谢您给我推荐这么好的电影。”

因为纮未的这句话，里志心中根深蒂固的那种紧张感慢慢地得到了缓解。之后的用餐时间都是非常愉快的。两个人谈天说地，聊着各种各样的话题，忘记了时间的流逝。

两个人都对对方详细地讲了自己的事情。里志一边和纮未聊着，一边想，希望能够和这个人一起度过更多的时间。

就这样，里志和纮未开始交往了。

半年的时间里，两个人只要一有时间就待在一起。随着两个人的关系越来越亲密，里志不由得觉得，这个世界上竟然有如此完美的女性。自己为什么没有更早遇见她呢？

里志把当初那家意大利餐厅作为了求婚的场所。就像平时一样，两个人吃完饭和甜点之后，里志下定决心说出了那句话。

纮未看上去并不惊讶，也没有不知所措。面对里志声音颤抖的求婚，纮未回答：

“其实，我已经有这种预感了。”然后渐渐收起了笑容，对里志鞠了一躬。

“请多多关照。”

那一瞬间，里志感觉自己一直憋着的那口气，一下子就松了下来。

从那天以后，里志生活的一切都围绕着一个主题——和纮未一起开启新生活。

里志向公司——住岛重工申请了几天年假，和纮未一起回到了她的家乡。

里志为了取得结婚的许可，拜访了纮未的父母。然后里志又带着纮未一起，回到了自己的家乡九州，向自己的父母亲介绍纮未。

里志觉得这一切都有点不可思议。纮未的父母第一面见到里志就很喜欢。也许是纮未事先安排好的，他们一大家子齐齐整整地接待了里志，让里志感觉自己已经是这个大家庭里的一员了。当然，两个人成亲的事情很快就得到了纮未父母的认可。

两个人在九州的老家也是一样。

里志的妈妈掩饰不住内心的喜悦，说“你是怎么找到这么优秀的姑娘的”，还夸赞“跟纮未在一起之后，里志整个人的气质都变了，品位也提升了”。这天里志穿的衣服，是为了这次的旅程，纮未特意为他搭配的。

除此之外，两家人还确定了半年后举行婚礼的日期。

里志的心中已经没有任何的不安。半年后，他就要和纮未一起开始属于两个人的幸福的新生活了。

里志甚至有些怀疑，世上的事情，真的能够如此顺利地推进吗？简直像是做梦一样。一切的一切都太过顺利，这反而让里志的心里有一些忐忑。

但是这种忐忑，只要一见到纮未就会立刻烟消云散。

可是，里志还有一点拿不准的地方。

他总感觉纮未的表情，笼罩着一层阴霾。虽然她总是笑眯眯的，但是里志发现，偶尔，忽然地，纮未会露出一种难以形容的奇怪表情。

“怎么了？”

每当里志这样问她，纮未就好像从某种思绪中被拉回到现实一样，又恢复到往常的笑容。

里志听说过，女性在临近结婚的时候，都会因为不安，精神上变得忧郁。里志认为纮未可能也正处在这种情绪之中，但他终究不知道纮未是怎么想的。

梨田纮未作为一名行政人员，就职于一家服装公司，而她计划下个月就辞掉工作。

纮未是不是对离开工作岗位也有一些不安？里志想。

“你在担心什么？”

里志问纮未。

“没有啊！”

纮未虽然这么回答，但从她听到里志这样问她时露出的表情，里志确信，她在隐瞒什么。

而她到底在想什么，接下来的一段时间里，里志还是毫无头绪。但他又觉得不应该咄咄逼问。

纮未那么优秀，也许和一个在她心中剪不断、理还乱的男人有关，而她为了不让里志担心，正在试图一个人化解呢。

一边这样不断推测，一边里志又对这样的自己感到厌恶。

只是，无论如何，不管是任何细小的事情，里志坚定地认为不应该带着过去的某些心结，进入婚姻生活。

向纮未打听清楚其中的细节，确实不是一件愉快的事情。但里志坚信，这是一件无论如何都应该弄明白的事。

起初，纮未只是沉默。这时候她露出的阴郁表情，里志从未见过。

然后，纮未说出了一个男人的名字。她说她必须在辞掉工作之前去见一次这个男人。

“这个人，是你的什么人？”

里志问。

“什么人都不是，我也不认识他。”

纮未说这是上司拜托她做的，但不算是工作命令。只是，这个任务对纮未所在的服装公司的业务会有很大的影响。就是这样的一个神秘的大人物，主动提出希望可以有一个时间，单独和小小的办公室职员纮未见面。就在纮未离职之前。

名义上是对方提出的请求，但事实上却不是那么轻松的事情。据说纮未的上司和公司的一把手一起来恳求纮未，她只得不情愿地接受了这个请求。

“我有点害怕……”

纮未说。这很自然。

“你不必去理会他们，你并没有义务为他们做这些。”

里志虽然这样说，但纮未咬定，自己已经和上司达成了约定，现在不能做出这么不负责任的事情。

“那个人叫什么？”

纮未掏出了一张便笺。“他们不让我跟任何人提起这件事情。”

纮未把便签拿给里志看，里志觉得这样反而更可疑。

便签上写着一个毫不起眼的普通人的名字，和横岛市内的一个地址。

“我也和你一起去，只要你愿意。如果对方没有什么见不得人的事情的话，我在场应该也不成问题吧。作为纮未的未婚夫，我应该也有知道这件事情真相的权利吧！”

“但是，这样的话我就食言了……”

“他们应该也可以理解我们的立场的。只要让他们明白，我是完全出于对你的关心，他们应该也就不会再说什么了吧！”

这可能有些强硬，但是里志说服了纮未。里志还提议，如果要去见面的话，应该尽早。

在没有事先打任何招呼的情况下，里志和纮未顺着便签上的住址，找到了那个人。

那栋房子位于一片闲静的住宅区里面。这栋房子比周边其他的房子都要大上一圈，算是个豪宅。

纮未在门口的来客系统里告知了自己的到来，大门安静地打开了。里面是一片日式庭院，两个人顺着铺着白色粗卵石的路走了进去。

在门口迎接两个人的是这里的管家。他是一个身材精瘦笔挺的白发男人，恭恭敬敬地对两个人行了礼。

“很抱歉没有打招呼就前来拜访，我是赛比安时装公司的梨田纮未。”

管家轻轻点头，看向了里志。

里志也自报家门。

“二位的事情我已经听说了，请二位在这里稍作等待。”

管家用殷勤的口吻说罢，把两人领到了会客厅。厅里摆着一个很有年代感的皮革沙发。两个人坐了下来，环顾四周。无论是屋里的书架还是柜子，都散发着素雅的光泽。里志心想，这里的环境简直就是那种资本家生活的典型写照。他发现自己有些畏缩。

大概等了十分钟吧。用来等待的十分钟在感觉上是非常漫长的。

两个人频频面面相觑。

门开了，刚才的管家再次出现。

“主人想和秋泽先生单独聊一聊。”

里志有些惊讶。“主人”想见的明明是纮未才对。他是不是要把里志叫过去说……对他的到来表示非常不愉快？

“我知道了，带我过去吧。”

里志回答。他站起身，留下面露不安的纮未独自坐在沙发上。

“我带您去书房。主人已经在那里等您了。”

出了会客厅，里志跟在管家的身后。一路上，里志一直在思索见到了那个人要说些什么。

你为什么会对纮未如此感兴趣？几个月后我们就要结婚了。我们非常相爱。你知道你这种请求，让我们两个人有多么困惑和烦恼吗？

“在这里。”

管家在一扇门前停了下来，开始敲门。

“主人，我把秋泽先生请来了。”

里面传来了一个稍稍沙哑的老人的声音。

“好，请他进来吧！”

管家推开门，掌心朝上示意里志进去。

里志走进昏暗的书房。沙发上坐着一个老人，年纪看上去不到八十岁的样子，他大大的眼睛正在看向里志。

“请坐吧，秋泽里志先生。”

里志听从老人的指示，乖乖地坐到了老人的对面。

“让您久等了。”

老人用有气无力的声音说道。

“是。”

里志直言不讳。

“我没想到秋泽你也会一起来，所以有些不知所措。结果……让你们等了这么久……”

里志心想，可不是吗？

“虽说让您久等了，也不过是区区十分钟，这在我的人生中可谓是一瞬间——在我迄今为止的人生之中。

“我想了想，也许还是应该直接跟里志你来说比较好……

“你只要听我讲就好了。

“但是，如果你相信我所说的话，我有一个请求。

“而且，我希望在说话的时候，请你不要插嘴。无论是疑问还是感想，都请在我把话全部说完之后再提出吧。

“可以吗？”

“好！”

老人点了点头之后，缓缓地把一切都告诉了里志，一切……包括，他为什么希望单独见到梨田纮未。

1

1996年的6月，秋泽里志和纮未结婚了。他们的婚礼非常完美，除了亲属之外，还有很多同事和亲朋好友都为他们送上了祝福。

两个人想要把蜜月旅行留给几年之后，决定直接开始他们的新婚生活。

把里志的通勤考虑在第一位，两个人租下了从住岛重工走路十分钟左右的住宅区里的一间公寓。

对于那个时候的两个人来说，生活没有任何忧虑。每天过得都像泡在蜜罐里一样甜蜜。

每天，在家等待里志归来的，除了纮未之外还有纮未下了很多功夫做出来的可口饭菜。虽然不是用了什么昂贵的食材，但每一道菜品都是纮未花了时间和心思特制的，在外面吃饭享受不到的“纮未特供”。

两个人每天都要花很多时间慢慢地享受这些菜品，聊很多事情。他们彼此会把离开对方的这一天里发生的所有事情都讲给对方听，这个时间就是用来填补分开的那段时间的。这个环节结束之后，两个人就会对社会上发生的事情互相进行评论。这种评论是否正确、科学，其实都不重要。

然后，有时候话题还会转到不远的未来希望看到什么，或者预测遥远的未来将是什么样子。

"其实我常常想，如果里志能够每天都陪在我身边就好了。"

纮未说。

"这大概是不可能的。你不要为难我哦！毕竟我们还要赚钱生活呢，我可不想让你过苦日子啊。"

虽然里志这样开着玩笑回答，但是他在心里又何尝不想像纮未说的那样，两个人每天都寸步不离地黏在一起呢？虽然纮未每每说完这些之后，都不忘加上一句："哎呀，当然是开玩笑的！"

所以，每到休息日，里志都会寸步不离地和纮未黏在一起，尽情地享受属于两个人的时间。有时候去兜风，有时候去听音乐会，有时候去泡个温泉。

两个人都打心底希望这样充实的生活能够永远继续下去。所以，两个人也商量好了，可以先不要孩子。

然而，10 月初，又一个惊喜发生了。

纮未怀上了里志的孩子。

里志用尽全力抱紧了有些忐忑地说出这个消息的纮未。高兴。一个小小的里志，在纮未的肚子里生根发芽了。

光是这么想，里志就被满满的幸福感包围了起来。

纮未也开心得不得了。里志能够清晰地感觉到。

几天后。

那是 10 月 15 日星期二的下午，里志永远也不会忘记的日子。

里志在公司接到那通电话，是下午 3 点。

电话那头是警察。

纮未在家附近的马路上遭遇车祸，已经被送到了医院。

横岛市中央医院。

里志无法相信这一切。这真的不是有人为了吓唬自己搞出来的恶作剧吗？里志一直这么认为，他也愿意这么相信。早上，在他出门的时候纮未还是好好的……里志来不及拿任何东西，直接冲出了办公室，来到了医院。

横岛市中央医院离里志的家和住岛重工本社都很近。因此，他判断纮未一定很快就被救护车送到医院了。他希望一切的抢救措施都能在第一时间完成。

在前往医院的路上，里志满脑子都在祈祷这一件事情。

在医院前台告知了纮未的名字后，里志来到了紧急治疗室。

里志看到两名穿着制服的警察和戴着口罩的白大褂医生正在走廊里说话。

他的直觉告诉他，纮未就在他们对面的那个治疗室里。

里志向三人告知了自己的身份之后，询问了纮未的情况。

那之后发生的事情，里志已经记不清顺序了。

他不知道是看见完全变了个样的妻子在先，还是被对方嘱咐要振作，并被告知妻子的死亡在先。他已经分不清楚了。所有的光景都变得模糊，像是虚拟的东西一样，就连人们说话的声音也都变成一种单纯的声响，不具备实际意义。

里志只知道，自己已经错乱了。

后来有人告诉他，当时他自顾自地拼命摇晃着纮未的身体，喊着“醒醒，快醒醒”，但他已经完全失去了这些记忆。

在里志稍微恢复平稳之后，警察向他描述了事故的情形。

交通事故就发生在里志他们居住的公寓楼前。听到巨大撞击声的居民来到马路上，发现了倒在地上的纮未。那时，那个人目击了一辆逃逸的白色车辆。很快，警察和救护车就赶到了。

在救护车到达的时候，纮未已经因内脏破裂，被确认为死亡状态了。

自此，里志就好像是灵魂被抽走了一样，过上了行尸走肉般的生活。

他甚至都无法把纮未的葬礼当作一个事实来看待。他明明是作为丧主坐在那里，但他总有一种幻觉，觉得纮未就坐在他身边。而每当发现这是一种幻觉的时候，里志都忍不住想要在葬礼上大声地吼叫出来。

头七过后，里志继续他一个人的生活。他开始无意识地在生活中对纮未说话——当然，不会有任何回应。

每当这时，里志都再次感受到，纮未对自己来说是一个多么重要的存在。

直到这时，事故中肇事逃逸的司机还没有抓到。

里志觉得自己本应该满世界地寻找，揪出那个剥夺了纮未生命的人。但此时，里志连这种意愿都没有了。就算找到了那个罪人，纮未也不会回到自己身边了。里志只是呆呆地想着这些问题。

里志回到了公司。

他明白，想要填补他心中那个巨大的黑洞，只有每天没日没夜地工作。

但是，心里明白和能够解决问题是两码事。

即便里志想要努力做到专心工作，哪怕片刻时间也好，试图忘掉纮未，但他怎么都做不到。无论是他用鼠标点击电脑画面的瞬间，还是从座位上起身的瞬间，纮未的样子都会在他的脑海中闪过。然后紧接着，就是巨大的、无处安放的寂寞将他包围。

有时候里志会在办公室失控哭出来，同事们都非常为他担心。

而且，这种状态也给他的工作效率带来了影响。直到年底的时候，在会议室的一角，上司对里志说了这样的话。

“秋泽，你换个环境怎么样？住岛重工旗下有一个叫P.弗雷克的子公司，那边现在缺人，昨天办公室那边问我，能不能从这边借调一个人过去……因为是借调，所以待遇和福利方面都和这边没有差别。

“一听到这个消息我就想到你了。我知道这个阶段对你来说是精神上最难受的时候，所以我觉得是不是换个环境能帮助你尽快走出来呢？

“不过这不是强制的，也不是命令。我只是想听听你的想法。”

自己的业务能力已经下降到这种程度了吗？这是不是在委婉地劝自己辞职呢？里志脑子里想着这些问题，呆滞地听着上司说的话。与此同时，他还觉得，自己已经不具备选择的资格了。

“我没有听说过P.弗雷克这个公司，他们是做什么业务的呢？”

上司听到里志的提问，咬住嘴唇，皱起了眉头。

“说实话，在办公室跟我说这个事情之前，我也不知道还有一个叫这名字的公司。据说是一个规模不大的公司，而且他们的业务内容和咱们这完全不一样。

“我得到的消息是……为了开拓新的业务，要研发新设备。因为完全没有销售的指标，所以你到那边之后应该也会像在这里一样，继续从事研发的工作。”

“我可以去。”

里志给出了答复。面对里志的这个回答，上司有些意外地眨了眨眼睛。他原本还以为里志会提出很多的问题。

“秋泽你可以吗？真的可以吗？”

上司反复确认。

2

新年一过，里志就被借调到了P. 弗雷克。这个公司要比住岛重工远上公交车三站地，但是里志并不在意。

看样子这是个很新的公司，一层楼的公司建筑和住岛重工比起来更敞亮也更现代。

里志来到了总务部，从总务部长那里拿到了研发四科的任命书。任命书原本应该由社长交给里志，但这里的社长是由住岛重工的技术研发部长兼任的，所以常年不在岗。

研发四科的主任也在场。里志接过了任命书之后，被介绍给了那个主任。

那是个三十大几、浓眉、看上去有些内向的男人。

“我是这里的主任，野方耕市。”

“我叫秋泽里志，请多指教。”

野方咧嘴笑了笑。

“我负责研发三科和四科。因为有一名员工在出一个比较长期的差，我们这里缺了一个人，所以跟总公司那边要人去了。然后总公司就派你来了……我先跟你简单介绍一下吧……”

两个人走出了总务部，坐到了楼梯旁边会客用的椅子上。

“在住岛重工那边我几乎没有听说这边的情况。我在这边要从事什么工作呢？或者说，现在P.弗雷克公司正在研发的是什么东西呢？”

野方深吸了一口气，缓缓地开始说：

“我先跟你说说保密义务吧。这在哪里都一样，既然你隶属于某个组织，那么这个组织内的机密绝对不可以泄露给外界。”

“这我明白，在住岛重工的时候就是如此。”

“是。但在P.弗雷克公司，对于这种保密义务的要求会更加严格。虽然P.弗雷克公司隶属于住岛重工旗下的事情本身不算是机密，但也希望你尽量避免对外界强调这个事情。”

“明白。”

“现在，P.弗雷克公司有四个部门在从事研发工作。而每一个部门研发的都是一台有关‘时间’的机器。”

“时间，是吗……”

里志首先想到的是时钟。但是四个部门同时从事时钟的研发是一件挺奇怪的事。

“对。”

“是要更加精准地测算时间的机器吗？”

“不。既然你也已经知道了保密义务，现在也是这里的一员了，我就和你说了吧。

“我们现在做的是超越时间的机器。在小说和漫画里被称为‘时光穿梭机’的东西。这么说可能比较通俗易懂。

“时间是从过去流向现在，再从现在流向未来的。而世上万物都无法反抗这种时间流逝的规律。

“但是，在P.弗雷克公司不是这样。我们正在摸索有没有什么方法可以抵抗这种时间的流逝。具体来说，就是要造出一台可以让人穿越到过去的机器。

“现在，四个部门分别用不同的路径开展对时间的研究。

“在一科的吉本那里，还没有进入装置的试验阶段。二科的立田山团队基于无法将肉体送回到过去的想法，正在研发只将人的灵魂传送到过去的装置。

“而三科这边已经进入了机器的试运行阶段，但那是一台极其不稳定的装置，叫作‘物质逆时输送机’，使用它的副作用很大。即便把物质送回了过去，物质也只能在那里停留几分钟，如果不做任何辅助工作的话，很快就会从过去被弹射走。

“而且，并不是弹回到现在，而是被送到未来。”

“这么说，这台机器已经进行过试验？人体试验？三科有个人在长期出差，就是去执行这个任务了吗？”

里志没忍住打断了野方的话。野方露出无奈的表情，点了点头。

“就算我瞒着你，早晚你也会知道。这里的每一个人都知道这件事情，他叫布川辉良，现在正在进行人体试验。去年的12月他被送回到了过去，回来……应该是很久之后了。”

里志并不明白为什么被送到过去的人无法回到现在，而是要被送到未来。但是，只要是能够回到过去，那么坐上这台机器，是不是就有机会救回纮未了？他的脑海里首先闪现了这个想法。

“野方主任，您知道我的妻子死于一场车祸的事情吗？”

里志说。

“嗯，我听说了，但是你不可以使用柯罗诺斯旅行机，这个我先要跟你明确一下。哦，柯罗诺斯旅行机就是那台物质逆时输送机的名字。布川是因为公司的任务回到过去的，但是在他之前，也就是前年，有个叫吹原和彦的男人为了拯救自己心爱的女人擅自使用了那台机器，他到现在都没有回来，而且也没能救回那位女性。你知道为什么吗？因为即便回到过去你也只能停留几分钟的时间。而且，如果他要改变那个女孩遇难的历史，整个人的命运就会发生变化，未来的世界可能会因此出现巨大的变化，时间之神柯罗诺斯是不会允许这样的事情发生的。”

“但是……”

“所以说，柯罗诺斯旅行机被锁了起来，为了防止有人打它的主意。所以，你也不要有什么其他的想法。”

野方早早就给里志打了预防针。然后，关于这个话题野方就不再继续下去了。

“你加入研发四科之后，要在副主任若月真由美的手下工作。她是个提出‘时间螺旋理论’的天才。在她的理论之下，无论是回到过去还是去往未来，人都可以快速地在时间轴上移动。你们的工作，就是要把她的理论形成一台机器。”

“也就是说，我的工作就是根据‘时间螺旋理论’研发装置，对吧？”

“是的，你只要专注做这件事就可以了。但是四科的人员数量比较少，为了去辅助已经完成的柯罗诺斯旅行机的维修和改良工作，不少人都被借到三科来了。也就是说，四科有大约一半的人都在兼着三科的工作，所以负责若月主任那边的专职人员也就只有四五个人。不过，人虽然少，但工作内容是很有挑战性的。”

“为什么柯罗诺斯旅行机在一段时间之内都不能用了，还要派那么多人去辅助三科呢？”

“为了改良固定装置，就是用来延长在过去逗留时间的装置。布川也是戴着这个装置走的，但它到底能发挥多大的功效，目前还不能确证。这东西叫作‘小型博格’，现在主要的研发力量都放在那里。”

里志感觉到自己的脑海中像是亮起了一盏明灯。同时使用柯罗诺斯旅行机和那个固定装置，自己就可以救回惨遭车祸的妻子。这个计划实在是太有诱惑力了。

里志觉得自己重新找回了现实感。

“怎么了秋泽，你笑什么呢？”

野方瞪大眼睛看着他。里志连忙用手摸了摸脸颊，止住不经意间露出的笑容。

“没，没什么。”

要尽早地去学习有关柯罗诺斯旅行机的知识和操作方法。里志想。

如果说，同一个科室的一半人都在从事那项工作的话，越快融入其中，就能越早接触到机器。

据说固定装置也进入了改良阶段，想必自己应该也能掌握这一块的动向。

这些想法在里志的脑海中打转。他想，先沉下心来，等待时机吧。

“好的，请主任多多指教。”

里志深深地鞠了一躬。

3

野方主任把里志介绍给了若月真由美。

若月真由美的年龄看上去在35岁到40岁之间，瘦瘦的，是那种绝不会面露微笑的学究气质的女人。她的眼镜片很厚，稍微变化一下角度，就会看不清她的眼神，让人感觉连她的表情都跟着一起消失了。但从正面对里志说话的时候，她的眼睛又会被眼镜放大，有一种咄咄逼人的气势。她不爱说话，给人一种难以接近的距离感。

第一天，若月递给了里志一本有电话黄页那么厚的资料夹。

“这个给你，先把这上面的资料都通读一遍吧。”

那本资料夹的封皮上写着“时间螺旋理论”。粗略地翻了翻前半本，有几张照片映入里志的眼帘。而大部分页面，都是密密麻麻连续不断的数学公式。

里志有一种想当场把这本厚厚的资料本砸到地上的冲动，但他勉强克制住了。

照片上是一台奇怪的装置。那是一个透明圆柱形装置，在机器旁边是一个穿着白大褂的女性的右手，看上去像是若月本人的手。

那好像是尚未完成的一个模型。

——他们在做试验！

里志想。因为他看到了一组连拍照片。装置里面放着小白鼠，在五张连拍的照片中，小白鼠逐渐变得透明，最后只有骨骼留了下来，堆成了一堆。

——这还是半成品！骨骼没有和肉体一起被送到过去。

资料的后半部分，都是试验装置的图纸。这样的设计图对里志来说更好理解一些。

里志花了两天时间熟读了这本资料后，还给了若月。

“怎么样？”

若月想听听里志的感想。

“这是一本很难啃的晦涩论文，我不能说我完全理解了。”

终于，若月露出了笑脸。

“这就对了。如果说两天的时间你就把它完全理解了，我就不会信任你了。毕竟还有一些地方是我自己都还没有吃透的。”

终于，若月正式接纳了里志，成为她团队的一员。

“现在已经做出了一个半成品……论文里也讲到了，把想要穿越时空的对象物体先分解到分子水平，然后在目标时间里再重新构成。在小白鼠的试验阶段，还无法把骨骼分解到分子大小。所以，已送到其他时空里的小白鼠应该变得像个魔芋一样，软趴趴的。想想也怪可怜的。”

若月轻描淡写地说道。跟她说的话相反，从她的情绪中完全感受不到她对小白鼠的同情。

若月打开背后的柜子，给里志看了照片中那个试验品的实物。

里志听了若月的话，感觉有些背脊发凉。总觉得把动物分解成分子再重新组合起来，这个概念有些不对劲。动物难道不会在分解成分子的阶段就死掉了吗……

“要怎么确认那些试验对象真的被送到过去或者未来了呢？”

若月很坦率地回答了里志的提问。

“无法确认，因为都是单方向的移动。但是理论上应该是被传送过去了。”

若月的语气听上去是在疑惑里志为什么会提出这样的问题，但是里志无法相信。说不定，若月真由美是一个科学怪人呢？

“柯罗诺斯旅行机的基本理论来自‘时间轴压缩理论’。但是在那个理论下，只能把时间看成是一根橡皮筋。这样的话，即便物体被送到过去，也会因为‘皮筋’伸缩的反作用力，被弹回到更远的未来。这就是那个理论的局限性。如果是我的‘时间螺旋理论’的话，即便在过去停留很长一段时间，也不会被送回到未来。这就是我们研究的优势。我们对时间流的看法从根本上就不一样。”

若月在阐述这些理论的时候，语气中充满了自信。

“你有没有什么想说的？什么都可以。就以一个外行人的眼光来谈谈对这件事的看法吧！”

里志得知对方只是把自己当作一个外行人来看待，心里也轻松了不少。

“这个装置最终是要把变成分子的物体用磁力转移到另一个时空对吧？但我总觉得现在的动力无法支撑它做到这一点。也许是我的错觉，这个……这个……”

“柯罗诺斯螺旋机。”若月说道。

“对……这个柯罗诺斯螺旋机是不是在根本上存在着这样的问题。”

若月在胸前抱住双臂，直勾勾地看着前方在思考着什么，然后大声地叫道：

“佐藤！”

在房间一隅面向电脑的一个存在感很低的男人回应：“唉！”

“佐藤，刚刚秋泽说的，你听到了吗？”

“听，听到了。”

“你怎么看？”

佐藤站起身来，僵直着身体回答：

“上上次开会的时候也出现过相同的质疑。但在技术上还没有明确的解决方案……是吧？”

里志见证了若月真由美在这个团队中霸气的领袖气质。

"我也觉得这是一个问题。"

若月真由美对里志说。里志下意识地问道：

"能不能把这部分的系统研发交给我来做？"

若月看上去没有什么异议。

团队的成员除了佐藤以外，还有一个叫山部的男人。他工作内容的30%在这边，另外70%在柯罗诺斯旅行机那边。短短几天之内，里志就能和四科的所有人其乐融融地相处了。尤其和山部，已经到了可以互相开玩笑的程度。他们两人之间有一种默契。两个人都是单身，所以可以没有后顾之忧地加班，而下班之后一起去居酒屋喝酒也成了两个人的固定模式。

在和山部聊天的过程中，里志有机会听到很多有关柯罗诺斯旅行机的事情。

包括在那个叫布川的男人之前，有个叫吹原的男人乘坐柯罗诺斯回到过去的详细经过，以及无论怎样，在过去滞留的时间都非常受限的事情。

"这个机器的操作很复杂吗？"

山部摇了摇头。

"不复杂，设置成自动操作就可以了。虽然时间和位置坐标的设定还是要费一点时间的。"

里志眯起眼睛笑了笑。

"只是，在过去估计只能待上几分钟，如果不戴固定装置的话。现在正在加班加点研发新的固定装置……按照现在的速度，夏末秋初的时候应该就能做出试验品了。"

"戴上这个新装置能在过去停留多长时间？"

"布川戴的那个设备在理论上是可以停留90个小时左右，但是随着停留时间的延长，时间流的反作用力也会变得更强。

实际上，保守估计的话，应该都不到30个小时，也有可能更短。唉，那还是个半成品。现在正在开发的这个设备，不管计算如何出现偏差，都能保证最少五天的停留时间。”

听到这些，里志快要抑制不住自己内心的激动了。

4

支撑自己活下去的目标将要变成现实！

里志真实地感受到了这一点。等到夏末秋初的时候，戴上那个新研发出来的装置，回到纮未出车祸的那个时间之前，就能……

一定要耐心地等到那一天的到来。这样，就可以救回纮未和她肚子里的孩子。

里志准备主动请缨成为柯罗诺斯旅行机项目组的帮手，但同时也要把相同的精力投入实现“时间螺旋理论”的工作之中。在不被任何人发现自己真实目的的前提下……

“柯罗诺斯旅行机那边如果人手不够的话，随时跟我说。我尽量去辅助你们！”

听到里志这么说，山部由衷地感动，握住了里志的手。

在春天将要结束的时候，新的柯罗诺斯螺旋机试验品完成了。这个试验品搭载了里志研发的输出强化系统。把物质向过去传送的圆柱体容器还和以前一样，但周边的机器变成了大块头的部件。因此，试验装备从柜子里被转移到了实验室。接下来，只要把输送物体的圆柱形空间扩大，就可以成为一台运送大容量物体的柯罗诺斯螺旋机。

同时，柯罗诺斯旅行机虽然没有再次启动，但每周都会进行一次定期保养。

这时，在山部的要求之下，里志也接触了几次保养的工作。

外观很像一台巨型蒸汽火车的柯罗诺斯旅行机。里志第一次看到它的时候，感觉有一种说不上来的感动。

自己坐上这个就可以回到纮未还在的时间里。

锁被打开，三科的藤川亲手打开主电源，野方主任在表格上记录数值。

里志看到，显示回溯时间的仪表并没有设计成能够回到很久远的以前的样子。大概一百年就是极限了吧，里志想。然而，里志并不要求柯罗诺斯旅行机具备那么强大的性能，只要能让自己回到一年前就可以了。

里志渐渐掌握了设定目标时间和空间坐标的方式，也知道该在什么时候设定自动启动装置。剩下的，就是自己亲手操作一下这个机器了——带着固定装置2.0。

把这种想法深埋于心底，里志默默无闻地帮同事完成保养工作。

看到如此热情地帮山部完成工作的里志，野方一开始觉得很奇怪。但看到他每次都心无旁骛地完成工作的样子，也就渐渐地习惯了里志的存在。

当然，对于柯罗诺斯螺旋机的输出力增强的问题，里志也提出了几种方案，取得了若月的信赖。归根结底，作为四科的员工，柯罗诺斯旅行机的打杂只能在有时间的时候参与。为了能有更多的业余时间，里志必须要超额完成柯罗诺斯螺旋机的研发任务。这样才不会被指指点点，也不会被任何人怀疑自己的动机。

搭载了输出强化系统的柯罗诺斯螺旋机迎来了它的试验日。

这一天，四科的全部员工和野方主任都在场。

“没想到这么快就能迎来这一天啊！”

野方对若月袒露心声。若月笑着对他点了点头。

若月的表情不再像以前那么严肃，越来越多地露出笑容。而且，她还把她那厚厚的眼镜换成了隐形眼镜。光是这一点，就让四科人感觉工作环境的氛围都变了。

里志和山部一起对输出强化系统进行了最终检查。在这里，山部是里志的助手。

山部唱读各个数值，里志依次填入表格，再将纸上的数值通过键盘输入机器，确认画面显示变成绿色。

传送用的圆柱体部分也完成了最终的检查，记录试验过程用的摄影机被架了起来。最后，用于试验的小白鼠被放入圆柱体中。小白鼠变得焦躁不安，拼命地挠着圆柱体的四壁。

“随时都可以开始试验。”

佐藤比平常更加紧张地对若月说。若月转向野方：“那么……”

野方点头。“设置成三分钟后”，若月说着，按下了手边的按键。

里志不由自主地挺起了后背。输出强化系统开始发出低沉的震动声。周边的各个仪器上的灯开始五彩斑斓地闪烁。

这三分钟，对于里志来说是无比漫长的。这套新系统到底能不能成功把小白鼠送到三分钟之后？会不会发生什么意想不到的事故？怀着这样惴惴不安的情绪，里志等待着结果。

若月开始倒计时 10 秒。

数到 0，之前低沉的震动声变成刺耳的高音，整个圆柱筒都被一阵刺眼的强光包围了。

里志看到了和资料夹里的照片相同的场景。

小白鼠的身体……正在慢慢变成透明。如果……还剩下骨头，就是失败。里志这么想着。

下一瞬间，小白鼠的整个身体……消失了。就在那来不及眨眼的一瞬间里。

“试验体，消失。停止运行！”

若月喊道。

没有一个人说话。输出强化系统发出的声音渐渐变慢，最后停了下来。

在场的所有人都依然保持着沉默。

一直在凝视圆筒内部的若月，用沙哑的声音说道：

“试验……成功了！”

像是决了堤的洪水一样，整个房间被巨大的欢呼声包围，佐藤等人在不停地喊着“万岁”。

若月用手帕抵住眼睛，开始失声哭泣。这可能是由于她一直以来极度压抑自己情感之后的反作用力，虽然在几分钟之后她就好像什么都没发生过一样又回到了原来的样子，脸上看不出一点流泪的痕迹。

若月和野方说了几句话之后，走到了里志身边。

“秋泽，谢谢你。这一切都多亏了你的输出强化系统！”

里志一时不知道该如何回答，只说了一句“谢谢”，然后鞠了一躬。

因为试验是在下午进行的，所以当天晚上就只安排了四科内部的庆功宴。

与试验的成功与否无关，这场庆功宴都会举行。但如果不是试验成功了，大家应该不会像现在这样真正地开怀大笑吧。

里志还是有些不解。

小白鼠确实从圆筒中消失了，但它真穿越到过去了吗？理论上是这样解释的，那么也只好相信事实如此，但也许小白鼠只是被分解成肉眼看不见的分子罢了。

里志是那种看到飞机在天上飞，都会觉得这么大一坨铁块能上天是一个奇迹的人。

P. 弗雷克公司附近的一家居酒屋就是当晚四科举行庆功宴的地点。

四科的员工还有很多工作要做，比如对这天的试验进行评价以及解析等。但这都不是一天就能够完成的工作量，于是大家都先把数据备份好，一起前往了庆功宴会场。

里志也觉得心头的一块大石头落地了。剩下就等山部他们正在开发的新型固定装置完成。等到那时，自己无论如何也要坐上柯罗诺斯旅行机，回到纮未还在的那个时间。在那之前，只要演好一个非常有工作热情的 P. 弗雷克公司的好员工就行了。

心情安定下来后，里志这样告诫自己。

宴会的气氛很快就达到了高潮。山部和佐藤也罕见地发出了娘娘腔一样的声音，以惊人的速度喝干杯子里的酒。

唯独里志是清醒的。因为心里藏着要和纮未再次见面的计划，他不能现在就失去自我。然而同事们却一个接着一个跑到里志这里来给他倒酒。

忽然，里志看到若月独自在房间的一角端起酒杯。看到若月也会喝酒，里志感到有些惊讶。平日里，就算四科的员工说要一起去喝酒，若月往往也都推掉了，所以里志还以为若月是不会喝酒的。同事们似乎也认为若月不擅长这样的场合，因此有所顾忌，没有人劝若月喝酒。

“我去给头儿倒个酒。”

里志对同事们说，走向了若月的位子。

“您可以吗？”

抬起头来的若月虽然露出了惊讶的表情，但是看着杯子里倒满的日本酒，微微一笑，一饮而尽。

“真是多亏了你，里志。今天真的谢谢你。”

若月说。对里志的称呼也变得更加亲切。

别说是一些私人的话题了，平时不好说出口的事情，在这种场合也是可以肆无忌惮地聊一聊的。里志鼓起勇气问若月，关于那个一直萦绕在自己心里的问题。

“那个小白鼠，真的回到过去了吗？会不会只是被分解了之后消失了呢？”

若月差点儿没把含在嘴里的酒给喷出来，然后使劲拍了一下里志的肩膀。

“那本资料，你没好好看吧？”

“没有啊……我都扫过一遍了。”

“只是扫过一遍而没有认真阅读，你是这个意思吧？”

她是不是酒品不太好啊……里志突然觉得情况不妙。所以大家才不劝她喝酒呢……

“有可能吧，也许我并没有真正理解……”

若月用力点头。

“可以理解。如果你认真地捋了一遍前半部分的公式的话，应该就能明白了。”

“是吗……”里志只能勉强给出这样的回应。

“小白鼠确实被送到过去了。”

“是吗？那是多久之前呢？”

"39 年前。"

"哦……"

"确切地说是 39.999999999……年前吧。"

为什么是这样一个数字，里志不太能理解。

"为什么不是其他的过去或者未来呢？比如说五年前，一年前之类的？"

若月摇了摇头，表情有些无奈和嫌弃。

"看来你还是没明白这个理论为什么叫作'时间螺旋理论'。时间是这样……"

若月伸出右手的食指，从下往上在空中打圈。"这样呈螺旋状流过的。你把这个螺旋想象成一个弹簧，从上面按住这个弹簧，所有铁丝都会紧紧地贴在一起，对吧。就在这个时候，从一根铁丝跳到另外一根铁丝上。在咱们这里，这两根铁丝之间的间隔就是 39 年。所以，在这个时间螺旋理论之下，是不能去到自己想要去的年代的。只能跳到弹簧压缩之后接触到的时间点，也就是 39 年的倍数的过去或者未来。

"这次我们的弹簧是和过去接触到一起的，所以那只小白鼠能去的年代就非常清晰了。今年是 1997 年，所以它被送到了 1958 年。

"这就是'时间螺旋理论'。刚刚这种解释是最通俗易懂的说法，猴子也能听懂。资料上写的那些公式是它的数学原理，但是大家看了都是一头雾水，就连野方主任都是费了好大劲才弄明白的，你也别担心。"

"也就是说，无论如何都不能前往一个特定的年代是吗？"

"是的，做不到。时间呈螺旋状流动是大自然的规律，这就是时间流的根本构造。"

既然若月都已经如此断言，里志也就没有什么好反驳的。

这时，迟到的野方来到了饭店里，一屁股坐到了若月的旁边。

“这么爱岗敬业呀，连喝酒的时候都不忘讨论业务！继续，继续！”

野方虽然这么说，但是又自顾自地开始吐槽。

“知道我为什么来晚了吗？一直到刚才我都被总公司那边揪着问责呢！关于那个柯罗诺斯旅行机的性能，总公司那边不太满意，还提出说要终止研发，我好不容易才力挽狂澜，给劝了下来。他们说如果只能单方面地回到过去的话，利用价值太低了。”

野方皱着眉头噘了噘嘴。若月自嘲式地插了一句：

“主任，您可得顶住啊，总公司那些人根本就什么都不懂。如果柯罗诺斯旅行机的研发终止了，下一个矛头就要指向我们了啊！”

“是啊，我知道。但是自从吹原擅自用了柯罗诺斯旅行机之后，我们就变得很被动。”

野方无奈地挠了挠头。

里志离开了若月的位子。他心中也有很多想法。

里志再次明确了柯罗诺斯螺旋机对自己来说是一个利用价值很低的东西。如果时空穿梭的单位都是39年的倍数，那么这台设备简直是没有什么用。自己想要回到的过去，不过是 年前而已。如果回到了39年前，那么这38年的时间，他该怎么办？

因此，里志要利用的还是柯罗诺斯旅行机。通过并用固定装置，就能轻松地救回纮未。

从第二天开始，常规的研究再次启动。在不断对柯罗诺斯螺旋机的试验数据进行分析的过程中，里志慢慢确信，圆筒中的小白鼠的确被送回了39年前。同时，他也不得不接受，时间流确实就像一个螺旋状的弹簧，而且时间轴是可以伸缩的。时间轴一被压缩，现在这个时间点就可以连接到39年前的过去，或者39年后的未来。

里志感觉自己更深一步地理解了“时间螺旋理论”。

5

里志从山部那里听到这则喜讯，是在潮湿的梅雨季节即将要过去的时候。

连着熬了好几个通宵的山部，突然叫里志陪他出去喝酒。

在吧台的座位上，山部提议要干杯，举起了酒杯。里志问他有什么喜事。山部已经高兴得把五官都笑成了一团。

“差不多有着落了，新的过去固定装置，是个腕表型的小型博格2.0。”

从山部的声音中能听出此刻的他有多么激动。

“设计已经完成了。就好像是我跟三科的人之间的一场设计比赛，但最后我的方案被采纳了。我设计的固定装置，最能延长停留时间，至少也能确保三天。”

三天对于里志来说，也是救出纮未比较理想的时间。可以不被怀疑，并且从容有序地开展行动。

里志感觉到自己的眼睛也在闪着光。

“这个设计什么时候能成形？”

听到里志这么问，山部的眼神停留在了半空中，陷入了思考。然后说：

“嗯……最快的话8月初就能完成了。”

这时，里志下定了决心。自己踏上时间之旅的时间，就是8月。一旦拿到新的固定装置，自己马上就钻进柯罗诺斯旅行机。

“山部，咱们再干一次杯！”

“来啊来啊！干多少次都行，我是真高兴啊！”

山部单纯地激动着。

里志坚信自己的计划是天衣无缝的。

直到那一天。

7月下旬的某一天，就在午休时间快要结束的时候，那件事情发生了。

当里志从车站附近的食堂取饭回到办公室的时候，他得知了事件的发生。

包括四科的同事们在内，其他科室的员工也都纷纷向实验室跑去。

柯罗诺斯旅行机，就在那个实验室里面。

那里似乎发生了什么事情。

里志有了一种不祥的预感。是一种无法言说的、看不见摸不着的不安。

人群聚集在了楼道里。但是谁都不进到实验室里面，而是从外面探头向里面看去。里面的确发生了一些事情。

柯罗诺斯旅行机坏了？

这是里志目前最不愿看到的情况。

聚集在楼道的人群中，也有山部的身影。

“发生了什么？”

里志问山部。山部惊讶地回过头来，一看到里志的脸，山部松了一口气。

“原来不是秋泽啊。我还以为是你干的呢！”

“到底怎么了？”

山部用下巴指了指实验室里。里志伸头往里看，柯罗诺斯旅行机就安安静静地摆放在那里，好像什么都没有发生一样。

只是，有一股什么东西烧焦了似的味道从实验室里飘了出来。那是臭氧的味道和机油燃烧的味道。还飘着一股淡淡的白烟。

从外面可以看到，几个穿着工装服的男人和野方主任正在面色凝重地讨论着什么事情。即便离得很远，也能看到野方主任脸上的肌肉都在痉挛。

“好像有人擅自启动了柯罗诺斯旅行机。”

山部说。

“是谁……启动时光机……就是回到了过去吗？”

“当然是了。我听到这个消息的时候，第一个想到的就是你，秋泽，我以为你要回到过去救你的老婆。”

所以当山部看到秋泽的时候，脱口而出了一句“原来不是你”。

在附近的佐藤说：

“我从目击了事发现场的人那里听到的。之前不是有一个叫吹原和彦的人擅自启动了柯罗诺斯旅行机吗？据说是他又坐了上去。而且，自动射出装置上设定的时间和空间坐标也都和以前几乎一模一样，看来没错了！”

“吹原和彦……第二次擅自使用了柯罗诺斯……”

山部面色凝重地在胸前抱住双臂，然后小声地说：

“我的固定装置，可能也没有机会登场了……”

第二天，山部的预感变成了现实。

公司正式通知，彻底终止由三科和四科共同研发的柯罗诺斯旅行机项目。

据说，这是从总公司住岛重工接到的指示。前一天，在向总公司报告了吹原和彦第二次擅自使用了柯罗诺斯旅行机的情况之后，不过 30 分钟，上面就下达了这个命令。这一次，野方也没什么好说的了。

通知上还明确指出，此后，三科的员工将转到波动发电机的研发工作中去，四科的技术人员将专注于柯罗诺斯螺旋机的开发工作。

野方亲口通知了大家，柯罗诺斯旅行机将被解体并处理掉。这对于野方来说，是一个令他肝肠寸断的现实。

"你怎么了，脸色这么差？"

听到项目终止的通知后，若月问里志。

所有的努力都化为了泡影。

这就是里志心中的真实想法。

再一次，眼前的一切对于里志来说都失去了现实感。

"让那个叫吹原的男人抢了先！"

里志满脑子都是这个想法。

野方明明说过"柯罗诺斯旅行机已经上了锁，为了避免有人擅自使用……"

同时，里志又想到吹原和彦这个男人。

他应该也是为了拯救心爱的女人回到了过去。那么他要再一次乘上柯罗诺斯旅行机，就说明他第一次回去的时候，并没有成功。

但是，为什么不是自己，而是吹原和彦呢？

这太不公平了。

距离8月初还有半个月。如果这半个月里吹原没有出现，自己就能乘坐柯罗诺斯旅行机回到过去救纮未了。

如野方所说，当天傍晚，实验室里已经没有了柯罗诺斯旅行机的黑色身体。

“在野方主任的陪同下，柯罗诺斯被拆解之后让大卡车给运走了。估计是运到某个废料厂了吧。”

对正站在空无一物的实验室前发呆的里志，山部这样说。

一想到自己那唯一的希望也破灭了，里志瞬间感觉到了无力。

从此以后，要以什么为支撑，活下去呢？

里志脑子里一片混沌，并没有想出什么好的办法。他只觉得自己又成了那个行尸走肉。

好想纮未。

只有这一个想法，没有变。

某天夜里，里志做了一个梦。出现在那个梦里的是生前的纮未。纮未对里志微笑，小声地说了些什么，但是里志听不见纮未的声音。纮未歪着头，有些失落地看着里志。

下一秒钟，里志在床上坐了起来，明白了这一切都是个梦。

因为这个梦过于鲜明，里志开始不停地思索，为什么自己会做这样一个看起来完全不像是梦的梦呢？虽然听不见声音，但似乎连纮未的呼吸都能感觉得到。

这件事，意味着什么呢？

里志用毛巾擦着冷汗，无法从这个思考中抽离出来。

突然，他想到了柯罗诺斯螺旋机。

如果想要救纮未，自己只能去使用柯罗诺斯螺旋机了。无论多么低效，想要修正过去，只有这一种方法了。

如果说纮未都已经来梦里找到自己了，那么效率高不高已经都不重要了。

里志已经下定决心，要坐上柯罗诺斯螺旋机回到过去。

即便这样，里志的愿望还是碰了壁。现在的柯罗诺斯螺旋机的能量，只够传送一只小白鼠。如何才能将机器改造成一个能够传送一个活人的规模呢？

如今，剩下的可能性只有一个。

如何利用当下的“时间螺旋理论”？从结果上来说，能够给住岛重工带来怎样的利益？如果能够很好地说服总公司，那么就有必要对柯罗诺斯螺旋机进行进一步的研究了。作为研究的路径，把活人传送到过去就变成一个必然的选择。先不管是否会进行实际操作，但以里志目前的立场，完全可以提出这个方案。

但是，自己的真实目的无论如何都要隐藏到底。

里志在心中已经得出了这样的结论。

6

在P.弗雷克公司进入暑假的前一天，山部叫上里志一起去喝酒。那是快要下班的时候。对于单身汉里志来说，没有什么理由拒绝。

来到居酒屋，山部说自己已经订好了位置，这次不是吧台，而是包间。里志一边觉得有些奇怪，一边脱下了鞋。

到了包间门口，山部让里志先进去。里志觉得很奇怪。

打开包间的推拉门，里志吓了一跳。

三科和四科的所有人都在里面安静地等着他。若月也在场。

里志说不出话来，只有最中间若月旁边的座位是空的。里志没有选择，只好坐到那里。

谁也不说话。

若月对里志开了口：

“秋泽，你本来是想乘坐柯罗诺斯旅行机回到过去，对吗？但是最后让吹原抢了先……”

所有人都注视着里志。

里志不知所措地环顾四周。

“你故意隐瞒也没用，大家都已经知道了。是这样的，对吗？”

迫于若月咄咄逼人的气势，里志下意识地说了声“对”。

听到这一句，整个房间里面的人都大笑了起来。然而若月一抬手，大家又很快安静了下去。

“你的这个想法，没变吧？”

“是的……”

“我就知道！”

里志从干涩的喉咙中，终于挤出了一句话：

“这是……什么？是为我开的批斗会吗？”

若月用力摇了摇头。

“当然不是。今天是我们的成立仪式，‘把秋泽送回过去项目’小组的成立仪式！”

里志怀疑自己听错了。竟然还有……这种事。

“是山部首先提出来的，我也隐隐约约感觉到了。看到柯罗诺斯旅行机从P.弗雷克被撤走时你失落的样子……是个人就能看出来吧，在座的大家都看出来了，都觉得就好像秋泽你失去了生活的支撑一样。

“所以我们背着你已经商量好了。要把你送回过去，用我们的柯罗诺斯螺旋机。

"接下来就要进入柯罗诺斯螺旋机的本体制作环节了。但是，所有人都不会把我们的核心目的——把你送回过去——显露出来，也不会对公司打报告，也不会对野方主任说。"

里志慌忙地看了看四周，确实没有野方的身影。

这是一个背着公司和野方主任举行的，地下作战会议。

"你很想见到你去世的妻子吧？虽然你从来都不会提及，但是我能深切地感受到你的痛。本来不应该骗你的，但是大家都想让你振作起来。"

山部的语气像是在狡辩什么。

"怎么样？秋泽，你愿意接受大家的想法吗？还是拒绝这趟时空旅行呢？

"现在就剩下你一个人的意志了！"

黄豆大的泪珠从里志的眼睛滚落。他自己根本控制不住。

答案是肯定的。

里志很高兴。大家的心意让他倍感温暖。

里志双手撑地，对若月深深地鞠了一躬：

"拜托各位了！"

雷鸣般的掌声响彻了整个房间。

那一天，是里志到P.弗雷克以来第一次在酒席上喝得如此酣畅淋漓。

暑假结束的几天之后，野方正式通知三、四科的所有员工，柯罗诺斯螺旋机将进入主体制造阶段。

若月提交的申请得到了受理，取得了总公司的许可。

里志听到这则消息时的心情有些一言难尽。现在，只有野方一个人不知道制造柯罗诺斯螺旋机的最真实的目的，然而却是他在向大家传达通知。和里志一样，三、四科的其他员工也都以一种微妙的表情听着野方说话。

“我坚信，想要进一步摸索稳定的时间移动的可能性，这个计划是必经之路。”

野方总结了这一则通知，然后公布分组名单。由若月来担任小组的组长。

“野方主任最后的话，跟若月老师提交的申请书上写的一模一样呀？”

解散之后，佐藤扶了扶眼镜，露出了少有的笑容。

里志被委任输出装置小组的组长。基本上，只要能够维持和试验品相同的输出力量就可以达到目的，因此里志接下来只需要再备案几个辅助性的设计就可以了。

对于里志来说，最有意义的是能够在组长会议上掌握所有工作的进展。在组长会议上他得知，按照计划，在纮未去世一周年之前，柯罗诺斯螺旋机就能够完成。

房间里只剩下两个人的时候，若月问里志：

“你准备机器一完成就走吗？”

“是啊。在像柯罗诺斯旅行机那样发生什么意外之前，我准备亲自试一试这台机器的性能。”

若月点头。

“那就只有不到两个月的时间了，差不多也该开始着手准备了。”

“准备……”

若月点头。

“你得在9月底之前跟公司提交辞职申请，P. 弗雷克应该不会去继续追踪离职人员的去向。如果你在在职期间失踪的话，估计后面会有很多的麻烦事。”

“我知道了，我这就去准备辞职信。”

里志觉得若月说得很对。如果前期准备足够充分，最后估计连启动过柯罗诺斯螺旋机的记录都不会留下来。

“还有，你应该提前好好想一想，去了那个年代之后要怎么生活下去，因为你再也不能回到这个年代来了。”

“……我……好好想想……”

里志咽了一口唾沫，事实确实如此。里志能够回到的过去是 39 年前。那时候里志还没有出生，世界上也没有纮未这个人。

里志必须在那个世界一直活到能够在车祸现场救回纮未的时间，并且要一直隐藏自己是一个未来人的身份。

“可以把自己的物品一起带回到过去吗？”

“可以是可以，但是数量应该很有限。从传送装置的设计来看，目前只适合成年男子一个人乘坐……这么说不太好，但其实就是一口棺材的大小，所以没办法。如果要带过去的话，顶多也就是一个小的旅行包吧。对了，你得带上钱吧？”

“是的，我准备把我的退休金带过去。”

“那你赶紧都去换成以前的钱，新版的货币还没流通呢！”

里志感叹，若月说的每一句话都是很有用的。也许，从她开始提出“时间螺旋理论”的那一刻起，就曾无数次地设想过如果自己回到过去会怎样吧。虽然她愿不愿意这么做是另一回事。

“还有，我建议你做个整容手术之后再过去。你准备一直生活在这个横岛市对吧？总有一天，以前的你会在过去的世界出生，然后有可能会遭受到来自周围的很多疑念。为了避免这种情况的发生，我觉得你的容貌也有必要和现在不一样。”

这个提议也是之前里志没有想到过的。

听从若月的建议，里志在9月底，完成了有关动力输出的所有检查之后向公司提交了辞呈。

然后，里志马不停蹄地开始了这场时空之旅的准备。他把自己能想到的身边的事务都处理妥当，就好像秋泽里志这个人从未在这个世界上存在过一样。里志还把所有的家当、家具等都处理掉了，公寓的房间基本是在腾空的状态下退租的。之后的十几天，里志都在酒店度过。

按照若月的计划，柯罗诺斯螺旋机将在纮未一周年忌日的10月15日的上午四点启动。

把这个消息告诉里志的是山部，那是计划日的一周之前。

计划执行前夜。

“久等了，准备好了吗？”

山部有些担心地问里志。里志早已做好了心理准备。

正在里志结清了房费要走出酒店的时候，他接到了一通警察打来的电话。里志不知道是什么事。如果说有什么害怕被警察知道的事，那就是他正准备擅自乘坐柯罗诺斯螺旋机的事，但他并不觉得警察能够掌握这个信息。

警察在电话里，对他讲了一件完全出乎他意料的事情。

警察说，夺走了纮未性命的肇事司机，自杀了。那个人在遗书中交代，因为不堪良心的谴责，最终选择结束自己的生命。

在电话那头，警官问里志：

“您要看一下遗书吗？遗书里写着，她特别想对逝者的家属道歉。”

据警察说，肇事者也是住在附近的一个主妇。当时，她开车正要转弯的时候手机响了，不由得一分神，没看见前方的纮未。

太苍白了……里志心里想。

“您要看吗？”

“不……不用了。就算我读了遗书，我妻子也不会回来……”

里志回答。

过了半夜12点之后，里志只拿了一个旧旧的手提包，前往P.弗雷克。

7

柯罗诺斯螺旋机的机体就摆放在曾经柯罗诺斯旅行机所在的那个实验室。里志按下入口处的门铃，和说好的一样，山部来给他开了门。

山部露出了惊讶的表情。

“秋泽，真的是你吗？我都没认出来！”

里志点头。离职的第二天，里志就按照若月说的，接受了面部整容手术。他把脸颊填充得饱满了一些，还割了双眼皮，仅仅是这两项，就让他的形象有了很大的改变。

在实验室里，就像是黑夜中勤劳的小人一样，身着工装的三科和四科的员工们正在马不停蹄地做着准备工作。

完完整整的柯罗诺斯螺旋机，就摆放在实验室的里侧。在机器的中央部分，是一个成年人能够容身的透明圆柱形传送器。一会儿里志就要坐到这个里面，就像那天的小白鼠一样。

传送组件之外的装置也和小白鼠试验的时候比起来多了很多。在每一个装置前面，每个小组的几个工作人员都在仔细地进行着最后的检查。

若月身着白大褂，双臂抱在胸前，认真地看着最终作业的进行过程。她感觉到有人进来，回头看了看，露出了笑容。

“已经到了最后检查阶段了。都很顺利，别担心。”

若月对里志说。说话的语气，听上去就好像她完全没发现里志做了整容手术一样。

“好的，谢谢！”

“只带这一点行李吗？还可以再多带点的……”

若月看着里志手中行李的大小，补充道。她看上去很开心的样子。

里志的心里闪过一个想法。

若月也许只是想利用自己进行一次柯罗诺斯螺旋机的人体试验罢了。也就是说，即将发生的事情，只不过是自己想要回到过去的需求和她想把人送回过去的需求很偶然地匹配到了一起的结果罢了。

“你在那边等一下吧！正式执行是在凌晨 4 点钟，还有点时间。”

“有没有什么我能帮忙的事情？”

“没事，你在那边休息一会儿吧，你的继任者们都干得很好。”

若月客气地拒绝了。里志环顾四周，发现动力部分的工作，由当时里志小组的副组长大岛指挥进行着检查。看到这个场景，里志心中有一丝失落。

“明天……不，今天也要上班的吧？大家……把柯罗诺斯螺旋机启动之后，要继续留在这里工作吗？”

里志问走过来的山部。

“怎么可能！把你送走之后，大家先解散。然后到了上班时间，再若无其事地各自来上班。你先别担心这么多。你到那边环境可就完全不一样了，要不要趁现在多休息一会儿啊？”

山部回答。

“山部……”

“嗯？”

“之前擅自使用柯罗诺斯旅行机的那个叫吹原的男人，也是为了拯救心爱的女人才回到过去的，对吧？”

“是啊，而且是两次。”

“你说他救回了那个人吗？”

山部对此没有回答。如果第一次就轻易地救回了那个人，他也不至于再次乘上柯罗诺斯旅行机。

“要是救回来了就好了，好不容易冒着欺骗公司的风险回到过去了……”

里志说。山部没有回应，只是说：

“你在那边休息一下吧，一会儿我去叫你。”

在一片昏暗之中，里志闭着眼睛等待着时间的到来。从远处时不时传来操作机器的声音。虽然他闭着眼睛，但是心里难以平静下来。

即便如此，他还是努力让自己镇定下来。就在他稍微有一些困意，神志开始模糊的时候，山部过来摇了摇他的身体。

里志条件反射似的马上从椅子上站了起来。

“啊，不好意思，我有点迷糊了。”

“设备的调试和检查已经完成了，随时都可以把你送回去了。”

里志跟在山部的后面，进入了实验室。三科和四科的所有人用掌声迎接了里志的到来。

“秋泽，久等了，你的决心还没有变吧？”

若月用手扶了扶眼镜，问道。里志回答“没有改变”，若月点头，说“好，加油”，然后用手掌示意前方的柯罗诺斯螺旋机。整个房间里只有低沉的机械声。

佐藤帮他打开了圆柱形传送机的门。

“可以在计划的时间启动了。”

时钟的指针指向了3点54分。里志点头，走近了传送器。他在那里停下来，转头大声地喊出：

“谢谢大家！”

里志向大家深深地鞠了一躬，实验室再次被热烈的掌声包围了。

里志进入了传送器。

他感到了一股热气。一丝疑念在他的脑海里闪过——我真的能回到过去吗？这个时候佐藤跑了过来，从外面关上了传送器的门。

已经没有退路了。

当里志正在想还有多久的时候，机器的震动声音变成了尖锐的声音。

里志的周围充满了光。全身感到火辣辣的。

他看了看自己的右手。在半透明的皮肤之下，可以清晰地看到血管和筋络。

一种剧烈的疼痛袭来。这不是常人能够忍受的痛。我必须要从这里出去……这就是里志在1997年的最后一刻的想法。

8

里志清醒过来，是在伸手不见五指的户外的一片黑暗之中。他不知道自己昏迷了多久，但是清楚地感觉到天快亮了。

他决定，等到太阳升起之后再开始活动。他脚下的触感是土地和小草，还有小树枝。他完全找不到方向感。就这样迷茫地开始行动也不是办法。而且全身上下都没有力气。他想，这也许就是利用柯罗诺斯螺旋机穿越时空所产生的副作用吧。

直到从远处传来公鸡打鸣的声音为止，里志的心里都充满了不安。即便按照若月的理论上说的那样，他真的已经穿越到了过去，但他也无从确认自己所在的到底是不是 39 年前的世界。也有可能是 390 年前，抑或是 3900 年前。如果是这样，他这勇敢一跳，也将没有任何意义。里志现在最恐惧这件事情。

当他在黑暗之中听到公鸡打鸣的声音时，他想起，直到十几年前为止，P. 弗雷克公司所在的那片土地都还是森林。就在这时，那只公鸡完美地预告了黑夜的结束，不一会儿，天空开始微微泛白。

里志总算能看清楚一些周围的状况了。他在杂木连片的森林里。

里志拨开草丛，一路径直地走了过去。在森林里面，并没有一条像样的路可以走。脚底下铺满了干枯的树叶。里志朝着日光照射过来的方向一直走了过去，走到了一条路上。那条路很窄，大概只能通过一辆自行车。虽然也是没有经过任何修缮的土路，但总比在草丛里走要轻松一些。

里志沿着这条路，大概找到了前往城市的方向，就这样一直走了下去。

在坡道一旁，他看到了传统日式住宅的瓦顶。从门板紧闭的样子看来，里面的人应该还在休息。房屋的前面是一段梯田，看样子这里是一户农家。在房屋下面，里志看到了几只鸡。

顺着这条平缓的坡道向下再走 20 分钟左右，里志来到了一条河旁边。过了河上的木桥之后，就能稀稀拉拉地看见一些木质住宅群。同时，里志还看到了一些行人的身影，他终于松了一口气。看上去就是几十年前的街景。大人们都穿着宽松设计的西装，拿着公文包走在路上，小孩子们都背着皮革书包，穿着短裤和白色 T 恤，剃个小寸头走在上学的路上。

时不时地，电动三轮车和棱角分明的汽车驶过，但自行车的数量要远比汽车多。道路都很狭窄。在这狭窄的公路上，行驶着公交汽车。是那种发动机部分很突出的长头客车。它一边不断鸣笛一边开了过去。

来到十字路口之后，道路的两侧也变得宽了一些。虽然是一个交叉路口，但是没有红绿灯。取而代之的是，有一个交警站在路口中央的台子上，指挥交通。他双手举过头顶，转身，吹哨，放下双手。路上的汽车、自行车，甚至是马车，都按照他的指示来行驶。

这里的道路是修缮好的公路。但并不是那种柏油马路，而是用砖头铺成的路面。

哦，这里就是在 1997 年将成为长月町交叉路口的地方，里志心想。为了拯救在这个交叉路口发生的火灾事故中身亡的花店女孩，那个叫吹原和彦的男人乘坐柯罗诺斯旅行机回到了过去。里志看到，交叉路口的拐角处，有一个写着“渡边鲜花店”的牌子。屋檐下排列着很多个水桶，里面插着鲜花。里志模糊地想，那个女孩所在的花店是不是就是那家。

里志准备先去横岛车站。这里没有任何的高楼大厦，所有的建筑物都是平房或者两层高的木质小楼。水产店、甜品店、自行车店、菜市场、干货店、药店、海苔店、肉店、木屐店……各种各样的店家排成一排。

还有很多旅店。大部分旅店也都是两层楼的木建筑。门口挂着的牌子上写着“长期滞留的旅客请垂询前台”。在旅店的那头，就是横岛车站。那是一个青铜铸造的孟沙式屋顶的木质建筑。在正面正中央的上方，嵌着很多半圆形的小窗。

车站旁边有一家挂着蓝色门帘的食堂。看样子车站里面并没有可以吃饭的地方，许多看上去像是游客模样的人陆陆续续走进了那家食堂。

晨间套餐，35 元。

当看到食堂门外贴着的这张价目单的一瞬间，里志忽然感到了强烈的饥饿感，像是被什么东西吸入一样，走进了食堂。

食堂里的热闹气氛令人有些惊讶。里面有六张可供六人坐的餐桌和一个铺席座位。在最中间的餐桌上放着的一个大锅里，关东煮正在发出咕嘟咕嘟的声音。工人、商务人士、游客，各式各样的人在同一张桌子上吃饭。

里志要了一份晨间套餐，很快就端上来了。套餐内容是米饭、味噌汤、烤沙丁鱼串、生鸡蛋、鱼糕、海苔还有小咸菜。在里志的旁边，一个商务男士正在读报纸。里志在报纸的上角瞟了一眼，看到了“昭和 33 年 10 月 15 日”的字样。

没错。柯罗诺斯螺旋机确实把里志送回了 39 年前。

先不管别的，里志狼吞虎咽地吃着早餐。在里志对面，是一个头上绑着包头布，穿着缊袍的老人，大早晨就开始配着关东煮在喝烧酒。简直难以相信这里是日本。里志甚至觉得这里像是东南亚国家的食堂。

正在里志准备用他事先在古钱币店换好的100元钞票为套餐买单的时候，那个身着缊袍的老人和女服务员起了争执。看到老人喝了不少，服务员便上前让他先把账结了，但老人却说手头没有钱。老人被服务员骂了个狗血淋头，还说要让警察来处理这件事。就为了一顿区区50元的霸王餐。

“我替他付了吧。”

里志不假思索地对服务员提出，连带着老人的那份一起，用那张100元纸币结了账。

随后，里志为了避免进一步卷进这桩事情里面，匆匆走出了食堂。

吃饱喝足，里志在横岛车站的候车室里坐了下来。

他最先想到的是，剩下的，漫长的38年。

自己是为了拯救纮未的生命回到这个年代的。想要完成这个使命，就必须活着度过这38年的时间。

然而，从今天早上里志经历的事情来看，在这漫长的38年时间里，真的说不好会发生什么事情。这个时候，里志第一次叹了一口气。

在这个无依无靠的时代里，自己应该从什么做起呢？

虽然也可以住在旅店，但是那样很快就会花光手头的钱。不管是租房还是床位，应该先要给自己安排一个落脚之处。

里志在心中得出了这个结论。

那么，接下来就要找到房屋中介，让他们帮忙找一间合适的房子租下来。

而正要起身的里志突然想到：如果去了房屋中介，必然会被要求出示能够证明自己身份的证件。地址……籍贯……自己本是不属于这个地方的人，这个年代连户籍制度都没有，自己要如何证明自己的身份呢？确实，也不是不能伪造一个假的身份提供给中介。毕竟在这个年代，信息网络应该还不完备，即便谎言被戳破，应该也是很久之后的事了。里志呆呆地站在原地思考着这些。

“小哥，刚才谢谢你呀！”

里志听见有人对自己说话。转头看过去，是那个把毛巾绑在脑袋上的缊袍老人，笑眯眯地站在那里。他一说话，空气里都弥漫着浓烈的酒味。

“没事，我看您挺为难的。”

听到里志这么说，老人点了点头说道：

“你遇到啥事儿了吗？我看你身上有钱，也不像是要去哪儿旅游。我觉得你虽然到了横岛的地界，但是不知道该往哪儿去。不是吗？”

“是的。”

里志一边回答一边觉得很烦。他觉得一个吃霸王餐的老头子不应该在这里对他问这问那的。他希望老人能够快点儿走开。

“小哥，让我猜猜看你干了些啥。在食堂我就看你看这看那的，贼不踏实。一般你这种眼神的人，都是在哪儿犯了事儿之后跑出来的。你不会是被警察通缉了吧？怎么样，我说对了吧？”

里志无言以对。

“我懂，我懂。你以为你逃到这里就安全了是吧。但是我告诉你呀，你可别想着就这样找个地方住下来。城管很快就会来调查你们这些新脸儿。你有 200 块钱吧？我带你去个好地方，你在那买个户籍。”

这简直是个天上掉馅饼的事情。

“我没有做任何坏事。但是，拜托了，我想拥有一个新的身份，从头开始……其实我是……从我老婆那里逃出来的。真的，她是个纠缠不休的女人。”

真是信口开河，但是里志只能这么说。老人呆呆地看了一会儿里志，说道：

“那，你跟我来吧。不管你说的是不是真的，跟我也没啥关系。就当是我谢谢你刚才帮了我一把。小哥，你今年多大了？”

“29。”

两个人走出车站，穿过了铁路，走向车站的后身。这里和车站的前街不同，沿街排列着许多的路边摊。

“这里是？”

“这是以前的黑市。”

组袍老人回答。很多都是卖衣服的，也有一些露天的小吃摊。这里简直和东南亚市场一模一样，在那些路边摊里，竟然还有书店。

“这边儿！”

组袍老人熟练地穿梭在帐篷和帐篷之间，朝里志招手。两个人继续沿着小路往巷子深处走去。两边时不时传来婴儿的哭声和男人女人相互怒骂的声音。

“进来吧！”

屋里摆着一张桌子，头发花白的中年男人往下挪了挪他玳瑁边材的眼镜看着里志。

“阿达，给你带客人来了！”组袍老人说。然后冲着里志伸出了手，“200 块啊！”里志连忙递给了他 200 块钱。戴眼镜的男人取出一个本子，在新的一页上写了些什么，然后把这个递给了里志。

“山田健一，昭和 2 年 1 月 17 日出生。

籍贯：熊本县球磨郡山有村大字一番地。

现住址：熊本县人吉市仲村町二丁目六番地。”

男人冲着正在阅读纸片的里志说：

“刚好有个合适的，你拿着这个到横岛市户籍科去办转入手续就行了，再准备一个‘山田’的印章。”

“也就是说，我从今天开始就是山田健一了吗？”

里志问道。男人看上去有些惊讶。

“日语说得不错嘛！”

看样子他以为里志是个偷渡来的外国人。

“我就是日本人。”

“哦，这样啊。那你可千万别把这儿的事儿说出去啊，谢谢了。”

“这个叫山田健一的人，是实际存在的吗？”

“我不能回答你的问题，但他是个没有任何亲人的人，你尽管放心。”

就这样，通过这样一个既偶然又可疑的方式，里志获得了这个叫作山田健一的身份。

9

在那以后，里志再也没有去过那个黑市，也再也没有见过那个连名字都不知道的缊袍老人。

里志以山田健一的身份租了一间房，以山田健一的身份找了一份工作，开始了在昭和三十三年的人生。

木建筑的出租屋是共用厨房和卫生间的6帖小屋。

在找工作的阶段，里志碰壁了。原本应该要拿着一份简历去工作中介，但是里志并不知道山田健一的学历，以及他之前的工作经历。于是，里志不得已为自己捏造了一个含糊的假生平。从熊本县初中毕业后，在家务农，但因为母亲去世，变卖了家里的土地，还了债之后，一个人漂泊到了横岛……

工作中介的负责人看到他这样的简历，也并没有怀疑什么。

只是问了一句：

"也就是说，战争结束的时候，您是在九州是吧？那里没有受到空袭吗？"

里志感觉到自己浑身都在冒冷汗。

"没有，我们那里是乡下。"

里志胡乱回答。

"我们这里倒是有不少专业职务的招聘，但是山田先生，您之前也没有过什么其他的工作经验对吧？"

"是的。"

里志刚想说自己会画图纸，但是又咽了回去。他必须要演好山田健一，而不再是秋泽里志。

"住岛重工倒是常年在招聘，但是怎么也需要一些资格证书才行……"

负责人一边挠着后脑勺，一边很遗憾地对里志说。

"您有驾照吗？"

"准备去考。"

最后，负责人只给里志介绍了一个叫作丰引建设的小的建筑公司，整个公司的员工不过七个人。

那是一个木匠出身的社长成立的住宅建筑施工公司。就这样，里志作为山田健一，开始在丰引建设上班。

在丰引建设，休息日是不固定的，基本上就是天气不好的日子。而且无偿加班是家常便饭，但是里志并不在乎。里志并没有一丝一毫期待在这个年代获得什么快乐，繁忙对里志来说反而是一件好事，因为这样就可以无暇回想起任何多余的事情，从那种悲痛当中抽离出来，直到自己盼望的那一天到来。里志的工作内容主要是在住宅的施工现场按照前辈们的指示搬运建材、搅拌水泥、刷漆等，可以说什么活儿都干。里志生来就是心灵手巧的那种人，擅长做细致的工作，所以上手很快，又得要领，受到了重用。但是在这个年代，还没有开始机械化，建造一栋房子需要花大量的时间。

有时候会因为突然的降雨被通知临时休工，也有时候会因为社长的心情放假。就在这样的某一个休息日，里志去银行开了户。然后在出租屋里，展开了从 1997 年带来的资料。

里志带来的是从昭和三十三年到平成六年的股市的资料。在他回到 39 年前之前，去横岛市立图书馆，从书籍到微型胶片，把能找到的材料全部复制了一份之后，装进了手提包里面。

然后，在下一个休息日，里志去横岛市唯一一家证券公司，买了股票。里志还准备之后把在高度增长期内成长成一流企业的股票都买了，但第一阶段先是把昭和三十三年到三十四年之间股价会有很大波动的股票都买一遍。同时，他还指定了卖出日期。

“即便那天股票跌了，您也要卖出吗？”

“是的。不管到时候情况如何，您都帮我卖掉吧！”

柜台的女员工露出了非常诧异的表情。

“在卖出之前，我们希望能够再次向您确认您的意向。”

“不用了，那时候我应该在工作，你们应该联系不到我。”

“但是，我们内部规定在操作之前必须要再次向本人取得确认，尤其是像您这样，指定的卖出日期是在两个月以后……”

里志咋舌，没想到还要这么麻烦。

“好的，我知道了。在我指定卖出的那一周，我会再次联系你们。我会给您打电话，可以吗？”

里志继续在建筑公司的工作。在指定卖出的三天前，他给证券公司打电话确认了卖出的意向。

负责人打心底觉得诧异。

“您购买的股票已经从当时的 80 元一股涨到了 320 元一股。这是您事先预测到的吗？”

“哦，是的。”

“我们会在您指定的日期帮您卖出这只股票，您确定不再观望一下了吗？目前也有预测说，这只股票应该还会继续涨上去。”

“不必了，麻烦您就在指定日期帮我卖出吧！”

在里志指定的那一天，股价已经超过了 420 元。

在卖出之后又过了几天的休息日，里志再次来到证券公司。柜台的负责人向里志投来了尊敬而崇拜的目光。

“您指定的那一天，是这只股票的最高点。现在还在不断下跌，已经跌到了 340 元左右了！”一边说着，一边将现金交给里志。

“这样啊，那就以今天的股价，帮我买入这只股票吧，3000 股。然后请在 10 天后卖出。”

“请您稍等。”

负责人退到了柜台之后，打了一会儿电话。

“3000 股，交易完成了。”

“那就 10 天后，再帮我全部卖掉。”

“好，好的……”

同样，在 10 天后结束了一轮新的买卖之后，里志又转而买了另一只股票。

从 8 万块开始的金钱游戏，半年时间，已经滚到了 2000 万元。

就在这时，里志辞去了建筑公司的工作。

然后开始专职炒股，频繁地出入证券公司。

女负责人和里志已经非常熟络了。

“直到前些日子，大家都叫您‘只在下雨天出现的山田先生’呢。大家都说您买的股票绝对不会错，我都想拿自己的零花钱跟着您一起买几只试试了。每次您买的股票，都像是中了魔法似的往上涨。您是掌握了什么预测股票的方法吗？”

里志摇头。他只不过是根据实际的历史在买入和卖出而已。这些对于里志来说都是过去的数据，但对于这个世界来说，是不可预测的未来。

在女负责人的身后，几个男性工作人员正好奇地竖起耳朵想要听听里志会说出什么惊人的妙招。他们的样子太过明显，里志一眼就看出来了。

“都是我的直觉。”

里志只是这样回答。他也没有办法回答更多。

但是再后来，当支店长开始和女负责人一起在会客室接待里志的时候，里志开始觉得，如果进一步让他们关注到自己，可能就会引起什么麻烦。

于是里志把股票买卖的操作分散到了几家不同的银行。这笔钱在两年半的时间里，已经超过了3亿元。

以这笔钱为本金，里志买下了那片山林。山林的售价非常低廉，几乎等于不要钱。在二十几年后，这里会被征地，成为P.弗雷克公司的厂房用地。除此之外，里志还低价买下了五年、七年后将被拓宽的道路两旁的大量土地。这时候的日本，正处于高度成长期的开始。东京奥运会和日本列岛改造论的出现，都还是很久以后的事情。

当然，里志也并没有将所有的资金都投入土地中去，他还以几千万元为单位，继续着股票的买卖。这个时候，里志一边研究从未来带来的数据，一边将买卖的目标缩小为长期持有并且能够保证稳定上升的股票，将所需要的数额卖出之后，当作生活费。

也就在这个时候，里志买下了一座正在出售的老宅子。他认为自己应当过上与自己所拥有的资产相匹配的生活。因为他觉得，住在一间狭小的出租屋里面的男人持有好几亿资产这件事情，在外界看来实在是太奇怪了。

10

1970年，在大阪举行万国博览会的消息被报道出来的时候，里志发现，这个时候，这个世界的自己，已经出生了。而下一年，纮未就要出生了。

住在老宅子里，雇了一位管家之后，里志的生活开始有了一些闲暇时间。这期间，里志一直在翻看从未来带来的自己和纮未的合影，然后掰着手指头数着，距离“那一天”还有多少个年头。里志清楚地知道那时候自己的年龄。

“那一天”到来的时候，里志已经67岁了。

而从这个时候开始，里志开始频繁地做噩梦。

每次都是同样的内容。

“那一天”，为了救回心爱的纮未，已经老了的里志慢慢走近纮未。但是，到了纮未的面前，身体却说什么都动弹不得了。

里志就那样僵直着身体朝纮未大声地呼喊，但纮未听不见他的声音，而那辆就好像长着獠牙的邪恶的白色汽车驶来，直接高速冲向了纮未。

每次都在这里惊醒。

里志心里大概明白自己为什么会做这样的噩梦。

从未来带来的数据中显示的那些事情，全部都如期发生了。最初，买卖股票进行资产积累的时候，里志还没觉得有什么可疑惑的地方。只要按照未来的数据所显示的那样进行股票买卖，资产就会确切地增多。然而，反过来看，里志突然意识到，历史上的事实是无法通过人为的力量去改变的。如果，不论他如何翘首以盼“那一天”的到来，命运都不会因为他的存在被改变的话……如果是这样的话，苦苦等待38年的自己的所有辛劳，都是毫无意义的。

包括乘坐柯罗诺斯螺旋机这件事情本身。

从那以后，里志做了一些小小的实验。

除了显示股价变动的四季报的复印件之外，里志在回到过去的时候，还带了其他几种资料。《横岛日报》的微型胶片，虽然不能带走全部，但是他准备了从1970年到1990年的部分。其中，里志筛选了一些登有逝世者姓名的事故或者灾害的消息。然后以此为准，挨个去见那些逝世者。

里志见到了他们本人之后，提醒他们注意。

对其中的一个人，里志说："明天请不要出门！您走在立野町的人行横道上时会被卡车撞！"

那个人表面上看像是听进了里志的劝阻，可最后还是像命运的安排一样，去世了。

而另外一次，里志选取了一个住宅里发生火灾的新闻。在母亲外出的时候，小孩子和父亲被浓烟夺去了性命。

这一次，里志没有告诉任何人，他在火灾发生前就潜入了那家住宅，抱出了在二楼睡觉的幼儿。

但因漏电导致的火灾还是没能避免。在火灾发生之时，里志将手中的孩子托付给赶来的消防人员，离开了现场。

里志做了五个实验，成功拯救了当事人性命的，只有那一次。

即便如此，这个成功成了里志心中巨大的支撑。因为他看到手上的微型胶片上的报道内容也发生了变化。

——漏电火灾中父亲丧生。幼儿被奇迹般救出。

父亲布川康喜被发现的时候已经确认死亡，但长子布川辉良却奇迹般被消防官兵救了出来。

里志觉得这个名字好像在哪里听到过，但怎么也想不起来了。

这个结果意味着什么。里志在不停地思索。

在五次实验中，只有一次成功挽救了当事人的性命。只成功了五分之一。

里志对当事人的劝说均没有奏效。

唯一成功的，是自己亲自动手行动起来的那一次。

这意味着什么？

里志想从中找出一些规律性的东西来，但他的思想总是来回兜圈子。

这是否意味着，命运这个巨大的洪流是里志不能改变的，但其中也有很小一部分是可以左右的？

那么，能够改变的事情和不能改变的事情之间的区别，到底在哪里？

里志依然无法得出具体的结论。

只是，事情还有救。

并不是所有的努力都白费了。里志只能祈祷，救回纮未也属于这五分之一的可能性。

不能依靠让别人带口信或是通过劝告的方式。只能自己亲手去做些什么，哪怕是强硬的手段，才能救回纮未。这样应该就不会失败……

然而，以里志那时候的年龄，是否能够实现？那时候的自己已经步入暮年。

有一天，里志来到了弥生町。突然，他有一种怀旧的情绪涌了上来。他想起，他和纮未在结婚前有一次在公交站附近的书店碰面的事情。

纮未在那家书店附近一家叫作广川缝制的公司工作。里志突然很想再去体验一次那时候的场景。一直到纮未下班的时候，里志都在那家书店消磨时间。一边在脑海中幻想接下来要度过的幸福时光。

那时候，书店还没有建起来。

失落的里志朝着广川缝制所在的大楼走去。

广川缝制是存在的。然而，那时候还不是一座大厦，而是一栋木质砂浆的平房。外面放着一面招牌。

大门口的百叶门是关着的。大白天却没有在营业。里志觉得奇怪，走近一看，百叶门上贴着一张告示。

大字写着“致所有债权人”。

里志连忙把告示的内容读了一遍。广川缝制宣布了拒付支票。这家公司已经倒闭，进入整理清算的阶段了，连债权人会议的举行日期都写得清清楚楚。

不好！

里志心想。今后，纮未是要在这里工作的。然后遇到了自己。如果广川缝制这时候倒闭消失，那么纮未就会到其他的地方工作，自己有可能就不会在车站和她相遇了。

里志在没有任何规划的情况下就开始行动了。

里志开始疯狂地敲广川缝制那扇紧闭的百叶门。

没有人应答。里面好像没有人。

他绕到建筑背后，使劲敲门。敲了一阵子之后，里面终于有了回应。

“请问是债权人吗？有什么事情我们都会在会议当天向各位说明的！”

是一个毫无生气的男人的声音。

“不，我不是债权人。我觉得我可以帮到你们，所以前来拜访。”

里志说出了一家相关银行的名称，说自己是那里的工作人员。当然，这都是他编的。

公司的门缓缓打开，从里面走出来的人，没错，就是广川缝制的社长。里志和纮未结婚的时候作为主宾邀请了他，里志清楚地记得他的长相。然而，这时的社长并没有多年以后的富态模样，而是吊着双眼，脸颊抽搐。

“您有什么事吗？”

“你们的负债金额是多少？”

“借款、欠款、未给付的工资等，加起来有7000万左右吧……”

“这笔钱我替你们出了，我还会为你们准备一笔运营资金。”

就在即将倒闭的广川缝制的门口，两个人进行了这样的对话。广川社长摆出一副难以置信的表情，张着嘴，呆滞地听着里志所说的一切。

“您在开什么玩笑？”

“不，这不是玩笑。”

广川社长以怀疑的眼神看着里志，过了一会儿才反应过来，连忙请里志进屋坐。

“您是？”

“我叫……山田……健一。”

“我不知道您为什么会提出这样的想法……”

两个人坐在椅子上，在昏暗的房间里，把头凑到一起开始小声地说了起来。

“现在，像我们这样的服装相关企业都很难生存下去了，行情越来越差。”

“不，我觉得你们还有东山再起的可能性。只是，有一个条件……”

听到里志这么说，广川社长觉得果然如此，做好了心理准备。

“请你们先调整一下现在的业务内容。现在你们完全依靠销售上游提供的成衣，但接下来请开发你们自家的品牌。”

“在这样的地方城市，开发自家品牌的服装？这……怎么可能？”

“短期内是不行的，但可以花一段时间培养出自己公司的设计师。直到步入正轨，我都会提供支持。总之，您先联系每一位债权人，告诉他们已经获得了资金，明天将和各位进行结算。”

“你，你是说那7000万吗？”

“明天我会带着现金到这里来，所以今天之内请您完成一份付款清单。反正您已经做好一切都归零的准备了，现在相信我的话去尝试一下，也没有什么坏处吧！”

“但是……您……为什么要帮助我们？”

广川社长就好像是被什么东西附体了一样，面无表情。

“因为我相信未来……”里志这样回答之后，自己都觉得自己说的话可真够装腔作势的。

“对了，还有一件事。新的广川缝制的公司名称，请改成‘赛比安’。”

“这倒没什么问题。不过，这个名字有什么由来吗？”

里志只是摇了摇头。他自己也并不知道这个品牌名称的由来。

之后，里志又追加了5000万的资金援助广川缝制，而后，公司的业绩也开始好转。

里志拒绝自己的名字出现在股东名单里面。然而，山田健一这个名字对于赛比安广川缝制的高层来说，成了神一般的存在。

就这样，里志为纮未准备好了未来入职这家公司的土壤。

11

1977年的春天，里志无论如何都控制不住自己的一个欲望。他的年龄已经接近50。

直到那个时候，他都依靠回忆有关纮未的记忆来满足自己。但是这一年，纮未才刚刚上小学。

在小学生们上下学的时间，里志在校门附近等着纮未。为了见上她一眼。

这是一个非常纯粹的愿望。自从里志认识了纮未之后，他一直在想一件事情——纮未度过了怎样的儿童时代呢？

只一眼，里志就认出了纮未。在新入学的小孩子里面纮未的个头比别人都高，眼神里充满了一股机灵劲儿。在藏蓝色的制服胸前，挂着写有“梨田纮未”的名牌。她走路的时候眼睛都直直地看着前方，能看出来这是一个性格很正直的孩子。

当里志看到那个小小的身影时，他感觉到自己的心跳加速了。

里志很想走上前去跟她说话。他拼命抑制住这种冲动。

那是几十秒钟的相会，没有对话的相会……

这个时候的纮未，根本不可能知道里志是谁。

在那以后，里志又有两次在校门口等待放学回家的纮未。其中一次，纮未发现了站在楠木树荫下的里志，两个人对上了眼神。但是很必然的，小小的纮未把视线从中年的里志身上快速移开，走掉了。

因为这一天体验到的那种空虚感，里志决定不再去校门口蹲守纮未了。

在昭和时代即将结束的时候，住岛重工向里志提出，想要让他让渡出手头的那片山林。以此为契机，里志也变卖了手中所有的不动产和股票。

因为泡沫经济的崩坏已经迫在眉睫了。

从这个时候开始，除了遇到对于纮未来说重要的人生节点，里志很少出门了。

初中毕业、高中时代的排球比赛，里志混在观众里面默默关注着纮未。

里志自己都为自己感动。

不被任何杂念干扰，到了这把年纪都只为了看一个女人，爱慕着一个女人的身影。

里志自己问自己，如果那天纮未没有遇到车祸，自己会不会像现在这样，几十年如一日地深爱着纮未？

然后，里志会给自己一个非常肯定的答案——一定会如此深爱着她。

如果纮未还活着，那么自己一定会用尽所有的柔情深爱着她。里志确信这一点。

在纮未上到县立横岛大学四年级的时候，里志久违地造访了广川缝制。广川社长热烈欢迎了里志的到访。公司已经变成了一栋 10 层楼的大厦，员工数量也大大增多。这里已经成长为一家以横岛为据点面向全球的服装企业。公司在近郊设立了自己的工厂，也计划在中国开设休闲服装专用的制造工厂。

“一个叫作梨田纮未的女孩子会以应届生的身份来应聘咱们公司，希望你们能够录用她。”

“这容易，她是您的亲戚吧？”

“不，具体的缘由就请不要问了。”

“好的。不过我们还没开始招聘呢。”

“她肯定会来应聘的，她非常优秀！”

“我知道了。”

“对于她本人，还请你们一定不要提起我的存在。”

然后，就在进入秋天的时候，广川社长和里志取得了联系。

“梨田纮未我们已经录用了。是个很不错的孩子呀！她的话，就算您不跟我们张口，我们也一定会录用的！”

里志心想，这一切都是按照历史来推进的。这样的话，里志和纮未的相遇就变成一个必然了。

就在这时，里志突然想到一件事情，就好像是受到了电击一样。

现在这个世界里，肯定存在着那个夺走了纮未性命的肇事者。他临上柯罗诺斯螺旋机之前得知了那个肇事司机的自杀。

就算能够将事故防患于未然的可能性只有 20%，但如果对肇事者和受害者同时做工作的话，这个概率就是 2 倍。

然而，最关键的是，里志并不知道那个肇事者是谁。那时候，如果自己看了一眼肇事者留下的遗书的话……

里志陷入了一种自责和懊悔。

如果是这样，无论如何要在当天防范事故的发生，只有这一种办法了。

在纮未入职广川缝制的当天，里志接受了广川社长的邀请，出席了入职仪式。他从来宾席的一角，守护着穿着藏蓝色西装的纮未。这时候的纮未已经长成了里志所认识的样子，拥有了一副清秀的脸庞。

就在出席广川缝制入职仪式后的餐会的时候，里志感觉到了自己身体的异样。

迄今为止，在里志的生活中很少出现身体不适的情况。就感觉好像是所有的劳累都积累到这一刻爆发了。连坐着都感觉很痛苦，大颗大颗的汗珠从额头上掉了下来。

广川社长直接把里志送到了横岛市人民医院。对里志来说，幸好不是那家横岛中央医院。

接待里志的医生并不是当天的值班医生，而是正在为了观察一个患者的情况而留在医院的，叫吉泽的医生。还有一个在胸前挂着“铃谷树里”铭牌的女医生跟在他身边，看样子像是他的助手。不是护士，而是要当医生的医学生。她认真地记录着里志的症状。

对于坚信自己只是积劳过度的里志，吉泽坚持推荐做一次精密检查。

在两天的住院生活中，铃谷从未在她端正的脸上露出过笑容。她问里志：

“山田先生，您没有家属吗？”

里志不明白她为什么会这么问。

“是啊……茕茕孑立说的就是我吧。”

铃谷树里这个提问的意义，里志是后来从吉泽医生那里知道的。吉泽的语气很官方。

“你患的是胰腺癌早期，不过这里不是原发，很有可能是从腹膜转移过来的。因此，即便采取外科治疗，几年之内也有复发的可能性。”

这对里志来说无疑是当头一棒。

“我，还能坚持三年半吗？”

三年半后，就是纮未出交通事故的时间。

如果，自己的身体坚持不到那个时候了……那么这几十年来的努力到底算什么……

听到里志这么说，吉泽睁大了眼睛，疑惑地看着他。

“三年半？”

他理解不了里志为什么说了这么一个时间。

“我们会尽我们最大的努力。首先，我们建议您尽快接受手术，然后我们一起来想办法提高您的免疫力，为了最大限度地防止复发。”

里志接受了手术。他乖乖地听从了吉泽的建议。

我一定要救纮未。直到那一天到来，自己无论如何也要活下去。

出院后，里志感觉到了自己身体机能的巨大衰退。样貌也发生了很大的变化。他的实际年龄已经超过了60岁，但因为疾病缠身，看上去像是70多快80岁的老态。为了接受定期的复查，去医院，成了他唯一外出的时间。

两年后，里志的主治医师变成了铃谷树里。铃谷医生告知了里志一个令人绝望的诊断。

复发得到了确认。她说，恶性肿瘤细胞已经在里志的身体内全面扩散了。而且，估计里志的身体已经无法承受外科治疗了。因此，只能采取放化疗等保守治疗的方式了。因为，癌症已经处在晚期阶段了。

“还有一年半……我想活下去……然后……”

我想救她。里志没有说出口。

“我们会尽可能多地尝试延长时间的方法。”

铃谷医生的话语中，并没有任何保证性的约定。

12

只有这一天，里志想要亲眼确认。那就是里志第一次和纮未两个人一起吃饭的那天。

里志的身体状态已经糟透了。

里志不顾全身的恶寒，在那家郊外的意大利餐厅的露台上预订了座位。时间要比两个人的到来还早。

完全不是能够吃得下饭的状态。里志一个人在那个座位旁边的餐桌，喝着红酒。

他和纮未一起来过几次这家餐厅。一个人坐在这里的时候，脑海中总是会回想起和纮未的对话。

里志觉得自己甚至能够听到纮未说话的声音。他闭上了眼睛。电影应该快结束了。年轻时的里志会提出邀请，带着纮未走进这家餐厅，坐到旁边的座位。

里志想，那天的天气也是这样的阴天吗？在自己的记忆中，那天的天气非常晴朗。不……那大概是因为和纮未在一起，自己的心情都变得晴朗了。

然后，两个人走进了店里。那是年轻时的里志和纮未。

年轻的里志因为紧张，显得有些不自然，表情也很僵硬。跟在他身后走进来的纮未却是一直笑眯眯的，看上去很开心的样子。而且，动作始终非常优雅。

两个人坐了下来。是的。和记忆中的那天一模一样。而自己，则作为一个陌生人，坐在两个人的一旁……

年轻的里志在不停地清嗓子，这让年老的里志都有些诧异。可见那时候的自己有多么紧张。

一些无关紧要的对话一直在继续，一直竖着耳朵偷听的里志对于他们说的每一个话题都有想要点头赞同的巨大冲动。

两个人就在这里约定了下一次的约会时间，然后起身离开了餐厅。里志等到两个人的身影从视野里消失之后，一边擦着决堤的泪水，一边站起身。

然后，他倒下去了。

里志再一次开始了住院生活。这期间，里志一边看着病房窗外的风景一边想，年轻的里志和纮未应该都在踏踏实实地加深着对彼此的感情。

“我有一个最后的请求……”

这一天是年轻的里志对纮未求婚的日子，里志对前来查房的铃谷医生提出了请求。里志的体力下降得很明显，他自己能感觉到已经时日无多。

里志已经没有信心自己能够撑到1996年10月15日的那一天。

“别，您快别说这种放弃的话，咱们一起努力！”

铃谷医生笑着说。但是，里志明显能够看出，她的笑是硬做出来的。

“我想出院了，最后这段时间，我想在自己的家里度过。”

铃谷医生沉默了，她思考了半晌。

“好的，我知道了。按照您的意愿来。”

里志看到一边说着一边偷偷按住眼角泪水的铃谷医生，再次对她抱有了好感。

回到老宅子的里志，把广川缝制的社长叫来了。

如果在物理上无法亲自防止这次事故的发生，那么他必须想出一个替代的方案。

这时候的里志能够采取的办法，只剩下这一个了。

对赶来的广川社长和高层领导们，里志说：

“在梨田纮未结婚之前，我有件事情一定要告诉她，你们能叫她来我这里一趟吗？”

广川社长和高层们面面相觑。

“您为什么知道她要辞掉工作结婚呢？”

“自打她入职以后，我就没有对广川缝制公司内部的事情提出过什么要求和意见。但是，这次请你们按照我说的做吧，我有很重要的事情要告诉她。这是为了她好。”

广川社长并没有理由拒绝这一切，尤其在面对广川缝制的恩人的时候。

里志的心中充满了不安。这样做到底能不能救回纮未？如果不行，那么自己这一生，真的是白费了。

老人说到这里，痛苦地停了下来。就好像坐在沙发上这件事情本身就是一场苦难一样。

里志摇了摇头，看向老人。这一切都太过唐突了。眼前这个老人，就是老后的自己吗？虽然听说他已经接受过整容手术，但真的难以相信这就是自己。可是，他又一个接着一个详细地描述出了他人不可能知道的事情。

这个叫作山田健一的老人……

“我明白了。如果您说的都是实情，那么您的要求就是……在今年的10月15日，让我救回纮未的性命，对吧？”

老人有气无力地点了点头。

“我想请你做的就是……在10月15日那天，请一天假……

然后一刻不离、寸步不离地陪在纮未身边。”

老人费了好大的力气，说出了这些话。

里志只能点头接受。因为这个老人，就是 39 年以后的自己。

“我答应您。10 月 15 日那天，我一定会守着纮未，保护纮未，一分一秒都不离开她的身边。”

听到里志的这一番话，老人终于露出了一丝笑容。

“你相信我吗……”

“我相信。如果我连自己都不相信，那我还能相信什么？”

“还有，我还有一个请求。”

“您说。”

“10 分钟就好，能不能让我和纮未单独待一会儿？”

里志完全能够体会这种感受。非常深刻。如果自己也过了一段这样的人生，那么此刻也会像老人一样有这样强烈的愿望吧。

老人在那漫长的 39 年的时间里，没有一刻停止过对纮未的思念。这样漫长的一个时间，对于年轻的里志来说，根本无法想象。

“我知道了，我叫纮未过来。”

这时候里志发现，老人的右手已经变成了半透明，正在一点一点消失。

“您的手……”

老人看了看自己的手。他没有惊讶，反而露出了微笑。看上去非常开心。

“看来……这就是秋泽里志开始要拯救纮未的证明。如果纮未得救了，那么我来到过去的历史也就不存在了。这样，我就不应该继续存在于此了。终于……我的努力……要换来回报了……”

“我这就去叫纮未。”

“秋泽里志？”

“我在！”

“我消失了以后，请你一定要连我的那份一起，好好爱纮未。”

里志冲出了房间，并没有回答纮未的提问，就把她带到了老人所在的书房。

然而，那里已经没有了老人的身影。明明，他是那么恳切地想要见到纮未。

“怎么了？”

纮未有些忐忑地环顾着没有人的房间，问里志。

“没什么……都结束了，我们回去吧。”

里志觉得，即便他把刚刚发生的事情都讲给纮未听，她也未必能够接受。

“那个人对你说什么了吗？”

“是啊，他让我跟他约定。10 月 15 日那天，寸步都不离开你的身边。”

“什么？为什么？”

里志想了想，回答纮未：

“因为那天是我们的纪念日。”

“什么纪念日？”

“我和纮未之间什么都不会发生的纪念日！”

“对啊……”里志听到有人这样说。抬起头来，里志发现纮未正在疑惑地看着他。

里志知道那并不是自己的幻听。那个回荡在心中的声音，正是他自己的声音。

野方耕市的轨迹

1

2039年秋天。

那天下午，野方耕市在面向野方医院后院的檐廊。

明年，他将迎来自己的80岁生日。他把自己的半辈子都奉献给了住岛重工和它的子公司P.弗雷克，退休之后就在老家所在的野方医院旁边的住宅中度过。

他的妻子，同时也是野方医院院长的野方亚由美，已经在三年前去世了。此后，儿子耕平接手了医院。儿子也娶了媳妇，生下了两个孩子。儿子一家则住在附近的高层公寓。虽然野方耕市觉得住在一起比较好，但儿子却说："等到老爸你的身体不听使唤了我们再搬过去一起住。"孩子们有他们自己教育孩子的方针，耕市也就没再强求。所以，他也很少能见到孙子。和家人见面的时间，大概只有耕市和耕平，还有同样从事医疗事务的儿媳凛香三个人一起吃午饭的时间。野方耕市本就不是医疗领域的人，所以儿子夫妇经常讨论的那些医学上的话题，对他来说就是听天书。

其余的大部分时间，他都在呆呆地看着庭院中漫无目的地度过，就好像年轻时争分夺秒工作的样子都是幻觉一样。

从住岛重工退休以来，一段时间里他还能够接到技术演讲会的邀请，还在居委会担任过联系人。但是现在，耕市已经不会再主动去接触这些事情了。即便偶尔接到邀请，大部分时候他也都会拒绝。

退休后他还会拿着一些新的发明灵感去申请专利，但最近这样的灵感也已经不再出现。

只是，那些关于过去的事情，他都还清楚地记得。不可能忘记。甚至为了记住那些事情，最近发生的很多事情他都已经记不住了。所以，即便他的视线正面向后院，也并不是在欣赏那里的风景，而是像快动作镜头一样，回顾着过去的画面。

这时候，里屋传来一阵铃声。那是从野方医院前台打来的内线。耕市颤颤巍巍地起身，接起了电话。“你好，请问什么事？”

电话那头是儿媳妇凛香。

“有一位叫机敷野的先生说他今天与您有约，现在已经到前台了。我请他过去找您吗？”

机敷野……机敷野……耕市拼命地搜索着自己的记忆。自己真的跟这个人有约吗？

他翻了翻电话旁边的笔记本。

有了。

那里写着：机敷野，科幻博物馆办公室。约定的时间也写在上面，就是今天。

“是的，没错，请他进来吧！”

过了一会儿，从玄关方向传来了拐杖的声音。出去一看，一个穿着罕见黑色斗篷的男人站在那里。他戴着一副看上去度数很高的、厚厚的眼镜。他的眼球看上去像是要从眼镜的后面翻出来了一样。

他是一个和自己年龄相仿的老人。他摘下黑色斗篷拿在左手，然后深深地鞠了一躬。

“我是前些天冒昧联系您的机敷野风天。非常感谢您今天愿意空出时间和我见面。”

耕市为了看清对方递过来的名片上写的字，戴上了挂在胸前的老花镜。

“科幻博物馆设立办公室室长机敷野风天”。

上面如是写着。然而，科幻博物馆可真是个奇妙的名称。

“来，您先里边请。”

“打扰了。”

不知道是不是因为左脚有什么伤病，在前面带路的耕市听到身后交错传来拐杖和拖拉脚步的声音。

在会客厅里，两个人面对面地坐了下来。

一开始，耕市是倾听的一方。因为机敷野开始介绍他正准备设立的科幻博物馆。从机敷野的话中，耕市听明白了，这个叫作机敷野的男人，也和自己一样，一直以来置身于科学技术的世界里。

想要建立科幻博物馆的动机以及所需要的大量资金主要由自己发明取得的专利费用来支出，耕市确信这个人确实和自己是一路人。

即便是杰出的发明，只要无法和时代的需求合理匹配，就会被当作异端。耕市对于机敷野的这个看法也非常赞同。

“我想要祭奠那些存在于正统的科学史的阴影之下，还得不到普及就被人们所遗忘的科学发明。”机敷野说。

他还告诉耕市，他现在正在各处收集那些值得作为展品展出的发明。

听到这里，耕市明白机敷野为什么找到自己了。

机敷野说，科幻博物馆的开张，计划在三年之后。

“一段时间里，我准备自己来担任馆长。然后在我感觉到自己力不从心的时候，找一个能够深刻理解我的想法的人，把接力棒递给他。”

机敷野说这些话的时候，那种气魄就好像这一切都是上天交给他的使命一般。

“那么，您今天来找我是为了……”

听到耕市的提问，机敷野重重地点了点头。

“我入手了柯罗诺斯旅行机。”

机敷野只说了这些，等待耕市的反应。耕市怀疑自己是不是听错了。他有预感机敷野是为了柯罗诺斯旅行机的事情来拜访自己的。但是没想到他居然已经得到了“柯罗诺斯旅行机”。

那台机器应该是在找不到任何接手人的情况下，一直沉睡在住岛重工建立的立野仓库里面。

“您是……怎么找到柯罗诺斯旅行机的？”

“我是通过正当的渠道购买到的。我只支付了一直都处于未缴纳状态的仓库管理费而已，对于知道这个设备的真正价值的人来说，这个价格实在是太实惠了。”

P.弗雷克股份公司在十几年前被住岛重工合并掉的事情，耕市也有所耳闻。然而，那时候大概是因为交接的材料出了一些问题，柯罗诺斯旅行机的所有者在那个时间点处于缺位的状态。结果，经营立野仓库的公司因为得不到保管费用，在经过了法律手段之后，把它送去拍卖了。没有人知道那个巨大的装置的真正价值。因此，机敷野应该没费什么劲就得到了那台机器。

“退休之后，我和柯罗诺斯旅行机就绝缘了。那个机器现在还能使用吗？”

已经过去了太长的时间。最后一次把时空旅行者送上柯罗诺斯旅行机，如果没记错的话，是在 1999 年的 8 月份。那时候还是 20 世纪。

那次送走的是铃谷树里。当然，那属于非正式的时空旅行，她也已经回到了她本应该在的时间。虽然最近没有见面，但是她就住在附近，作为作家青木比吕志的妻子，过着幸福的生活。

“比起在拍卖会上花的钱，之后的分解整理工作所花的钱要更多。铲掉那些陈年的铁锈，再把积在上面的一层厚厚的灰给擦掉。虽然我没有去触碰它心脏部分的那个黑匣子，但现在确实处于可以启动的状态。”

“这样啊……”

对于耕市来说，这番话就像是听到从前的一位有缘人的消息，让他产生了一种既甘甜、又有些苦涩的，很复杂的感情。

“不过，这也是我们给出的比较乐观的解读。只能说，它现在理论上应该处于一个可以启动的状态。像柯罗诺斯旅行机那样巨大的机器，经过了分解、搬运和再组装，就算是再加小心，在某些部分出现异常也是不足奇怪的。虽然我也知道请野方先生您来帮我们做一个检查是最合理的，但是我们并不会提出这样过分的要求。”

机敷野补充道。

“那么，您为什么要找到我呢？”

“我准备在展出的时候，附上一个介绍柯罗诺斯旅行机的展牌。自从我们获得了有关柯罗诺斯旅行机的消息的那一刻开始，就在追踪深度参与了设计和研发的技术人员。但是，我们最终也不知道设计者是谁。我们得知野方先生是从初期一直参与柯罗诺斯旅行机的研发的，我们就得出了结论，除了您之外，没有人更适合来讲述这台机器了。

“我希望您能给我讲述一些有关这台设备的不为人知的故事。这就是我前来拜访您的最大目的。”

耕市听到机敷野这么说，点了点头。

“只是，住岛重工是一家现存的大公司，很多事情不方便公开讲述。这还得请你们帮我做好保密工作。同时，也不要对外说是我说的。”

“也就是说，对外来说，柯罗诺斯旅行机是一台研发者不详的机器对吧？这倒是没什么问题，我们不会对外公开任何隐私信息。但是，发明这台设备的目的和来龙去脉，我们还是想如实地告诉观众。这没问题吧？”

“这就请你们定夺吧！”

说完，耕市从衣服胸前的口袋中掏出一支自动铅笔，放到了机敷野的面前。那是一支金色的、细杆的自动铅笔。

“这……就是第一支进行时空旅行的自动铅笔。它回到了十分钟之前的世界。”

“对于野方先生来说，是个有回忆的物件啊……”

“是啊……在各个层面上，都可以这么说。”

然后，耕市把自动铅笔很宝贝地收回了胸前的口袋里。对于耕市来说，机敷野以这样的目的来拜访他，让他感到很欣喜。虽然有些小孩子气，但是他忍不住要拿出那支自动铅笔来看上几眼。第一支进行时空旅行的自动铅笔。除此之外，这支笔本身也包含了很多耕市的回忆……

耕市在眼下这种隐居生活中常常回想，自己投入半辈子心血所做的那些事情，到底应该如何定义？曾经，在P.弗雷克公司埋头钻研如何研发出能够超越时间的机器，但又因为远远达不到实用化的目的而被迫中断了开发。公司消失了，那些有关开发研究工作的机密文件现在应该也都找不到了。是不是说，自己这一辈子，就是一场巨大的浪费？

年轻的时候，他做过一场梦。梦中，柯罗诺斯旅行机已经进化成一台完美的时空穿梭机。耕市觉得人们一定可以前往自己选择的所爱的时代，然后很好地融入那个时代，生活下去。

稍微仔细想想，就知道这肯定是一个梦境。因为时间的流动不允许矛盾的发生，在那样的世界中，到处都充满了矛盾，根本无法维持下去。

因此，物质逆时输送机这种不寻常的存在，不过是科学史上的一个过眼云烟。也许，自己从一开始就不应该触碰这个东西。

每每想到这里，耕市就好像是陷入了老年抑郁症的状态。

他觉得，不会有人记得，也不会有人在意柯罗诺斯旅行机的存在。

就在这时，机敷野出现在了耕市面前。耕市坚信，这个机敷野，才是真正能够肯定自己的人生价值的人。他难以平复心中的喜悦之情。

“能讲给我听听吗？”

机敷野掏出了录音笔和笔记本。在耕市的心里，有关柯罗诺斯旅行机的点点滴滴在不断地涌现。应该从何说起呢……

从他入职住岛重工以来处理过的海量的书面审批材料说

起，还是从更早以前，他在初中时代废寝忘食阅读过的科幻作品说起？

最后，耕市从很久以前，他第一次有了一个灵感的事情开始讲起。这个灵感就是柯罗诺斯旅行机的原点。

诺贝尔并没有想到自己发明的炸药会被用于战争。柯罗诺斯旅行机也是如此。无论如何先要把理论变为实际，具体要求怎么应用，自有后人给出答案。

一切都是从这里开始的。和平日里不同，耕市的眼神里充满着光辉。说话的速度也变得很快。他滔滔不绝，说了很多。

当他讲述有关柯罗诺斯旅行机的缺陷的时候，他的表情变得很难看，表现出很懊悔的样子。即便能够从现在穿越到过去，但回来就是更远的未来。这是机器进入试验阶段之后才发现的时间流的性质。也正是因为发现了这个特性，从那以后柯罗诺斯旅行机的研发效率就大大下降了。

“柯罗诺斯旅行机不是已经很好地发挥了它的功能吗？”

听完耕市的讲述之后，机敷野说。

“是吗？”

“当然啊。布川辉良先生和那位女士……枢月圭的爱情，不也正是因为有了柯罗诺斯旅行机才得以开花结果的吗？然后就是那次非公开的铃谷医生的时空旅行。如果没有柯罗诺斯旅行机的话，就无法挽救青木比吕志先生的性命。多亏了野方先生您的研究，柯罗诺斯旅行机才能让这几位的人生变得更加有意义。我认为这非常值得骄傲。仅凭这一点，柯罗诺斯旅行机就有它诞生在这个世界上的巨大的价值。”

机敷野激动地探出身子，把一只手搭在了野方的肩膀上。听到机敷野这么说，耕市的眼泪再也止不住了。虽然他知道人一上年纪就会变得爱哭，但这个眼泪无论他怎么克制都克制不住了。

虽然已经把整个事情的来龙去脉都讲述了一遍，但耕市总觉得好像还少了点什么。

机敷野关掉了录音笔，把笔记本收回了包里。

“打扰您这么长时间，真是感谢。”

说着，机敷野深深地鞠了一躬。

“机敷野先生！”耕市忍不住叫住了他。那是一种从耕市的内心最深处涌上来的冲动。

“您说？”

“请问，您入手的柯罗诺斯旅行机，现在在哪里？”

“科幻博物馆的主建筑已经建完了，现在正在努力收集展品。当然，柯罗诺斯旅行机已经被收藏在馆内了。那样一个巨大的展品，我们肯定会放到最大的展厅里面。正式开始营业之后，也就直接在那里展出了。”

“我想再亲眼看一次柯罗诺斯旅行机。我知道在你们开馆之前提出这样的要求有些任性了……”

机敷野大幅度地摆着手说：“不会，不会。”

“我怕还要劳驾您特地跑一趟，所以没有提出这个事情。柯罗诺斯旅行机是野方先生您创造出来的，您完全不需要客气。您随时都可以到我们那里参观。”

这对于野方来说是个好消息。他想用善意回报善意。

“我觉得自己就好像要见到一个老朋友一样。我听您说你们是把它拆解之后搬运的，如果可以的话，我想亲自过去检查一下，看看这台机器是否还能够再启动，然后做一些调试。如果以随时都可以把人们送回到过去的状态展示出来，不是更好吗？”

看来这个提议对于机敷野来说是个意外，他的眼睛里冒出了星星。

“如果真的能够实现的话，对我这个科幻博物馆的馆长来说就是最大的幸运了。这是何等美妙的事情啊！竟然能够展出可以随时启动的柯罗诺斯旅行机！”

2

三天之后的清晨，野方耕市让儿子耕平开车把自己送到了科幻博物馆。

“爸，看上去心情不错啊！”耕平说。

“是吗？”虽然耕市表面上假装平静，但是很难平复心中的激动。现在的他就好像是要去见初恋女友一般的心境。

“那个科幻博物馆里面有什么呀？”

“你爸爸用毕生心血完成的工作，都展示在那里。”

耕平表示明白了，但也没有多问什么。看样子他对父亲所做的工作没有任何的兴趣。也不怪他，从小，他每天都是看着从医的母亲工作的背影长起来的。

科幻博物馆位于横岛市郊外的一个小山丘上。它的占地面积相当广阔，仅凭这一点，就能够看出机敷野雄厚的财力。

下车之后，很快，机敷野风天就从这个巨大的建筑中走出来迎接他们。看样子他是瞅准了约定的时间，一直在门口等候的。

整个建筑的规模也令人惊讶。听机敷野说这是一个私人设施，所以野方想象的是更加小巧的建筑，然而这里和他预想的完全不一样。整栋建筑就好像是一个巨大的波浪一样，呈现出优美的曲线。屋顶上贴着无数红铜色的壁板，沐浴着朝阳散发出非常梦幻的光芒。虽然很朴素，但又是很前卫的建筑。它建在平缓的草坪坡面上。

直到机敷野叫他为止，耕市都沉浸在对这个建筑的欣赏之中。

“欢迎，欢迎。怎么样？看到科幻博物馆，有什么感想？”

“哎呀，我没想到是这么壮观的一座建筑。今天我就不跟您客气，前来打扰了。除了说太美妙了，我实在不知该用什么形容词去形容！”

机敷野开心地点了点头。

“柯罗诺斯旅行机也在这里面呀？”

“是的，在D展厅，就是屋顶的波浪隆起得最高的那一处。”机敷野抬起拐杖，指了指从入口看去最左边的方向。

耕市在机敷野的带领下走进了博物馆。由于建筑的挑高很高，两个人的脚步声和拐杖的声音在整个建筑里发出干燥的回声。

玄关处还没有展出任何展品，让人觉得很空旷。因为尚未开馆，照明还没有点亮，但是依靠从建筑外透进的自然光就已经很明亮了。

有一些展位已经贴好了说明牌，也有一些不知道是什么用途的展品被摆放了出来，但是还没有相关的说明。在路的两侧堆满了很多没有拆开包装的物品。柯罗诺斯旅行机在被分解后搬进科幻博物馆的时候，大概也是这种状态吧，耕市心里想。

“这边请。”在机敷野这样叫住他之前，耕市已经被眼前的光景所吸引，呆呆地站在原地了。在他眼前的，就是那伟岸的柯罗诺斯旅行机。

这是时隔多久的再次见面呢？黑色的光泽和那让人联想到蒸汽火车头的大炮筒，都没有任何变化。不仅没有变化，还因为有新的涂层加持，看上去更新了。

“好久不见啊！没想到那个柯罗诺斯旅行机，现在，以这样的形式，存放在这里。”

耕市说出了内心的感叹。

“您能这么说，我也非常开心！”

机敷野说。

“可以让我看看它现在的状态吗？”

耕市提出，机敷野伸出手掌指向柯罗诺斯旅行机，示意他随便看。

无数张设备的设计图纸在耕市的脑海中苏醒。他打开了连接在设备上的专用电脑。

输入密码。只要是 P. 弗雷克公司的人，都知道的密码。然而，他从历史记录中，很快就知道了在耕市把铃谷树里送回过去之后，还有一个人使用了这台设备。

在女医生铃谷树里的恳求之下，耕市利用保管在立野仓库的柯罗诺斯旅行机把她送回了过去。这件事情发生在 1999 年 8 月。但是，2002 年的 4 月，还有一条使用记录。

他马上就想到了当时的同事——研发一科主任吉本次郎。但是他觉得这种可能性微乎其微。因为吉本是个胆小的人，在他把铃谷树里送回过去的时候都一再推辞。吉本不可能这么做。

耕市确认了发射的目标时间。

1995 年 11 月 27 日……

他记得。那是他绝不可能忘记的一天。

26 日是第一次启用柯罗诺斯旅行机进行试验的日子……他

把至今都还带在身上的这支自动铅笔送回了过去。那是柯罗诺斯纪念日。

到底是谁，回到了那一天的第二天？

他想到了一个男人——吹原和彦。

那是耕市的部下，研发三科的科员。

同时也是第一个坐上柯罗诺斯旅行机的人，还是一名偷渡者。

虽然他不知道个中细节，但吹原的同事藤川曾经说过，吹原是为了拯救他生命中很重要的女人回到过去的，他至今没有回来。难道说，在他第一次偷渡的时候，没能够救回那个人吗？

所以，在2002年，再一次使用了柯罗诺斯旅行机？历史记录上的时间正在暗示这一切。

耕市觉得，那个叫吹原的年轻人，不像是会做出这么大胆的事情的人。

为了拯救心爱的人……

自己也有心爱的、很重要的人。但是这并不能成为擅自启动柯罗诺斯旅行机的理由。耕市一直这样对自己说。

画面上显示出了一幅图表，耕市对照着依次进行各个部件的检查。局部图被放大显示，数字在画面中央以飞快的速度更迭。

——可以正常启动。

每出现这一句提示之后，再转到下一个部件。

到了设定空间坐标的部件的时候，数字的变化停了下来，这一部分被放大之后，被一个红色的圆圈圈了出来。

“这是栗塚哲矢负责的地方。”

就连当时他工作时候的表情，都浮现在了耕市的脑海之中。

他回到了母亲生前的最后一天，回来之后也规规矩矩地向公司打了报告。“他明明是一个比别人更有责任心的人……”耕市不自觉地自言自语。如果直接这样启动的话，肯定会产生和目标位置相离几公里的误差。

耕市把画面固定在这里，走近柯罗诺斯旅行机。在圆形的底部一角，应该有一个机关用来收纳专用的工具，虽然一眼很难找到它的位置。耕市从那里掏出了一个工具箱，取出了量规和扳手。

最后，耕市看出问题并不出在栗塚身上。而是在运输柯罗诺斯旅行机之后再次组装的时候，有一部分部件没有拧紧而已。果然，栗塚曾经是完美地完成了他的工作的。耕市拧紧了部件之后，挺直了身板，伸手抚摸了炮台形状的射出基部。P. 弗雷克时代的柯罗诺斯旅行机的触感重现。我可是把我毕生的心血都倾注在你身上了啊！耕市的这种想法就像一道闪电一样闪现在他的脑海之中。

——我当然也想过穿越时间。但是那时候的工作不允许我离开 P. 弗雷克公司哪怕一瞬间。如果我不在的话，整个项目就会就此停滞。这叫我如何踏上时空之旅？

耕市下意识地摸了摸胸口口袋中的那支自动铅笔。

他只是把这支自动铅笔送回到过去了几次。

“片仓珠贵……”耕市下意识地叫出了那个名字。一个女人的面容在他的脑海中清晰地浮现。与此同时，还有一个男人的笑脸。

“萩塚……”

耕市连忙摇头，从脑海中甩去那个形象。

他回到电脑前继续工作，再次启动测试。又一次，在局部图的上面，数字开始飞速变换。

这次是蓝色的显示，表示部件处于正常状态。

他重复着这样的工序。

幸好，那些需要重新测试的问题都通过简单的调整就得到了修正。耕市甚至想过最坏的可能性——可能需要将那个“大炮筒”摘下来进行复杂的调试，然后再装回去。如果是这样，那几个收纳在柯罗诺斯旅行机内部的简单工具就不够用了。而博物馆里也不可能有那种大型的起重机。

可以看出，从立野仓库到科幻博物馆，运输的过程中是非常小心谨慎的，工作人员一定尽到了最大的努力吧。这也证明了机敷野对于柯罗诺斯旅行机的敬意。

所有的检查和调试都结束的时候，天已经快黑了。

这时，机敷野已经回到了D展厅，坐在附近的沙发上，安静地看着耕市。

“都好了。现在，柯罗诺斯旅行机的状态已经和它在P.弗雷克公司的时候一样了。”

听到耕市这么说，机敷野的脸上露出了少年般的笑容。

“也就是说，随时都可以把物质送回到过去了是吧？谢谢您。真的谢谢您！”

机敷野走近耕市，双手握住了耕市的手。

“野方先生，您在工作的时候看上去就像是一个二十几岁的青年，我能深切感受到，您真是对柯罗诺斯旅行机注入了自己的所有心血。”

机敷野说，然后提出：“我想亲眼看一次它启动的样子，可以吗？”

当然了。耕市就是为了这么做，才忙活了这么久。他又进行了一些微调试。一开始，耕市觉得做这一切都是为了在博物馆中展出一个动态的柯罗诺斯旅行机。但是，当所有的调试工作都结束之后，很自然地，耕市也有一种冲动想要再次启动柯罗诺斯旅行机。

“当然可以启动，我就是为了启动它才做了这么多工作。”

耕市没敢说自己也是这么想的。

“那就拜托您了！”

耕市点头，启动了总开关。柯罗诺斯旅行机的机体开始发出低沉的震动声。就是那种令人怀念的，会让人的下腹部周围产生共鸣的低沉的声音。

在桶状的部位出现了螺旋状的蓝色亮光。在物质被射出的时候，这束光会变成蓝色的电光，在这里极速移动。

“除此之外，我们还得设置目标的时间和空间坐标。通常要这样从外部操作，不过只要设定为自动发射，人坐进去之后也可以从里面自己操作，一个人也可以完成发射。这次调试之后，射出目标时间是 15 分钟之前，在过去停留一会儿之后回到未来。”

机敷野频频点头，听着耕市的解释。

“那个叫什么……小型博格？戴着那个的话，就可以在过去停留更长时间的，对吧？”

“是的，我们做了不少改进。我们还研发了一款能够让物质停留四天的装置，但是时间流的反作用力太强了，最后好像连两天都没坚持下来。”

耕市一边回答一边感到惊讶。机敷野完完全全地记住了耕市所说的话。

机敷野点了点头，然后又抛出了新的问题。

“我想提出一个非常幼稚的问题，在您看来可能非常可笑，可以吗？”

“您讲。”

“柯罗诺斯旅行机是物质逆时输送机器对吧？也就是使虫洞加速到近乎光速的速度，然后连接到过去，是一个基于时间轴压缩理论的机器。那么，如果把时间轴上的现在作为基点，可否尝试将它掉转过来？我觉得理论上是可以实现的。”

“嗯……您想说的意思是？”

“能否向着未来发射？”

啊！野方哑口无言。他感觉自己的固定观念在一瞬间被瓦解了。不对，等一下！这种可能性应该也是被讨论过的。

如果……如果……

如果能够向未来发射，那么时间之神柯罗诺斯会为去往未来的人准备哪些难题呢？

如果违抗大自然的法则穿越到未来，时间流一定不会放过这个人。应该也会产生时间流的反作用力。

去到未来的人，会被弹回过去，越过现在。

在实际制作柯罗诺斯旅行机之前，团队进行过多次理论的假设，讨论有没有什么办法能够将物质射出到未来。但是从虫洞的性质上来看，得出的结论就是只能回到过去。

“我想，应该是在我们反复探讨过后，得出了不可能的结论。应该也有相应的计算结果，只不过关于那些细节，我现在已经记不清楚了。”

耕市这样回答。他只能这样回答。

但是在机敷野提到小型博格的话题的时候，耕市突然发现，小型博格其实就是一个小型的柯罗诺斯旅行机。否定了向未来射出的可能性，是在发明固定装置之前。

在耕市的脑海中，闪现了一个想法。

“也是，果然是一个非常幼稚的问题。”

这个话题就此结束了。

“好了，柯罗诺斯旅行机已经是可以启动的状态了。您看可以吗？”

“野方先生，非常感谢您！您真的为我做了太多了！”

耕市关掉了主开关。虽然有些恋恋不舍，但是一直开着它也没有什么意义。

耕市非常留恋地听着柯罗诺斯旅行机的震动渐渐减弱。

3

回到家之后，一个人在家中的耕市突然想到了什么，从书桌最下方的抽屉中拿出了一件东西。

小型博格 2.0。

那是铃谷树里曾经为了挽救青木比吕志而回到过去时一直戴在身上的固定装置。

耕市把这个物件珍藏了起来。

还有一本皮革外皮的笔记本。

这对耕市来说是一个承载了很多珍贵回忆的物件。翻开封面，上面写着“有关物质逆时输送机（柯罗诺斯旅行机）的记录”。

翻开内页，用工工整整的字迹写着很多数学公式。耕市戴上老花镜，从头开始追溯这些数学式。中途有很多次，耕市摊开着页面，陷入一段沉思，然后再继续翻到下一页。

他又拿来一张纸，从胸前的口袋中快速抽出那支自动铅笔，从笔记本中一个一个地摘出公式，抄写在纸上。

“也许……”

耕市不禁自言自语。他一边敲着计算器，一边心无旁骛地计算起来。

不知道过去了多久。

“回到 19 年前，然后被时间流弹射到 380 年之后。但是如果在过去启动固定装置戴在身上，被弹回未来的距离就会缩短。从计算结果来看，被射物体将被时间流弹射到逆行时间的 2 倍远的未来，也就是 38 年之后。也就是从今天算起的 19 年之后。

“然而，如果从最一开始射出的时候就启动小型博格 2.0 的话，到了过去就会马上被弹射回来，然后在未来时间流会再试图把射出物体拉回到过去。这时候被射出物体所被弹回的……就是 19 年的 2 倍的 2 倍……也就是 76 年前……以目前的柯罗诺斯旅行机的能力，向过去穿越的时间极限是 20 年。但是如此合并使用了固定装置之后，就有可能回到 76 年前了。不对，因为已经回到 19 年前了，所以是 57 年前……”

耕市看着写在纸上的那些密密麻麻的数学公式，觉得这个事情真是不可思议。自己是不是在某个环节算错了，还是说自己已经陷入了一种幻觉？这就好像是哥伦布竖鸡蛋一样，是个非常简单的想法。但为什么，直到今天，自己都没有发现这点呢……

耕市感觉到自己的心跳在加速。此刻的他，感受到了如同发现了新的天体一般的惊喜。

他一定要去感谢给他这个思考契机的机敷野。

平复了刚刚的兴奋之后，耕市开始模糊地思考这一切的意义。

回忆就好像在他心中变成了决堤的洪流。

57 年前，耕市还是个 20 岁出头的小伙子。

他想起了片仓珠贵的笑容。

还有萩塚敏也。

三个人是同一所高中和大学毕业的。

而耕市一直对珠贵抱有一种淡淡的好感。可以说，那就是耕市的初恋。但是，向珠贵表白自己的爱慕这种事情，在笨拙的耕市看来是不可能的。

只是，只有一次，耕市做出了一个大胆的行动。

那天，耕市上学忘了带铅笔盒。在得知要做随堂测试的时候，他找坐在附近的珠贵借了一支自动铅笔，说好一天就还给她。

第二天，耕市并没有把当天就要还回去的自动铅笔还给珠贵。他明明记得自己放在书包里了，可是怎么都找不到。他如实地告诉珠贵，提出要赔给她一支。

那时候珠贵的反应是这样的：

“没关系，等你找到之后再还给我就好。”

几天后，耕市翻开从图书馆借来的书准备继续看的时候，那支自动铅笔掉了出来。笔就夹在书中的某一页。

怎么办？耕市虽然知道应该还回去，但是最终也没有还。每当他看着手边的自动铅笔觉得应该还回去的时候，都越发觉得恋恋不舍，无法松开自己的手。

取而代之的是，他用自己攒下来的零花钱买了一些看上去女孩子应该会喜欢的款式的自动铅笔作为赔偿，送给了珠贵。

这时候，珠贵已经忘记了自己把自动铅笔借给过耕市。然后微笑着看着耕市说，谢谢你还这么用心地记着这件事。

耕市的心中有一种近似于负罪感的情感，在一直阻碍着他和珠贵进一步变得友好。因为实际上，关于自动铅笔的事情，耕市确实向珠贵说了谎。

从那以后，整个高中时代，耕市都有意识地跟珠贵保持着距离。如果她在某个地方，那么耕市就会刻意离开那里。但是却一直在用眼角的一隅紧紧锁定着她的身影。

多么拧巴的心理。但是，命运的长线并没有断开，珠贵和耕市都考上了县立横岛大学。只不过珠贵读的是法学部，耕市读的是工学部。

进入大学之后，在校园里碰面的时候，耕市和珠贵都会简单地互相打个招呼。但是彼此之间的关系也并没有更近一步。耕市在拼命地掩盖思念珠贵的心意。

耕市总是在幻想，也许哪一天，以某件事为契机，自己就开始和珠贵在一起交往了。但这个契机是什么呢……耕市又觉得这是痴人说梦……

耕市没有把这种情感和任何人诉说过，就连萩塚也没有。

耕市和萩塚敏也初中的时候就是最好的朋友。不知从什么时候开始，他们两个无论做什么都在一起。耕市并没有分析过两个人为什么会变得如此亲密，可能就是因为自己和萩塚在一起的时候会觉得很舒服吧。萩塚的性格和内向的耕市完全相反。也许正是因为这样，两人才在对方身上寻求一些自己没有的特质来弥补自身。萩塚待人接物都很好，因为性格原因，也有很多的朋友。但即便如此，一旦有什么事，他都会第一个来找耕市。耕市很纳闷，他为什么总是邀请自己和他一起。

“野方总是能陪我到最后，”萩塚曾经说过，“而且你有时候会说一些出人意料的话，有很多我从不曾有过的想法。然后到最后，事实证明你说的是对的。”

耕市能够感觉到，萩塚虽然对自己很好，也很亲近，但是对于自己是抱有一种敬意的。

直到高中毕业为止，两个人几乎每天都要混在一起，是那种干什么都要出双入对的好哥们儿。一起放学，在放学路上一起吃大阪烧。休息日的时候，萩塚经常来耕市家里找他玩。

萩塚很喜欢走山路。虽然耕市本身不是那种喜欢户外运动的性格，但是只要萩塚邀请他的时候，他也会陪萩塚一起到附近的野山里面走一走。

“你想不想去爬更高的山？”

萩塚在山顶边吃着盒饭边问耕市，但耕市拒绝了他：“这个高度的山对我来说已经是极限了。”如果不是萩塚邀请他，就连这么矮的山，耕市都不会想要来爬。

萩塚也考入了横岛大学，读的是农学。因为喜欢山，萩塚的梦想就是成为一名山林管理员。耕市不是那种会参加俱乐部活动的人，但是萩塚加入了徒步社团。

进入大学之后，因为专业不同，两个人已经不会成天都待在一起了，但是萩塚偶尔还会来找耕市一起去喝酒。耕市酒量并不怎么好，但萩塚却是千杯不倒。萩塚每次都会把喝得烂醉的耕市送回家。

两个人最后一次见面，是在大学四年级的夏天。萩塚决定继续读研，而耕市则拿到了住岛重工的offer。

耕市记得，两个人在居酒屋里喝酒，萩塚热情洋溢地讲着他对森林保护的看法。耕市则是在萩塚的要求下，简单地讲了讲时间轴压缩理论的概念。

这时，耕市把新买的杂志放到了吧台上。

那是一本叫作《科学四季》的杂志，广泛地刊登一些最先进的、比较广泛的科学知识。因为编辑得比较通俗易懂，耕市每一期都会买来读一读。

“这是什么书？”

萩塚问。

“科学杂志。你没看过吗？”

萩塚摇头。然后又问：

“封面上这座山在哪儿呀？看上去像是日本的植被，但是有点奇怪。”

封面上是一片开满野花的裸露的岩石群。耕市翻开杂志确认。

“这是在屋久岛，在宫之浦岳附近盛开的石楠花的照片。”

杂志上有一篇关于屋久岛森林环境的小特辑。

“给我看看。”

萩塚饶有兴致地翻动着杂志。一边看，一边嘟囔“这么奇特的岩石”“这种青苔的长法很特别啊”，等等。

“我一直都知道屋久岛的自然环境很特别，但是看到这张照片之后我才知道，那里的风景远远超过我的想象。真是太有意思了！”

萩塚说着，把杂志还给了耕市。

和萩塚在一起喝酒的时间总是很欢乐。但是和一起肆无忌惮地犯傻的中学时代不同，两个人能感觉到彼此都已经是成年人，有时候也会因此而感到失落。

两个月后，耕市接到了一通电话。电话那头是位女性。

“请问是野方耕市先生吗？”

“我是。”

“我是片仓珠贵。”

为什么珠贵会给自己打电话？耕市摸不清状况，但明显感觉到自己的心跳在加速。而接下来珠贵说的话，更让耕市感到意外。

“萩塚敏也，去世了……”

然后，在电话那头，珠贵泣不成声。

“啊？”耕市说不出话，他怀疑自己是不是听错了。萩塚，就是自己认识的那个萩塚吗？她到底在说什么？耕市的脑子里一片混乱。

虽然还带着哭腔，但是珠贵终于可以说话了。

“刚刚……萩塚的妈妈联系了我，她说，您和萩塚是特别要好的朋友，所以一定要通知您……”

只听到这些消息，耕市还不能掌握事情的全貌。耕市得知事情的真相，是在为萩塚守夜的时候。

萩塚，是在屋久岛遇难的。他在沿着谷溪爬山的时候，被水位上升的溪流卷走了。他的遗体被冲到了海岸边，两天后才被发现。

为什么……在屋久岛？

耕市想到，是不是因为那时候自己给萩塚看了那本杂志，所以他开始计划一个人前往屋久岛？

如果是这样，那么如果那时候自己没有给他看《科学四季》的话，这个悲剧就不会发生……不，即便不是这样，萩塚早晚也会了解到屋久岛的信息……但如果是另外一个时间的话，也许就能幸免于难。

无论怎样，都是因为那天晚上在居酒屋，萩塚看到了那本杂志之后，他才开始有了前往屋久岛的想法，耕市对此深信不疑。

坐在一般参会者席的耕市无法抬起头来。他控制不住眼泪，心中满是自责。

高中和大学时代的很多朋友都来参加了萩塚的守夜和告别仪式。其中一个女孩是耕市高中时代的同班同学。

耕市听到了她悄悄和朋友说的一句话。

“最难过的肯定还是珠贵，他跟萩塚从高中就一直在一起。不是说他们两个大学毕业就准备结婚了吗？”

这件事情耕市是第一次听说。

耕市难以相信。萩塚难道是因为害羞吗？他从未对耕市提起过这件事情。

“是啊，我最近还看到过几次萩塚和片仓走在一起呢！两个人看上去真的很恩爱……”

耕市不得不相信，因为，此刻的片仓珠贵坐在了亲属席位，萩塚的妈妈第一个通知到她，也是因为他们之间的这种关系。这表明，珠贵对于萩塚一家人来说，已经等同于家庭里的一员了。

有人示意耕市去上香，耕市擦了擦眼泪勉强站起来时，看到了片仓珠贵憔悴的样子。

在珠贵给耕市打来那通电话的时候，虽然非常悲伤，但是还能够清楚地把事情转达给耕市。但是，这时的珠贵……

她的样子极度虚弱，脸色苍白，从她的身上完全感受不到任何的生机。她的躯体虽然坐在椅子上，但是就好像灵魂已经出窍了一般，眼泪也已经干枯了。

每个同班同学都知道萩塚和珠贵的关系，只有把萩塚当作铁哥们儿的耕市不知道。

耕市觉得这件事让他很没有面子。

几个月之后，耕市在街上偶遇高中时期的同班同学，从他的口中听到了一则悲痛的消息——片仓珠贵也去世了。

耕市再次怀疑自己是不是听错了。听老同学说起这件事的时候，耕市的脑子里都是飘逸着长发面带微笑的珠贵的身影。

为什么？

“据说她是因为严重的营养不良去世的。自从萩塚走了之后，她再也不出门，也几乎不吃饭。因为严重的营养失调，家人强行把她送到了医院，但是为时已晚。血压也没有恢复，点滴也不起作用……就好像是她自己一股脑地奔着死亡去似的……”

听说，办完珠贵的葬礼已经过去很久了。这段时间里，耕市对此毫不知情。

首先，珠贵已经离开了这个世界，这件事让耕市陷入了巨大的失落和悲痛之中。然后，又因为自己在毫不知情的情况下度过了这么长时间，陷入了强烈的自我厌恶。

如果那时候，没有把那本杂志放到吧台上……

就因为自己拿出了那本杂志，他们两个才会离开人世。

最好的兄弟，萩塚；爱慕的女生，珠贵。

这件事情让耕市的内心深处裂开了一道巨大的伤口，直到现在仍然不能愈合。

耕市也曾努力想要忘掉过去，自己不该背负这个责任，这只是很多个偶然事件连锁反应的结果……他不停地这样说服自己。

然而，印刻在脑海中的记忆却不会消失，只会在不知道什么时候，就像间歇泉一样，突然地喷涌而出。

比如，当他拿起那支自动铅笔的时候。

然而，他做不到就此将那支自动铅笔收到抽屉中去。

这是他对珠贵的永恒的思念，以及赎罪的情感同时存在的结果。

毕业进入住岛重工，又很快被借调到P.弗雷克公司之后，耕市每天都一心扑在工作上。至少，让自己沉浸在工作之中的那段时间，可以从那种令人窒息的回忆中被解放出来。

当柯罗诺斯旅行机的试验开始的时候，耕市也曾想过，利用这台机器，也许就能改变那些残酷的过去。但是，那时候固定装置还没有被开发出来，在预计能够停留的15分钟里面，又能够改变什么历史呢？而且，耕市很清楚，他甚至有些过度通情达理地想，被弹射到未来这件事情对他来说倒是没什么，但是那段时间里，如果自己不在的话，整个研发计划就会被叫停。他不能做出这么不负责任的行为。

父母希望他能够结婚，但是他却提不起兴致来。

然而，随着时间的流逝，耕市也娶妻生子组建了自己的家庭。他一边感受着作为一家之主的责任和幸福，一边在内心最深处不停地责怪自己，不能只有自己这样沉浸在幸福之中。当然，他并不会把内心的这种纠葛表露出来。

就这样，他活到了这把年纪。

送走了妻子，儿子也挑起了医院的大梁。接下来，无论他要做什么事，都无须再有任何的牵挂。而且，所剩的时间，也是有限的。

也就是说，这就是时间之神柯罗诺斯给予自己的最后机会了。现在就是自己应该去解决掉自己心中的那个悔恨的时候了。

4

“我得去救萩塚。”

耕市自言自语。仅仅是把这种想法说出来，耕市就感觉到自己心中的那种负担减轻了许多。

如果能够成功，他们两个就能过上幸福的生活——我的好兄弟和我第一次爱的人。

自己应该会被弹射到非常遥远的未来吧。但是如果这件事情是可行的，那么耕市没有理由不去做。

因为现在，所以能做。

不是现在，就不能做。

午饭时间，和儿子夫妇坐在一起的时候，耕市想要轻描淡写地讲述一下自己的想法。

“我准备去旅行一段时间。”

耕平停下了拿筷子的手，有些诧异地看着耕市。儿媳妇凛香也略显忐忑地歪了歪头。

“旅行……你准备去哪呀？”

“我有个……说什么都想去一趟的……地方。如果现在不出发的话，我觉得我就再也没有机会去了。”

耕平点头。

“那一定是您心中的一个牵挂吧！”

“是啊，也许会是一个很漫长的旅行。不过我希望能够按照我自己的意愿去执行。”

“爸，但是，如果您在旅途中……万一出什么事……”

“真出了什么事我也觉得无所谓。也希望你们可以接受，这就是我一直以来的夙愿。”

耕平像是想说什么的样子，张了张嘴，但是最终还是没有说出口。在儿子两口子眼里，耕市的形象就是一个极其顽固的老头子，虽然不会提出什么不合情理的要求，但是一旦做出了决定，就绝对不会改变主意。

“考虑到出现那种万一的可能性，我会把我身边的东西都整理好。”

这就是结论。直到最后，耕市也没有说出旅行的目的地。耕平似乎也感觉到，他不应该去问。

第二天，耕市花了一天的时间，把身边的物品都整理好了。他还带着律师一起去了公证处，完成了一份遗嘱，然后把一本旧旧的日记本从柜子的最里面掏了出来，记下了上面的日期。

当他再一次到访科幻博物馆的时候，也和第一次一样，机敷野风天本人出来迎接了他。但是他的表情中，却有一丝阴霾。

“电话里面您跟我说的事情，您是认真的吗？”

机敷野直奔主题，这就是他的真实想法。耕市从很多试验者那里都听说了，乘坐柯罗诺斯旅行机回到过去的时候，会对人的身体造成巨大的负担，他还把这些都讲给了机敷野听，机敷野非常清楚耕市现在的年龄。

就在前些天，他还完全没有提出过要使用时光机的想法。

“您，真的准备乘坐柯罗诺斯旅行机回到过去吗？”

“是的。”

“虽然我知道这肯定是您深思熟虑之后得出的答案。”

机敷野并没有问耕市要去什么时代做什么事情。

“那是什么？”

机敷野注意到了耕市戴在左手上的小型博格 2.0。

“如果只是回到过去，那么按照目前的机器性能来说，20

年以前就是极限了。我下了点功夫研究了一下，发现了这个小妙招。”

耕市对机敷野阐述了前些天自己想到的那个并用柯罗诺斯旅行机和固定装置的计算结果。

机敷野非常敬佩地点了点头。

“也就是说……您准备回到很久以前，对吧……”

“没错。”

“这台设备是野方先生你们发明出来的，现在只是因为一些原因到了我的手里而已。要把它作为什么用途，我想野方先生应该最清楚。您可随意使用。”

“谢谢您。还有，我希望您可以为我保密我乘坐柯罗诺斯旅行机的事情。我虽然对家人说了我要出一趟远门，但是并没有说要去哪里。”

“我明白。从我们的角度来说，把这件事情说出去也可能会引来一些麻烦。我们互相都秉持绅士的态度，将这件事情作为机密处理，是最妥当的办法。”

“那么，开始吧？”

“您……这就要走了吗？”

两个人以缓慢的步伐走向柯罗诺斯旅行机所在的D展厅。

耕市打开笔记本电脑，一边对比打量着上面显示的数学公式，一边抬头望着蒸汽火车头一般的柯罗诺斯旅行机。

今天的柯罗诺斯旅行机和平时看上去都有一些不一样，因为耕市接下来就要把自己的命运交给它了。

耕市敲进19年前的数字，这个计算应该是正确的。

可是，如果计算不对的话……

耕市让自己停止想象。

把射出模式设定为自动，然后说：

“那么，我去了。”

“我可以在这里目送您启程吗？这是我第一次亲眼见到有人坐上柯罗诺斯旅行机，也有可能是最后一次了……”

“没问题，等到它把我送走之后，就会自动切断电源。”

机敷野点头。他就坐在前些天看着耕市调试设备时坐的那个沙发上。他准备在这里见证这一切。

设置工作都结束了。

耕市对把拐杖的手柄抵在额头上的机敷野深深地鞠了一躬。是机敷野给自己提供了一个重新计算的契机，然后允许自己使用柯罗诺斯旅行机，还在这里目送自己启程。

耕市看到机敷野慢慢地抬起右手跟自己打了招呼之后，坐进了柯罗诺斯旅行机。

耕市浑身一颤。

第一个目标时间是接近装置逆行极限的2020年。

目标地点设定为科幻博物馆前的院子。

射出时间为60秒以后。在电脑画面上，这个数字在渐渐减少。

已经无路可退了。

当数字显示到30的时候，耕市启动了佩戴在左手手腕上的固定装置。

“这样应该就没问题了。”

柯罗诺斯旅行机应该不会直接把耕市送回到57年前的过去。固定装置会抵抗柯罗诺斯旅行机的作用，然后这种力量会把耕市丢到38年以后，然后，再次弹射回更久以前的过去。

柯罗诺斯旅行机开始震动，原来它的震动如此剧烈……不会是哪里出现问题了吧？

包裹着大炮筒身的蓝色光亮变成粒子状充斥在整个射出室内，不规则地乱飞。

疼痛……疼痛……

耕市正在顽强地和那种能把人粉身碎骨般的压迫感做抵抗，那是一种深入骨髓的疼痛。

是针！是无数根细小的针尖正在刺穿自己的全身。不行了！以自己现在的身体，也许真的扛不住了。

耕市一直拼命睁着眼睛。还在，还在射出室里面。

从蓝色变成白色。然后……

戴在左手手腕上的固定装置正在发热。

然后……整个视野变成了一片血红色。

走了！

耕市感觉到了。没有重力，也没有方向。他不知道哪边是上，哪边是下。

只感觉到自己被一种很强的力量拉扯着。

突然，他感受到了重力，臀部已经接触到了柔软的地面。咚的一下，一个重量压在了自己身上，然后很快消失了。

耕市大大地叹了一口气之后，环顾四周。他在室外，在眼前正对着的地方，他看到一座熟悉的建筑。

是科幻博物馆。

他在科幻博物馆的区域内，坐在草坪上面。手脚的麻痹感还没有消失，耕市还站不起来。

看样子柯罗诺斯旅行机已经正常工作了。只是，他把自己送回了哪个年代，是否和自己的计算结果是一样的，耕市还无法断定。

但无论如何，对于老迈的耕市来说，这趟时光之旅的负担的确过于重了。想要恢复到正常的状态，还需要一些时间。

耕市调整好了呼吸，等待皮肉上的疼痛消失之后，就用手扶着附近的一棵树干，缓缓地站起了身。

耕市一边开始缓慢地行走，一边对自己说，自己在这里度过的时间应该不会很长。

他不打算走进科幻博物馆。

这里是不一样的时代。

他走向博物馆正门前的走廊。有一对来博物馆参观的父子，惊讶地站住，看着耕市。

小孩子冲他喊。

“你不能在草坪里面走！”

父亲模样的男人连忙制止和安抚。

“不好意思，请问……”耕市对男人说。

“今年是哪一年呀？”

父亲被问到这么奇怪的问题先是一愣，但苦笑着告诉了耕市。他好像以为耕市患有老年痴呆症。

“是 2058 年。”

耕市心想，这和自己的计算完全吻合了。耕市把柯罗诺斯旅行机设置成从 2019 年往过去回溯 19 年。但是，由于固定装置的作用，反作用力被削弱，将耕市带到了 19 年后的未来。

耕市得在这个年代里度过一段时间。这次他在被射出的时候就启动了固定装置 2.0。不久之后，时间之神柯罗诺斯应该就会为了算清这笔账，把耕市带回到更久以前的过去。

“爷爷，您没事吗？”

牵着小朋友的手的父亲问耕市。耕市现在的状态的确不太好，而且耕市觉得自己的状态应该也写在了脸色上。耕市对着孩子的父亲点头示意之后，匆忙地离开了。

在耕市走出科幻博物馆片区的时候，他关掉了固定装置的开关。

——好了。

好了。虽然现在自己身在 2058 年，但是过不了多久，时间之神柯罗诺斯就应该会捕捉到自己。然后按照最初计算的那样，把自己送回到 76 年前。

现在，他只需要等待那一刻的到来。

可是，那一刻到底什么时候到来？ 15 分钟后、1 个小时之后、还是……

耕市无法计算。也许，“那一刻”不会到来了……耕市甚至产生了这样的想法，然后又赶紧打消了这个念头。

先赶紧去到不会被别人发现的地方吧，耕市想。耕市没有什么兴趣去看未来世界变成了什么样子。曾经的科幻博物馆坐落在一个小山丘上，附近只有零星的几家住宅，但现在已经密密麻麻建满了居民楼。但是房屋设计上基本也没有什么变化，光看外观看不出什么时间的痕迹。耕市发现，在每一家的屋顶上都装有一个银色的三角锥。耕市想象着它的作用，它可能是某种天线，也可能是有关新能源的某种装置。

耕市本能地前往野方医院的方向。耕市分析，无论时间流的力量什么时候袭来，只要自己在熟悉的地方附近，那么到达另一个时间世界的时候，就能更好地辨别方向。当然，他不打算接近医院。不能因为在这里见到了家人，然后引发时间悖论。横岛市并不是一个大城市。从科幻博物馆到野方医院，用老人的腿脚慢慢走过去，也不过是一个小时的路程。

耕市路过熟悉的立野仓库的围墙后，看到了一座公园。这时耕市已经走了半个小时，正好已经有些走不动了。

休息一会儿吧，看样子时间流一时半会儿还不会来。耕市这样分析着，走进公园，坐在公园中央树荫下的长椅上。那里并排放着两个长椅，在另一个长椅上，躺着一个浑身脏兮兮的年轻人。耕市叹气，明明这么年轻，就无家可归了吗……

耕市突然感觉他好像在哪里见过这个年轻人，但他想不起来是谁了。

年轻人也发现了耕市，露出了惊恐的表情。他没想到旁边的长椅上还坐着一个人。

耕市拼命回想。如果在这个年代觉得眼熟，那就说明自己在年轻的时候曾经见到过这个人，或者只是长得很像某个人的陌生人。

年轻人也好奇地盯着耕市的脸一直看。

“有什么事吗……”

“啊，没有……”年轻人摇了摇头。耕市看到年轻人明亮的眼睛的时候明白了，这个人并不是无家可归的流浪汉，而是因为什么原因成了现在这个样子。年轻人继续说，“我见过您……但是年龄不对。您是不是有一位哥哥呀？”

“不，我没有哥哥。”耕市这么回答的时候，突然想起了这个年轻人是谁。

没错。他就是自己在P.弗雷克公司时候的下属，吹原和彦。耕市肯定。

他就是第一个乘坐柯罗诺斯旅行机的男人。然后，就此失去了音讯的男人。

“哦……”

看得出来这时候的吹原很失落："您很像我认识的一个人……但是如果他还健在的话，应该已经一百多岁了吧。"

"您为什么是现在这副样子？"

"啊，我想要……救一位女士。她正在等待我去救她，但是想要救她的话需要借助一台特殊设备的力量……但是我不知道那台设备现在在哪里……"

"想要救一位女士……是什么意思？"

"即便说了您也不会相信的……"

"能不能相信还要听您说了才知道……"

吹原和彦对耕市讲了那个在20世纪末期遭受一场灾难去世的年轻女孩的故事。然后还说，自己明知道是违法的事情，但还是一意孤行地擅自启动了那个叫作柯罗诺斯旅行机的机器，穿越到过去，去救那个女孩。但是，就在还差一步的时候，他还是没有成功。耕市只是默默点头倾听，没有插嘴和提问。

作为上司，他当然知道吹原和彦为了去救一个年轻女孩，使用柯罗诺斯旅行机偷渡到了过去的事情，但是他并不知道他们之间是什么关系，没想到他是为了救一个甚至不能称之为恋人的、只是爱慕的女孩子。

耕市觉得，吹原身上有一些和自己相似的地方。自己现在也因为那样的原因穿越了时空来到这里，又有什么资格去指责吹原呢？

"因为您长得很像那时候我的上司，所以不知不觉跟您讲了这么多，那台机器原先被保管在那边的立野仓库……但是现在已经不知去向了，我现在真的是走投无路了……"

耕市虽然一直点头听着吹原说，但自始至终没有透露自己的身份。

他只是对吹原说：

“柯罗诺斯旅行机……好像应该是科幻博物馆的一件展品吧……我记得是。”

“真的吗？”

吹原激动得嗓子破了音。满脸都是难以置信的表情。

“您去看一看就知道了，看看那个展品跟您说的那个柯罗诺斯……是不是同一个东西，我也是最近才去参观过的。”

“那个科幻博物馆在哪里？”

耕市为吹原指路。“谢谢您！我这就去看看！我从第一眼见到您的时候就有一种预感，果然是对的。如果是一般人，当我问出柯罗诺斯旅行机的去向的时候，肯定就会觉得我是个疯子，而您不仅相信了我说的话……

“我真的不知该怎么谢谢您！”

吹原反复对耕市鞠躬致谢。

“我也为你祈祷，希望你能够成功救出那个女孩子。”

耕市觉得自己对这件事情没有办法置身事外。

这是何等的偶然，两个被时间流抛到未来的人能够在这里相遇。

耕市感觉到这是一种命运使然。他不知道吹原能不能在科幻博物馆成功启动柯罗诺斯旅行机。但是耕市看着吹原雀跃着离去的背影，从心底为他祈祷，祈祷吹原能够救回那个女孩子。

吹原是个很好的青年。

耕市想。

耕市站起身，一边眺望着吹原远去的方向，一边想，一直以来，自己是不是对吹原都有一种误解。

就在这个时候——

耕市的身体开始被某种巨大的力量拉扯。他快速地被吸引到一个什么都没有的空间。

这种力量到底是什么，耕市很快就明白了。是时间之神柯罗诺斯正要把耕市拽回过去。

那是一个超越了柯罗诺斯旅行机的极限的过去。

5

下一个瞬间，耕市的视线充满了一种虚无的颜色。不是白色也不是黑色。那种感觉就好像，从肩膀到后背，再到腰部都被一种看不见的恶魔一把抓住，然后被丢到另一个地方。

大概是昏迷了一段时间，到底是多长时间耕市自己也不知道。

有一种凉凉的东西打到脸颊上，耕市睁开了眼睛。他看到了昏暗的天空。他赶忙坐了起来……自己这是在哪儿?

耕市断掉的记忆在逐渐恢复。

是的，这里应该是1982年，自己为了拯救萩塚和珠贵，回到了57年前。

一大滴雨滴又落到了脸上。在远处，有一种柯罗诺斯旅行机正在启动一般的声音传来，那是远处的雷声。

是傍晚的雷阵雨。

耕市和在未来的时候一样，在那座公园里面。

耕市感觉到一阵阵闷热。现在正值仲夏，周围没有人的踪影，耕市虽然不知道自己在这个公园昏迷了多长时间，但是他推测这一天应该是酷暑，所以公园里没有什么人，也就没人注意到耕市的存在。

为了避雨，耕市晃晃悠悠走到建在公园一角的藤架旁边的小凉亭。

腰部感到剧烈的疼痛。大概是着陆的时候摔到了吧。幸好，骤雨就好像等待耕市到达凉亭一样，开始下大了。

在这场瓢泼大雨和越来越近的雷声电光之中，耕市蹲了下来，等待手部的麻痹感消失。

还残留在指尖上的被针刺一样的痛感在一点点得到缓解。在去未来的时候，明明没有感觉到如此强烈的疼痛，不知道是不是因为时间移动的距离更长，所以痛感加大了。不管怎样，耕市已经是这把年纪了，能够安全到达这里已经是万幸。耕市这样安慰自己。

这场骤雨只是一阵过云雨。

雨点渐渐变小，太阳又露出脸来。耕市完全无法预测自己有多长的时间，但不管怎样，都不能浪费。

他赶紧打开了手腕上固定装置的开关。

进度条在三分之二的地方停了下来，因为已经在柯罗诺斯旅行机里面的时候打开过一次，所以反作用力的三分之一已经在那个时候消耗掉了。

如果使用固定装置2.0，那么至少今天晚上是可以在这里停留的。再次被扔到未来的时间距离应该也有所缩短。但是，从理论上来说，那应该是2134年这个非常遥远的未来。

骤雨完全停了。

耕市走出公园，现在他只想知道正确的年份和时间。去哪里才能知道呢？

耕市沿着国道前进。行驶在路上的汽车对于耕市来说都是具有非常怀旧情绪的款式。和2039年的汽车不同，它们都排着肉眼可见的黑色尾气。是的，耕市想起来，这个年代的汽车烧的还是汽油或者轻油。只走了几步，耕市就觉得那尾气的味道非常刺鼻。看到这些老旧款式的车辆，耕市虽然觉得眼熟，但还是无法从此推断出准确的年代。

耕市竖起耳朵仔细听了听远处传来的音乐曲调。耕市勉强能够想起那是阿敏的《我等你》，但是这首歌在什么年代流行过，他实在是想不起来了。只是，那种怀旧感又被勾了起来。

耕市从胸前的口袋里掏出了笔记本，如果时空旅行正在按照耕市的计算推进的话，那么此刻应该是1982年7月30日的傍晚。

在耕市的日记里，这一天就是他和萩塚最后一次在居酒屋一起喝酒的日子。

可是……耕市已经想不起来居酒屋的名字。

还好，位置还有印象。

在立野町商业街里面。不管怎样，耕市觉得有必要先去确认一下那家店的位置。耕市的内心有一种防御机制，在本能地告诉他不能接近自己的老家——野方医院。如果在野方医院的附近，熟人的面孔就会增多。也就是说，发生时间悖论的概率就会上升。虽然耕市心里明白拯救萩塚和珠贵这件事本身就是最大的时间悖论，但是在其他的场景中，耕市尽量想要避免发生莫须有的矛盾。

耕市摸了摸放着老旧纸币和硬币的口袋。

钱确实在里面。

耕市在完成遗嘱那天回家的路上，在古物收藏的店里尽可能多地换了一些现金。

耕市在国道上拦了一辆出租车，前往立野町的商业街。司机是个格外热情的人，也许是因为看到耕市是老人，他询问耕市家人是否知道他在外出。之所以这么问，大概是因为他从耕市的身体状况推断，担心耕市可能是生病了，也有可能是停车的时候看到耕市正在捂着自己的腰部。耕市耐心地回答了司机的所有问题后，司机也就放心了。

在商业街的入口处下车，车费一共是600元，这对于耕市来说看起来太便宜了，物价大概是2039年的四分之一左右吧。司机特意下车绕到耕市的身边，扶着他下车。

拱廊下的商业街的样子，和耕市记忆中的光景一模一样。游戏厅、肉店、蔬菜店、药局依次排列。这一带在十几年后将被重新开发，变成一栋大型商场。在一排商店的尽头，就是记忆中那家门脸很小的居酒屋。房檐下吊着红色的灯笼，结绳做成的门帘挂在门前。门口还挂着“正在备餐”的小门牌。

看到灯笼上的字之后，耕市想起了这家店的名字——“居酒屋”酒乐。

距离太阳落山还有一段时间。耕市其实自己也没有把握，时间之神允许他在这个年代停留多久。但耕市还是觉得，在附近找一家当晚落脚的旅店会比较稳妥。

这一带不是什么旅游景点，有没有旅店还不好说。

耕市从水产店的街角拐进一条胡同。在水产店前，几只小野猫正在徘徊，似乎是在等待从里面丢出来的一些“恩惠”。

这里有很多在未来世界的街道上是不可能出现的光景。在胡同里，有几个小孩正在扔球玩。耕市有印象，自己年轻的时候游戏机已经风靡小孩子的世界，但在这个年代可能还没有被开发出来。

胡同走到尽头，在道路的中央有一个岛状的三角形公园。

耕市的目光被它旁边那栋形状奇特的木质建筑吸引了过去。

城堡……更像是一个巨大的卷起来的贝壳。这到底是什么？是类似于什么庙宇寺院之类的地方吗？贴在建筑表面的每一块木板都奇妙地变换着角度，因此离远了之后看上去像是一条曲线。那是个三层楼的建筑。耕市还是第一次见到这么奇妙而又有个性的建筑。然而，从木板脱落的程度可以看出，这座建筑本身已经相当老旧了。

在半圆形的大门口上面，写着“朝日楼旅馆”。在楼梯那里，身着日式短褂、头发稀疏的中年男人正在用长柄舀子和金色的水桶给地面洒水。

耕市想起来，吉本的手下有一个因为对古建筑感兴趣而选择回到过去的男人。好像叫什么布川。他应该就是想要看到这样的建筑吧！他亲眼看到这个建筑的时候一定很开心。

耕市跟这个看上去像是大掌柜的男人搭了话。

“您好，我没有预约，今晚还有空房吗？”

男人停下正在泼水的手，疑惑地从头到脚把耕市打量了一番。耕市被他看得有些发毛。是不是自己看上去有很多地方和这个年代格格不入，而自己却没有发现？

“您是一位吗？”男人问。

“是的，就我自己。”

“住一晚吗？”

“是……不过也有可能会多住一天。”

“好的……还有空房，不过这个时间的话我们来不及为您准备晚餐了，只提供住宿，可以吗？”

“没问题。”

“您请跟我来。”

在男人的带领下，耕市进了旅店大堂。这里的挑高比想象中要高很多。屋顶的设计是贴满了瓷砖的马赛克图案——身穿羽衣的三个天女正在嬉闹的场景。天女赤裸着上半身，穿着一件红色的遮羞布，给人以很肉感的印象。这个画面和建筑本身形成一种不太和谐的感觉，有一种说不出的趣味。

“很厉害吧？这是设计这栋旅店的广妻隆一郎先生的兴趣。听说广妻先生是一位非常厉害的建筑家，但是性格却很古怪。”

掌柜的对正看得入神的耕市介绍。

“确实很震撼……”

在大堂的正中央有一尊巨大的木雕招财猫。仔细一看，这只猫并不是摆放在这里的，而是它的一部分就是地板。而且，招财猫的双手都在招财。不仅如此，因为猫的两个嘴角都在上扬，所以看上去是笑着的。耕市突然想到一个用来形容庸俗的艺术品的词——kitsch。

掌柜的叫了一声从账房探出头的中年女性。“二楼的风神间可以吗？”

“雷神或者龙神也行，反正没有别的预约。”

掌柜的边说“跟我来”，边开始上楼梯。耕市赶忙跟在他身后。黑得发亮的台阶，每踩上去一脚，都会发出猫叫一样的声音。耕市心想，这差不多得是重点保护文化遗产的级别了。虽然上楼的过程中，耕市总觉得自己是在虐待一只小猫。

“风神间”的天花板上画着一个鬼怪的图案，那个鬼怪在腋下夹着一个鼓起来的小袋子。这应该就是风神了。虽然房间打扫得一尘不染，但是草席已经被晒得严重脱色。

“就是这间。”

掌柜的把账本递给在房间里坐下的耕市：“我们这边需要先

付房费，可以吗？”

“多少钱？”

“只是住宿的话，一晚上是三千八百块钱。”

耕市付了两晚的房费。然后准备在住宿名单上写下自己名字的时候，停了下来。

总不能写自己的真实名字。不应该在这个年代留下任何自己来过的痕迹。拿着笔的手迟迟无法落笔。掌柜的跪坐在他面前等着他。

耕市在本子上写了“野田耕平”。他没有办法一下子就想到很完美的谎言，他借用了儿子的名字，住址就更想不到横岛市以外的地方了。没办法，耕市在本子上写了P. 弗雷克公司的所在地。

看到账本的掌柜的有些疑惑，问了一些话：“哎，您是横岛本地人啊？那为什么今天要住到我们这边来？”

“啊……真是不好意思……我跟儿子的媳妇……起了点争执……不想回家了。”

“是这样啊。家家有本难念的经，您也是辛苦了！”

掌柜的相信了耕市说的话。

掌柜的为耕市上了一杯茶之后，很快就开始给耕市铺床了。不知道是因为耕市看上去很疲惫，还是为了一会儿不用再往这跑了。他还补充了一句：“商业街有很多吃饭的地方，您可以到那边去用餐。”

一个人留在房间里的耕市，坐在檐廊的椅子上看向窗外。从这就可以看到，三角公园的那边就是立野町商业街的拱廊。火红的太阳挂在遥远的那头，但是迟迟不落下去。

记忆中的那天，耕市直到临近集合的时间才想起来和萩塚的约定。那是他在书店挑书的时候突然想起来的。

还有……时间。耕市心想，不到 7 点就去那家居酒屋附近等吧。耕市准备在年轻的耕市进入居酒屋之前，就从他手中夺走那本杂志。可是，怎么才能做到……用强硬的方式抢夺并不是一个很好的办法。

那本书是当天耕市在商业街入口处附近的一家书店刚刚买到的。因为书店的规模很小，所以像《科学四季》这种杂志一般只会进个两三本，那么，自己提早出发，在书店把那本杂志买断货就行了。耕市准备 6 点左右出发，去书店买书。

想到这个预案，耕市心里踏实了很多。反复穿越时空的负担正在折磨他的腰部。

耕市在掌柜的为他铺的被褥上躺了下来。

稍微睡一会儿吧，就睡半个小时……

耕市这样对自己说，拍了三下枕头。这是耕市自己的一种仪式。

坏了！

耕市在睁开眼睛的一瞬间就知道事情不妙了。太阳已经落山了。房间里一片漆黑。耕市从被子里跳了起来。

他赶忙看自己的手表。已经过了晚上的七点半。

人老了就会这样吗？

竟然睡过头了！

自己到底是为了什么费了这么大劲来到这个时代的！

耕市一边自己咒骂自己，一边冲下楼梯。哪有这样的傻子啊！此时的萩塚是否已经看到了那本《科学四季》？

如果知道事情会变成这样，还不如躺下之前先去书店把杂志给买了。是自己对事态的紧迫性过于乐观了。

“我出去一下。”

耕市朝着账房的方向喊了一句之后，疯狂地跑了出去。虽然本人觉得自己是在狂奔，但是也只是一个老年人的速度罢了。

明明那家居酒屋就在那里，明明自己选了一家离居酒屋那么近的旅店。

为了不让脚步紊乱而摔倒，耕市只能尽可能地快步走。

终于到了商业街。街上没有什么人。

很多商铺的卷帘门已经落了下来。现在已经是商店关门的时间了。

居酒屋“酒乐”的红灯笼还亮着。门牌已经从“正在备餐”变成了“营业中”。

完了，已经太晚了。

耕市没有半点犹豫就冲进了居酒屋。希望这时候的萩塚还没有注意到那本《科学四季》！

耕市只能这样在心中祈祷。

“欢迎光临！”店员的声音。店内无比嘈杂。在稍微宽敞一点的高出来的座位上，坐着一对客人。耕市看向正面的吧台。70% 左右的位子都已经有人了。耕市快速地扫视着。

在那！

年轻时的耕市和萩塚并排坐在那里。

然而……萩塚手里拿着的……正是那本《科学四季》。他对翻开的那一页的照片看得入迷。

还是晚了……耕市感觉到自己的心脏开始剧烈地加速跳动。胸口很疼。难道是急性的心绞痛吗?

但是，他还不能在这里倒下。

萩塚左边的位子还是空的。耕市冲过去坐在了那里。

他能听到两人的对话，两个人完全没有注意到坐到旁边的耕市，耕市把所有注意力都集中在了听力上。

所幸，胸口的绞痛在渐渐地缓解，然后他点了一杯啤酒和烤串拼盘。他突然发现，自己无意识中点了和旁边的萩塚和耕市同样的东西。

“屋久岛啊，是个有神奇植被的岛……”

一边翻看着杂志，萩塚自言自语地说着感想。对了……耕市想起来了。萩塚当时确实是这么感叹的。

“我也听说过这个岛。据说很难想象这是日本的森林，听说那长着特别奇特的杉树，绳文杉……就是这张照片。你看，像不像是森林之主？”

“我之前完全没有听说过。不愧是你，对森林的事了如指掌！”

年轻的耕市说。耕市对那时候自己高亢的说话声音感到有些别扭。原来自己说话的声音让人听起来这么不适。

耕市心里觉得有些不好意思，他用余光瞥了一下年轻时的自己，年轻的耕市旁边的座位也是空着的。

耕市忽然觉得，如果坐到了年轻时的自己旁边，萩塚看到两个如此相像的人并排坐在一起，也许就会发现他们是同一个人。还好坐在了这边。

年轻的耕市根本就不会想到还会发生这样的事吧……

一边喝着啤酒，耕市一边飞速运转着大脑。

萩塚已经完全被屋久岛的魅力给迷住了。该怎么办？还有没有什么其他的办法吗？怎样才能保护萩塚，保护珠贵……

一筹莫展的过程中，只有时间在不停地流逝。

年轻的耕市开口说话。

才喝了没多少，年轻的耕市就开始口齿不清了。耕市看到自己这个样子感到非常羞愧，也非常无奈，恨不得冲上去扇自己两个巴掌。但是萩塚却没有半点不耐烦，一边插科打诨，一边认真地听耕市说话。年轻时候的耕市在反复说着同样的话。自己已经完全不记得当时的窘态，这也让耕市更加羞愧。

“我说啊，虫洞，你就当是一个虫子咬开的一个洞，你得人为地制造这么一个东西，然后你把这个洞一边的入口稍微加工一下。我说萩塚啊，你明白不……”

年轻时候的耕市用一种慵懒的声音对萩塚说。耕市听到这些感觉快要吐了。年轻时候的耕市以为自己在科学地阐述“时间轴压缩理论”，但是他所讲述的内容充满了瑕疵，耕市拼命忍住想要冲上去纠正他的冲动。

“差不多就行了，今天就别再喝了！”

萩塚安抚想要点烧酒的耕市。原来自己当年都是醉成这样的。

话说回来，耕市记得这一天他和萩塚一起喝酒的画面，但是不记得自己是怎么回到家的。

“你今天比平时喝的都多，回家吧。”

“啊，回家，回家……”

虽然才刚 9 点，但是耕市乖乖听萩塚的话，说要回家。

“来来来，结账！”

“野方，你自己能回去吗？”

“没问题！”

“我送你回去吧？”

“我没事儿！”耕市虽然嘴上这么说，但是脚下早已经踩不稳了。真丢人。耕市以一个老人的目光看到年轻时候的自己，不由得叹了一口气。

然后赶紧起身，追着年轻的萩塚和耕市走出了居酒屋。

两个人还在拱廊的下面，萩塚搀扶着脚底下晃来晃去的耕市。

“你真的能自己回去吗？”

“我说了没问题！”年轻的耕市还在逞强。

“是吗……”萩塚放开了耕市的胳膊，年轻的耕市举起手说“回见”，然后晃晃悠悠地走远了。萩塚担心地看着他的背影。

突然，年轻的耕市停下脚步转了过来。然后大喊：

“我感觉到了！”

“感觉到了什么？”萩塚喊了回去。

“说不上来……刚刚……我的脑子里……就好像是有了一种共鸣一样……”

年迈的耕市也是如此，这难道就是相同的脑电波之间的感应吗？他感到年轻的耕市的所思所想，在一瞬间内像洪水一般涌入了自己的脑海之中。这种事情真的存在吗？

耕市抬头一看，年轻的耕市的眼神越过萩塚，锁定在了自己的身上。

“你喝太多了！”

萩塚喊了回去。

“是啊……回见！”

年轻的耕市就此走远。年迈的耕市看着这一切。他不知道他还能怎么办，他只能目视着这一切。

一个人留在原地的萩塚看了看手表，走进街角的电话亭，他用公共电话开始和谁聊天。他一边挠头一边笑。

也许在和片仓珠贵通话吧。

耕市这么想。不然谁能让他露出这么喜悦的表情呢？耕市自己都觉得奇怪，竟然一点都不吃醋。他想，自己是真的老了啊……

耕市想知道他们在聊什么。但是他做不到。

萩塚挂断了电话。

他的脸还有点红润，但是酒已经醒得差不多了。

6

耕市下定决心，走向了萩塚。正好年轻的耕市也不在场了。

萩塚看着缓缓走向自己的耕市，疑惑地皱起了眉头。

“不好意思，我有话想跟您说。”

耕市开口。萩塚明显对耕市有所戒备，他的表情就好像在质问耕市是什么人。

“我现在要去见一个人，没什么时间。”

“是片仓珠贵女士吗？”

听到耕市这么说，萩塚的表情变了。

“你偷听我打电话？”

耕市心想，果然是要去见珠贵啊。

“不，我并没有偷听你的对话，但是我有一件事情，必须告诉您，萩塚敏也。”

萩塚凝视着耕市的脸。

“我见过您吗？您不会是……野方的爸爸吧？”

耕市以前并没有觉得萩塚是那种看上去年龄很显小的人，但是，现在站在耕市眼前的萩塚，显得那么幼小。

“不是的……您不是刚把我目送走吗？我就是野方耕市本人。”

“你胡说！”

萩塚无法相信也是情理之中的事情。明明刚刚他还和年轻的耕市在一起喝酒。让他相信才是难为他。

“我没有胡说。我们一起爬过雁俣山和药师山不是吗？我压根儿就不擅长爬山，但就是因为有你陪着我，所以我才能爬完，每次爬山的午饭都要带着鱼糕去。”

“您是听野方说的吗？”

耕市缓慢地摇头。

“您应该听年轻的我说过时间轴压缩理论吧，刚才你们应该也在聊。”

“我听过，但是……但是……”

“这个理论将并不止步于理论，在未来，真的以此为原理制造出了能够穿越时空的机器，所以我才能够来到这里。

“我是从2039年的10月穿越到这里的，为了见到萩塚先生您。”

萩塚红润的脸上，肉眼可见地退去了血色。他吞了一口唾沫。

“您现在就要去见片仓珠贵对吧？很赶时间吗？”

“是的，我们约着半个小时之后在如月町的公交站见面，那附近有我们常去的咖啡厅。”

年轻的耕市也去过那里。但是在2039年，那里已经变成了人民公园的一部分。

“是那家叫‘Don’t you’的咖啡厅吗？”

“是，是的。”

走到公交站大概需要15分钟。耕市想……只要去那家咖啡厅……就能见到珠贵了。

自己能否真的见上珠贵一面呢？

“约会可不能迟到了。以我这个老人的腿脚真是不好意思，能不能让我跟您一起过去呢？咱们边走边说。”

“我知道了。”

萩塚很顺从地接受了耕市的提议。耕市不知道萩塚是否已经接受了他从未来而来的事情本身，但是他似乎也意识到这个会面并不寻常。

耕市的步伐完全就是老年人的速度，比萩塚慢多了。但是他想努力尽可能快速地走，萩塚也在配合他的步伐。

“您想跟我说的是什么？”

萩塚对耕市说话的语气已经不是刚刚那种对待朋友的语气了。现在的萩塚已经对拥有更多人生经验的耕市抱有敬意，这对耕市来说也是好事，有些话就更好说了。

“你在居酒屋看到了一本书对吗？”

“书……吗？”

“就是年轻的我手里拿着的那本。”

“哦，您是说那本科学杂志是吧？那有什么问题吗？”

萩塚很快就承认了。

“你是不是对特辑的照片产生了很大的兴趣？”

“特辑？哦哦，您是说屋久岛是吧？是的，我感觉那是一座有着独特氛围的小岛，就好像远古时期的森林完好无损地保留了下来。”

“你是不是想亲眼去看一看？”

“是啊。我想有一天，一定要去看一看！”

“我从未来回到今天，就是为了这件事情。”

“您说什么？”

耕市停下了脚步。

萩塚也停下脚步，回头看向耕市。

在没有任何其他行人的路上，两个人相向而立。

“三个月之后，萩塚敏也会一个人前往屋久岛。然后在沿着溪流登山的过程中，遭遇事故，遇难了。”

“哈？！”

“这就是你的历史，但是悲剧不止于此。后来，片仓珠贵也追随着你，离开了人世。”

“珠贵？为什么？”

“因为失去你的悲痛，在你去世的一个月后，因为极度的营养不良，去世了……”

萩塚没有反应。

萩塚就好像失语了一样，呆呆地伫立在原地。看上去，得知珠贵死去的事实比得知自己即将死去的命运，对他的打击更为巨大。

“所以我想尽一切办法救回你们两个人。在你看我手里的杂志的时候，我根本就没有想到会导致这样的结果。你后来也没有跟我打一声招呼就独自去了屋久岛，我很想救你，也不想片仓珠贵遭遇不幸……”

“所以您来到了现在？”

“是的，我没有其他理由，如果我知道有一台可以穿越时空的机器，并且我想救回年轻时候的你们，那我只能这么做了。”

“这……”

“你可以答应我吗？至少，今年之内，不去屋久岛。”

“我是在什么情况下遇难的？”

“在爬山的过程中，因为一场秋雨导致水位上升的湍流把你卷走了，遗体在海岸附近被发现的……”

萩塚听着这些细节，几次非常不自然地摇了摇头。

“我知道了，但如果不是今年，就可以去了对吗？”

“是的……那时候肯定又是不同的命运了……”

萩塚沉默着往前走。

“不瞒您说，我刚刚一直都在想，我想尽快去一趟屋久岛，”萩塚说，“谢谢您，我会听从您的建言，短期内我不会再考虑去屋久岛的事情了。虽然早晚可能还是会去一趟，但是到了那边之后，至少我不会去爬野山了。”

耕市感觉到自己胸口堵着的一口气终于松了下去。自己这趟没白来……

萩塚相信了自己所说的话。

两个人继续沉默着往前走。耕市觉得，已经达到目的了，那么也就没有必要再和萩塚待在一起了。不，不如说自己已经没有必要待在这个时代了。就算时间之神柯罗诺斯现在把自己拽回去，也无怨无悔了。

即便如此，他还是和萩塚一起继续往前走。

“您要去见一见片仓吗？”

萩塚小声地提议。

“啊？”

耕市一时语塞，不知该作何回答。他和萩塚聊了这么久，第一次感觉到自己的心跳在加速。

“也是啊……我最后见到片仓的时候，她因为过度伤心，已经是面黄肌瘦的状态了。开朗活泼的片仓的样子，真的很珍贵。”

说罢，耕市自己都觉得有些大意了。萩塚为什么要问自己要不要去见片仓一面呢？他是不是知道自己对珠贵有着特殊的感情？

“您在未来过着怎样的生活？哦不，这么问可能有些失礼了，您可以不回答。”

萩塚突然换了个话题。耕市有些踌躇，可以在这里聊有关未来的事情吗？不过反正已经告诉萩塚有关他命运的事情了。

“我……您大概已经听年轻的我说过了，就是那个时间轴理论。我为了推进这个理论的发展，进了一家公司。从那以后，把自己的大半生都献给了研究如何穿越时空的工作……我家你也知道，是医生世家，所以我在父母的安排下跟一位女医生结了婚，我的妻子已经过世了，现在是我的儿子在继承家业，而我已经步入了悠闲的退休生活。”

“是这样啊……”萩塚点点头。

“所以，您已经经历过很多次时空旅行了吗？”

“不是的，这次是我这辈子第一次体验时空旅行，在你们二位去世之后……不好意思，这一直都是我的一个心结。我不停地追问自己有没有什么办法能够救回当年的你们……”

萩塚停下脚步，对耕市深深地鞠了一躬：“谢谢您！”

他又说：“我可以再问您一件事吗？”

“如果是我能回答的问题的话，尽管问吧。”

“好。那个……今天的野方……就是在居酒屋和我一起喝酒的野方……他知道我和片仓正在交往的事情吗？”

当然不知道！耕市差点儿叫了出来，但停顿了一下之后回答道：

“不……直到得知你在屋久岛遇难的消息为止，我丝毫不知道你和片仓之间的关系。”

“这样啊……我……看来我到最后也没能对野方说出口，因为我知道……他一直都喜欢片仓……"

他知道……耕市怀疑自己是不是听错了。

"以前的我有对你说过这些吗？"

不自觉地，耕市的语气变成了一个年长的人对年轻人问话的语气。

"没有，但是，我们几乎每天都在一起，无话不谈。从高中时代开始，明眼人一看你提到片仓的时候的态度，就能看出来。就算我再迟钝，也能察觉到。因为我们俩的关系真的很亲密，我和……对，野方……"

"是这样啊……"

"我一直都想找一个合适的机会，正式地向您汇报这件事情。不过看来，直到最后我也没有等来那一天。我对于野方，总是在想，要如何告诉他才不会让他受伤，满脑子都是这件事情。

"看来，我在屋久岛一定是逞强做了很危险的事情，我自己大概都能想到。万一回不来，也没关系，如果那样的话，野方和片仓就能在一起了……我一直都在内心的一角，有着这样的想法……"

"但是，现实却是，你走之后片仓追随着你一起去了。希望你能够认清这一点！"

"这确实是我没想到的……"萩塚叹了一口气。这时，耕市感到自己真是老了，眼泪越来越不值钱了。没想到，萩塚因为察觉到了自己对珠贵的感情，而苦恼了这么久。

马上就要走到如月町的公交站了。至少，耕市已经打消了萩塚想要去屋久岛的念头。但是，光是这一点是不够的。

"你不必纠结。如果是年轻时候的我，一定会欣然接受你们两个相爱的事实。虽然估计也会大吃一惊……但是我觉得，我一定会比任何人都更祝福你们两个！”

“真的吗？”

“当然！”

萩塚的语气明显变得开朗起来。年轻时的自己得知这个事实一定会备受打击吧。但是那种伤感比起失去萩塚和珠贵的悲痛以及被懊悔裹挟着度过后半生的痛苦，简直不值一提了。

自己能够这么想，或许也是年纪大了的一种体现吧。

“我有一个请求。”

耕市对萩塚说。

“您讲。”

“未来世界的野方耕市来找过你这件事情，请你一定要保密，对以前的我也不要提起……可以吗？请答应我！”

萩塚大大地点了点头。

“真是一个不可思议的事情。我答应您，在未来……我和现在的您，还会再相遇吗？现在的您，是多少岁？”

耕市也不知道他们有没有机会再相遇。因为这其中有太多复杂的因素会产生影响。大概只有时间之神柯罗诺斯知道吧。

“我今年 79 岁了，但是，我也不知道我们能不能再相见……我也无法清楚地断定自己将回到哪个年代……”

“回到……是什么意思……”萩塚把问到一半的话又咽了回去。耕市没有回答，因为回答了也没有什么用。

而且，萩塚和珠贵约定见面的如月町公交站，已经近在咫尺了。

在路灯下面，站着一个身穿白色 T 恤和牛仔裤的女生。

片仓珠贵已经抢先一步到达了约定地点。能看出，她迫不及待地想要见到萩塚。

“看样子，片仓小姐已经到了啊！”

“是啊，她总是这么急性子。”

萩塚害羞地笑了笑。

两个人走近珠贵所在的地方。眼前的女人和活在耕市记忆中的珠贵一模一样。还是那副有着清爽眼神的女神模样。

能见到你，真好……

耕市心中被这种想法所填满。他甚至陷入了一种错觉，就好像自己又回到了那段青葱岁月一样。

“嗨，久等了！”

萩塚打了招呼。

“没呀，我也是刚到……”

看见萩塚，珠贵笑了起来。耕市的目光无法从珠贵身上移开，呆站在原地。珠贵看到耕市，大概以为他是萩塚带来的人，微笑着轻轻地鞠了一躬。耕市心想，自己这趟真是没有白来……

“这位是？”

珠贵问萩塚。

“啊……”萩塚语塞。

“谢谢您，到这里就可以了，感谢您对我这样一个陌生的老人这么照顾，到了公交站我就认识了。您忙吧！”

萩塚有些不知所措，连忙回答：“啊，没事，也谢谢您。”

“咦，原来萩萩你是做好事了呀？”

珠贵开心地说，然后转头对耕市说道：

“爷爷，您没事吗？我们送您上公交车吧！”

耕市礼貌地回绝了珠贵的提议，有珠贵的这份心意就足够了。然后耕市得知珠贵管萩塚叫萩萩，不自觉地笑了出来，觉得真是可爱。同时，他发自内心地祝福这两个人能够长久地幸福下去。

“二位忙吧，不用管我了。听说你们要去咖啡厅，快去吧。到这里就可以了，谢谢你们！”

说到这里，耕市突发奇想，并且决定把这个想法付诸行动。

耕市慢慢悠悠地走向珠贵所在的方向，然后躲在了路灯的影子后面。

接着，从胸口的口袋中掏出了那支自动铅笔。他假装不经意地发出了一声“啊”，然后又假装从地上捡起那支自动铅笔。

然后，把它交给了珠贵。

迎面吹来了一阵夜晚的微风，把珠贵的香味吹向耕市。那是一种非常温柔的香气。

“小姐，刚刚从您的包里掉出来了，这支自动铅笔。”

是的……是时候物归原主了。珠贵的东西，应该由珠贵拿着。耕市这么想。

珠贵明显吃了一惊，但是默默地接过了那支自动铅笔。

这样就对了。

耕市向两人告别。自己已经没有必要继续待在这里了。

“我溜达溜达再回去吧……”

“但是……”

耕市没有听取萩塚的顾虑，头也不回地离开了两个人。

不要再回头了。目的已经达成了。就只剩下祝福两个人幸福地生活下去了。

那两个人是不是还在目送自己的背影呢？耕市倒希望他们已经走掉了。

耕市拐进了下一个路口。

耕市已经走累了。

耕市倚靠在一个围墙上。虽然身体疲惫不堪，但此刻的耕市心里是非常满足的，已经没有任何遗憾和牵挂了。他看向手腕上的固定装置，刻度已经走过了一半。

——不用了吧……

从装置的刻度来看，耕市应该还可以继续在这个年代逗留一段时间，但是，他已经失去了继续待在这里的理由。

耕市切断了固定装置的电源。只要一关掉电源，时间之神柯罗诺斯的力量应该马上就会找到耕市。这就对了。耕市由衷地感谢给了自己这样一个机会的时间之神柯罗诺斯。

接下来，他要被弹射到未来，但不知道那会是多久之后的未来。相比之下，耕市更加担心，以目前自己的年龄和身体状态，能否经受住时间之旅的折磨。

他不知道。

不知道，但是只有接受。因为自己的心情现在是那么轻松豁达，那么无论任何磨难，都能兵来将挡、水来土掩。

时间之神柯罗诺斯很快就发现了切断了固定装置电源的耕市。突然，耕市的身体被强大的时间流所包围，他感受到了一种强烈的刺激，时间流正以一种巨大的力量想要把耕市吞没。

耕市没有一丝反抗。

来吧。带我去吧，随便什么时间。

就在心中这样默念的瞬间，野方耕市从1982年的世界消失了。

7

在晚秋的太阳照射下的檐廊上，野方耕市正在观赏飞到小小庭院里那棵梅花树上的不知名的小鸟儿。在枝头上，插着一些切成片的橘子。这是耕市给小鸟们的礼物。作为回礼，小鸟们为耕市带来了悦耳的歌声。

从 1982 年被弹射到未来的耕市所到达的，是 2039 年。

也就是说，耕市回到了他原本所在的那个时间。

以前，使用柯罗诺斯旅行机进行过时空旅行的人都被送到了更遥远的未来，这是柯罗诺斯旅行机的法则。但是，耕市却回到了他原本所在时间的 10 天之后。

为什么会出现这种情况，还不清楚。有可能是因为在柯罗诺斯旅行机启动的时候开启了固定装置 2.0，先到了未来，然后再利用这个反作用力进行了一场时光之旅。因为以前不曾有过这样的时空旅行，因此有可能产生了新的法则。但是，耕市心里面却觉得，可能是因为被射出的人对那个年代不再有任何的留恋。

刚刚回到现在的世界的时候，耕市是 2039 年的一个晕倒在路上的老人，被路过的人发现后，送到医院抢救。据说后来耕市连着昏迷了两天。

当耕市恢复了意识之后，第一件事情就是找护士确认了日期和时间。

回到了原来的时间……

这件事情对于耕市来说相当于奇迹。

他把自己的身份告知了医护人员后，很快，儿子就来到了医院。耕平既没有责怪父亲，也没有逼问什么。

只是说了一句“您可真让人担心！”

耕平问耕市：“这回哪也不去了吧？”

“哎，让你担心了。哪也不去了，心事都了了！”

听到耕市这样说，耕平轻轻地点了点头，说“好”。幸好，耕市的身上并没有出现什么因为这趟时光之旅而产生的后遗症。

从那以后，耕市和以前一样，继续在野方医院背后的老宅里生活。他再也没去过科幻博物馆。在耕市的心里，已经和柯罗诺斯旅行机做好了了断。

耕市不知道萩塚和珠贵在那之后过上了什么样的生活。他不是很想去了解。如果两个人平稳地携手走过了一生，那是最好不过的，但假如他们之间又出现了什么新的问题……

所以耕市告诉自己，没必要刻意去了解。

就在耕市坐在檐廊上慵懒地打了一个哈欠的时候，从医院前台打来的内线响了起来。

“什么事？”

电话那头是儿媳妇凛香。

“爸，有位来客说要见您。现在在前台。”

“请问是哪位？”

“是一位叫作萩塚珠贵的女士。她说如果您不知道的话，就说是片仓珠贵。要请她过去吗？”

耕市倒吸了一口气。

自动铅笔。那时候还给了珠贵，现在……已经没有了。

“啊，那个，请她过来吧！”

耕市好不容易才说出了这句话。他能感觉到自己的心跳在不断地加速。

珠贵，是我认识的那个珠贵吗？为什么现在来找我？

玄关的门打开了。

“打扰了。”

传来一个女人的声音。耕市赶忙往玄关跑，差点儿把自己绊了一个跟头。

一位穿着连衣裙的女性站在那里。她的短发是银白色的。

没错，连体形都没有变。

她就是片仓珠贵。是的……自己真的把她救了回来!

“片仓……珠贵!”

珠贵高兴地笑着。作为一个老年人，她的身材算是很挺拔的。

“我们有几十年没见了吧。您还记得我吗?”

“当然了。请进，进来坐。”

在客厅坐到了珠贵的对面，耕市再一次仔细地看了看珠贵的脸。

没有变。和前几天自己见到的那个年轻的珠贵没有什么变化。

当然，年龄带来的外貌变化是不可避免的，比如脸上的皱纹、皮肤的松弛等。但是他一眼就能看出来她就是记忆中的那个珠贵。那种气质、那种可爱的样了，还有那种笑容，都没有随着时光的流逝而衰老，依然鲜活。这种年龄的增长方式令人羡慕。

“吓了我一跳，这太突然了!”

耕市直白地讲述了自己的感受。

“我觉得现在差不多是时候可以来拜访您了。”

珠贵告诉耕市，但是耕市还是没有摸清楚状况。

“萩塚珠贵……也就是说……”耕市有些不知该如何开口。

“没错。上次和野方先生见面，还是我和萩塚刚结婚的时候呢。您出席了我们的婚礼。”

当然，耕市没有这部分记忆。拥有这段记忆的耕市，不知道现在身在何方。珠贵应该不知道1982年原本将要发生的事情，也不知道萩塚见到了谁。

“萩塚还好吗？”

耕市小心翼翼地挑选着话题。想要尽量说一些无伤大雅的话。

“他五年前就去世了。”

“这样啊……”

“我想，今年的11月，就可以亲自来拜访您，然后跟您说一声谢谢了！”

“谢……什么？”

“谢谢您救了我和萩塚！”

“呃……”

珠贵知道这一切。她知道耕市曾经去找过年轻的萩塚。明明自己再三嘱咐过萩塚不要说出去。

“我知道，79岁的野方先生去救了萩塚……所以，就是现在对吗？”

“您为什么知道这件事呢？我叮嘱过萩塚不要说出去……”

萩塚还是没能保守住秘密吗？但是，就算讲了这样一件事，一般人也不会相信吧。

“因为……我目睹了一件无法解释的事情，若不是这样，即便萩塚跟我说了这件事，我大概也不会相信。”

“什么无法解释的事情？”

“那是快60年前的事情了，还是我和萩塚结婚之前。有一天晚上，我和萩塚约着见面，我在车站等他，只见他和一位老人一起走了过来。

“那位老人递给了我一支自动铅笔，他说那是我掉的。当时我也觉得那支笔好像确实是我以前有的一支笔，但是我不太想得起来了。

“接过自动铅笔之后，我带着小小的疑惑和萩塚一起走进了一家咖啡厅。然后，那奇怪的一幕就在我眼前发生了。

“自动铅笔自己从桌子上凭空消失了！”

耕市听到这里，意识到自己犯了一个重大的错误。当时，他没有多想，只是简单地想把那支笔物归原主。但是，没想到这里还存在一个盲点。

他应该想到这种可能性才对——自动铅笔也会跟随自己一起回到未来的可能性。

“于是我就质问萩塚，那个老人是谁。他一开始不肯说，但最后还是告诉了我。他说，那是您为了救我们，从未来来到我们身边的。”

“谢谢您。萩塚一直对我说，等到2039年的11月，就要去找到野方先生，当面表示感谢……但是他五年前因为心脏病，很快就走了。从那之后，我有好几次都想来拜访您，但是我知道不能那样，所以一直忍着没来。直到今天，终于能够这样坐在您面前，当面跟您说声谢谢。”

“原来是这样。谢谢您能来找我，萩塚是个很好的人。”

听到耕市这么说，珠贵笑了笑，看得出她是打心里觉得高兴。

“这个……”

珠贵从包里掏出一个细长的纸卷，摆到了耕市面前。

耕市打开纸卷。里面是一支自动铅笔。那是1982年的时候耕市本应该已经还给了珠贵的……

“这……”

“是的。前些天，我坐在公园里，看到这支笔掉在地上，就是我们家附近的一个公园。那里以前是我们经常去的一家咖啡厅。在无亲无故的店主去世后，市里买下了那块地，变成了公园。

“我看到这个的时候，就确信您已经回来了。我觉得，这支笔还是应该由您保管才对。”

“谢谢！”耕市说。

耕市很开心。就好像是走失了的孩子回到了自己身边一样。耕市没有犹豫，收下了那支笔。

“我们聊聊萩塚吧！虽然应该有很多聊不完的话，但是在时间允许的范围内……”

“当然。如果野方先生您愿意成为我聊天伙伴的话，我恨不得天天登门拜访！”

耕市反复点头，怜惜地将自动铅笔收回了胸前的口袋里面。

朋惠的梦想时间

1

时间，到底是一种什么东西？
如果被这样笼统地问到，应该如何回答？

不可逆性。
绝对性。
从过去向未来延续的东西。
用时钟计量的东西。
应该会有很多种答案。
那么，过去又是什么？
把提问变成这个。

绝不会再来一次的东西。
乡愁。
很久以前。
回忆。
后悔。

诸如此类的回答有很多。

当朋惠被问及这个问题的时候，她觉得，时间就是一种“像针扎一样刺痛”的东西。而过去，就是“笼罩在头顶的乌云密布的天空”。

提出这些问题的是研究员立田山登。立田山用一种使坏的眼神，等待着朋惠的回答。

这里是P.弗雷克公司的研究室。

P.弗雷克曾是一家只承担住岛重工研发业务的子公司。

朋惠既不是P.弗雷克公司的员工，也不是住岛重工的人。她是“人能商店有限公司”的职员。所谓“人能商店”，是一家人才派遣公司的名称。这是刚从广告文案转行过来的老板抱着好玩的心态命名的。老板觉得这个名字充满了趣味性，但在朋惠看来，只不过是他个人的恶趣味罢了。一看到这个名字就不禁想到人身买卖或是器官买卖之类的违法勾当。但是毕竟这就是她所供职的公司大名，不喜欢也没有办法。

人能商店接到了来自P.弗雷克公司的委托，于是角田朋惠被派了过去。

职场是研发二科，立田山的团队。现在有一位女员工正在休产假，再加上一名男员工长期外派到了国外，所以近两个月以来，严重的人手不足影响了工作的进度。

朋惠从立田山那里接到的工作任务就是制作给住岛重工发货的零部件订货单，或是从立田山设计的图纸中制作原报价单计，或是管理入库的零部件的库存情况。除此之外，还有一些零碎的杂活儿。

除了朋惠之外，这里没有女员工，所以朋惠也能够比较轻松地专注于工作，少了各种繁杂的人际关系。

立田山是一个三十几岁的，看上去和研究人员毫不沾边的形象的男人。在制作设计图纸用的制图台周围，摆满了他亲手制作的各种动漫美少女手办。他戴着度数很深的眼镜，脸上总是笑眯眯的。

“听说研发三科的工作已经进展得非常迅速了！所以三科那边的申请文件总是通过得更快呀！”

立田山虽然这么吐槽，但看上去也并不是很介意的样子。

朋惠在进入立田山团队之后又过了几天，才慢慢知道那个被称作“C. C.”的，是研发二部正在研发的一个令人搞不懂的奇怪装置。

而三科和四科正在共同研发的装置，则被称为“C. J.”。虽然研发阶段已经结束，但是功能还不完善，接下来还需要加以改良。

“那个‘C. C.’和‘C. J.’都是用来做什么的？”

立田山每到午休的时候心情就会特别好。他总是把花了一周末时间做好的手办摆到桌子上，沉醉地观赏。当时，他正在把花了一个元旦假期的时间做好的手办摆在那里端详，脸上露出稍显猥琐的笑容。手办是一个长头发的少女。粗毛线的毛衣下面穿着牛仔裤，左手拎着一个小巧的背包。

“嗯……目的，或者说用途吧，这两台设备都是一样的。但是实现的路径不同。对问题的看法和理解方式不一样。”

工作时间基本不会多说话的立田山，这个时候也就变得有点健谈了。

“朋惠，你虽然是劳务派遣过来的，但是也有保密义务，知道吧？”

“当然，但是我基本上也不会接触到什么涉密工作，我们派遣工接到的工作基本上都是一些程式固定的比较机械化的劳动。但是如果在这个过程中接触到了一些有关公司利益的密级信息的话，当然会遵守保密原则。我觉得这和医生不能随便讲出患者的症状，或是神父不能泄露在祷告过程中知道的信息是一个道理。”

朋惠手里拿着三明治回答。

立田山把手办放回了柜子里。

“也是。看样子你对我们正在做的科研很感兴趣呀，所以作为一个团队的人，让你也知道一下我们所做的事情的终点在哪里比较好。就算有一天你向外部泄露了这个机密，估计一般人都会笑话是你脑子出问题了。”

“你们在研发什么军火吗？”

朋惠问。

立田山愣了一秒，然后发出爆笑。朋惠好奇立田山为什么会觉得如此好笑。如果是从零部件开始研发的话，大概就是超声波兵器或者光纤兵器之类的……朋惠只不过是把这种推测直言不讳地说出来了而已。

“如果是这样的话，您在外面讲起来估计还会有更多的人相信。”

然后，就是最一开始立田山对于朋惠的提问。

“你觉得，时间是什么？”

在朋惠的脑海中，快速闪现了对于这个问题的回答。

不知为何，对于朋惠来说，时间就是“像针扎一样刺痛”的东西。而过去，则是“笼罩在头顶的乌云密布的天空”。但是朋惠觉得不应该这么说。于是她回答，“嗯……我也不知道呀……”

立田山点了点头，就好像猜到了朋惠会这样回答一样。

“我们正在研发穿越时间的装置。”

接下来愣住的是朋惠。

“也就是……时光机吗？”

“算是吧……广义上来说是的。三科正在研发物质逆时输送机——也就是‘C. J.’——叫作‘柯罗诺斯旅行机’的东西。那么在咱们部门，就是用另一套理论在研发。”

住岛重工的大领导里，好像有人非常执着于过去。就是这个人建立了 P. 弗雷克公司，给一科到四科各个科室都分配了相同的目标，然后让大家研发能够实现时空旅行的装置。

“那个人是谁，他有什么目的，他的职位有多大，这些对我来说统统不重要。我只要把分给我的课题做好，然后能够在休息时间做一些自己喜欢的事情就好。三科那边以物理学理论为基础在做研发，但我的出发点跟他们不一样。听说那个 C. J.，即便把人送回到过去，也会很快就被弹射回来；如果通过压缩时间轴的方式来把物质送到过去的话，就会有很多悖论产生。而且听说把物质送回到过去要消耗的能量和成本都是巨大的。”

“那，主任……您正在研发的是一台什么样的机器呢？”

“嗯……说是回到过去，但是并不是想要回到远古世界。我这台‘C. C.’能够穿越的极限就是乘坐者出生之后的过去而已。

“朋惠，你今年是……二十……三是吧？”

“是的。”

“那么如果你乘坐了这台 C. C. 的话，能够回到的最远的过去就是 23 年前了。”

“为什么会有这样的限制呢？”

“因为我用了和‘C. J.’完全不同的视角来思考这件事。‘C. J.’是把现在的人作为一种物质完完整整地送回到过去，因此会产生很多的问题，也会受到时间流的反作用力。

“因此，我就想到，不是把物质送回过去，而是把无形的‘灵魂’送回过去，不就可以了吗？”

“灵魂？”

“是的，所以不是肉体的穿越。理论上来说，乘坐我研发的这台机器的人的灵魂会借宿在过去的自己身上，然后体验过去发生的种种事情，所以和‘C. J.’不同，乘坐者可以一直在过去停留，直到他想回到现在为止。”

“原来是这样啊！”

朋惠对立田山所说的内容，还是有些似懂非懂。

“朋惠你有想要回去的年代吗，在你出生之后？”

“我吗？我要回到过去吗？”

立田山的表情中带着一种坏笑。他在试探朋惠的反应。

“我……还真没什么……”

“哦，是吗？”

立田山看上去有些失望。

“主任您有吗？”

朋惠反问立田山。

“我吗？我呀……还真没有，过去对我来说充满了不堪回首的回忆。比起回到过去，在现在这个年代跟她们玩更能让我感到快乐。所以，我从来没想过，也绝对不会想要亲自坐上‘C. C.’试一下。”

立田山所说的“她们”指的就是他自己做的那些手办。

“那也就是说，那个‘C. J.’已经可以使用了是吗？”

“快了吧。”

立田山回答。眼神有些飘忽不定。

“‘C. C.’是什么的简称？”

“‘柯罗诺斯调节器’，柯罗诺斯就是掌管时间的神的名字。”

一边把脖子的关节弄得嘎嘣嘎嘣响，立田山一边解释道。朋惠觉得这个名字取得稍微缺了点气势。她也认识到，主任的脑子里只有一个想法，就是好好地完成手头的课题，研发一台可以穿越时空的装置；但他自己却对穿越时空之类的概念并不感兴趣。

2

当天与立田山的对话在朋惠的脑海里烙下了很深的印象。晚上，朋惠躺在床上，发现自己又在反复不停地回忆着一直以来的那个心结。

朋惠没有向别人提及过这件事。

而且，就算说了，大概也会被笑着说，这些小事，赶紧忘了吧！

但是，无论如何，朋惠都忘不了。

八年前发生的那件事情，这么多年来一直都是朋惠的精神创伤。这是事实。

这么多年来，朋惠已经掌握了从意识的表层把这件事情隐去的技巧。但是，是否能够完全忘却，又是另外一回事。

时不时地，以不规则的时间为周期，那个记忆就会忽然冒到意识的表面上来。于是，朋惠就会感觉到那种全身紧绷的紧张感。

那明明只是一件小事。

那明明应该只是一件小事而已。

朋惠像念咒语一样地在心中反复这样默念，才可安抚那个冒出表面的记忆，让它再次下沉。

直到下一次它再出现。

今天立田山对朋惠的提问成了一个导火索。现在，那段记忆再次在朋惠的脑海中浮现。

那一年，朋惠 15 岁。那时朋惠还在上初中三年级。初三的她是一个留着齐肩辫子的、脸上长着雀斑的小女孩。

朋惠在乡下老家附近的初中上学。这座小城的人口只有 3000 人左右，距离县厅所在的城市大概有 70 公里。正是因为这样的地理原因，在这里，地缘和血缘格外被人们所重视。

朋惠就在这样一个小地方，规规矩矩地上着大多数同龄人都会上的那所初中。朋惠的成绩一般，好像还担任过班级的卫生委员。

在上学的过程中，朋惠交到了要好的朋友，也因为一个年级只有两个班级，所以和同一学年的每个人都认识。在班里，朋惠并不会做什么出格的、显眼的事情，但也不是那种特别内向害羞的学生。

虽然嘴上不说，但也会偷偷暗恋某个男孩子。

总而言之，朋惠就是那种放在人堆里都找不出来的最普通不过的学生之一。

就在初三的寒假马上要开始的前一天，那件事情发生了。

那是第一堂课开始前的休息时间。就在班会结束后班主任刚刚走出教室的时候。

班长里内洋平冲上讲台，对大家说：

“大家，大家听我说，我听说咱们班主任大岛老师明天要举行婚礼！”

班里一片哗然。里内继续说下去。

“所以，我想咱们大家一起为老师庆祝一下。现在来不及讨论了，但是结业式结束之后，做完大扫除，大概是十一点。所以大家，十一点半的时候咱们再回到教室集合一次，开个班会，讨论一下怎么为老师庆祝。怎么样？”

班里响起了掌声。大家决定，十一点半的时候大家都回到教室，一起讨论细节问题。

朋惠的班级在结业式结束后负责操场的卫生。就在打扫得差不多的时候，几个女生开始窃窃私语。

“我说，离班会开始还有半个多小时呢！”

“一讨论起来肯定没那么快结束。现在还没有任何想法呢，怎么也得商量一个多小时吧？”

“烦死了，那不就吃不成午饭了吗？都怪‘徽章噗’！他要结婚跟我们有什么关系吗？”

“徽章噗”是班主任大岛老师的外号，他的脸型很像一枚徽章，每次说话的时候，都会在句尾吸一口气，听上去就像说了一个“噗”，所以得到了“徽章噗”这个绰号。

“下午我还要跟我妈去逛街呢！要不我翘掉班会回家算了……”

“我也有点累了，律子要是回去的话，我也回家好了，又不是上课，翘掉应该也不会怎样吧！朋惠你怎么打算？”

这时，朋惠正处在一种集体心理之中。她没有多想。

“我也准备跟我妈去买东西呢。如果大家都走的话，我也回去了。"

"那就这么定了！"

就这么定了。由于这一天是结业式，来上学的时候并没有带书包和学习用具。

完成了操场卫生的女生们，把竹扫帚收回工具箱之后，结伴走出了校园。朋惠家就住在学校的后面，出了校门之后左转。而其他人都要去大马路，出门之后右转。

"朋惠，拜拜，明年见！"

"拜拜，大家过个好年！"

直到这个时候，朋惠都没有多想什么。

让朋惠愕然的事情，发生在当天晚上。

同班同学悦子给朋惠打来了电话。

"朋惠，你为什么放学之后没来开班会呀？"

悦子的语气听上去有些担心。

"因为大家都说要回家，我就跟着一起走了呀……"

朋惠回答。

"大家？今天没来参加班会的只有你一个呀！"

这时，朋惠感觉自己的后脑勺像是被锤子重重地敲击了一下。

这不可能。

朋惠的声音在颤抖。

"怎么会？小棚和律子还有夏美都说要回家的啊，我们明明一起出的校门……"

悦子在电话那头沉默了半晌，然后清清楚楚地说道："她们，都来了啊！"

"怎么会……"

"她们几个确实来晚了，她们说她们本来打算回家的，但是在回家的路上律子突然说，如果就这么走了还是不太合适……所以最终还是回来开班会了……”

朋惠感觉自己就像是陷入了事先设计好的一个圈套。

“今天的班会是里内主持的，他挺生气的，说为什么角田不来开班会，为什么不打招呼就擅自走了，他表情可严肃了。我有点担心你，所以打电话跟你说一下。”

为什么？为什么律子、小棚她们不为我说话？朋惠想这么说，但是哽咽着说不出话。我……只是因为大家都说要回家，所以才跟着一起走的……

朋惠对悦子说了声“谢谢”，挂掉了电话，虽然这声谢谢里面已经带着明显的哭腔。

还有一件事。就是，朋惠偷偷爱慕的那个男生，就是里内洋平。

接下来的一整个寒假，朋惠都陷在一种抑郁状态里。她只记得那个假期，自己每天都以泪洗面。

后悔。不甘。对于自己的人格在别人眼中变得非常卑劣的事情的自责。

还有寒假结束即将迎来新学期的那种恐惧。

她也记得新学期的第一天，想要走出家门去上学，但是双腿发软无法前进。

但是，接下来的第三学期的记忆却几乎是空白。一方面是因为私立高中的入学考试以及其他很多事情叠加在一起，让这个学期过得飞快，但另外一方面，现在回想起来，朋惠觉得是自己在脑海中刻意地抹掉了这部分记忆。

开学返校的那天，谁都没有提及这个事情。这件事既没有成为班会的议题，里内也没有指名道姓地指责朋惠。朋惠其实已经做好心理准备，如果被指责，自己就坦诚地承认错误并道歉。如果是这样，反而能让自己的内心轻松许多。

小棚、律子和夏美，都没有提起这件事情。

已经陷入了一种精神异常敏感状态的朋惠，也没有主动提出这个话题。而对于爱慕已久的里内，朋惠尽量不去对上眼神，不去说话，不去接近。

短短的第三学期，就这样结束了。朋惠考上了县厅所在地的一所私立高中。

那所高中为不方便远途来上学的学生准备了宿舍。所以，自打上了高中以后，朋惠就和自己出生长大的那个小城以及生活在那里的人们都几乎断了联系。

即便如此，那天发生的事情在朋惠接下来的人生中，还是成为了一个巨大的阴影。只要一想起，就会伴随一种类似于疼痛一般的感受。

然后朋惠就想：

在那个小城，与自己年龄相仿的人们忽然想起这件事的时候，他们一定会想起自己，并且说："哦，朋惠啊，就是那个翘了班会的不负责任的女生是吧？"只要一想到这里，朋惠就会陷入一种坐立难安的状态。

朋惠躺在床上，不停思索。

朋惠很难想象，自己的后半生都要活在这段阴影之中。

如果不能忘掉那段历史，那么是否有办法让那件事情没有发生过呢？

"有没有一台……时光机……"

如果有，朋惠就不会放弃。

对。朋惠决定向立田山进一步地打听一些有关"C. C."的事情。

3

第二天，立田山因为要出席全社的共同会议，一大早来上班之后就消失了踪影。所以，这一天，朋惠都只能独自在办公室工作。她和立田山见面，已经是第三天了。

立田山来到公司的时候脸色看上去很憔悴。好像没怎么睡觉似的，顶着一双肿胀的眼睛。

“上面要求我们做出一些实际的成绩，就在这个连人手都不够的时候……”

立田山自言自语地说道。

“那是什么意思？”

“他们让我们开始柯罗诺斯调节器的试验，说是向二科借人也行，这不就等于对我说，让我自己回到过去吗？”

据立田山说，三科的柯罗诺斯旅行机没有取得预期的效果。于是P.弗雷克公司整体的业务计划都要被重新调整。尤其是一科的计划，到现在都还没有进入试验阶段，因此成了众矢之的，被认为是拿了经费不干活。

“那试验是什么时候开始呢？”

“其实，我们已经做好了随时进行试验的准备。设备的试验品已经完成了。在他们的逼问之下我不小心说漏嘴了，说我们的机器已经做好了。唉，我是有多蠢！”

我才不想坐上那种机器呢！这是立田山的心里话。你们交给我的制作任务我会完成，但是要我亲自坐上去，我才不干呢！

朋惠听到这里大吃了一惊。她以为接下来才开始进入制作阶段，没想到机器早就已经做好了。

“那台设备，是什么人都可以坐的吗？即便是我这样的也成？”

朋惠下意识地问出了口。

“需不需要接受什么专业的训练啊，或者有没有合适不合适的体质之类的一说？”

立田山皱起了眉头，觉得有些难以置信。他不敢相信，朋惠是认真的。

“这些都没问题……”

他没有再多说什么，注视着朋惠。

“那个试验品，现在在哪里？”

“在哪……就在更衣室那个没人用的柜子里。”

更衣室里面一共有四个闲置的柜子。朋惠听说过，三科研发的柯罗诺斯旅行机是一个长得像蒸汽火车头一样巨大的机器。这么说来，一科研发的设备的外形应该跟它相去甚远，看样子没有多大。

“我想去看看那个试验品。”

虽然朋惠心里明白，以自己现在的身份提出这样的要求是不合适的，但她还是试探性地问了问。

“哦，可以啊。”

看来立田山现在的心态也变得很草率了。他大概也觉得，毕竟都是在同一个科室工作的，这个科室的人在做什么样的工作，也有必要让朋惠清楚。

立田山起身，走进了更衣室。更衣室是紧挨着研究室的一个小房间。朋惠听到立田山正在从柜子里掏出什么东西的咣咣当当的声响。

一个有点体积的金属盒子、各种数据线，还有几根金属棒……立田山抱着这堆东西回来了。

“哦，对了，防止有人突然进来，你把房间的门锁上吧。”

立田山指挥朋惠。这方面他还是比较小心。他麻利地拼凑零部件，把设备组装了起来。金属棒搭成了一个框架，立田山在这个框架上面，不断地添加从金属箱子里面取出的各类零部件，然后用数据线把它们连接起来。

立田山把自己的工作椅拉过来，放到了这个长方体框架的中央。椅子上面放着一个头盔。头盔连接着很多根从框架上延伸出来的数据线。

最后，立田山把从框架最底部延伸出来的数据线连到了房间里100伏特的电源上。让朋惠吃惊的是，这种所谓“时光机器”竟然用家庭用电就可以启动。

“这个……就是时光机吗？还是说，只是一个模型之类的？”

立田山有些不高兴，大大地摇了摇头。

“才不是什么模型，这就是完整版的机器了！”

朋惠拿起了摆放在椅子上面的头盔。

比想象中要沉得多。

她看了看头盔的内部，果然，各类精致的机械被密密麻麻地组装在里面。虽然外观上和一个摩托车的头盔别无两样，但其实是一个不得了的宝贝。

“可是为什么时光机能连在家庭用电的电源上呢？时空旅行的过程中不会出现供电不足的问题吗？”

对于朋惠的提问，立田山再次强调：“这不是什么时光机，而是柯罗诺斯调节器。

“那什么，我希望你不要误会，我开发的这个‘C. C.’跟漫画里面那种能让人穿越到过去或者未来的、所谓‘时光机’可不是一种东西。

“我之前也跟你说过吧。它只负责把乘坐者的‘灵魂’送到过去。所以，并不是‘C. C.’本身会穿越到未来。‘C. C.’还在原地，而乘坐者也戴着‘受容器’始终坐在椅子上面。能回到过去的，只有这个人的‘灵魂’。

“所以我就想到了。

“人的内心也许就是将过去和未来连接起来的一个时空的连续体。所以，如果只有灵魂去进行时空旅行的话，借助当时的肉体作为载体，只要体会到那时候的感受就好了。这是最安全的办法。”

“那也就是说，灵魂在这个过程中，只能进入那个时间点的自己的身体里面，对吗？如果是这样的话，那个时间点的灵魂又在哪里呢？被抛出去了吗？”

立田山耸了耸肩。

“因为还没有人尝试过，所以现在还说不好。而且我也完全不打算自己去体验。”

朋惠忍不住脱口而出：

“我来坐上这台机器进行试验吧！”

立田山没有做出反应，而是眨了眨眼睛。

“你在说什么？你是认真的吗？你图什么？”

朋惠大大地吸了一口气，脑袋里面盘算着要怎么回答。

“前些天，您问过我有没有想回去的过去，对吧？那时候……我确实没有想到……但是，确实有那么一个过去。我有一件……无论如何都想要回去确认一下的事情。

“那是我上初三的时候。

“我想回到那时候的自己。”

朋惠心里祈祷着自己看上去不要太狼狈，尽量稳住语气说。立田山的脸上虽然一直挂着一种诧异的表情，但是并没有否定朋惠的提议。

“你说你想回到初三的时候？那时对我来说简直是一个黑暗的时代。每天都在备战中考，除此之外没有任何快乐的回忆。

“你为什么要回到那个时候？”

朋惠没有回答。因为那是只有她自己才能深切体会到的心灵的创伤。她不想跟别人说起。

“是一件小事，是一件比较私人的事情。您要问我为什么，我也不好回答……”

“好吧……”立田山把双臂在胸前交叉。他大力地挠了挠头，得出了一个结论。

“我知道了。你确定，那是你自己想要回到的过去，对吗？是自发想要这么做的。

“那么我可以批准，但是我希望你能在书面上把这个情况交代一下。乘坐这台机器是你自己的志愿，而我和P.弗雷克公司都不负有任何责任。”

“没问题。”

虽然语气听上去有些生气，但是朋惠得出的结论却依然没有改变。

4

这天下午，在只有他们两个人的工作室里，朋惠将要体验柯罗诺斯调节器的功能。

立田山笑盈盈地给坐在椅子上的朋惠的手腕和脚腕贴上数

据线。然后，朋惠被套上了那个头盔。因为是第一次实际操作，立田山兴奋得不得了。朋惠想，他在着手准备做一个新的手办的时候，是不是也是这种感觉？

“角田上初三的时候……那也就是八年前对吧？有什么指定的季节吗？”

“可以指定具体的日期吗？”

“啊，可以啊！”

“12 月 24 日。”

“哦，是平安夜呀。是有关平安夜的回忆吗？”立田山的声音又高了一个调调。

“跟圣诞节没什么关系，那天只是第二学期的结业仪式。”

立田山哼了一声：“好了，没问题，我已经输入了 12 月 24 号的日期，这下就可以了。”

“那个，我好像还有一件很重要的事情没有问您……”

“什么事？”

“我知道我的灵魂接下来要回到初三时候的我自己的身体里了，但是，怎么样才能回到今天呢？如果只有灵魂回到过去的话，我自己就没办法操作装置了对吗？”

“是呀！”

立田山非常直白地回答。

“不过你也不用担心，我相信灵魂也是有力量的。只要你在那边心里想着‘我想回去了’，就一定能回来。

“即便回不来也没问题，这回你一定能过上不会失败的人生。因为那是你已经经历过一次的过去了。”

他可真是一个说话不负责任的研究者。与其说是不负责任，不如说是心里藏不住事，也不会撒谎。朋惠这么想。

“准备好了。

“角田你也准备好了吗？你的身体还在这边，所以只要我通过数据监测到你的身体有什么异常，就可以马上发动急救措施，不必担心。”

立田山打开了框架底部的开关。

“预备……哦，对了，我建议你闭上眼睛，可能会有些眩晕，即便是坐在椅子上。

“那么，试验开始。预备……走！”

立田山的口号就好像是在帮别人拍照的时候一样。在听到“走”的口令的瞬间，跟想象中一样，朋惠的全身都被一种电流不断流过的感觉占据了。

那是一种疼痛。但是，朋惠并没有把它当作痛感。八年了，从初中毕业到今天，一直在心里的一角默默承受着一种心灵的疼痛。现在感觉到的，不过是为了消除那种疼痛所付出的代价罢了。

黑暗只持续了几秒钟。

朋惠感觉到，疼痛是来源于寒冷。12 月 24 日。对了，朋惠反应过来，这时候应该是冬天。

她的视线有些模糊。不知为何，眼前是一片朦胧的景色。

那是不同于 P. 弗雷克公司研究室的户外的光景。

那是朋惠自己家的家门口。

直到中学毕业，朋惠都一直住在这里。上一次回来大概是今年的元旦。从上初中的时候开始，老家的构造就没有变过。

“今天是结业式，半天就能结束了。”

朋惠听到了自己说话的声音。但那并不是朋惠说的。而是初中三年级的朋惠在脑子里想的。而现在的朋惠可以听到这些。

她手里并没有拿着书包和学习用具，但朋惠能感觉到自己穿着的是上学专用的黑色防寒罩衫。

朋惠把双手揣在口袋里向前走。这时，朋惠真切地感受到了，自己的灵魂就在初中三年级的自己的身体里面。

现在正走在上学的路上。

初中三年级的朋惠走路还挺快。如果任凭那时候的自己的意识前进，有一种自己自动向学校方向移动的感觉。

朋惠听见了一声猫叫。她看到围墙上趴着一只米黄色的猫。它把自己的身体蜷缩在一个能晒到太阳的角落。

叫什么来着，这只猫。好像是只公猫。它好像总是喜欢和别处的公猫打架，身上总是挂着伤。

朋惠停下脚步，伸出了手。她抚摸着猫咪的头。猫咪满足地眯起了眼睛，伸长了脖子，发出咕噜咕噜的声音。

“小乌，小乌，最近乖不乖呀？”

初三的朋惠说。对了！朋惠想起来了，这只猫叫小乌，它的主人说过，是从一个叫作乌里耶尔的天使的名字取来的。

朋惠继续向前走。然后，朋惠突然有了一种想要再回去看看小乌的冲动。

她想回头。

但是脖子却动不了，这时候初三的朋惠的意识是优先的，朋惠试着强行慢慢地转过头去。

小乌还在围墙上面趴着，看着自己。

只是，朋惠吃了一惊。

在朋惠的眼里，趴在围墙上蜷缩着身体的小乌的轮廓是模糊的。

和刚才一样。就和刚刚到这里的时候感觉到的一样。最初她还以为是自己的眼睛出了问题。

朋惠停止操控初三的朋惠的身体。

于是，视线又恢复了清晰。

这到底是怎么回事？是不是穿越时空带来的副作用？

经过学校的大门时，朋惠看到了很多同学的身影。

“朋朋，早啊！”

有一个女孩子挥着手向自己跑来。初三的朋惠也跟她打招呼。她应该就是悦子。

“今天半天就完事儿了，朋朋你下午什么安排？”

“我准备跟我妈一起去市里逛街呢。”

朋惠的嘴巴自然地张开，开始说话。

“真好啊。”

两个人边走边聊，走进了教室。

从前面数第三排，朋惠坐到了自己的位子上。通过初三的朋惠的眼睛，朋惠看到了教室的模样。

就是这里。

朋惠就在这里度过了初中三年，和那时候一样，什么都没变。

想到这里，朋惠突然觉得有些不对。

本来就应该什么都不变，因为是朋惠的灵魂回到了那个年代。

朋惠想起来了，坐在她右前方的就是叶山靖代。

关于靖代的事情，三年前朋惠回到老家的时候听妈妈说起过。靖代当时在这个小城的一家保险公司工作，然后，在没有任何预兆的情况下，自杀了。

“看上去挺文静的一个女孩子，听说是因为失恋，据说遗书里都写了呢！你们是一个班的吧？”

朋惠隐约记得自己那时候并不是很关心这件事，只是随便敷衍了一下。虽然她们坐得比较近，但并没怎么说过话。

而现在，“死者”没有任何异样地坐在自己的斜前方，确实是一种奇怪的感觉。

现在的自己，是否能够阻止她去自杀呢？朋惠突然有了这种想法。

这个时候的靖代，心里应该还没有任何会引发她自杀的负担吧。就算现在自己过去跟她说些什么，估计对方也不会明白这是什么意思。

“20 岁以后的你会进入一家保险公司工作，然后因为失恋自杀，所以过了 20 岁之后就要小心了！”

要这么说吗？但就算这么说了，结果也只是让对方觉得自己神经错乱了。

叮咣。

在叶山靖代的脚边滚落了一个拴着护身符的钥匙。

当年的朋惠应该没有去捡。那把钥匙正好掉在靖代和朋惠的中间。

要去捡那把钥匙。

不知为何，朋惠想到这里，伸出了手。朋惠从来没想过，自己控制自己的手伸出去，原来需要这么大的能量。从手臂到肩膀，朋惠感到很沉的负重感。她艰难地捡起了那枚钥匙。

朋惠把捡起来的钥匙递给靖代。

“给，你掉的吧？”

靖代说了句“谢谢”。朋惠看了看靖代的脸。

朋惠愕然。靖代的脸特别模糊。从母亲那里听说靖代的死讯的时候，她没能立刻想起叶山靖代的模样。而现在，即便在现实中面对着面，靖代的脸看上去也是歪斜着的，朋惠看不清楚。

朋惠在脑海里想了很多救她的办法，而最终想到的那句话，朋惠也不得不咽回肚子里了。

很快，朋惠的视线就恢复清晰了。

她看到的是初三的朋惠眼里的景色。

这到底意味着什么呢？隔一段时间就会出现的视线的歪斜，还有疲劳感。

朋惠坚信这并不是偶然。

立田山研究出的时空旅行的方式，是不是存在着一些根本上的缺陷呢？而这缺陷到底是什么呢？

朋惠把肢体的行动完全交给了初三的自己，不停地在脑海中思索。她想到了一个解释。

目前为止，在朋惠感受到视线的模糊和歪斜的时候，都有一个共同点。

当朋惠的意识藏躲在初三的朋惠身体后面，感受着与她相同的感受的时候，一切感官都是正常的。

但是当朋惠对过去发生的某些事情和物体表示出兴趣并且想要脱离开初三的自己的意识采取行动的时候，那种感觉就会出现。

就是那种视线的模糊和歪斜。

比如为了再看一眼猫咪小鸟而回头的时候。

比如为叶山靖代捡起钥匙递给她的时候。

这两件事情都是初中时代的朋惠没有做过的事情。

而从未来穿越过来的朋惠却要强行采取行动。

朋惠明白了，即便只是转个头这么简单的动作，也有一种力量在阻碍她。为靖代捡起钥匙递过去的时候，伸手这个简单的动作伴随着巨大的疲劳感。

也许，这些事情是根本就不应该去做的。

“命运”这个词浮现在朋惠的脑海之中。是的……也许有那么一种力量，它非常厌恶违背“命运”的安排而发生的事情。

朋惠得出了这样一个结论。

不应该这么做！有一个声音在这样告诉朋惠。而这个声音，大概就是立田山所说的，时间之神，柯罗诺斯。

已经达成结果的过去不应该被改变。柯罗诺斯就是这么想的。假如一个人被强行停留在某处一分钟的时间，那么他就无法和他原本在这一分钟的时间内相遇的人相遇，从而让世间的很多事情发生巨大的改变。有可能会让历史人物不会诞生，也有可能让无数个历史的变化叠加在一起，最终导致几十万人丧生的灾难发生。“时间”不想让这种事情发生。

因此，当朋惠做出初三的自己不曾做过的事情的时候，柯罗诺斯就会最大限度地阻止这种情况的发生。

或者说，柯罗诺斯也许是在佯装完全不关心的一副样子——已经成为事实的过去，我可以给你再现一次，但我不管这些历史之外的事情。没有发生的过去世界就像是纸糊的世界一样，只能靠你自己的记忆去展示了。

朋惠甚至觉得柯罗诺斯正在这样对她说。所以，有可能记忆中并不清晰的叶山靖代的面容现在也无法看清楚，而猫咪小乌也一样，那时候在朋惠的记忆中，本就是一个模模糊糊的小乌。

朋惠不知道哪一种解释才是对的。又或者说还有其他的解释。

当朋惠回过神来的时候，班会已经开始了。

大岛老师在讲台上说话。

他回顾有关第二学期的一些事情，然后通知寒假里的注意事项，等等。

朋惠仔细地盯着站在前面的大岛老师看。这确实是大岛老师。脸的轮廓呈现出了徽章的形状。

在朋惠的印象中，大岛老师的年纪似乎更大一些。但是实际上，眼前的大岛老师比她记忆中的样子要年轻不少。

这是当然。他是即将结婚的人，不可能老到哪去。

起立、行礼之后，老师走出教室。这时一个学生冲上了讲台。

朋惠很快就知道了那是谁。她原本以为自己的心跳会更快一些，但是当他站在自己眼前，就在那里的时候，自己反而出奇地冷静。朋惠自己都感到很意外。

那个少年就是班长里内洋平。

“大家，听我说！”

少年这样开口，教室里安静了下来。朋惠觉得，仅凭这一点，就能够看出这个叫作里内洋平的男孩子的领导才能。

里内向大家说了第二天大岛老师结婚的事情，在班内引起了一阵骚动。朋惠看着里内简洁明了地阐述主旨的样子，对他产生了敬佩的情绪。同时也有点吃惊。里内看上去原来那么小。在初三的自己眼里，里内明明已经是个很成熟的男生了。

不过，这一切只是因为现在的朋惠已经是一个大人了。朋惠也意识到了这一点。刚刚看到大岛老师的时候也是如此。对于现在的朋惠来说，大岛老师才是年龄更相近的人。

不过，里内少年虽然只是一个十几岁的学生，但他真的把班级管理得很有秩序。

朋惠沉浸在自己的世界里发呆，想着自己曾经就是被里内那迷人的眼眸吸引住的。里内“现在”成长成什么样子的人，在什么地方工作呢？毕业之后，朋惠再也没听到过他的消息。

“做完大扫除，大概是十一点。所以大家，十一点半的时候咱们再回到教室集合一次，开个班会，讨论一下怎么为老师庆祝。怎么样？”

这是和朋惠记忆中一模一样的场景。

不知道是谁带的头，班里开始被雷鸣般的掌声包围了。

朋惠在心里默念。

“这次我一定会在十一点半准时回到教室的，就因为那样的一件小事，我足足难过了八年的时间。看样子这件事情也不小了，这是我要和自己做的一个了断。”

结业式结束，操场的卫生也做得差不多了的时候，朋惠的不安感开始膨胀。

朋惠已经隐约开始感觉到了“时间”的干预力量。因为她又经历了几次“那种感觉”。

为了向对自己很好的家庭课老师表示感谢而停下脚步的时候，想要走近种在校园里的巨大的樟树的时候，朋惠都感受到了来自“时间”的阻力。

明明那都只是朋惠因为感受到乡愁而做出的动作，但每次都会感到双腿发软、视野变形，失去平衡感。

从而，朋惠得出了一个结论。

她应该要保存体力，为即将到来的“那个时候”做准备。接下来就把行动完全交给初三的自己吧。如果在那一刻到来之前过多地做了曾经的自己不曾做过的事情，从而招致柯罗诺斯的惩罚而被打回到未来世界的话，这一切努力就白费了。

所以，直到“那一刻”的到来，就通过初三的自己的视角，充分享受这场“时光重现”好了。

然而，在十一点半的时候，自己将会和过去的自己采取完全不同的举动。朋惠担心，自己是否真的具备完全摆脱柯罗诺斯的干扰的力量。

不知什么时候，班里的女生们都聚集在了朋惠的周围。

就和记忆中的场景一样。

一个微胖的、叫作棚田的女孩开了口。大家都管她叫小棚，是一个性格不错的女孩子。

“唉，我说，离班会开始还有半个多小时呢！”

安田律子附和道。

“一讨论起来肯定没那么快结束，现在还没有任何想法呢，怎么也得商量一个多小时吧？”

然后，所有对话的内容都按照朋惠记忆中的顺序进行下去。提出想要翘掉班会回家的，是安田律子。

朋惠这时候已经有了一股怒气。就因为自己不假思索地顺着这群女孩子不负责任的话，在接下来的很多年里，自己都活在一种后悔之中。

——明明说了要回家，你们不也半路就返回来了吗？

朋惠甚至有一种冲动，想要这样对她们说。

但是，朋惠并没有这么做。

即便自己这样说了，也解决不了什么问题。

现在，比起一点点改变微小的过去，不如集中精力，改变那些自己想要改变的，重要的过去。

“朋惠你怎么打算？”

高个子的夏美一边前倾着脖子一边问朋惠。这是她的一个毛病。

朋惠不知该如何回答。但是，初三的朋惠已经抢先给出了答案。

“我也准备跟我妈去买东西呢。如果大家都走的话，我也回去了。”

当年朋惠确实是这么回答的，没错。

听到初三的自己这么说，朋惠感到心里有一些失落。

四个人走出了校门。

打了招呼之后，朋惠跟其他三个人分开，自己向左拐，往家的方向走去。

要来了。

自己就是为了迎接这一刻而回到了这个时间——自己的初中时代。

现在，朋惠必须得回到教室。

“朋惠，停下，你得回去参加班会。”

朋惠对初三的自己说，作为她良心的声音。

“快停下，回到学校去！”

脚步没有停下。朋惠觉得，自己的灵魂必须站出来做点什么，就现在。

朋惠强行转变了身体的方向。

视线开始变得模糊。

这也和她设想的一样。

朋惠能够清楚地感受到，自己的视力正在逐渐下降。不过，控制初三的朋惠的身体，并没有想象中的那么艰难。每走出一步，也并不像想象的那样，需要全神贯注，使出浑身解数。

只是，和过去的自己在无意识之中采取的一些行动相比，还是要费劲不少。

朋惠这时候的感觉，就好像是穿上了很沉很沉的盔甲在走路。

可以的！一定可以的！朋惠对自己说。

那是一个名叫“初三的朋惠”的盔甲。

朋惠回到校门口，花了十几秒的时间。

用变窄的视野去看外面的世界，就好像连校园的边边角角都蒙上了一层雾霭。不过，正对着的教学楼的方向，还可以看得清楚。

“怎样，都到这里了，柯罗诺斯还要继续阻止我吗？”朋惠压抑住内心想要这样喊叫出来的冲动，慢慢地向教室的方向走去。

从校门口到校舍，是走路几分钟就能到的距离。

校园里的樟树和樱花树，就好像是某种生物一样，在朋惠的眼里扭曲地晃动着。随着朋惠离校舍越来越近，她走路的速度也越来越慢。她感到全身的关节都在慢慢地变沉，就好像负重锻炼的重量在全身上下又加了一倍。

地面并不泥泞，但是每当朋惠迈出一步踩在地上再抬起脚的时候，就好像是鞋底被黏住了一样。

当校舍已经近在眼前的时候，它的样子已经接近一种粗糙的粒子状。就像是出现在电视游戏里的那种假想世界的建筑物一样，失去了立体感，色彩也逐渐变成黑白……

朋惠已经无暇顾及周遭的眼光了，她在既不属于现实又不属于非现实的“自己曾经没有经历过的过去”中艰难战斗着。

要上楼梯了。

上完楼梯的右手边就是朋惠的教室。

校舍里面已经是一片黑白色的世界了。本该是鞋柜所在的地方变成了一种像触手一样的东西，原地打转，变成一个旋涡。

楼梯也变成了由一种柔软的、白色的，说不上是有机物还是无机物的东西构成的斜坡。

天花板是一片黑暗。什么都没有。什么都看不见。

朋惠一直在耳鸣。尖锐的金属声或者尖叫声一般的声音持续萦绕在朋惠的耳边。

有无数的小针从身体内部在刺痛朋惠的皮肤。

那每一次疼痛似乎都在对朋惠说，停下来，可以了，不要再继续了。

“不行。我不会停下来的。我不能现在在这里停下来。”

朋惠仅凭一种信念，继续向前。她认为，她现在做的每一个动作，都是为了消除后悔所必须经历的磨炼。

一定要爬完这个楼梯！

朋惠一边把脚陷入台阶的“斜坡”里，一边这样给自己打气。与其说是信念，更像是一种执念。一种想要改变自己的过去的执念。

那种疼痛是没有限度的。大颗大颗的泪珠从朋惠的眼角滚落。代替动弹不得的脚，朋惠强行伸出双手往前爬，试图哪怕再多前进一厘米。

在朋惠上完那个“斜坡”的时候，周遭的光景已经完全变成了没有见过的样子。

这里已经不能称之为现实世界了。“过去”为了自我保护，变形、溶解。

过去正在拒绝我。

也许，所谓时间的真实，指的就是这样一种世界。突然，这种想法在朋惠的脑海中一闪而过。

周围已经变成了基本上全部都是乳白色的世界，什么都没有。世界本身在歪歪扭扭地蠕动着。

朋惠看到了唯一一个救命稻草。

那就是教室的门。

那里，就是了。就是在那个教室，接下来要开班会了。现在过去，还来得及。

朋惠身上的疼痛变成了最高强度。

朋惠就连初三的朋惠的身体在哪也已经感知不到了。

她继续向前伸手。浑身都在颤抖。

明明自己已经离那扇门非常近了，但是那扇门不见了。这不可能。

朋惠努力睁大眼睛想要看清楚，于是看到那扇门移动到了距离自己几十米远的地方。

那扇门就好像正在嘲笑朋惠。

“这……怎么可能……”

朋惠已经无法移动，浑身上下再也不听使唤。

而视野基本已经消失了。

“不行。我必须得进到教室。我就是为了这一刻才回来的。”

就在这时，朋惠彻底失去了所有的力气。

朋惠最后的记忆，就是自己好像被扔到了无限远处的一个空间。

5

朋惠只觉得周围非常吵闹。

睁开眼睛，朋惠看到了立田山的脸。

他正担心地俯身凝视着朋惠的脸。

“你能看到吗？我的脸，还认识吗？”

朋惠知道自己现在躺在会客厅的椅子上。

这里，就是“现实世界”了。

朋惠发不出声音，只是微微地点了点头。

这里不仅有立田山，还有看上去像是P. 弗雷克公司员工的几个男男女女，他们也聚集在这里。也许是立田山看到朋惠的情况不对劲，连忙叫来的救援。

“我没事，好像只是晕过去了……”

听到朋惠这么说，大家都放下了心，陆续离开这里回到了自己的岗位。

虽然还有一些疲劳感，但并没有其他异常的感觉。

只是，有一种巨大的虚脱感。

房间里只剩下立田山和朋惠两个人。

“我顺利回到了初中时代。”

朋惠向立田山汇报。

“是吗？那就好。具体的事情等你的情况好一些之后再讲给我听吧！”

立田山掩饰不住自己的欣喜。果然，朋惠恢复意识让他感觉到很大的安慰。先不论试验的结果如何。

朋惠想叹气。

而叹气的理由只有一个。

本来想要改变那个一直以来在自己的心中就好像是一个肉刺一样的事情，但最终还是没能实现。每当她想要改变过去，就会有一种巨大的神秘力量出来阻止。

也许，改变过去这件事，本来就是违背大自然规律的事情。

即便她想要做的事情，只是在初中放学之后回到教室参加班会……这么简单的一件事。果然，今后自己也将要一直背负着这种后悔生活下去了吧。

明明自己不顾风险，面对了那么大的挑战……

立田山说：

“挺巧的，在这个试验的过程中有个人回来了。之前跟你说过有个人在海外长期出差对吧？他现在正跑去给你买药了。”

“啊？”

“嗯，是二科的科员。他看到你晕倒在这里，特别惊讶，马上就跑出去了。他上次来上班已经是好几个月前了。今天开始二科也能稍微热闹一点了啊！”

朋惠之前似乎听到过这个信息，但没想到这个人是在今天回来的。

“他”是个什么样的人呢？

房间的门开了，走进来一个小伙子。

看到坐在椅子上的朋惠，小伙子说：“唉，你醒了呀，我还去买了药呢！”

朋惠对这个声音很耳熟。

“你没事吗，角田？”

他为什么会知道我的名字？朋惠看向那个男人。

……这怎么可能？

“我是里内。不知道你还记不记得，我是你初中的同班同学。我第一眼看到你的时候就认出你了。好久不见！”

“里内……洋平？”

朋惠不敢相信。里内的面容比初中的时候变得更加消瘦、有棱角，变得更加精悍；个子长高了不少，发型也不一样了。但是唯有一样东西没有变，就是他那清澈的眼神。像是要把世间万物都包容进去的、温柔的双眸。

对于这双眼睛，记忆中，朋惠一直有一种恐惧。虽然在学校的时候是那么那么喜欢他。

“啊，你竟然还记得我的名字。真高兴啊！”

立田山在一旁呆滞地眨巴着眼睛。“你们……认识？哇，还有这么巧的事？”

从此以后，二科的业务将由这三个人共同推进。

虽然碰巧再次相遇，但朋惠并没有马上对洋平敞开心扉。直到朋惠结束柯罗诺斯调节器试验的10天以后。

那也是朋惠所属的人能商店和P.弗雷克公司的派遣合同到期的前一天。在朋惠的欢送会之后，朋惠和洋平有了两个人独处的时间。

“我听立田山主任说了，朋惠你想用柯罗诺斯调节器回到初三的时候？为什么呀？为什么是初三？”

“你为什么想知道？”

“因为初三的时候咱们是一个班的呀！我就很好奇你那么执着于那个时候是因为什么。”

“洋平，对不起呀。”

“嗯？什么意思？”

“大岛老师婚礼的那件事。”

朋惠自己都惊讶，竟然这么轻松地就说出来了。她感觉到自己的心在慢慢地变轻。朋惠已经做好了洋平当场生气的准备。但是洋平的回答却出乎她的意料。

“什么对不起呀……我不明白。”

洋平皱起了眉头，他是真的没明白朋惠说的是什么意思。朋惠反而愣住了。

“你说得明白一点。”

这一瞬间，朋惠感到自己的内心终于被解放了。那天发生的事情，已经完完全全从洋平的记忆中消失了。不过，现在要怎么办，要从头开始跟洋平解释一遍吗？

“哦，没什么。我只是想跟那时候的洋平解释一下，其实我不是那种人。但是现在我已经完全没事了，哈哈，轻松得有点不真实。谢谢你给我一个跟你道歉的机会。”

朋惠这样说。

是的，那是一件小事。

即便是一件小事，但是对于自己来说也是一件很重要的事。而这件事，就在现在，被解决了。

即便不改变时间，有时候时间也会宽恕我们。朋惠真切地感受到了这一点。

时间，到底是什么？

如果今后朋惠被问到这样的问题，那么她会回答：“那是一种软绵绵的，模糊不清的，有些甜又有些苦的东西。”

解 说

辻村深月

现在，我手拿着这本书，试图想象。

自己人生中的某一天，某一刻，如果那样做了的话，是不是就能改变什么，哪怕只是一件小事……

如果在自己的人生中，有一次机会，能够回到过去的某个时间，重新来一遍的话……

——通过阅读这本书，应该有很多读者都会将思绪飞扬在这种虚幻的想象之中。

而我，同时还会想：

假如梶尾真治老师没有“发明”那台“柯罗诺斯旅行机”，假如他没有写这本书……

在没有这本小说的世界里，会发生什么事情？又有什么事情不会发生？虽然这种假设没有什么意义，但我总是忍不住去想。

我和“柯罗诺斯旅行机”故事的初遇，是在那个难以忘怀的2005年。

有一天，我去看了我一直以来很喜欢的剧团“Caramel Box”公演的舞台剧《柯罗诺斯》。这是一部以本书中的“吹原和彦的轨迹”为原作的舞台作品，但说来惭愧，直到那时为止，我并没有拜读过梶尾老师的小说。

我至今对公演结束后的场景还记忆犹新。

我哭了，有一种东西直击我的心灵。在故事的最后，我差点儿尖叫了出来。

直到公演结束之后，吹原和彦的感受和很多句台词都还鲜明地萦绕在我的心中，以至于场灯亮起后的很长一段时间里，我都因为巨大的震撼而迟迟无法离开座位，只是拼命地送去掌声。现场有梶尾老师原作的售书点，那里已经排起了长队。那队列比舞台剧开演之前要长得多。

大家都在讨论刚刚看过的柯罗诺斯旅行机的故事。有很多人和我产生了同样的感受。有兴奋，有感动，很难用一两句话来准确地形容当时的情绪。只是整个场馆都被一种热气所包围，大家都觉得自己遇到了一个非常不得了的东西。每个人都感受到了能够亲身体验这种感动的喜悦。这件事本身就是假如梶尾真治老师没有写出这样一部作品的话，就不会发生的事情。

我也和很多人一样，排到了长长的队列后面，在现场的售书点买了《柯罗诺斯的奇迹》，然后就像着了魔一样，一口气就读完了。

*接下来会有部分内容的剧透，希望您能够在读过正篇之后再阅读。

“柯罗诺斯旅行机”是一个能够把物质送回到过去世界的时光机。所谓“柯罗诺斯”就是掌管时间的神的名字。只是，这个机器在性能上存在着很大的问题。

首先，能够停留在过去的时间非常有限，只有短短几分钟。虽然后来开发出了一种叫作“小型博格”的能够延长停留时间的固定装置，但即便通过这个装置，也只能在过去的世界停留数十小时。

而人或者物体一旦回到过去，就会被弹射到比出发当时的时间更加遥远的未来。——比如，想要从一场事故中拯救自己心爱的人的吹原和彦，只是回到了短短几个小时之前，但回来的时候已经是一年零八个月之后的世界了。

同时，因为没有等待自己回来的家人和恋人，因此被指派去担任“柯罗诺斯旅行机”试验者的布川辉良，为了再见一眼已经被拆毁的梦中的建筑物，穿越到了五年前，停留了几十小时之后，一下子被送到了30多年以后的未来。

“柯罗诺斯旅行机”所提供的时空旅行，需要你付出巨大的代价，它完全不是一场“旅行”这么简单轻松的事情。有时候甚至会被拽回到原本生活在同一年代的人们都老去，或已经去世了的未来世界。

然而，即便如此，主人公们还是毅然决然奔赴过去的世界。

吹原和彦因为一次时空旅行没有成功营救出心爱的人，从而反复多次穿越到过去。

栗塚哲矢回到过去，解开了多年以来母子之间的误会。

正是因为没有牵挂的人才从现在回到过去的布川辉良，却在过去的世界遇到了原本不可能相遇的爱人。

铃谷树里则为了拯救幼年时期因病逝去的爱慕的青年，成为医生之后，穿越回了19年前的夏天。

《你存在的时间 我要去的时间》中的秋泽里志使用了叫作“柯罗诺斯螺旋机”的时光机器，回到过去挽救去世的妻子。他的时空之旅，是一张没有回程的单程票。

而“柯罗诺斯旅行机”的研发者野方耕市在退休之后，已经是快 80 岁的高龄时，又回到了有所遗憾的过去，为了给自己的挚友和他的妻子一个活到“未来”的机会而拼命努力。

在“外传”《朋惠的梦想时间》中，角田朋惠为了重新面对一直扎在自己内心的后悔的事情，回到了初中三年级的教室。

无论是哪个故事，它们之间的共同点就是，主人公都有一个对自己来说“非常重要的人”。而大多数故事都是爱情故事。

以时间为主题的科幻故事，大多都是爱情故事。通过在相爱的两个人之前竖起一堵一般情况下都不可逾越的“时间之墙”，使主人公们为无法走向完美结局的爱情而苦恼。正因如此，时空旅行的爱情所具备的浪漫气息才如此令人动容。

但我时常在想，本书中出现的感情故事，能否简单地被概括为单纯的爱情故事？

当然，我对本书是一部优秀的爱情故事作品这一点没有异议。但是，梶尾老师和他笔下的主人公们面对的与时间的博弈，让我们看到了超越恋爱结果和爱的苦痛的，更宏大的东西。

以“正常情况下不可能实现的”设定为背景的科幻故事，往往始于质疑我们日常生活中那些习以为常的、以为是真理的事情。通过“超越时间”这个在我们看来，至少在我们目前生存的世界中看来是无法实现的行为，乘坐“柯罗诺斯旅行机”的主人公们所做的事情，并不是“为了自己要得到某个重要的人”，而是，“让那个人拥有本该属于她的‘日常’生活”。

在被吹原和彦救回的来美子的世界里，不会有和彦这个人了。那时的和彦已经被时间送到了无法想象的遥远的未来去了，两个人再也不会活在同一个世界。

秋泽里志穿越到了 39 年前的过去，在那里生活，直到自己慢慢变老，一直在等待妻子在事故中遇难的那一天。但最终不得不向过去世界里的自己解释自己的身份，并最终留下一定要救回妻子的嘱托，消失了。在这里，如果妻子幸免于难，他也就不会穿越回来的时间悖论得到了解决，而“接下来的时间”里的他和妻子，就会得益于“以前”的里志的精神意志，共度余生，活在未来。

这就意味着，他们回到了没有事故发生的世界，他们的生活回归到了最普通的日常中去了。那是一个没有秋泽里志的“壮烈的时空之旅”的世界。但是，我们作为读者，知道他们最平凡不过的日常生活的背后，其实有着那么多不平常的故事。也知道他们从那个世界消失的时候，怀着怎样的心情。

读过这些故事之后，我的心是颤抖的。没有遭遇事故和不幸的日常是多么珍贵。再平凡不过的我们的日常生活背后，也许都隐藏着某个人浓烈的情感和夙愿。通过使用“怀疑日常”的科幻设定，梶尾老师告诉了我们，那里的日常已经不再是普通的日常。

而无论是铃谷树里还是野方耕市，都想要还给自己所爱的人一个今后也会稀松平常地持续下去的“理所应当的未来”。也因此，那些人拥有了未来。

把这种可能性变为现实的这部作品，正是梶尾老师所描绘出的一个有关奇迹的故事。

那么——

本书中所提到的许多科幻名称，都是真实存在的作品。对那些想要以本书为一个切入口，今后进入科幻世界的读者们来说，这本书还充当着梶尾老师为大家推荐作品的书单的功能。

从而能够感受到作者忠实于科幻作品的美好人格。

其中让我印象最为深刻的是，在“铃谷树里的轨迹”中提到的罗伯特·富兰克林·杨的《蒲公英女孩》。想必有很多读者都被其中引文的美丽辞藻所吸引了。

事实上，这部《蒲公英女孩》在《柯罗诺斯的奇迹》刚刚被写出来的时候，还是一部很难买到的小众作品。在日本，只有几次被翻译并收录在文集或是同人志之后就成为绝版，很长一段时间内想读也读不到。然而，现在新装版的短篇集已经以《蒲公英女孩》的书名出版了。我们也可以在书店轻松买到了。

我认为，这大概就是梶尾老师通过创作这本《柯罗诺斯的奇迹》所引发的一个“轨迹”吧。如果没有这本小说就无法实现的事情，应该还有很多很多。

我再次庆幸能够在有生之年遇到这本书。

最后——

就在这本书被出版的今年，Caramel Box 的《柯罗诺斯》的重演也定档了。当我接到要为这本书写一些解说的工作时，我对此感到了一种命运的交错——时过境迁，那天我在看完舞台剧之后买的书上，将要出现我自己写的文字了。

我一想到和那天的我一样，第一次体验《柯罗诺斯》的故事的人们，能够在场馆与这本书相遇，同时他们可能也会读到我的文章，我就感到无比激动。

通过梶尾老师的这部杰作，“穿越时空的奇迹”也发生在了我的身上。虽然这可能是我一厢情愿的空想，但我还是想对此致以最诚挚的感谢。

2015 年 1 月

图书在版编目（CIP）数据

柯罗诺斯的奇迹 /（日）梶尾真治著；袁舒译．-- 北京：新星出版社，2022.8
ISBN 978-7-5133-4704-4

Ⅰ．①柯… Ⅱ．①梶… ②袁… Ⅲ．①幻想小说－小说集－日本－现代 Ⅳ．① I313.45

中国版本图书馆 CIP 数据核字（2021）第 211897 号

幻象文库

柯罗诺斯的奇迹

［日］梶尾真治　著；袁舒　译

责任编辑： 杨　猛
监　　制： 黄　艳
责任印制： 李珊珊
责任校对： 刘　义
封面设计： 冷暖儿

出版发行： 新星出版社
出 版 人： 马汝军
社　　址： 北京市西城区车公庄大街丙3号楼　100044
网　　址： www.newstarpress.com
电　　话： 010-88310888
传　　真： 010-65270449
法律顾问： 北京岳成律师事务所

读者服务： 010-88310811　service@newstarpress.com
邮购地址： 北京市西城区车公庄大街丙3号楼　100044

印　　刷： 北京天恒嘉业印刷有限公司
开　　本： 910mm × 1230mm　1/32
印　　张： 14.25
字　　数： 323千字
版　　次： 2022年8月第一版　2022年8月第一次印刷
书　　号： ISBN 978-7-5133-4704-4
定　　价： 58.00元